Knaur

Über die Autorin:

Alexandra Raife wurde 1937 in England geboren. Sie lebte als Lehrerin in Brasilien, unterrichtete Englisch und Portugiesisch und führte ein Hotel in Schottland. *Die Frauen von Glenmara* ist ihr erster Roman.

Alexandra Raife

Die Frauen von Glenmara

Roman

Aus dem Englischen von
Mechthild Sandberg

Knaur

Die englische Originalausgabe erschien
unter dem Titel *Drumveyn*

Besuchen Sie uns im Internet:
www.droemer-weltbild.de

Vollständige Taschenbuchausgabe Juni 2000
Droemersche Verlagsanstalt Th. Knaur Nachf., Nachfolger

Umschlaggestaltung: Agentur Zero, München
Umschlagabbildung: IFA-Bilderteam, Eileen Donan Castle, Schottland
Druck und Bindung: Clausen & Bosse, Leck
Printed in Germany
ISBN 3-426-60795-6

2 4 5 3

I

Madeleine blieb auf der Treppe stehen und lauschte dem Geräusch von Archies Wagen nach, der schnell die Zufahrt zum Fluß hinunterfuhr. Sie fröstelte in der klammen Februarluft, während sie sich an den trostlosen Tag vor vier Monaten erinnerte, als Archie nach dem Gedenkgottesdienst für seinen Vater ebenfalls als letzter abgereist war. Damals hatte sie nur damit fertig werden müssen, daß nun die Einsamkeit auf sie wartete, jetzt mußte sie sich mit der Nachricht auseinandersetzen, die Archie mitgebracht hatte. Sie mußte den Schock und den Widerwillen verarbeiten, die sie vor ihm zu verbergen versucht hatte.

Froh, daß wenigstens Charles nie davon erfahren würde, ging sie hinein und schloß die schwere Tür, die das Geräusch des Wagens verstummen ließ. Sie zitterte, als sie rasch durch die Halle in den Salon ging.

Zwei steife Sofas flankierten den offenen Kamin aus weißem Marmor. Am Ende des einen hatte sich durch das lange Sitzen eine Mulde im verblichenen blauen Brokat eingedrückt, Handarbeit und Lesebrille lagen daneben. Eines aus der Reihe steil aufgestellter Kissen war zerdrückt: ihr Platz. Sie setzte sich, Knie aneinander, Hände im Schoß gefaltet, Ellbogen fest an die Seite gedrückt.

Das Zimmer war, wie ihr dankbar auffiel, wärmer als sonst so kurz nach dem Mittagessen. Archie hatte das Feuer in dem großen Kamin kräftig angefacht. Platt pflegte, bevor er seine Nachmittagspause antrat, nur einen Rest Kohle nachzulegen, der vorhalten sollte, bis er wiedererschien, um das Teegeschirr abzuräumen.

Wenn Archie nur heute länger geblieben wäre und ihr mehr Zeit gegeben hätte, die Neuigkeit zu verarbeiten, derentwegen er die lange Fahrt hierher unternommen hatte. Es war das erstemal, daß sie ihn nach dem Gedenkgottesdienst wiedergesehen hatte.

Der Tag des Gedenkgottesdienstes für Charles, durchflutet vom milden, goldenen Licht der Oktobersonne, war ganz anders als der heutige gewesen. Sie hatte das Gefühl, als hätte es seitdem kaum noch einen schönen Tag gegeben. Sie war glücklich darüber gewesen, daß Archie mit solcher Sicherheit und ganz überraschend genau das gewählt hatte, was sein Vater sich am meisten gewünscht hätte – einen kurzen schlichten Gottesdienst am See, an dem nur die Familie, die Angestellten und Pächter des Guts und einige seiner engsten Freunde teilgenommen hatten. Seine Jagdfreunde. Charles hatte in den letzten Jahren keine anderen Interessen mehr gehabt. Es war ungewohnt, alle nach dem Gottesdienst im Haus zu bewirten, und es war ihr schwergefallen, Gespräche mit ihnen anzuknüpfen, da sie den Kontakt verloren hatte. Früher hatten sie und Charles zu dem geselligen Kreis der alten Familien auf den Herrensitzen in diesem und den benachbarten Tälern gehört. In den letzten Jahren waren sie überhaupt nicht mehr ausgegangen, hatten keinen Menschen gesehen und nie jemanden nach Glenmara eingeladen.

Als sie jetzt auf den Gottesdienst zurückblickte, sah sie ihn wie ein Bild aus der Distanz, als stünde sie auf dem Rasen oberhalb des Hangs, dessen Büsche und Rhododendren verwildert waren, und blicke über das offene Weideland hinweg zum Wasser, in dem sich an diesem Tag ein Himmel von ungetrübtem Blau spiegelte.

Sie sah die kleine Gruppe Menschen, die sich, jeder in respektvoller Haltung, pflichtschuldig still und schweigend, in ihrer dunklen Kleidung vom vergilbten Gras abhoben. Sie sah sich selbst dort stehen, in ihrem schwarzen Kaschmirmantel und ihren schwarzen Pumps, deren Absätze ins Gras eingesunken waren. Keiner hätte erraten können, was sie in diesem Moment empfand, dieses merkwürdige Gefühl, von allem losgelöst zu sein, dieses ungewöhnliche und unerwartete Gefühl einer gewissen Leichtigkeit und Befreiung – und Schuld.

Sie sah sich selbst zwischen Archie und Lisa stehen. Die Kinder. Ein kleines Lächeln flog über ihr Gesicht. Kinder wohl kaum mehr; Archie ging auf die Dreißig zu, Lisa war fünfundzwanzig. Beide standen sie Seite an Seite mit ihren Partnern, die sie, wie Madeleine mit Trauer sah, weiter denn je von Glenmara entfernt hatten.

Lisa, groß und gutgewachsen, überragte ihre Mutter. Und sie hielt sich jetzt kerzengerade, keine Spur mehr von den mißmutig hängenden Schultern ihrer Mädchenzeit. Sie war geschmackvoll gekleidet und sehr gepflegt. Der breitkrempige Hut, der in vollendeter Manier auf ihrem glänzenden, dunkelbraunen Haar saß, stand ihr gut zu Gesicht. Was, dachte Madeleine, war aus dem heiteren, stürmischen Kind geworden, was aus dem pummeligen, finster dreinblickenden Teenager? So unmöglich es Madeleine war, zu Howard näheren Zugang zu finden, sie mußte zugeben, daß er einen bemerkenswert günstigen Einfluß auf ihre linkische Tochter hatte.

Er stand an dem ihm gebührenden Platz neben Lisa, wohlgenährt und so tadellos gekleidet wie seine Frau, das blonde Haar perfekt gebürstet, mit einem Gesicht, das sagte, ich halte es für meine Pflicht, hier zu sein, aber mehr nicht. Madeleine erinnerte sich, daß ihre Gedanken von den Worten des Geistlichen abgeschweift waren und sich mit einem Gefühl vager Beunruhigung dieser Ehe zugewandt hatten, die Lisa eingegangen war und die so gar nichts mit dem gemein hatte, was ihrer Mutter vorgeschwebt war. In materieller Hinsicht schien es eine gute Partie zu sein – das Haus in Surrey, das sehr luxuriös war, die Ferienwohnung in Antigua, die Auslandsurlaube –, dennoch fiel es Madeleine schwer, sich Lisa in dieser Welt vorzustellen. War sie glücklich in dieser Ehe? Sie schien völlig absorbiert zu sein von Howard, ganz auf ihn eingestellt.

Und Howard? Er war stets reserviert und zeigte jedenfalls in der Öffentlichkeit niemals eine Spur von Wärme oder Zuneigung. Madeleine hatte sogar den Eindruck, daß er Lisa eher wie einen Besitz behandelte, nicht wie eine Partnerin. Er sprach mit ihr in einem Ton, den Madeleine als herablassend empfand. Selbst an diesem Tag, bei der Trauerfeier für ihren Vater, zeigte er keine Spur von Zuneigung und innerer Verbundenheit.

Mit einem Ruck zügelte Madeleine ihre Gedanken, um ihnen eine neue Richtung zu geben, und kramte hastig nach anderen Erinnerungen. Als die dünne Stimme des Geistlichen verklungen war, ging Archie mit seinem ruhigen, festen Schritt, die Urne in der Hand, auf den Anlegesteg hinaus. Mit einem kleinen Lächeln erinnerte sich Madeleine, wie gewissenhaft er seine Aufgabe erledigt hatte, obwohl fast kein Wind geweht hatte. Was war ihm dabei durch den Kopf gegangen? Asche, feinste, leichteste Substanz. Der Vater, mit dem er gestritten und gekämpft hatte, bis er schließlich allen Kampf aufgegeben hatte und einfach fortgezogen war. Und Cecil zur Frau genommen hatte.

Jetzt, wo Archie auf den Steg hinausgegangen war, stand Cecil neben Madeleine, aber sie machte keine Anstalten, die Lücke zwischen ihnen zu schließen. Sie war mehr noch als Howard eine Fremde auf Glenmara, ganz gefangen in ihrer eigenen künstlerischen Welt von Farbe und Schönheit. Madeleine fand sie beunruhigend. Sie war sich bewußt, daß es so sehr ihre wie Cecils Schuld war, daß sie in zwei Jahren keine Möglichkeit gefunden hatten, eine freundschaftliche Beziehung aufzubauen. Cecils Gesicht war ernst, aber unberührt von jeglichem Gefühl für Charles, dem sie stets mit vernichtender Höflichkeit begegnet war.

Im dunstigen Morgenlicht waren sie zum See hinuntergegangen, wo die Sonne gerade die Nebelschleier, die über dem Wasser lagen, zu lichten begann. Keiner von beiden hatte ein Wort über die Feier am Vortag gesagt, und doch hatte jeder sie im stillen noch einmal an sich vorüberziehen lassen.

«Du kommst zurecht?» Archie hatte sie besorgt angesehen.

«Natürlich. Natürlich komme ich zurecht.» Tatsächlich hatte sie keine Ahnung, wie es ihr ergehen würde. Sie hatte ja Charles' Tod noch gar nicht richtig begriffen, und alles, was sie in diesem

Moment vor sich sehen konnte, war eine große, aber nicht beängstigende Leere.

«Du weißt natürlich, daß das Haus dein Heim ist – immer.» Glenmara gehörte jetzt ihm. Sie hörte in seiner Stimme den Widerwillen, ihr das sagen zu müssen.

«Archie, Darling. Aber eines Tages wirst du vielleicht selbst hier wohnen wollen.» Es war ihr unmöglich, sich Cecil hier vorzustellen. «Aber fürs erste wäre ich dankbar...»

Ihr schwirrte der Kopf bei dem Gedanken, anderswo leben zu müssen. Seit ihrer frühen Heirat hatte sie in diesem Haus gelebt, kaum eine Nacht anderswo verbracht. Doch auch der Gedanke, es nun allein zu bewohnen, war befremdlich. Es war Charles' Haus gewesen, nicht das ihre.

«So darfst du nicht einmal denken. Hier ist dein Zuhause. Ich könnte mir nicht vorstellen, daß du weggehst. Wirklich.» Archies Ton war drängend, sein Blick voll liebevoller Fürsorge. «Ich wollte, ich könnte noch ein bißchen bleiben, aber Cecil hat einen – das heißt, ich muß schon sehr bald wieder geschäftlich verreisen –, aber du sollst dir auf keinen Fall Sorgen machen, es wird sich nichts verändern.»

Es wird sich nichts verändern. Die Worte gingen ihr jetzt durch den Kopf wie ein Urteilsspruch. Sie blickte sich in dem hohen, steifen Raum um und während ihr auffiel, wie klein sie sich hier fühlte, wie steif sie dasaß, versuchte sie endlich, der Neuigkeit, die Archie ihr gebracht hatte, ins Auge zu sehen. Sie hatte sorgsam darauf geachtet, keine Einwände zu erheben, die sie später bedauern würde, hatte ihn und Cecil ihrer Unterstützung versichert.

Doch jetzt erkannte sie allmählich, daß sie vielleicht doch nicht so gut reagiert hatte, wie ihr vorgekommen war. Archie hatte die lange Reise, hin und zurück an die neunhundert Meilen, nicht unternommen, um zu erleben, wie sie ihre wahren Gefühle verbarg und zu reagieren versuchte, wie der gute Ton es verlangte. Er war hergekommen, um seine Gefühle mit ihr zu teilen, um ihr begreiflich zu machen, wie er und Cecil zu ihrer Entscheidung gekommen waren. Es war so lieb von ihm gewesen zu kommen. Dabei hatte er so viel zu tun, war gerade erst von einer Reise zurückgekehrt und schon wieder auf dem Sprung nach Spanien. Großherzig, wie es seine Art war, hatte er sich die Zeit genommen, die Cecil offensichtlich nicht aufbringen mochte. Er hatte Freude und Herzlichkeit erwartet, hatte das Recht, sie zu erwarten.

Sie hatte versagt. Wie weit war ihre Reaktion von der tiefsitzenden Gewohnheit beeinflußt gewesen, alles mit Charles' Augen zu sehen? Selbst jetzt noch, da Monate vergangen waren, war ihr erster Gedanke gewesen, daß er außer sich gewesen wäre. Zum erstenmal sah sie ganz klar, in welchem Maß sie sich seinen Ansichten untergeordnet hatte. Als sie vor achtundzwanzig Jahren hierhergekommen war, hatte Charles nicht allein auf Glenmara gelebt; damals war noch Charles' Mutter dagewesen, und das Haus war, daran gab es nichts zu rütteln, ganz allein ihre Domäne gewesen.

Dumpfes Klopfen ließ Madeleine erschrocken zusammenfahren. Die nachmittägliche Stille war stets so vollkommen, Platt und seine Frau in ihrer eigenen Wohnung, Friede nach der Betriebsamkeit des Morgens, wenn geputzt wurde, Holzscheite hereingeschleppt wurden, die Post kam, Tee getrunken wurde und vom Apparat im Küchenflur aus endlos mit dem Förster, dem Aufseher und dem Schäfer telefoniert wurde. Wurde am Haus eine Arbeit durchgeführt, von der man sie nicht unterrichtet hatte? Sie war unangemeldeter Besucher so entwöhnt – dafür hatte Charles gesorgt –, daß es noch einer Reihe weiterer Klopfzeichen bedurfte, ehe ihr klar wurde, daß wohl jemand an der Haustür war. Eigentlich hätte die Glocke zu Platts Wohnung durchgestellt sein müssen; er hatte es wahrscheinlich vergessen.

Beinahe hätte Madeleine Platt geholt, ehe ihr der Gedanke kam, daß sie die Tür ja auch selbst öffnen konnte. Eine Frau, die sie nicht kannte, stand halb abgewandt auf dem breiten Treppenabsatz, eine große, kräftige, grauhaarige Frau in langer Hose und Anorak, dessen Kapuze ihr Gesicht teilweise verbarg, während sie die tropfenden Bäume rund um den gekiesten Vorplatz betrachtete. Jemand mit einer Sammelbüchse? «Guten Tag. Kann ich etwas für Sie tun?» fragte Madeleine mit ihrer sanften, kultivierten Stimme.

«Ja, laß die Glocke richten», antwortete die Fremde erheitert, drehte sich um und sagte, während Madeleine verdutzt die Augen aufriß: «Mensch, Mads, komm zu dir.»

Nur ein Mensch hatte sie bei diesem Namen genannt, seit sie die Schule verlassen hatte. Madeleine starrte sprachlos in das grob geschnittene, lächelnde Gesicht unter den feuchten Haarsträhnen. «Joss? Joss!» Das war doch nicht möglich, das konnte doch nicht Joss sein, ausgerechnet jetzt, da sie so dringend einen Menschen brauchte...

«Vielleicht betrachtet ihr in diesem Teil der Welt das nicht als Regen, aber ich werd hier draußen ziemlich naß.»

«Joss, komm rein. Ich kann es nicht fassen, das ist ja wunderbar!»

«Ich hätte anrufen sollen, ich weiß, aber na ja...» Joss streifte sich den feuchten Anorak von den Schultern und warf ihn auf den Tisch in der Mitte der Halle. Selbst in diesem Moment konnte Madeleine es nicht lassen, den Anorak hastig vom glänzenden Holz wegzunehmen und über einen Stuhl zu legen.

«Hier hat sich ja nichts verändert», bemerkte Joss ohne Begeisterung, als sie Madeleine in den Salon folgte und sofort auf den offenen Kamin zusteuerte.

«Warum hast du mir nicht Bescheid gegeben, daß du kommst? Es macht natürlich überhaupt nichts, ich freue mich wahnsinnig, dich zu sehen, aber ich wußte ja nicht einmal, daß du im Lande bist.»

Joss stellte sich an die Marmorumrandung des Kamins und drehte ihren Rücken dem Feuer entgegen. «Ich hab plötzlich Sehnsucht nach ein bißchen Nebel und Kälte bekommen, aber vielleicht ist der Februar in den Highlands doch ein bißchen drastisch.»

«Bist du denn gerade erst zurückgekommen? Du bist jedenfalls noch unglaublich braun.»

«Wie Leder», sagte Joss resigniert und drehte sich herum, um einen Blick in den Spiegel über dem Kaminsims zu werfen.

«Wozu muß der so riesig sein?» fragte sie und wies mit einer Kopfbewegung auf die Spiegelfläche, die bis zur verschnörkelten Stuckleiste unter der Decke hinaufreichte.

«Damit man den doppelten Ausblick hat, vermute ich.» Die obere Hälfte von Madeleines Kopf erschien im Spiegel neben Joss, und beide betrachteten sie das Abbild des dämmrigen Raums. Sie fingen gleichzeitig zu lachen an, und Madeleine wurde plötzlich bewußt, daß sie beinahe vergessen hatte, was Lachen war.

«Das ist schon besser», sagte Joss und blickte aufmerksam in das kleine Gesicht neben ihrer Schulter. Sorgfältig geschminkt. Schatten unter den Augen, zu dunkel, um übertüncht zu werden, feine Linien um Augen und Mund, eine erste leichte Schlaffheit, die die feingezeichnete Kontur von Kinn und Unterkiefer verwischt, Ansätze von Grau in dem gepflegten Haar. Aber insgesamt nicht übel, dachte Joss. Sie ist ein Jahr jünger als ich, also sechsundvierzig. Unerwartet jedoch war ein Anflug von Trauer in ihrem Gesicht. Hatte ihr dieser egoistische, kaltblütige Mensch, der ihr Ehemann gewesen war, doch so viel bedeutet?

«Joss, warum hast du mir nie mehr geschrieben? Du hast mir versprochen, mich deine Adresse wissen zu lassen, als du weggezogen bist, aber du hast es nie getan. Woher kommst du jetzt? Und wie lange kannst du bleiben?»

«Ich habe von Charles' Tod gehört», sagte Joss abrupt. «Jane Burns-Moore arbeitet jetzt für Eine Welt in der Zentrale. Ich hab sie auf der Durchreise in London gesehen. Sie liest offensichtlich immer noch die *Times*. Es tut mir leid, Mads. Und es tut mir auch leid, daß ich es damals nicht wußte, sonst hätte ich dir geschrieben.»

«Es war vor vier Monaten.» Merkwürdig, daß sie gerade an diesem Nachmittag daran gedacht hatte. Wieder sah sie die kleinen dunklen Gestalten am leuchtenden Wasser, das sanft ansteigende Moor jenseits des Sees, die Hügel dahinter im weichen Blau des Herbstes.

«Ich hätte die Verbindung nicht abreißen lassen sollen», sagte

Joss. «Wie kommst du zurecht? Alles in Ordnung?» Die alte beschützerische Fürsorge war so natürlich, daß sie ihnen beiden gar nicht auffiel.

«Es geht mir blendend.» Zu prompt, zu munter.

«Hm. Und was macht die Familie?»

«Ach, Joss, wie schade! Archie war heute da. Du hast ihn gerade verpaßt.» Dennoch erschreckte sie der Gedanke, daß Joss ein paar Stunden früher hätte eintreffen können, die beiden ungewöhnlichen Ereignisse zusammengefallen wären.

«Ja, das ist wirklich schade. Ich hätte ihn gern gesehen.» Joss hatte sich mit dem unbeschwerten Schuljungen, dessen Interessen sich mit den ihren trafen, immer gut verstanden. «Ist er immer noch in London?»

«Ja, mit Cecil zusammen.» Nur schnell weiter. «Lisa und Howard leben in Surrey, in Englefield Green. Howard ist geschäftlich sehr viel unterwegs, aber sonst führen sie ein sehr reges gesellschaftliches Leben. Und Lisa scheint es herrlich zu finden. Wie geht es deiner Mutter, Joss?» Es war noch zu früh, Fragen zuzulassen, die womöglich an die frische innere Erschütterung rühren würden. Von allen Menschen, die sie kannte, und sie hatte in den letzten Monaten Zeit genug gehabt zu erkennen, daß es da kaum jemanden gab, war Joss die einzige, mit der sie darüber sprechen konnte. Aber nach – wie lange war es her, zehn, elf Jahre? – nach so langer Zeit mußte die alte Vertrautheit erst langsam wiederhergestellt werden.

«Mama? Sie ist letztes Jahr gestorben. Das ist einer der Gründe, warum ich zurückgekommen bin, wegen der Haushaltsauflösung und so weiter. Nein, nein, schon gut, spar dir die Beileidsbekundungen. Du weißt ja, daß unsere Beziehung immer sehr gespannt war. Ich erzähl dir gleich alles, aber im Moment gäbe ich ein Königreich für eine Tasse Tee.»

«Aber natürlich, Joss. Entschuldige. Ich hätte – Platt stellt mir immer ein Tablett hin ...» Unwillkürlich warf Madeleine einen Blick auf die antike französische Goldbronzeuhr auf dem Kaminsims. Sie zwang sich stets, bis halb fünf zu warten, andernfalls wurde die Zeit zwischen Tee und Abendessen zu lang.

«Ist dieser hinterhältige Schurke immer noch hier?»

«Ich wüßte nicht, was ich ohne ihn tun würde», erklärte Madeleine.

«Du meine Güte. Und wo ist das Tablett?»

Heute gab es keinen Grund zu warten. Madeleines Stimmung hellte sich auf.

«In dieser Küche hat sich aber auch nicht das geringste verändert, seit ich das erstemal hier war», sagte Joss ungläubig, während sie die schmalen Fenster und die dunklen Holzschränke musterte, die bis in unerreichbare Höhen ragten. «Das war in dem Jahr, in dem du geheiratet hast und ich das Abitur gemacht habe.»

So viel von ihrem Leben in diesem einen Satz zusammengefaßt. Sie lächelten beide in der Erinnerung an gemeinsame Erlebnisse, die nicht weiter besprochen werden mußten.

«Unsinn, sie ist inzwischen mindestens zweimal gestrichen worden», entgegnete Madeleine.

«Kann schon sein, aber immer in der gleichen Farbe.» Joss betrachtete ziemlich ungnädig die cremefarbenen Wände, das schäbige beigefarbene Resopal der Arbeitsplatten.

«Außerdem haben wir eine Tiefkühltruhe und ...» Madeleine sah sich um, in der Hoffnung, noch etwas zu entdecken.

«Und was?» fragte Joss spöttisch, und sie lachten beide.

Das vorbildlich gedeckte Teetablett stand auf dem Tisch, daneben warteten eine alte Emailteedose, eine Kuchendose und ein prosaisches Päckchen Haferplätzchen. Für *eine* Person, Tag für Tag. Zorn, der Joss vertraut war, stieg in ihr auf. Sie zwang sich, ihren Ärger zu beherrschen. Das neue Leben, das sie beginnen wollte, würde unerträglich werden, wenn sie immer wieder diese sinnlosen, wütenden Vergleiche zog.

Madeleine trug die Teekanne aus feinstem Spode-Porzellan und den Krug für das heiße Wasser vom Tablett zum Herd, goß etwas Wasser aus dem leise brodelnden Kessel in die beiden Gefäße und schwenkte sie mit dem feierlichen Ernst eines Kindes, dem man das Ritual soeben erst beigebracht hat, damit aus. Warum stellte dieser blöde Platt das Tablett und die Teebüchse nicht gleich zum Kessel, dachte Joss mit neuerlicher Irritation, während sie zusah, wie Madeleine zur Spüle ging, um das Wasser auszugießen, dann zurück zum Tisch, um Tee in die Kanne zu geben. Warum kam Madeleine nicht selbst auf die Idee, etwas zu ändern?

Den Löffel mit dem Tee schon über der Kanne, sagte Madeleine: «Ach, Joss, das ist Earl Grey. Möchtest du lieber indischen?»

«Ist denn welcher da?» Joss hatte nicht spöttisch sein wollen, aber Madeleine fiel es sowieso nicht auf.

«Ganz sicher, das Personal trinkt ihn immer», antwortete sie, und Joss schüttelte den Kopf beim Anblick Lady Napiers, die in ihren eigenen Küchenschränken eifrig nach einem Teebeutel suchte.

2

Da die Sofas wie festgenagelt standen und ein Sessel, der sich verschieben ließ, nicht aufzutreiben war, stellte Joss eine Fußbank vor den offenen Kamin und legte ein Kissen darauf. Während Madeleine den Tee einschenkte, legte sie zwei frische Scheite ins Feuer. Sie goß noch etwas heißes Wasser in die Teekanne und stellte sie auf die Kaminplatte, öffnete die Kuchendose und die Rolle Kekse, die sie hereingetragen hatte, und deponierte beides auf dem Boden, ohne die Teller zu benützen, die Platt bereitgestellt hatte. «Möchtest du Kuchen, Mads?»

«Ich esse eigentlich keinen Kuchen.»

«Was tust du dann damit?» fragte Joss und leckte sich etwas Buttercreme von ihrem breiten Daumen.

«Platt stellt ihn mir immer hin.»

«Und für wen wird er gebacken?»

«Wir haben immer Kuchen im Haus», sagte Madeleine vage.

Für Platt und Co. Nein, fang damit gar nicht erst an, warnte Joss sich selbst, das geht ins uferlose. Schweigend reichte sie die Kekse Madeleine, die nach einem kurzen Zögern ein Bröckchen nahm, das einem Vögelchen gut angestanden hätte.

Joss zog ihre ausgetretenen Turnschuhe aus und schob sie auf die Seite, lockerte einen khakifarbenen Socken, der zwischen ihren Zehen eingeklemmt war, und streckte neben der Teekanne ihre Beine aus. Solches Benehmen war der Salon auf Glenmara nicht gewöhnt.

Ihre Freundschaft war keineswegs von Anfang an selbstverständlich gewesen. Ursprünglich hatten sie nur eines gemeinsam gehabt: Sie waren beide, aus ganz unterschiedlichen Kreisen kommend, von ehrgeizigen Müttern gegen ihren Willen aus ihrem gewohnten Umfeld herausgerissen und in ein prätentiöses kleines Mädcheninternat in North Shropshire verpflanzt worden – und sie waren dort beide sehr allein.

Felicity Holgate hatte Mortimers Mädcheninternat ausgesucht, weil es die billigste Privatschule war, die sie finden konnte, und ihre halbwüchsige Tochter nicht allzuweit entfernt, aber doch, genau wie es ihr genehm war, aus dem Blickfeld sein würde.

Amy Barnes, Joss' Mutter, hatte bei der Wahl der Schule positivere, aber nicht weniger eigennützige Motive gehabt. Obwohl sie selbst ein Stipendium für eine höhere Schule bekommen hatte, war sie von ihren Eltern mit sechzehn gezwungen worden abzugehen, um ihnen in ihrem Haushaltswarengeschäft zu helfen. Sie hatte viele bittere Jahre mit Zorn und Verachtung für ihre Umgebung vergeudet, ehe ihr bewußt geworden war, daß ihre Chancen, etwas zu verändern, rasch dahinschwanden. Die Auswahl war nicht groß, und die Heirat mit einem reisenden Vertreter für Bürsten und Teppichkehrmaschinen, der nur nach Hause kam, um sich frische Kleider zu holen, die Samstagabende im Pub durchmachte und am folgenden Tag ein gewaltiges Sonntagsessen vertilgte, führte kaum zu einer Verbesserung ihrer Situation und war ihrer Selbstachtung wenig zuträglich. Doch die Ehe bescherte ihr eine Tochter, auf die sie alle ihre Hoffnungen übertragen konnte; um ihretwillen ließen sich die langen Arbeitszeiten im Laden ertragen, um ihretwillen sparte sie jeden Penny.

Joss wurde also ausgeschickt, für Entschädigung zu sorgen, die arme tolpatschige, verdrießliche Joss, die nur in Ruhe gelassen werden wollte, um zu lesen, einsame Spaziergänge zu machen und ihre unersättliche Wißbegier zu stillen. Statt dessen sah sie sich wochenlang mit hundertfünfzig ewig schnatternden Mädchen mit gezierter Ausdrucksweise und leeren Köpfen eingesperrt, sollte singen und tanzen und Kricket spielen und zwei Unterhosen übereinander tragen, jeden Sonntag zur Kirche gehen und sich mit einer Bibliothek und naturwissenschaftlichen Labors begnügen, die weit weniger gut ausgestattet waren als die an der Schule ihres Heimatorts.

Vom ersten Tag an hatte sie sich geweigert, sich von Bemerkungen über ihren Akzent und ihre selbstgeschneiderten Kleider und sarkastischen Hinweisen darauf, daß man die Kartoffeln nicht mit dem Messer schneide, in die Enge treiben zu lassen. Angesichts ihrer zur Schau getragenen Gleichgültigkeit hatten die anderen ihre Boshaftigkeiten bald aufgegeben. Nichts jedoch konnte je den Widerwillen und die Verachtung dämpfen, die Joss der Schule entgegenbrachte.

Madeleine blieb aus anderen Gründen eine Einzelgängerin. Ängstlich bedacht darauf, ihr Bestes zu geben, lief sie ständig in sprachloser Verblüffung darüber umher, mit welch zauberischer Sicherheit alle anderen genau zu wissen schienen, wohin sie zu gehen und was sie zu tun hatten. Auf dem Hockeyfeld und auf dem Kricketplatz, ob sie in lauten Gruppen durch die gewachsten Korridore eilten oder im gemeinsamen Aufenthaltsraum rund um den Plattenspieler saßen und über das jeweilige Popidol in Verzückung gerieten, die anderen schienen auf geheimnisvolle Weise zu allem den richtigen Zugang zu haben, den sie selbst niemals fand.

Sie lebte nur für die Besuche zu Hause, in dem ehemaligen Bauernhaus an der walisischen Grenze, wo ihre Mutter ihrem Vater, einem Architekten bei einem kleinen ortsansässigen Unternehmen, mit gesellschaftlichen Ambitionen, die sein Einkommen weit überstiegen, ständig die Hölle heiß machte. Dort war Madeleine sicher, da von ihr nicht mehr erwartet wurde, als daß sie unsichtbar blieb. Sie erinnerte sich an lange stille Stunden an ihren Lieblingsorten – dem von einer Mauer umgebenen Garten, dem warmen, nach Tomaten duftenden Gewächshaus, ihrem blau-weißen Zimmer, das nie ein anderer betrat, und der Sattelkammer, die immer mehr zu einem Holzlager wurde, seit all ihren Bitten zum Trotz ihr walisisches Pony verkauft worden war.

Obwohl sie beide Außenseiter in der Schule waren, fanden

Madeleine und Joss nicht gleich zueinander. Allmählich jedoch, im Lauf der Jahre, entwickelte sich die Gewohnheit, zusammenzusein. Keine von beiden störte es, wenn sie, an einen bevorzugten Schlupfwinkel geflohen, die andere dort antraf, ja, mit der Zeit bekam die Anwesenheit dieser anderen, die nichts verlangte, etwas Tröstliches, und es bildete sich langsam eine Freundschaft, die die Schule beinahe erträglich machte. Sie war stark genug, um fortzubestehen, nachdem Madeleine von der Schule abgegangen war und zu Joss' Empörung unverzüglich auf dem Heiratsmarkt feilgeboten wurde. Felicity Holgate sah in einer hübschen, fügsamen Tochter ihre größte Chance auf zukünftiges Wohlleben, jetzt mußten sich all die Jahre des Katzbuckelns auszahlen.

Sie wagte kaum, an ihr Glück zu glauben, als es gelang, einen schottischen Baron mit großem Besitz und finanziell ertragreichen Mietshäusern in Edinburgh einzufangen. Da spielte es keine Rolle, daß er sechzehn Jahre älter war als die kindlich unreife Madeleine, so faul, daß man ihn aus Eton hinausbefördert hatte, an sich schon eine reife Leistung, und daß man mit Berechtigung hätte fragen können, wieso er bisher unverheiratet geblieben war. Wichtig war nur, daß er angebissen hatte. Geblendet von ihrem Erfolg, ahnte Felicity nicht, daß Charles selbst beordert worden war, sich endlich eine Frau zu suchen und Kinder in die Welt zu setzen. Ebensowenig ahnte sie, daß ihre selbstgefälligen Pläne, auf Glenmara Einzug zu halten, gleich bei ihrem ersten alptraumhaften Besuch dort nach Charles' und Madeleines Rückkehr aus den Flitterwochen ein für allemal zunichte gemacht werden würden. Charles' Mutter, eine ganze Generation älter als sie, führte ein eisernes Regiment. Felicity Holgate konnte ihr nicht das Wasser reichen. Sie räumte fluchtartig das Feld, ohne einen Gedanken an die unglückliche Lage ihrer Tochter, die unter dieser Herrschaft leben mußte.

Charles hatte natürlich auch Joss unmöglich gefunden, doch ihre Besuche auf Glenmara ließ sich Madeleine, die sonst in allem nachgab, nicht nehmen. Joss war einsichtig genug, um im großen und ganzen den Mund zu halten, wenn sie dort war. Denn Madeleine, die Gewissenhafte und Zuvorkommende, tat ja ihr Bestes, um sich diesem neuen, schwierigen Leben anzupassen.

Sie hatte sich wirklich zu Charles hingezogen gefühlt. Die plumpen Manöver ihrer Mutter hätten sie niemals dazu bringen können, ihn zu heiraten, wenn sie nicht geglaubt hätte, ein Leben mit ihm wäre besser als die Alternativen, die ihr sonst offenstanden. Er war damals recht gutaussehend, wenn auch auf eine konventionelle Art, blond und hellhäutig, groß, dank seiner ausgiebigen sportlichen Betätigungen noch schlank, nicht schwerfällig und schwammig wie später. Und er gab sich große Mühe, ihr gefällig zu sein, froh, im Angebot eine so wenig bedrohliche Frau wie Madeleine zu finden, die vielleicht nicht unbedingt dem Wunschtraum seiner Mutter entsprach, in diesem Stadium jedoch durchaus akzeptabel war. Ihm ging es in erster Linie darum, die ganze Angelegenheit unter Dach und Fach zu bringen und sich ohne weitere Störung wieder seinen eigenen Interessen widmen zu können. Sex hatte er im Grunde genommen immer als eine Verschwendung von Zeit und Mühe angesehen, doch er konnte sich vorstellen, daß es recht angenehm sein würde, diese hübsche Frau im Haus zu haben, ohne erst Anstrengungen und Kosten aufwenden zu müssen.

Madeleine hatte auf ihre eigene Weise ähnlich gedacht. Sie hatte sich unter ihren Altersgenossinnen, die sie mit ihrer lässigen Selbstsicherheit eingeschüchtert hatten, nie wohl gefühlt. Und auf diese Weise würde die beängstigende Frage, was sie nach der Schule anfangen sollte, für immer aus der Welt geschafft sein.

Ohne Frage akzeptierte sie Lady Napiers Anwesenheit auf Glenmara und ihr Regiment über Haus und Personal, Garten und Gut – hatte auch nichts dagegen, daß sie weiterhin den Titel ohne Einschränkung benutzte. Es war alles genau wie in der Schule: Sie bemühte sich, die Regeln zu lernen, das Rechte zu tun – wozu gehörte, daß sie noch im ersten Jahr ihrer Ehe, achtzehn Jahre alt, Archie zur Welt brachte.

Als Joss nach dem Tee ihre Reisetasche nach oben trug – der Gast, nicht die Gastgeberin, hatte daran gedacht, daß es vielleicht ein guter Gedanke wäre, in dem vorgesehenen Zimmer die Heizung einzuschalten –, wurde sie beinahe von dem alten Widerwillen überwältigt, der über sie hereinbrach. Derselbe tote Geruch, derselbe Teppich von der Farbe feuchten Sands, die trüben, mattweißen Wände, die düsteren Gemälde, deren Anblick nur deprimierte, die sinnlosen Objekte, die anscheinend auf den Konsolentischchen in den Korridoren nie verrückt worden waren, die spärliche Beleuchtung, die Kälte, die einem wie eine Stahltür entgegenschlug – das alles beschwor nur allzu deutlich die feindseligen Geister der Vergangenheit herauf.

Die alte Dame war schon vor Jahren nach Edinburgh umgezogen, aber Madeleine war offensichtlich nie der Gedanke gekommen, irgend etwas zu verändern. Oder vielleicht hatte Charles es nicht erlaubt? Oder vielleicht war inzwischen das Geld knapp geworden?

Warum bin ich in dieses grauenvolle Haus zurückgekommen, fragte sich Joss, als Madeleine die Tür zu einem der Gästezimmer öffnete. Massige dunkle Mahagonimöbel, Teppiche und Vorhänge, aus denen die Farben längst herausgebleicht waren, schwere weiße Bettüberwürfe aus bestickter Baumwolle.

«Es wird wahrscheinlich eine Weile dauern, ehe es warm wird», sagte Madeleine, die Hand erwartungsvoll an den eiskalten Rippen des riesigen Heizkörpers.

«Ja wahrscheinlich», stimmte Joss zu. «Hast du keine Wärmflasche da?»

«Platt legt sie dir hinein, sobald er zurückkommt.»

Genau wie früher wurde jedes Gespräch durch den Ablauf der täglichen Rituale zerstückelt. Platt kam, um das Tablett hinauszutragen, und spielte die Rolle des vielgeplagten Butlers dieser Tage weit weniger zurückhaltend, wie Joss feststellte. Unangemeldeter Besuch, ein übel aussehender Kastenwagen vor der Tür, ein Gästezimmer, das ohne Rücksprache mit ihm zugeteilt worden war, der Fisch reichte nur für eine Person, und außerdem hatte sich jemand an seinem Feuer zu schaffen gemacht.

Dann ging es um die Frage des Umziehens für das Abendessen. Unterzog sich Madeleine jetzt, wo sie allein war, tatsächlich noch Abend für Abend diesem lächerlichen Theater?

«Tut mir leid, aber ich habe gar nichts Passendes mit», sagte Joss entschieden. «Kann ich also mit meinem Bad warten, bis mein Zimmer ein bißchen warm geworden ist?»

«Oh, Joss, entschuldige. Möchtest du mein Badezimmer benützen? Oder vielleicht könnten wir einen Heizofen...»

«Ich kann doch einfach baden, bevor ich zu Bett gehe.» Wo es am wohltuendsten ist, ergänzte Joss, die in diesem Haus viele kalte Nächte erduldet hatte, im stillen.

«Wäre dir das lieber? Dann macht es dir hoffentlich nichts aus, wenn ich dich jetzt eine Weile allein lasse? Soll ich dir den Fernsehapparat einschalten? Oder hier ist auch die *Times*. Platt bringt dir einen Drink, wenn du einen möchtest...»

Kein Gedanke daran, daß Madeleine auch auf ihr Bad verzichten könnte, vermerkte Joss mit Erheiterung. «Hau schon ab», sagte sie nachsichtig. «Ich setz mich inzwischen vor die Glotze.» Aber schon nach wenigen Minuten veranlaßten sie die trostlosen Gesichter von Scharen von Flüchtlingen und die Großaufnahme eines verhungernden Kindes, ärgerlich aufzuspringen und den Apparat auszuschalten.

Das Speisezimmer war voll unangenehmer Assoziationen. Hier hatte die alte Lady Napier stets ihre Krallen gewetzt. Und eine Biologiestudentin an einer der neueren Universitäten, die Oxford oder Cambridge nicht das Wasser reichen konnten, hatte sich vorzüglich als Opfer geeignet. Mit neunzehn, zwanzig war es Joss nicht leichtgefallen, damit umzugehen, zumal sie wußte, daß Madeleine leiden würde, wenn sie zurückschlug, wie sie das gern getan hätte.

Das Abendessen dauerte heute wie damals ewig. Wie hielt Madeleine das nur aus? Platts nikotinbraune Finger, die Schuppen auf seinem Kragen, seine ungebügelte gestreifte Hose. Bouillon aus der Dose, Toast Melba. Sherry, der abgelehnt wurde. Ein winziges Stück Schellfisch unter Unmengen von Senfsoße versteckt. Das Steak verdächtig schwammig. Wie haben sie das denn aufgetaut, fragte sich Joss. Madeleine schien das alles nicht zu bemerken. Platt hatte Wein aufgemacht. «Verzeihen Sie, Mylady. Ich dachte, er wäre gewünscht.» Sorbet, das angetaut und wieder eingefroren worden war. Danach Cheddar.

Madeleine aß zwei Bissen von diesem, einen Bissen von jenem, machte Konversation, während sie in Gedanken bei der Neuigkeit war, die Archie ihr überbracht hatte.

«Ja, es war wirklich eine Überraschung, nicht wahr», stimmte sie Joss zu, «daß Lisa sich nach der Schule dafür entschieden hat, nach London zu gehen. Sie hat das Land doch immer so geliebt ...»

Archie hatte seine Arbeit an der Universität viel Freude gemacht, aber seine jetzige Tätigkeit, die ihn in alle möglichen Teile der Welt führte, wo er Bodenanalysen machte und lange Berichte schrieb, schien ihn mehr auszufüllen ...

Sie fragte natürlich nach Joss' Arbeit. «Du hast mir nie erzählt, glaube ich, warum du aus dem Sudan weggegangen bist. Und bist du nicht befördert worden?»

«Sie haben mich zur Feldkoordinatorin gemacht, wenn man das eine Beförderung nennen kann», antwortete Joss brüsk, und ihr Gesicht verdunkelte sich. «Wir sind aus dem Sudan weggegangen, weil sie unsere Mitarbeiter erschossen haben, als sie aus dem Flugzeug stiegen.» Wie sollte sie versuchen, auch nur etwas davon Madeleine nahezubringen? «Sei mir nicht böse, aber ich würde das alles gern eine Weile vergessen, wenn du nichts dagegen hast», sagte sie stirnrunzelnd und mit einem abwehrenden Kopfschütteln, das mehr ihren eigenen Gedanken galt als Madeleines Fragen. Hastig lenkte Madeleine das Gespräch auf alte Schulerinnerungen.

Wenn wir allein sind, reden wir richtig miteinander, nahmen sich beide vor, doch selbst als Platt endlich verschwunden war und das große Haus sie schweigend umgab, merkten sie zu ihrer Bestürzung, daß ihre Unbefangenheit im Umgang miteinander nur oberflächlicher Natur war. Madeleine jedenfalls erkannte, daß sie weiter denn je davon entfernt war, das Thema ansprechen zu können, das sie so sehr quälte.

Ich hätte direkt zum Cottage fahren sollen, dachte Joss frustriert, während sie mit halbem Ohr zuhörte, was Madeleine von ihrer Mutter erzählte, die inzwischen zum viertenmal geschieden war und mit irgendeinem Mann in Valle de Lobo zusammenlebte. In diesem Haus werde ich nur immer angespannter. Ich muß sofort morgen abfahren.

Madeleine sah niedergeschmettert aus, als sie es ihr sagte. Ihr ganzes Gesicht schien zu verfallen. «Aber doch nicht so bald schon, Joss?» Ich brauche dich. Laß mich nicht wieder allein.

«Ich komme bald wieder zurück, ich verspreche es dir. Aber ich brauch jetzt erst einmal Zeit zum Nachdenken, ein bißchen Raum für mich selbst.»

«Das könntest du hier doch haben. Ich würde dich bestimmt in Frieden lassen.»

«Ich muß einfach allein sein.»

Voll mitleidiger Bewunderung registrierte sie Madeleines Reaktion, die Joss' Belange sofort über ihre eigenen stellte. «Natürlich, das kann ich verstehen. Bei den Bedingungen, unter denen du arbeitest, den Dingen, die du jeden Tag zu sehen bekommst – es muß ein Alptraum sein. Ich verstehe dich wirklich.»

Nein, du verstehst es nicht, du hast keine Ahnung, dachte Joss müde, als sie sich in langer Hose und T-Shirt um die Wärmflasche krümmte und sich bemühte, nicht einen Zentimeter mehr als unbedingt notwendig von dem eisigen Bettuch zu berühren. Du weißt ja nicht einmal, wie es ist, vor deine eigene Haustür zu treten. Du bist eine von ihnen geworden, eine Napier. Sie haben gute Arbeit geleistet.

Und am anderen Ende des Korridors lag Madeleine in ihrem handgenähten viktorianischen Nachthemd, mit gebürstetem Haar und eingecremtem Gesicht, kerzengerade und hellwach in ihrem großen Bett. Der Kokon, in dem sie gelebt hatte, hatte über Charles' Tod hinaus gehalten; die Ereignisse des heutigen Tages hatte er nicht überlebt. Es kam Madeleine vor, als triebe sie im Leeren, als hätte man ihr den Boden unter den Füßen weggezogen. Angst und Abscheu vor ihrer eigenen Unzulänglichkeit erfüllten sie, als die Gedanken an Archie und Cecil sie von neuem bedrängten. Würde sie je fähig sein, ihnen zu geben, was sie von ihr erwarteten?

3

Archie wußte, daß er Cecil in ihrem Atelier finden würde, dem hohen lichtdurchfluteten Raum über einer sich verändernden Hafenlandschaft, in dem sie vor ihrer Heirat gelebt hatte und der ihr auch jetzt noch, allzu oft seiner Meinung nach, als Rückzugsort diente. «Ästhetik der zwanziger Jahre», hatte er gutmütig gesagt. Er konnte die Schönheit des Raums, der mit handbemalten Paravents, Kerzenhaltern, Keramik und Stoffen aus den von Cecil hochgeschätzten OmegaWerkstätten ausgestattet war, bewundern, aber er hätte nicht in ihm leben können.

«Hat sie es verstanden?» Cecil eilte ihm entgegen.

«Es wäre gut gewesen, wenn du mitgekommen wärst.»

«Sie ist also entsetzt.» Cecil zog sich augenblicklich in kühle Gleichgültigkeit zurück, doch Archie war klar, daß sie dahinter lediglich ihre Enttäuschung verbarg.

Er legte seinen Arm um sie und zog sie sachte an sich, glücklich wie immer, ihren zierlichen, biegsamen Körper zu fühlen. «Wir haben doch gewußt, daß sie Zeit brauchen würde, um es zu akzeptieren.»

«Was hat sie gesagt?»

Seufzend drückte er seinen Kopf in ihr dunkles Haar. «Das, was sie für korrekt hielt. Sie hat sich große Mühe gegeben.»

«Ich wünsche mir so, daß sie das Kind liebt.»

«Damit es die Liebe einer Großmutter erfährt, ist das Sinn der Übung?»

Cecil blickte ihm forschend in die Augen. «Ja, natürlich, das gehört auch dazu.»

«Ich weiß», sagte er liebevoll und zog ihren Kopf an seine Wange. Cecil, Kind aus einer Ehe, die auseinandergegangen war, als sie noch sehr klein gewesen war, hatte die Geborgenheit einer Familie nie kennengelernt und wünschte verzweifelt, sie ihrem eigenen Kind geben zu können.

«Aber ich möchte auch gern, daß Madeleine sich einfach freut, ein Enkelkind zu haben.» Cecil hoffte, sagte es aber nicht, daß sie seiner Mutter, zu der sie bisher keinen Zugang gefunden hatte, dadurch näherkommen würde.

«Im Augenblick ist sie leider gar nicht beglückt darüber», bekannte Archie. «Beinahe hätte sie gesagt ‹Aber was würde denn dein Vater dazu sagen?›, aber sie hat es sich verkniffen, das wenigstens muß man ihr lassen. Für sie ist es einfach unmöglich, über solche Dinge zu sprechen. Ich bin überhaupt nicht zu ihr durchgedrungen. Teilweise wegen dieser Mauer aus Konvention und sogenanntem zivilisierten Verhalten, die sie um sich herum aufgebaut hat, so daß sie manchmal wirklich wie ihre eigene Großmutter wirkt, und teilweise weil ständig Platt, dieser alte Idiot, um uns herumgeschlichen ist. Es ist wirklich schade, daß wir nicht näher wohnen. Es wäre bestimmt eine Hilfe, wenn sie sich stärker miteinbezogen fühlen könnte.»

«Ich weiß, aber wir können nun mal nicht dauernd zwischen London und Schottland hin und her fahren, gerade jetzt nicht. Ich hab so viel um die Ohren – der Fitzroy-Crescent-Auftrag ist ein Riesenprojekt – ach, dabei fällt mir ein, schau mal, was eben angekommen ist ...»

Schon war sie an ihrem Arbeitstisch und griff triumphierend nach einer Mappe mit Zeichnungen. Das Kind war vergessen. Archie folgte ihr, ohne etwas zu sagen. Hätte sie sich umgedreht und sein Gesicht gesehen, sie wäre überrascht gewesen über den Ausdruck schmerzlicher Sehnsucht.

Joss fuhr doch nicht am nächsten Morgen ab. Über Nacht hatten an der Westküste starke Schneefälle eingesetzt. Platt, der wußte, daß Madeleine morgens niemals Radio oder Fernsehapparat einschaltete, sagte nichts davon. Er wollte Joss mit ihrem scharfen

Blick so schnell wie möglich aus dem Haus haben. Joss jedoch, die hinausgegangen war, um ihre Tasche im Wagen zu verstauen, hatte nur einen Blick zum Himmel geworfen und im Haus sofort den Fernseher angemacht.

Sinnlos, jetzt abzufahren. In gewisser Weise war sie erleichtert, daß ihr die Entscheidung abgenommen war; ihr Gewissen hatte sie doch sehr geplagt. Weiß der Himmel, was wir mit uns anfangen werden, dachte sie resigniert, während das Frühstück seinen schleppenden Gang nahm.

«Wir dürfen nicht zu spät von unserem Spaziergang zurückkommen. Heute ist Mr. Maclarens Dienstag», bemerkte Madeleine, als sie das kalte Speisezimmer verließen.

Machte sie immer noch jeden Morgen ihre Spaziergänge, nicht weil es ihr Freude machte oder das Wetter sie hinauslockte, sondern weil es immer so Brauch gewesen war? Es schien so.

«Wer ist Mr. Maclaren?»

«Erinnerst du dich nicht? Der Verwalter. Kommt jede zweite Woche aus unserem Büro in Edinburgh herauf. Du hast ihn bestimmt einmal hier getroffen, er kümmert sich seit Jahren um das Gut.»

«O Gott, dieses blutlose alte Weib. Den tust du dir immer noch an?»

«Na ja...» Der Gedanke, das könnte nicht nötig sein, war Madeleine nie gekommen. «Er bringt die Löhne, holt die Rechnungen und so weiter, schaut sich auf dem Hof um, spricht mit dem Aufseher und den anderen Angestellten...»

«Und worüber unterhaltet ihr euch beim Mittagessen?»

«Na ja, über die Arbeiten, die gerade im Gang sind. Reparaturen, Pläne...» Und Mr. Maclarens Verdauung und Mrs. Maclarens Herzgeräusche.

«Ah ja», sagte Joss, die sich den Rest denken konnte.

Madeleine lachte. «Komm, ziehen wir unsere Stiefel an.»

Unter einem tiefhängenden düsteren Himmel gingen sie mit flottem Schritt durch die grauweiße Landschaft. Madeleines Gesicht färbte sich rosig, Joss' mehr blaurot. Das Gutshaus stand auf einer Anhöhe zwischen dem Fluß und einem sprudelnden Bach, der den See unterhalb des Gartens speiste. Sie gingen die Straße hinauf, die hinter dem Haus zu dem eine Viertelmeile entfernten Gehöft bergan führte. Dann ging es an einem Nadelgehölz vorbei, dessen Anpflanzung Joss selbst miterlebt hatte, den Feldweg am Bach hinunter, rund um den See und danach die Auffahrt hinauf, zurück zum Haus. Der gewohnte Rundgang. Während Joss die pflichtschuldig ausschreitende Madeleine beobachtete, fragte sie sich, ob sie auf diesem Weg überhaupt noch etwas wahrnahm.

Platt empfing sie mit der Nachricht, daß Mr. Maclaren wegen der «ungünstigen Wetterlage» nicht kommen würde. Platt selbst jedoch hatte beschlossen, nach Muirend zu fahren, das nächste Einkaufsstädtchen ein paar Meilen das Tal hinunter.

«Wollen Sie das wirklich wagen?» fragte Madeleine zweifelnd, aber höflich. «Wenn die Vorhersage so schlecht ist?»

«Ich muß an die Einkäufe für das Haus denken, Mylady.» Machte Madeleine dieser gönnerhafte Ton wirklich nichts aus? «Wenn das Wetter schlechter wird, kann ich morgen vielleicht gar nicht mehr fahren.» Dem Ehepaar Platt waren die Videos, die tiefgefrorenen Scampi, die Chips und das Bier ausgegangen.

Das Schneegestöber erreichte Glenmara am Nachmittag. Platt rief um fünf Uhr an, um mitzuteilen, daß die Straße durch das Tal gesperrt sei. Er und Mrs. Platt mieteten sich im Benmore Hotel (drei Sterne) ein, konsumierten ein fünfgängiges Abendessen und zwei Flaschen Beaujolais, den sie nicht vertrugen, stritten sich die ganze Nacht und hoben die Rechnung für Mr. Maclaren auf.

Ihre Abwesenheit ebenso wie das Heulen des Windes, der wilde Wirbel der Flocken vor den Fenstern und der frühe Einbruch der Dunkelheit vermittelten Joss und Madeleine ein angenehm abenteuerliches Gefühl der Belagerung.

«Es ist ein richtiger Schneesturm», meldete Joss, nachdem sie einen letzten Blick aus dem Fenster geworfen hatte, ehe sie mit einem kräftigen Ruck die schweren Vorhänge zuzog. «Wir sind von der Welt abgeschnitten, Mads.»

«Wie aufregend! Ich bin froh, daß du hier bist. Ich glaube, allein würde ich das nicht so genießen.»

«Es tut gut, sich mal so unbeschwert zu fühlen. Die Frage ist nur, ob der fiese Platt uns überhaupt was zu essen dagelassen hat. Wahrscheinlich mußte er zum Einkaufen fahren, weil sämtliche Schränke leer sind.»

«Ach, irgendwas ist bestimmt da», protestierte Madeleine, allerdings mit einem Ausdruck leichter Besorgnis.

«Hast du eigentlich schon mal in deiner eigenen Küche gekocht?»

«Na ja, eine ganze Mahlzeit nicht.»

«Was dann?»

«Orangenmarmelade. Eier in Aspik.»

«Sehr nahrhaft.»

Wie schön war es doch, kichern zu können, ohne einen mißbilligenden Blick auf sich zu fühlen. Madeleine spürte, wie ihre innere Spannung sich zu lösen begann, als sie sich auf den Weg machten, um nach etwas Eßbarem zu suchen. Sie mußte allerdings davon abgehalten werden, ein Abendessen nach üblichem Glenmara-Muster zu planen.

«Vergiß das ganze Brimborium mit Suppe, Fisch, Fleisch», sagte Joss. «Und das Speisezimmer kannst du auch gleich vergessen. Was würdest du zu gebackenen Bohnen mit Toast vor dem Kamin sagen?»

«Oh, bitte keine gebackenen Bohnen!»

«Na schön, hier sind zwei Forellen. Und dunkles Brot dazu? Da liegt auch ungefähr ein ganzes Kilo Cheddar, und Obst ist bestimmt auch irgendwo.»

Sie machten im Salon ein großes Feuer, trugen einen niedrigen Tisch davor, rückten Joss' Fußbank heran, die Platt wieder an ihren Platz gestellt hatte, holten eine zweite aus der Bibliothek und trugen das Essen hinein. Sie fühlten sich wie bei einem Mitternachtsdiner.

Sie wollten Wein trinken, konnten aber den Kellerschlüssel nicht finden. Eine gründliche Suche förderte jedoch zu Madeleines Überraschung diverse Sorten von Alkohol zu Tage, und sie entschied sich für einen Weißwein, den sie in einer Kiste in dem kleinen Zimmer fanden, in dem das Personal seinen Tee trank. Joss nahm ein Bier.

Und plötzlich konnten sie auch miteinander reden. Die Fragen unterschieden sich gar nicht so sehr von denen des vergangenen Tages, aber die Antworten waren auf einer ganz anderen Ebene.

«Du hast jetzt ein schlechtes Gewissen, stimmt's?» Joss wies mit einer Kopfbewegung auf die Teller auf dem Teppich, die halb verbrannten Forellengräten, die sie ins Feuer geworfen hatte, die Bierdose auf dem Kamin.

Madeleine widersprach nicht. «Achtundzwanzig Jahre», sagte sie nur.

«Und was hast du jetzt vor?»

«Ich habe noch nicht einmal angefangen, darüber nachzudenken. Seit Charles' Tod hab ich einfach von einem Tag zum anderen gelebt, genau wie vorher. Es geht ganz leicht; der Rahmen hat sich ja nicht geändert. Und bei einem Besitz von dieser Größe gibt es jeden Tag irgendwelche Probleme, irgend etwas funktioniert nicht, wie es soll, jemand kommt nicht zur Arbeit, man muß dies oder jenes entscheiden, so daß man ständig die Illusion hat, höchst beschäftigt zu sein. Im Sommer ist es der Garten. Aber im Grunde ist es ein reines Zeittotschlagen. Dir erscheint das bestimmt absurd...»

«Ich hatte keine Ahnung, daß Charles dir so viel bedeutet hat.»

«Charles?»

Dein Mann. Aber dies war nicht der Moment für Scherze. «Du hast richtig elend ausgesehen, als ich gestern ankam.»

«Nicht wegen Charles. Um ehrlich zu sein, ich denke kaum an ihn, ich meine, an den Menschen, obwohl ich mich in meinem Denken wahrscheinlich immer noch in allem auf ihn beziehe. Nein, gestern war es etwas anderes...»

Ihr Ton hatte sich geändert. Es war, als spräche sie mit sich selbst. Sie starrte ins Feuer. Ihr Gesicht sah müde und angespannt aus. Joss ließ ihr Zeit.

«Archie und Cecil bekommen ein Kind.»

Joss fand den Ton verwunderlich und verkniff es sich, sofort mit einem «Aber das ist doch wunderbar, oder nicht?» zu reagieren. Sie wartete schweigend.

«Sie können offenbar – sie können kein eigenes bekommen», erklärte Madeleine mit sichtlicher Anstrengung. «Deshalb hat sich Cecil – sie hat sich künstlich befruchten lassen», sagte sie abrupt.

«Sie sind der Meinung, daß das die beste Lösung für sie ist?» begann Joss mit sachlichem Interesse. Dann sah sie Madeleines Augen, gequält und voller Widerwillen. «Ach, Mads, du findest das wohl absolut grauenvoll?»

«Es ist widerwärtig!» brach es aus Madeleine hervor. «Archies Frau – der Gedanke, daß sie von einem anderen Mann – daß Archie ein Kind akzeptieren soll, das nicht einmal von ihm ist...» Schaudernd brach sie ab. «Joss, ich finde es einfach obszön. Ein Kind von einem Fremden. Wer ist der Mann? Was wissen wir über ihn?»

«Versuch doch einfach, es nicht als das Kind eines anderen Mannes zu sehen.»

Madeleine schloß nur wortlos die Augen.

Joss machte einen neuen Versuch. «Es ist eine ganz klinische Sache, wie... wie eine Routineuntersuchung. Versuch, das Kind zu sehen, ein Kind, auf das du dich freuen kannst.»

«Aber was für ein Kind? Es sollte Archies Kind sein, mit seinem Wesen, mit seinem Aussehen...»

«Aber sie müssen das alles doch gründlich besprochen haben?»

«Cecil geht es darum, die Geburt zu erleben, die frühe Mutter-Kind-Bindung. Du weißt, wie bewußt sie in allem ist.» Joss wußte überhaupt nichts über Archies Frau, außer daß sie eine auf ihrem Gebiet bereits bekannte Innenarchitektin war, und dem Hochzeitsfoto nach, das Madeleine ihr gezeigt hatte, war sie dunkel und schmal, mit einem verschlossenen Gesicht und exotischer Kleidung.

«... so genau alles geplant und vorbereitet, und immer und

überall erfolgreich. Sie hält Arbeit und Ehe strikt auseinander und arbeitet immer noch unter ihrem Mädchennamen, Cecil Kerevan.»

«Aber das ist doch nichts Ungewöhnliches.»

«Sie hat auch die Atelierwohnung behalten, in der sie früher gewohnt hat – sie ist meilenweit von ihrem Haus in Richmond entfernt –, und wenn Archie auf Reisen ist, übernachtet sie häufig dort.»

«Na ja, wenn sie mitten in einer Arbeit steckt, ist das vielleicht praktischer, als hin und her zu fahren. Aber ist die Ehe denn in Ordnung? Sind die beiden glücklich miteinander?»

«Es scheint so. Aber ich finde das alles sehr merkwürdig!» Madeleines Verwirrung war offenkundig.

«Aber wenn sie glücklich sind ... Das Kind wird ja vermutlich ihr Leben ziemlich verändern.»

«Archie hat mir gesagt, Cecil möchte abwarten, wie die Schwangerschaft sich auf sie auswirkt, was die hormonellen Veränderungen ihr diktieren.»

«O Gott, das klingt ja fürchterlich.»

«Aber sie ist nicht fürchterlich. Sie ist eine entzückende Person. Du brauchst gar nicht so ein Gesicht zu machen, es stimmt schon. Sie macht sich nur gern ihr eigenes Bild von allem. Ich vermute, vorläufig wird sich sowieso nicht viel verändern. Archie ist diese Woche in Spanien und dann muß er sehr bald noch einmal nach Bahia für einen Abschlußbericht über die Auswirkungen irgendeiner Großbewässerungsanlage. Das ist der Teil seiner Arbeit, der ihm am meisten liegt – wenn er direkt mit den Menschen zu tun hat.»

«Sprechen wir doch noch einmal über das Kind. Stört es dich zum Beispiel, daß es eines Tages das alles hier vielleicht erben wird?»

Madeleine sah sie verblüfft an. «Ach du lieber Gott, so weit hatte ich überhaupt noch nicht gedacht.»

«Aber du hast schon daran gedacht, daß es dein Enkelkind sein wird?»

«Es wird nicht mein Enkelkind sein.»

«Glaubst du nicht, Archie möchte, daß du es so siehst?»

So sprachen sie, während draußen das Heulen des Sturmes sich langsam legte und Joss nicht ohne eine gewisse Erleichterung ihre eigenen Probleme fürs erste wegpackte. Wie viele Frauen unserer Generation, dachte sie, wären über diese Entwicklung so niedergeschmettert? Madeleines Leben hier auf Glenmara war weit exotischer als das ihrer Schwiegertochter. Auch wenn Madeleine das nicht bewußt war.

Das langsam verglühende Feuer und die immer durchdringendere Kälte veranlaßten sie schließlich, den Abend zu beschließen.

«Ach Gott, glaubst du, ich muß irgend etwas absperren?» rief Madeleine, die wieder in die Realität zurückkehrte, als sie fröstelnd aufstanden.

«Hast du Angst, daß heute nacht Einbrecher und Vergewaltiger auf ihren Langlaufskiern unterwegs sind?» spöttelte Joss.

Madeleine lachte. «Aber irgendwas muß doch bestimmt getan werden. Sonst kümmert sich Platt immer um alles.»

«Du solltest Platt rausschmeißen.»

«Rausschmeißen?» wiederholte Madeleine verständnislos. «Aber warum denn?»

«Um mal zu sehen, wie du ohne ihn auskommst.»

«Nein, besten Dank, ich habe im Moment Sorgen genug.»

«Aber Lisas Leben scheint doch ganz in Ordnung zu sein», meinte Joss aufmunternd.

«O ja, da gibt es keine Probleme», stimmte Madeleine zu. Außer daß wir uns völlig fremd sind, dachte sie traurig.

Als Madeleine die Tür hörte, glaubte sie, die Straßen wären wieder frei und die Platts zurückgekehrt. Aber es war Joss mit dem Morgentee. Sie stellte das Tablett so krachend nieder, wie Platt es selbst in gereiztester Stimmung nicht fertiggebracht hätte.

«Mensch, dieses Zimmer! Das ist ja noch kälter als meins», rief Joss, als sie zum Fenster ging, um die Vorhänge zu öffnen. «Es liegt gar nicht so viel Schnee, das wundert mich. Es muß zu schneien aufgehört haben, als der Wind sich gestern abend gelegt hat. Aber tolle Verwehungen.»

«Joss, du bist wunderbar!» erklärte Madeleine, als sie sich in ihrem Bett aufrichtete. «Nicht nur Tee, sondern ein richtiges Frühstück.»

«Ja, aber es war ein Fehler, es hier raufzubringen, glaube ich. Mit diesen Temperaturen hatte ich nicht gerechnet. Möchtest du nicht einen Pulli oder was?»

«Ich habe schon etwas da, danke.»

«Ein Bettjäckchen? Du lieber Himmel, so was gibt's noch?» Joss hob einen Heizlüfter aus dem offenen Kamin, trug ihn bis zum Bett und schaltete ihn ein. «Gib mir die Steppdecke.» In die Decke gehüllt hockte sie sich im Schneidersitz aufs Bett, machte sich über ihr gekochtes Ei her und kam ohne Umschweife auf das Gespräch des vergangenen Abends zurück.

«Wieso können Archie und Cecil keine eigenen Kinder bekommen? Darüber hast du mir gar nichts gesagt.»

«Archie ist anscheinend – seine Spermienzählung ist niedrig.» Madeleine sprach das Wort mit solcher Verlegenheit aus, daß Joss die Arme hochwarf und in lautes Gelächter ausbrach. Das Tablett kippte, die Steppdecke rutschte, und sie hatte erst einmal damit zu tun, alles wieder in Ordnung zu bringen.

«Du bist nicht mit Gold aufzuwiegen! Du machst ein Gesicht, als hättest du in einen sauren Apfel gebissen. Mads, du bist fast dreißig Jahre verheiratet und hast zwei Kinder, und da hast du Schwierigkeiten, das Wort Sperma auszusprechen!»

«Ich finde einfach, daß das kein Thema fürs Frühstück ist», gab Madeleine zurück.

«Okay, aber ich hab heute morgen im Bett über das Kind nachgedacht. Wenn das also das Problem ist – und Archie ist ja sowieso die meiste Zeit unterwegs –, hat sich Cecil wahrscheinlich überlegt, daß sie jetzt im besten Alter ist, Mutter zu werden, und beschlossen, nicht länger zu warten. Ich hab übrigens auch über dich nachgedacht und darüber, wie sehr dir das zusetzt.»

«Sie hätten doch ein Kind adoptieren können. Das ist viel normaler», rief Madeleine.

«Dann wäre das Kind ein Produkt von zwei Fremden gewesen statt von einem Fremden und der Ehefrau deines Sohnes. Hätte dich das getröstet?»

Madeleine starrte sie an, das Buttermesser in der einen Hand, ein Stück Toast in der anderen, und begann zu lachen. «Ach, Joss, Gott sei Dank, daß du hier bist, um mir Vernunft beizubringen. Weißt du, bis zu einem gewissen Grad versteh ich ja auch, weshalb Cecil unbedingt ein eigenes Kind haben will. Archie hat mir einiges über ihre eigene Kindheit erzählt; sie scheint nie ein richtiges Familienleben gekannt zu haben.»

«Du solltest mal mit ihr drüber sprechen – was um Gottes willen ist denn das?»

Mitten in ihre Weltabgeschiedenheit donnerte ein Traktor, um den Hof von Schnee zu räumen und dann die Auffahrt hinunter zur Hauptstraße zu fahren, die bereits vom Schneepflug der Gemeinde wieder befahrbar gemacht worden war.

Maclarens Sekretärin rief an, um zu melden, daß ihr Chef in Kürze abfahren werde, und Madeleine wollte gerade wegen des Mittagessens in Panik geraten, als Platt erschien, bleich, mit blutunterlaufenen Augen und nur darauf bedacht, an allem etwas auszusetzen.

«Der arme Platt sieht ganz erschöpft aus», sagte Madeleine.

Joss schüttelte nur den Kopf.

Sie wäre noch eine Nacht geblieben, aber das Mittagessen gab ihr den Rest. Das ganze Theater wäre erträglicher, wenn das Essen besser wäre, dachte sie verärgert, als sie die angebrannte Unterseite ihres Koteletts entdeckte. Und Madeleine schien überhaupt nicht zu merken, daß Maclaren sie auf seine Weise mit der gleichen wegwerfenden Herablassung behandelte wie Platt.

Das Gespräch schleppte sich hin, wie es sich wahrscheinlich seit Urzeiten jeden zweiten Dienstag hingeschleppt hatte – man sprach über den katastrophalen Preis für Schafe, den katastrophalen Wechselkurs, der die amerikanischen Sportjäger veranlaßte zu Hause zu bleiben, die katastrophalen Kosten für Reparaturen und Löhne... Madeleine zeigte an allem pflichtschuldige Besorgnis, aber Joss konnte sich nicht vorstellen, daß sie wirklich fürchtete, ihre kleine behütete Welt könnte je in Gefahr geraten.

«Willst du wirklich so spät noch aufbrechen, Joss? Wäre es nicht besser, du wartest bis morgen vormittag? Den ganzen Weg kannst du heute bestimmt nicht mehr fahren, und selbst wenn du es schaffst, wäre es nicht trostlos, mitten in der Nacht in einem leeren Haus anzukommen?»

«Nein, wirklich, ich möchte fahren. Wenn die Straßen zu schlecht sind, kann ich immer irgendwo unterwegs übernachten.»

«*Drumochter* hat geöffnet, glaube ich», warf Platt ein.

«Danke, Platt.»

«Aber liegt das Häuschen nicht sehr abgelegen?» wandte Madeleine ein. «Und hatten sie im Westen nicht viel mehr Schnee als wir hier?»

«Ich komm schon ans Ziel. Wenn nötig, gehe ich eben zu Fuß.»

Auf dem Weg zum Auto bat Madeleine sie: «Komm zurück, sobald es dir möglich ist, Joss. Es wird schwer werden, hier wieder ganz allein zu sein.»

Die Bitte war so direkt, daß Joss einen Moment zögerte. Aber hatte sie sich nicht vorgenommen, daß sie von nun an zur Abwechslung einmal ihren eigenen Wünschen den Vorrang geben würde? War das nicht einer der Gründe für ihre Entscheidung gewesen? Und für Madeleine hatte sich schließlich abgesehen von Archies froher Botschaft im Grunde nichts geändert.

«Nur zwei Wochen oder so, Mads, dann komm ich wieder. Ich versprech es dir. Hier ist ja jetzt alles wieder in Ordnung. Die Straßen sind frei, und es geht wieder alles seinen normalen Gang.»

«Ja, natürlich.» Aber sie wußten beide, daß Madeleine der Schneesturm gar nichts ausgemacht hatte.

4

In die tiefen Polster des Mercedes gegurtet, sah das Kind aus wie eine Puppe. Ohne zu klagen, hatte es die endlose Fahrt schweigend hingenommen, die meiste Zeit zurückgelehnt, das Gesicht dem Fenster zugewandt, um in die eintönige Winterlandschaft hinauszublicken oder, so wie es saß, wahrscheinlich eher zum grauen Winterhimmel hinauf.

Ich sollte nicht immer nur als «das Kind» von ihr denken, sagte sich Lisa, aber es erschien beinahe lebensnotwendig, die Anonymität zu bewahren, die vernichtenden Ereignisse der letzten zwei Tage auf Abstand zu halten. Sie mußte sich jetzt allein darauf konzentrieren, heil nach Glenmara zu kommen, an den einzigen Zufluchtsort, der ihr offenstand.

Es war lange her, daß sie ihr Elternhaus in diesem Licht gesehen hatte, als Paradies, nach dem sie sich während endloser Schuljahre voller Heimweh gesehnt hatte. Dort hatte sie Archie gewußt, ihren liebsten Gefährten, der sich immer für neue Interessen begeisterte. Er hatte sie akzeptiert und mit ihr die langen Tage im Freien geteilt, die sie mit den Ponys, im Boot oder mit ihren gemeinsamen Freunden vom Gut verbrachten.

Irgendwann während ihrer Jungmädchenzeit hatte sich das alles geändert. Archie war früh erwachsen geworden. Frohgemut, äußerlich lässig, aber genau wissend, was er wollte, war er seiner Wege gegangen und hatte sie allein zurückgelassen. Der Vater, der sie verhätschelt und verwöhnt hatte, als sie klein gewesen war, hatte das Interesse an ihr verloren. Die Großmutter, Grannie, war mit den Jahren immer sarkastischer geworden und hatte ihre Geringschätzung für das große, tolpatschige Mädchen nicht verhohlen. «Schuhgröße neununddreißig! Das Kind ist ein Monstrum.» Sie konnte selbst jetzt noch die schneidende Stimme hören.

An diesem Punkt wurde Lisa plötzlich klar, daß sie beim Kernproblem angelangt war. Warum hatte ihre Mutter nie eingegriffen? Sie war so – so stumm gewesen, hatte Grannie niemals widersprochen, sie und Archie nie vor ihrer scharfen Zunge in Schutz genommen, immer alles ihrem Vater überlassen. Nein, es war schlimmer gewesen. Ihre Mutter war über diese große, linkische Tochter, die aus ihren Kleidern platzte, gegen irgendwelche Möbelstücke stieß, oder sonstiges Ungeschick anrichtete, enttäuscht gewesen. Noch immer erinnerte sich Lisa lebhaft daran, wie sehr sie ihre Mutter um ihre Leichtfüßigkeit, ihre zierlichen kleinen Füße, ihre gepflegten Hände beneidet hatte.

Einmal hatte es eine kurze Periode der Hoffnung gegeben. Als Grannie verkündete, sie habe Freunde, mit denen sie wieder Kontakt aufnehmen wollte, bevor sie stürben, und bald darauf nach Edinburgh gezogen war, wo sie sich in einer düsteren Wohnung mit Blick auf den Bruntsfield Golfplatz niederließ. Dort hatte sie ihr Herz für Bridge, Zentralheizung und, besonders intensiv, den Alkohol entdeckt und hatte nur noch zwei Jahre gelebt.

Damals schien der Weg frei für eine neue Beziehung zwischen Lisa und ihrer Mutter, aber er hatte nur zu beiderseitiger Verstimmung und Frustration geführt, die sich bei Lisa in Ungezogenheiten äußerten und bei Madeleine in waidwunden Blicken. Weiterhin war es die Hauptsorge ihrer Mutter gewesen, daß alles genauso ging, wie ihr Vater es wünschte, und das hieß, wie Grannie es gehalten hatte. Glenmara war mit jedem Jahr bedrükkender geworden.

Archie hatte sie schließlich aus dem allem herausgeholt. Er hatte sie in eine Handelsschule gesteckt, ihr befohlen, eine Schlankheitskur zu machen, und hatte bei seinen unregelmäßigen Auftritten in London ein freundliches Auge auf sie gehabt. Sie hatte gehungert wie verrückt, für die Schule gebüffelt. Sie hatte Freundschaften geschlossen und war mit jungen Männern ausgegangen. London war voller junger Mädchen mit Schuhgröße neununddreißig gewesen. Nach der Schule hatte sie eine Stellung bei einer Unternehmensberatungsgesellschaft gefunden, die hochkalibriges Managementpersonal vermittelte. Howard war ein Kunde gewesen.

Mit einem Ausruf hilflosen Zorns darüber, daß ihre Gedanken immer wieder zu ihrem Schmerz zurückkehrten, den sie zu vergessen suchte, kam Lisa zu sich und sah, daß sie mit viel zu hoher Geschwindigkeit auf der Überholspur dahinraste. Zitternd nahm sie den Fuß vom Gas und zog den Wagen auf die andere Spur hinüber. In Schweiß gebadet erinnerte sie sich an den Morgen vor zwei Tagen, als sie wie eine Wahnsinnige vom Flughafen nach Hause gefahren war, nachdem Howard...

Sie konnte sich der Bilder nicht mehr erwehren, nicht länger die Augen vor den qualvollen Tatsachen verschließen: Howards unbewegtes Gesicht, als er ihr mitteilte, was er beschlossen hatte, seit Wochen, Monaten geplant haben mußte; seine grauenvolle Sachlichkeit, als er ihr kurz und sachlich erklärte, welche Vorkehrungen er getroffen habe, um ihr gemeinsames Leben zu beenden. Seine absolute Gefühllosigkeit, die den Eindruck machte, als wäre er im Geist schon ganz woanders, weit fort von ihr, und als würde jede emotionale Reaktion von ihr bloß irritieren.

Die Atmosphäre des Hauses, das er ihr, wie er es nannte, überlassen hatte, schien sich auf subtile Weise verändert zu haben, als sie dort ankam. Das Klappern ihrer Absätze auf dem Parkett klang hohl, war plötzlich nicht mehr das vertraute alltägliche Geräusch. Allem schien mit einem einzigen gewaltsamen Griff die Vertrautheit heruntergerissen worden zu sein.

Lange saß sie an dem Schreibtisch, an dem sie gewissenhaft ihre vielfältigen Einladungen geplant und, wie Howard es verlangte, das Haushaltsbuch geführt hatte. Wie betäubt starrte sie auf die kleinen alltäglichen Dinge, die dort verstreut lagen, als hoffe sie, unter ihnen etwas zu finden, das den rasenden Wirbel ihrer Gedanken beruhigen und ordnen könnte.

Das Zimmer, in dem sie saß, enthielt nichts, das von ihr stammte, sie hatte ihm keinerlei Stempel aufgedrückt. Groß und hell, in sanften Goldtönen gehalten, wie Howard sie liebte, von bezahlten Fachleuten erlesen eingerichtet, war es mit den chinesischen Teppichen, den Seestücken des neunzehnten Jahrhunderts und den Blumenarrangements, auf die Howard das ganze Jahr über bestand, ganz seins.

Während sie dort am Schreibtisch saß, immer noch unter Schock, konzentrierten sich ihre Gedanken, als wäre es zuviel, alles auf einmal zu verarbeiten, nur auf einen Punkt: Er hatte sie genau wie immer gebeten, ihn nach Heathrow zu fahren. Er hatte sie glauben lassen, alles wäre wie immer, hatte diese letzte Sorge für seine Bequemlichkeit von ihr verlangt, als hätte er ein Recht darauf.

Und dann hatte er, vor dem Flughafen im Wagen sitzend, mit wenigen dürren Worten ihr gemeinsames Leben ausgelöscht. Er hatte alles bis ins kleinste geplant, und sie wußte, er hatte jede Tür hinter sich zugeschlagen, würde keine Spuren hinterlassen. Es war zwecklos, sich an die Firma zu wenden, um Auskunft darüber zu erhalten, wohin er gegangen war, was er plante. Ja, es war unmöglich, denn die Firma gab es nicht mehr; er hatte sie ausgelöscht wie alles andere auch.

Nach einer Weile stand sie auf und ging in sein Arbeitszimmer. Da starrte der Computer sie an, ihr ewiger Rivale. Sie lächelte bitter bei dem Gedanken, begann zu lachen und brach im selben Moment in Tränen aus. Sie fing so heftig zu schluchzen an, daß sie kaum mehr auf den Beinen stehen konnte, sich an einem Stuhl festhalten mußte. Als sie sich ein wenig beruhigt hatte, ging sie nach oben, um sich aufs Bett zu legen, das Bett, in dem sie zusammen geschlafen hatten. Das Zimmer war wie immer, all die persönlichen Gegenstände waren noch da, sprachen von gemeinsamem Besitz und Zusammengehörigkeit.

Erst als es Abend wurde, kroch sie mit brennenden Augen aus dem Bett und ging nach unten, durch die Halle, in der der schwüle Duft von Hyazinthen hing, in die Küche. Sie schaltete die Kaffeemaschine ein, dann fiel ihr ein, daß sie den Kaffee aus der Maschine ja gar nicht mochte, weil er nie richtig heiß war. Impulsiv schüttete sie das Wasser und den gemahlenen Kaffee in die Spüle. Aus Rebellion gegen die peinliche Ordnung in diesem Haus warf sie das ganze Gerät in den Mülleimer. Jahrelang hatte sie sich der Illusion hingegeben, sie werde geliebt, wenn sie sich nur perfekt benahm.

Sie suchte den Nescafé heraus, den Mrs. Porter immer nahm, und hielt, den Löffel in der Hand, inne. Hatte Howard Mrs. Porter entlassen? Er hatte nichts davon erwähnt, aber er hatte ihr ja den Ordner gegeben, der die Wagenpapiere enthielt, die Versicherungspolicen, die Zulassung für den Fernseher, all die Dinge, um die sich normalerweise sein Büro kümmerte. Vielleicht war auch Mrs. Porter in diesem Ordner.

Lisa fand die ganze Nacht kaum Schlaf. Sie konnte den quälenden Fragen nicht entfliehen. Was hatte sie falsch gemacht? Sie hatte sich solche Mühe gegeben, genauso zu sein, wie er sie sich wünschte. Sie war doch glücklich gewesen, oder nicht? Oder etwa nicht? Und selbst in ihrer abgrundtiefen Verwirrung und ihrem wachsenden Zorn hatte sie sich nach dem Trost seines kräftigen Körpers und seiner Arme gesehnt.

Der Morgen hatte praktischere Sorgen gebracht. Sie würde ihre Mutter, Archie und Cecil unterrichten müssen. Und was dann? Ihr Leben war die Ehe mit Howard gewesen. Alles, was sie tat, sagte, dachte, wie sie sich kleidete, was sie kochte und was sie einkaufte, war von ihm bestimmt gewesen. Haus, Garten, Freunde, Golf, Urlaub – alles hatte er bestimmt und alles hatte sie fraglos akzeptiert, weil sie nie das Selbstvertrauen besessen hatte, ihre eigene Persönlichkeit zu entwickeln.

Schließlich stand sie auf und zog sich an. Ziellos wanderte sie durch das stille Haus, aber es zog sie immer wieder zum großen Wohnzimmerfenster, durch das sie auf die Rosenbeete an der asphaltierten Einfahrt und den Steingarten hinausstarrte, der in seiner perfekten, professionellen Anlage kalt und unpersönlich wirkte.

In den schrecklichen Minuten am Flughafen, als sie Howard mit verzweifelten Fragen bedrängte, warum er sie verließ, da er sie doch gewählt hatte, war er von einer niederschmetternden Deutlichkeit gewesen.

«Du warst genau das, was ich damals brauchte – die Firma hatte noch einen langen Weg vor sich, wenn du dich erinnerst. Tochter aus adligem Haus, jung, naiv, anpassungsfähig – du warst perfekt. Und du bist eine gutaussehende Frau, Lisa, vergiß das nicht. Du hast dich hervorragend bewährt, und ich bin dir dankbar dafür.»

«Aber waren wir denn nicht glücklich?» hatte sie fast außer sich gerufen. «Hast du mich denn nicht geliebt?»

Darauf hatte er ihr die Antwort verweigert, hatte ihr statt dessen mit einem kurzen «Du wirst diese Sachen brauchen» den Ordner in die Hand gedrückt und den neuen Aktenkoffer, der auf seinen Knien lag, zugeklappt.

Brauchen? Diese Dinge? Autopapiere, den Garantieschein für den Boiler? Warum hatte sie ihm nicht einfach den Ordner um die Ohren gehauen, sich geweigert, ihn gehen zu lassen, darauf bestanden – worauf denn?

Mit einem Stöhnen drückte sie ihre Stirn an die Scheibe und schloß die Augen. Als sie sich kennengelernt hatten, war sie so sicher gewesen, daß er sie um ihrer selbst willen begehrte. Er hatte gesagt, es gefalle ihm, daß sie so groß sei, und beglückt, von einem Selbstvertrauen beseelt, das ihr bisher gefehlt hatte, hatte sie zu einer neuen aufrechten Haltung gefunden. Dankbar hatte sie den Stil übernommen, den er bei ihr für passend hielt, und hatte sich zum erstenmal in ihrem Leben attraktiv gefunden.

Gleichzeitig hatte sie ihre Ehe als eine Chance gesehen, ihrer Mutter zu gefallen. Keine Tochter, die mit Drogen, Rebellion oder ständig wechselnden Liebhabern Schwierigkeiten machte, sondern ein braves Kind, das einen gutaussehenden, arrivierten Ehemann mit nach Hause brachte. Da konnte doch wirklich keiner etwas sagen.

Sie spürte, wie neue Tränen aufstiegen und zwinkerte heftig, während sie über den Vorgarten hinweg zum dürren Gras der Dorfwiese hinausblickte. Im Sommer spielten sie dort Kricket. Auf der Straße dahinter kroch langsam ein Taxi dahin.

Howard hatte, wie man so sagt, reichlich Vorsorge für sie getroffen. Außerdem hatte sie immer noch ihr eigenes Einkommen, das ihr jetzt von Archie ausgezahlt wurde, und das sie nie anrührte. Hatte Howard geglaubt, sie würde hier bleiben, in diesem Haus, ganz allein? Wozu? Abgründe taten sich vor ihr auf. Wenn sie sich nicht mehr um ihn kümmern konnte, hatte sie keine Aufgabe mehr.

Verwundert sah sie, daß ein Taxi in die Einfahrt zum Haus einbog. Howard! Eine Sekunde berauschender, seliger Hoffnung. Es war doch alles nur ein grausamer Scherz gewesen. Wie eine Wahnsinnige stürzte sie durch das ordentliche Zimmer, durch die Halle und riß die schwere Eichentür mit den Messingknöpfen auf. Im selben Moment, als sie das fremde Kind sah, das da mit einem Koffer zu seinen Füßen vor ihr stand, fuhr das Taxi wieder davon.

«Hallo! Moment mal! Da stimmt was nicht. Sie sind an der falschen Adresse. Halt! Bleiben Sie stehen!»

Das Taxi verschwand. Das kleine Mädchen, das vor der Tür stand, sah sie mit großen furchtsamen Augen schweigend an und reichte ihr dann schüchtern den Brief, den es in der Hand hielt.

5

Ich muß was zu ihr sagen, dachte Lisa und warf einen Blick auf die stille kleine Gestalt. Aber allein schon ihre Anwesenheit irritierte sie. Ich will sie nicht sehen und ich will auch nicht mit ihr sprechen. Ich will nur nach Glenmara.

Das Kind, das ihr so überraschend ins Haus geschneit war, sah fremdartig aus, furchtsam und nervös im grauen Licht des Winters. Acht, neun? Sehr zierlich, gerade gewachsen, mit einem langen, schlanken Hals und blauschwarzem, kurzgeschnittenem Haar. Der zitronengelbe Faltenrock und das kurze Jäckchen, die leichten Schuhe und die weißen Kniestrümpfe waren viel zu sommerlich für den bitterkalten Tag.

«Es tut mir leid, aber du bist hier offensichtlich im falschen Haus. Wer hat dich hergebracht?» fragte Lisa, innerlich wütend darüber, sich mit einem Problem befassen zu müssen, das sie nichts anging.

Statt einer Antwort hielt ihr das Kind nur wieder den Brief entgegen.

«Na schön, vielleicht läßt sich ja daraus etwas entnehmen», murmelte Lisa unwirsch und nahm ihn. Über der Adresse stand nur Lisa. Es war Howards Handschrift.

Das schwerste war gewesen, mit dem, was er schrieb, im Beisein des Kindes fertig zu werden, das genau wie sie Opfer seiner unsäglichen Rücksichtslosigkeit und Unmenschlichkeit war. Gehorsam setzte es sich in den Sessel, den sie ihm anwies, und wartete mit einer Beherrschtheit, die fast unglaublich war.

«... warst Du von uns allen die einzige, die sich immer wirklich ein Kind gewünscht hat. Zwar habe ich Dir immer versprochen, wir würden eines Tages eine Familie gründen, aber mir ist mit der Zeit klar geworden, daß ich auf keinen Fall eine Familie will. Ein Kind gibt mir das Gefühl, gefangen zu sein, und dieses Gefühl möchte ich nie wieder erleben. Justina wollte Cristi nie haben, und die Geburt des Kindes brachte solche Probleme mit sich, daß sie sich niemals mit ihm aussöhnen konnte. Wir hätten sie gleich zur Adoption freigeben sollen, aber wir haben die späteren Schwierigkeiten eben nicht vorausgesehen. Ich weiß, daß Du ein großzügiger und warmherziger Mensch bist, und ich glaube, Du wirst sie als einen Teil von mir lieben...»

Lisa erfaßte plötzlich blinde Wut. Sie ballte ihre Hand zur Faust und zerdrückte den Brief, dieses kalte, sachliche, unglaublich arrogante Schriftstück. Dann sah sie, wie das Kind zusammenzuckte, und bemühte sich, ihren Zorn zu beherrschen.

«Bleib hier!» Sie hörte ihren scharfen Ton und machte einen zweiten Versuch. «Bitte bleib einen Moment hier sitzen, dir passiert hier nichts. Ich komme gleich wieder, aber ich muß...»

Sie rannte aus dem Zimmer, kam bis zur Treppe und warf sich dort nieder. Schwer atmend versuchte sie, sich zu beruhigen. Sie wußte, daß sie sich dem ganzen Schmerz stellen mußte, darum zwang sie sich, den Brief zu glätten und weiterzulesen. «Du wirst Cristi inzwischen kennengelernt haben und wissen, daß sie geboren wurde, bevor wir beide uns kannten, und das wird es Dir vielleicht leichter machen, sie zu akzeptieren...»

Was? Lisa schloß die Augen und drückte ihre Stirn an das kalte Schmiedeeisen des Treppengeländers. War er die ganze Zeit mit der Mutter dieses Kindes verheiratet gewesen? War ihre eigene Ehe ungültig?

Ein feines Geräusch machte sie aufmerksam. Das Kind stand an der Tür des Wohnzimmers. Es spähte durch den kleinen Spalt, den Lisa offengelassen hatte, als wollte es auf keinen Fall ungehorsam sein, sich aber gleichzeitig vergewissern, daß es nicht allein war. Als Lisa aufblickte, sagte das Mädchen kein Wort, machte nur eine kaum wahrnehmbare Bewegung, die sagte, weise mich nicht zurück.

Howards Kind. Ich kann es nicht ertragen, sie anzusehen, dachte Lisa. Ich muß sie wegbringen. Ich kann nicht, kann nicht glauben, daß er im Ernst gedacht hat, ich würde sie hierbehalten.

Das Kind beobachtete sie stumm – den einzigen Menschen, an den es sich wenden konnte. Lisa fragte sich, was ihm durch den Kopf ging.

«Du heißt Cristi, stimmt's?» Es kostete sie ungeheure Anstrengung, die Frage zu stellen.

«Eigentlich Maria-Cristina. Aber Daddy nennt mich immer Cristi.»

Daddy! Nennt mich, Präsens. Immer ... Aber die Kleine kann ja nichts dafür, laß deinen Zorn nicht an ihr aus.

«Ah ja. Also, paß auf, wir werden schon eine Lösung finden. Du bist hier gut aufgehoben, du brauchst keine Angst zu haben. Ich heiße Lisa.»

«Ja – Lisa. Ich soll bei dir bleiben.»

«Äh – nein, ich glaube nicht, daß das ...»

«Aber es steht doch in dem Brief. Daddy hat gesagt, daß ich bei dir bleibe, solange er und Mami weg sind.» Sie sprach fließend Englisch, nur mit der Spur eines Akzents.

«Ich habe noch nicht den ganzen Brief gelesen.» Lisas Hände zitterten so stark, daß sie die Stelle, an der sie aufgehört hatte, nicht mehr fand, und während das Kind sie mit ernstem Blick beobachtete, erkannte sie, wie beängstigend es für die Kleine sein würde, wenn sie jetzt in Tränen ausbräche. Was soll ich mit ihr anfangen, wohin kann ich sie schicken, überlegte sie in Panik. Ich kann ihr keine Fragen stellen. Das vergrößert nur den Schmerz. Sowieso wäre es undenkbar, sie nach Howard auszufragen. Aber ich schaff das nicht allein. Ich kann nicht in diese Augen sehen. Ich muß mit ihr nach Hause fahren.

Nach Hause. So erschien ihr, trotz der unglücklichen Erinnerungen, Glenmara in diesem Moment der Verzweiflung. Und heute morgen waren sie losgefahren, ohne Fragen von Cristi, ohne Erklärungen von Lisa.

Sie hatte inzwischen den ganzen Brief gelesen, von Anfang bis Ende, mehr als einmal. Howard und Justina (seine Frau? Oder bin ich noch immer seine Frau? Oder ist vielleicht eine ganz andere, Unbekannte, seine Frau?) hatten beschlossen, alle Brükken hinter sich abzubrechen und ein neues Leben zu beginnen. Was für ein praktisches kleines Klischee, dachte Lisa, und neuer Zorn begann in ihr zu brodeln. Er schrieb in einem Ton, als handelte es sich um eine Alltäglichkeit. Er habe in Großbritannien erreicht, was er sich zum Ziel gesetzt habe, schrieb er; ja, er habe sogar einen Riesencoup gelandet (wie passend), und es sei noch nie seine Art gewesen, an einem Unternehmen festzuhalten, wenn er es zum Erfolg geführt habe. Falle ich auch in diese Kategorie, fragte sie sich voll Bitterkeit. In seinem Leben, schrieb er, gebe es keinen Platz für Cristina, und er glaube, wenn er sie Lisa anvertraue, sei das wenigstens eine gewisse Entschädigung dafür, daß er sie verlassen habe. Von Schuld – oder Schamgefühl – war nichts zu spüren in dem Brief.

Im Gegenteil, er schien zu glauben, die Zeit mit ihm sei für Lisa recht gewinnbringend gewesen. Aus seiner Sicht hatte er eine gutaussehende, elegante, gewandte Frau aus ihr gemacht und sie großzügig abgesichert. Wie eine Witwe. Als Lisa das las, war ihr kurz der Verdacht gekommen, er sei vielleicht geistesgestört. Diese völlige Selbstbezogenheit und seine Bereitschaft, sein eigenes Kind wegzugeben, waren doch völlig anormal.

Vor zwei Tagen war er noch bei ihr gewesen, voller Energie und Enthusiasmus ins Haus gestürmt, um ihr zu erzählen, daß er in der Stadt einen alten Bekannten getroffen hatte, der eine erstaunliche Karriere gemacht hatte und sich vielleicht als wertvoller Kontakt erweisen konnte. Nach dem Abendessen hatte er an seinem Computer geklappert, war dann gähnend zu Bett gekommen und hatte gesagt, das Wetter scheine sich zu bessern, und er hoffe, seine Maschine am nächsten Morgen würde pünktlich starten. Dann hatte er sie an sich gezogen und gehalten wie immer, einen Arm unter ihrem Kopf, seine Hand warm auf ihrem Bauch ...

Er hatte gesagt, er müsse nach New York. Die meisten seiner

Geschäftsreisen führten ihn dorthin. Aber stimmte das denn? Alles war jetzt in Frage gestellt. Wenn er auf Reisen gewesen war, hatte stets er angerufen, obwohl er immer eine Nummer hinterlassen hatte, unter der sie ihn erreichen konnte. Sie war stolz darauf gewesen, nie davon Gebrauch gemacht zu haben, erfreut, als er gesagt hatte: «Gott sei Dank bist du nicht eine von diesen Frauen, die einen keinen Moment in Ruhe lassen können.» Hätte es die Nummer wirklich gegeben, wenn sie sie gewählt hätte?

Demütigung und Eifersucht schmerzten also mehr als der Verlust, verspottete sie sich selbst in dem Bemühen, sich eine gewisse Objektivität zu bewahren und die drohende Hysterie abzuwehren.

Das Kind war aus Rio gekommen. Seine Mutter war zwei Tage vor ihm abgereist. Howard konnte jetzt schon überall sein, unter jedem beliebigen Namen. Eine unbekannte Frau, so schien es, hatte Cristi auf dem Flug begleitet und die Nacht in London mit ihr verbracht, nicht in einem Hotel, sondern in einem *apartamento*, wie Cristi sagte. Gehörte es Howard? Sonst war offenbar niemand in dieser Wohnung gewesen.

Hier jedenfalls bot sich keine Spur, die weiterverfolgt werden konnte. Es ließ sich wohl niemand auftreiben, an den das Kind abgeschoben werden konnte. Den Gedanken, sich an die brasilianische Botschaft zu wenden, verwarf sie sofort. Bei Archie, dem einzigen, der ihr jetzt hätte helfen können, meldete sich nur der Anrufbeantworter, bei Cecil ebenfalls. Und obwohl Cecil wahrscheinlich da war und das Gerät abhörte, schaffte Lisa es nicht, eine halbwegs klare Nachricht zu formulieren, sondern knallte statt dessen den Hörer zornig auf die Gabel.

In ihrem fieberhaften Drang zu fliehen dachte sie kaum daran, das Haus zu sichern, überlegte gar nicht, was sie mitnehmen sollte oder ob das Kind überhaupt in der Verfassung war, noch so eine lange Reise zu machen. Sie hatte Mrs. Porter anrufen wollen, gemerkt, daß sie zu langen Erklärungen jetzt nicht fähig war, und statt dessen einen nichtssagenden Brief und einen Scheck hinterlassen. Vielleicht hatte Howard ihr bereits einen

Scheck geschickt. Sie wußte, sie hätte ihrer Mutter Bescheid geben sollen – niemand kam unangemeldet nach Glenmara –, aber nicht einmal dazu war sie imstande. Sie würde sie von irgendwo unterwegs anrufen.

Erst auf der Autobahn fiel ihr ein, daß sie vergessen hatte, die Alarmanlage einzuschalten. Erschrocken trat sie auf die Bremse, nur um trotzig gleich wieder Gas zu geben. Sollte das Haus doch der Teufel holen. Wäre sie allein gewesen, so wäre sie ohne Pause durchgefahren, doch als sie wieder das Kind ansah, das neben ihr saß, nicht mehr so aufrecht jetzt, meldete sich endlich ihr Gewissen. Was mochte in diesem armen Kind vorgehen? Was für Ängste und Zweifel mußten es quälen, was für bitteres Heimweh nach ihrer Mutter, ihrem Zuhause und ihrer vertrauten Welt. Und ganz konkret – war es hungrig, durstig, mußte es vielleicht zur Toilette? Auch wenn ich die Kleine dafür hasse, daß sie Howards Kind ist, dachte Lisa mit Beschämung, kann ich doch nicht das Kind selbst hassen. Im Augenblick bin ich der einzige Mensch, den sie hat.

An der nächsten Raststätte bog sie ab, tankte und parkte den Wagen. Sie stiegen aus und rannten mit gesenkten Köpfen durch die Abgase und den Wind, der ihnen Abfälle um die Füße wirbelte, an ihrem Haar riß, ihnen die Tränen in die Augen trieb. Lisa blickte zu dem unglücklichen kleinen Gesicht hinunter, und zorniges Mitleid erfaßte sie. Und ich bilde mir ein, daß ich leide! Sie bot dem Mädchen ihre Hand, die es dankbar ergriff.

Die schmutzigen Toiletten mit den laut rauschenden Spülungen und den ständig klappernden Türen erschreckten Cristi. Sie sah Lisa angstvoll an, als diese sie in eine der Zellen schob, spähte mit großen, bangen Augen durch den kleinen Türspalt, den Lisa offengelassen hatte, sagte aber kein Wort. War sie je zuvor in einer öffentlichen Toilette gewesen?

«Du brauchst keine Angst zu haben. Es ist schon in Ordnung. Ich bin ja hier, gleich vor der Tür.»

Sie wird alt genug sein, um allein zurechtzukommen, dachte Lisa ärgerlich und beschämt, weil sie es nicht fertigbrachte, die Nähe des Kindes zu ertragen.

«Kann ich wirklich haben, was ich will?»

«Aber ja, natürlich.»

«Auch Coca Cola?» Das kam blitzschnell.

«Sicher, wenn du das möchtest.»

Zum erstenmal lächelte Cristi. Alle Ängste vergessend, musterte sie hingerissen die abgepackten Kuchen, Kekse und belegten Brötchen und strahlte, als sie ihr eigenes Tablett bekam und ihre eigene Wahl treffen durfte. Die Leute warteten geduldig und erheitert, während sie bedächtig wählte.

Lisa, angewidert von der stickigen Luft und den Küchendünsten, konnte nichts essen. Sie beobachtete Cristi, die sich eifrig über ihren Hamburger und die Pommes frites hermachte, nach einem raschen, um Erlaubnis bittenden Blick einen kleinen Jungen am Nebentisch nachahmte und ihren Hamburger mit Ketchup überschwemmte, selig ihre Coca Cola trank. Lange und dunkle Wimpern umrahmten ihre Augen und Lisa gestand sich endlich ein, daß sie ein bezauberndes kleines Mädchen war.

Bis zu diesem Moment hatte sie sich dagegen gewehrt, es zur Kenntnis zu nehmen, als könnte sie dadurch die Existenz des Kindes leugnen. Jetzt zwang sie sich, das Kind genau zu betrachten, das feingeschnittene Gesicht, das von Hitze und Aufregung leicht gerötet war, die Haltung des Kopfes, die milchweiße Haut, den bläulichen Glanz des Haares. Von Howards englischer Blässe war da keine Spur zu entdecken. Ihre Mutter mußte sehr schön sein. Das war sicher.

Mit dieser neuen Einstellung dem Kind gegenüber stellte sich verspäteter Respekt ein. Wie tapfer sie gewesen war, keine Tränen, keine Widerreden, keine Proteste, nur das ernste Bemühen zu akzeptieren, was ihr angetan wurde. Sie hatte Rücksicht und Achtung verdient.

«Ich habe dir noch gar nicht gesagt, wohin wir fahren, nicht wahr?»

Cristi hob die dunklen Augen und sah sie an; einen Moment lang hörte sie auf, an ihrem Strohhalm zu saugen.

«Ich nehme dich mit zu mir nach Hause, in das Haus, in dem ich gelebt habe, als ich ein kleines Mädchen war...»

«Und läßt du mich dann allein dort?» Sie klang so erschrokken, daß einige Leute sich umdrehten.

«Nein, ich laß dich dort nicht allein, ich verspreche es dir. Ich bleibe auch dort. Wir haben noch eine weite Fahrt vor uns. Wir brauchen den ganzen Tag, um hinzukommen.»

Das Kind ließ sie nicht aus den Augen.

«Meine Mutter wohnt dort», sagte Lisa, um die Kleine zu beruhigen. Was würde *sie* wohl zu dieser Geschichte sagen?

Cristi schwieg. Mit einiger Anstrengung fügte Lisa hinzu: «Dein Vater war auch oft dort.»

Alles Mißtrauen wich aus dem kleinen Gesicht, die Augen blitzten vor Interesse.

«Heißt du Cristi Armitage?» fragte Lisa. Sie hatte selbst nicht gewußt, daß sie das so dringend wissen mußte.

Das Kind war verwundert. «Nein, Cristi Tomas. Auf portugiesisch spricht man es Tomás aus», fügte sie mit der Höflichkeit eines wohlerzogenen Kindes hinzu.

War das der Name ihrer Mutter oder ein Name, den Howard benützte?

«Weißt du deine Adresse zu Hause?»

Cristi sprudelte sie fließend heraus. Ja, sie ging zur Schule, immer morgens, in die Klosterschule von *Espirito Santo*. Nein, sie hatte keine Geschwister. (Nun, das war immerhin eine Erleichterung.) Onkel, Tanten, Cousins und Cousinen? Sie nickte, jedoch mit zweifelnder Miene. Ihre Großeltern wohnten nicht in Rio, sondern in Campo Novo, weit weg.

«Und wer wohnt bei dir zu Hause?» Ich werde sie nicht nach ihrer Mutter oder nach Howard fragen, schwor Lisa sich von neuem, aber wir müssen wissen, mit wem wir uns in Verbindung setzen können, sobald wir in Glenmara sind.

Cristi begann plötzlich zu weinen. «Isaura», sagte sie schluchzend. «Isaura ist dort. Ich will zu Isaura.»

«Ach, Cristi.» Selbst plötzlich dem Weinen nahe, rutschte Lisa hastig um den Tisch herum, um sich neben sie zu setzen und sie in den Arm zu nehmen. Ohne einen Moment zu zögern, drückte Cristi ihren Kopf an Lisas Schulter und schluchzte.

«Wer ist Isaura?» fragte Lisa behutsam.

«Die *criada*», stammelte Cristi.

«Dein Kindermädchen?»

«Das Dienstmädchen. Mein Dienstmädchen. Sie ist immer bei mir. Sie hat geweint, als ich weggeflogen bin. Ich will zu Isaura.»

Lisa drückte sie an sich, strich ihr über das glänzende, dunkle Haar und dachte zornig: Ich bin wirklich ein Ungeheuer. Das arme Kind ist völlig erledigt, und da quäle ich es mit Fragen. Ich habe nicht einmal daran gedacht, irgend etwas mitzunehmen, damit sie im Wagen schlafen kann.

Sie kaufte eine Decke, und Cristi wurde wieder etwas fröhlicher, als sie sich aus einem Sortiment kleiner Schaumgummikissen mit Abbildungen von Batman, Micky Maus und Dinosauriern eines aussuchen durfte. Obwohl sie zuerst nicht auf den Rücksitz wollte, weil sie sich dort offenbar Lisa nicht nahe genug fühlte, war sie nach einer weiteren Rast bereit, sich hinten hinzulegen und schlief ein, noch ehe der Wagen wieder auf der Straße war.

Nun fuhr Lisa wieder ohne anzuhalten, in Gedanken bei den nächsten Problemen, die auf sie warteten. Sie hatte nicht angerufen. Sie hatte es tun wollen, hatte sogar die Nummer gewählt. Doch bei dem Gedanken, daß sie gleich Platts Stimme hören würde und dann warten mußte, bis er den Anruf zu ihrer Mutter durchstellte, bei der Erinnerung an die Atmosphäre im Haus, die sie schon jetzt wieder zu verschlingen schien, hatte sie aufgelegt. Wie sollte sie Cristis Anwesenheit erklären, ohne daß alle ihre mühsam unterdrückten Emotionen hervorbrachen? Sie durfte jetzt darüber nicht nachdenken, sie mußte nur fahren und ankommen. Es gab keinen anderen Zufluchtsort für sie.

Im Licht der Scheinwerfer sah sie rußigen Schnee am Rand der Autobahn. Es war ihr gar nicht eingefallen, sich über die Straßenbedingungen zu informieren – sie hatte zu lange im Süden gelebt. Doch obwohl die Schneehaufen höher wurden, als sie in Richtung Muirend und Glen Ellig abbog, war die Straße frei, und auch der Weg nach Glenmara, als sie ihn endlich erreichte, war geräumt.

Plötzlich überfiel Lisa eine tiefe Niedergeschlagenheit, sie spürte, wie sich ihr Magen in einem Anfall von Angst, der mit den Ereignissen der letzten zwei Tage nichts zu tun hatte, zusammenkrampfte. Die frühere Freude heimzukehren, den Fluß zu überqueren, unter den alten Bäumen zum Haus hinaufzufahren, war lang verschüttet vom Widerwillen der späteren Jahre. Glenmara war zu einem Symbol für Forderungen geworden, die sie niemals erfüllen konnte. Jetzt hatte sie das absurde Gefühl, wieder zu dem plumpen und unansehnlichen Tolpatsch von damals zu werden.

Ich hasse dieses Haus, was tue ich hier, fragte sie sich in Panik. Nirgends ein Licht, sie schlafen alle schon, ich werde das ganze Haus in größte Unruhe stürzen. Aber das Kind, ich muß das Kind loswerden, ich schaffe es einfach nicht, mich allein um es zu kümmern oder für seine Rückkehr nach Brasilien zu sorgen.

Plötzlich fiel ihr ein, daß ihr Vater nicht da sein würde. Sie war seit der Trauerfeier für ihn nicht mehr hier gewesen und konnte sich Glenmara ohne ihn und den Druck, der immer von ihm ausgegangen war, kaum vorstellen. Sie verspürte eine tiefe, unverhohlene Erleichterung, daß sie ihm nicht würde gegenübertreten müssen.

Lisa bremste und schaltete die Scheinwerfer aus. Sie knipste die Innenbeleuchtung an, um nach dem Kind zu sehen. Es schlief tief und fest. Entschlossen stieg sie aus dem Wagen und ging zur Tür hinauf, um das schlafende Haus zu wecken.

6

Madeleine hatte sich die Zehnuhrnachrichten angesehen. Normalerweise wäre sie um diese Zeit schon im Bett gewesen, aber Joss' Besuch hatte sie aus ihrer Bequemlichkeit aufgestört. Sie hatten gar nicht viel über Joss' Arbeit bei der Hilfsorganisation Eine Welt gesprochen, doch es hatte gereicht, um Madeleines Gewissen einen Anstoß zu geben, und sie hatte sich vorgenommen, sich in Zukunft mehr über die Vorgänge in der Welt zu informieren. Sie war allerdings so sehr mit ihren Gedanken über Archie und Cecil beschäftigt gewesen, daß sie zum Auftakt gleich die Neunuhrnachrichten verpaßt hatte.

Jetzt befand sie sich angesichts der zahllosen Krisenherde in der Welt, deren Hintergründe sie nicht kannte, in hilfloser Verwirrung. Doch Joss' Einfluß war so stark, daß sie sich aus der Bibliothek den Atlas holte, um wenigstens die Krisengebiete nachzuschlagen, deren Namen sie behalten hatte.

Sie hörte weder den Wagen noch das Läuten in der Küche, wo sich Platt gerade die Süßspeise holte, die Madeleine beim Abendessen nicht angerührt hatte.

Entschlossen, seiner Empörung über die späte Störung deutlichen Ausdruck zu geben, öffnete er die Tür, doch Lisa drängte sich einfach mit den Worten «Ist meine Mutter noch auf? Gut, Platt, ich gehe gleich hinein» an ihm vorbei.

Verwundert und auch ein wenig beunruhigt darüber, um diese Zeit draußen Stimmen zu hören, hob Madeleine den Kopf vom Atlas. Im nächsten Moment stand Lisa vor ihr, im Gesicht einen Ausdruck hilfesuchender Verzweiflung, der gar nicht zu der selbstbewußten, manchmal sogar diktatorischen Frau der letzten Jahre paßte.

«Darling, was ist? Was ist passiert?» Madeleine sprang auf. Voller Sorge fragte sie: «Was ist denn nur, Kind?»

«Ich weiß, ich hätte anrufen sollen. Ich wollte es ja auch, ich hab's versucht, aber dann konnte ich einfach nicht...»

«Das macht doch nichts...»

«Gibt es Gepäck hereinzutragen?» unterbrach Platt von der Tür her. «Und werden Sie ein Zimmer brauchen? Es hat mir ja keiner Bescheid gesagt...»

Ein Zorn, der ihr fremd war, stieg in Madeleine auf. «Danke, Platt, Sie werden gleich von mir hören.»

Er rührte sich nicht von der Stelle. «Es ist sehr spät, Mylady. Wenn Sie mir vielleicht sagen könnten, was...»

«Ich läute», versetzte Madeleine kurz und wandte sich Lisa zu. «Komm, setz dich, Kind.» Sie hätte sie so gern umarmt, aber sie wagte es nicht. Was konnte nur geschehen sein, das sie zu so später Stunde und so unerwartet hierhergeführt hatte? Sie sah völlig erschöpft aus. Der ganze Lack, den sie sich in den letzten Jahren zugelegt hatte, war abgeblättert. Dafür konnte es nur eine Erklärung geben, und so bekümmert Madeleine war, ihre Tochter in diesem Zustand zu sehen, so verspürte sie doch auch einen Funken Erleichterung. Sie hatte sich mit Howard nie wohlgefühlt und seine Haltung Lisa gegenüber, die hinter der materialistischen Fassade, die er um sie aufgerichtet hatte, immer unzugänglicher geworden war, nicht geschätzt.

«Ich bin nicht allein hier», platzte Lisa heraus, sobald sich die Tür krachend hinter Platt geschlossen hatte.

«Ist Howard...?»

«Nein, nicht Howard.»

Sie hat einen anderen Mann gefunden, dachte Madeleine erschrocken. Laß mich jetzt nur das Richtige sagen. Ein Glück, daß Charles nicht hier ist. Aber ich wollte, Joss wäre hier.

«Ich kann jetzt nicht – komm bitte mit raus zum Wagen», bat Lisa, unfähig, die Worte zu finden, um Cristis Existenz zu erklären.

«Natürlich, Darling. Es ist bestimmt alles nicht so schlimm.» Das sagte man doch, ganz gleich, wie schlimm es war.

Platt lungerte im Flur herum, um ihnen anzudeuten, daß er dies alles höchst irregulär und lästig fand.

Cristi, die immer noch schlief, rührte sich kaum, als Lisa sie sachte über den Sitz zu sich heranzog und auf den Arm nahm. Madeleine stand sprachlos dabei und blickte von dem Kind zu Lisa und wieder zu dem Kind.

«Ich kann's dir nicht erklären», sagte Lisa über Cristis Kopf hinweg, der über ihre Schulter hing. «Bitte, sei mir nicht böse, ich kann jetzt einfach noch nicht darüber sprechen.»

Im Licht der Lampe, die Platt eingeschaltet hatte, sahen sie einander eine ganze Weile schweigend und voller Unsicherheit an, ohne auf die eisige Kälte zu achten. Schlagartig erinnerte sich Madeleine, wie sie vor zwei Tagen im Gespräch mit Archie versagt, welche Vorsätze sie nach Joss' Abreise gefaßt hatte. Es zählte jetzt nur, daß Lisa in Not war und daß diese Not sie nach Glenmara zurückgebracht hatte.

«Das macht doch nichts», sagte sie fest. «Du brauchst mir überhaupt nichts zu sagen. Komm, gib mir die Kleine, und gehen wir hinein.»

Lisa spürte, als sie ihr folgte, wie sich ihre Aggressivität und Abwehrbereitschaft in Erleichterung auflösten. Sie hatte Cristi in andere Hände übergeben, in sichere. Und sie selbst brauchte, es war erstaunlich, nichts zu erklären, sie mußte die Worte, die ihr so weh taten, nicht aussprechen...

«Mit den Betten wird's ein bißchen schwierig werden, Mylady. Meine Frau ist schon schlafen gegangen. Es ist ja auch fast elf.» Platt, der überzeugt war, berechtigten Grund zur Klage zu haben, bemühte sich nicht, seinen entrüsteten Ton zu verbergen.

«Lisa, meinst du nicht, es wäre das beste, die Kleine gar nicht erst zu wecken? Sie hat sich ja kaum gerührt. Wir legen sie aufs Sofa ins Wohnzimmer, bis ein Bett gemacht ist. Ich weiß allerdings nicht, ob die Kinderzimmer...»

«Oh, bitte nicht die Kinderzimmer!» rief Lisa scharf. «Die Zimmer sind alle so unheimlich, wir haben sie immer gehaßt.»

Bestürzt über diese Reaktion, nahm Madeleine sich vor, später darüber nachzudenken – und ebenso über die beschämende Tatsache, daß sie nie auch nur einen Verdacht gehabt hatte, die Kinder könnten sich nicht wohl fühlen.

«Tja, im grauen Zimmer wird gerade...»

Platt unterbrach sie. «Da Miss Barnes erst nach dem Mittagessen abgefahren ist, war natürlich noch keine Zeit, das Zimmer...»

«Mutter, warte, ich glaube, sie sollte nicht allein schlafen. Sie ist gerade erst angekommen, es ist ihr alles fremd hier. Es ist besser, wenn sie mit mir zusammen schläft. Wir könnten das Thorburn-Zimmer nehmen, das hat zwei Betten.» Doch ihr Ton verriet Gereiztheit darüber, etwas tun zu müssen, das sie nicht tun wollte. Madeleine bemerkte beunruhigt, mit welchem Widerwillen sie das Kind ansah.

«Ich würde gern so bald wie möglich wissen, was Sie beschlossen haben, Mylady.» Platt war ihnen gefolgt.

«Bitte bringen Sie das Gepäck aus dem Wagen herein und warten Sie dann in der Küche, Platt. Ich sage Ihnen zu gegebener Zeit Bescheid, was wir brauchen.»

In all den Jahren, seit er auf Glenmara tätig war, hatte Madeleine ihm gegenüber nie einen solchen Ton angeschlagen. Sie trat ihm entschlossen gegenüber, und zum erstenmal registrierte sie bewußt sein ungesundes, schwammiges Aussehen, das ungepflegte Haar, die ungebürstete Jacke, die er übergezogen, jedoch nicht geknöpft hatte, um die Tür zu öffnen. Und zum erstenmal sah sie ihm direkt in die Augen und bemerkte die Feindseligkeit in ihnen.

Von seiner Macht überzeugt, nahm er den Kampf mit ihr auf. «Ich würde gerne mit der Arbeit anfangen, wenn Sie nichts dagegen haben, Mylady. Es ist ja doch immerhin eine gewisse Zumutung, wie Sie mir zugestehen werden.»

«Nein, Platt», entgegnete Madeleine kühl, «es ist nichts dergleichen. Meine Tochter ist nach Hause gekommen. Ich erwarte, daß man sich angemessen um sie kümmert, ganz gleich, zu welcher Tages- oder Nachtzeit sie eintrifft. Ich kann mich nicht erinnern, wann von Ihnen oder von Ihrer Frau das letztemal etwas verlangt wurde, das etwas zusätzlichen Einsatz verlangte. Im übrigen wäre es vielleicht ein guter Gedanke, Sie würden Ihre Frau holen, während Sie warten. Wir werden sicherlich etwas zu essen brauchen.»

Lisa war über diese Rede so verblüfft wie Platt. Sie konnte nicht wissen, daß Madeleines Vorsatz, ihren Kindern gegenüber nicht mehr zu versagen, ihr den Mut gegeben hatte, endlich mit Autorität aufzutreten.

Als Platt, ausnahmsweise einmal ohne das letzte Wort zu haben, gegangen war, sah Lisa mit zusammengepreßten Lippen auf Cristi hinunter und sagte mit Anstrengung: «Ich weiß nicht, ob ich es ertragen kann, sie bei mir zu haben. Ich weiß, es ist schrecklich von mir, aber ich kann es einfach nicht – ich kann dir nicht sagen ...» Ihre Stimme wurde brüchig, ein Muskel zuckte in ihrem Gesicht.

«Lisa, du brauchst mir nichts zu erklären», erwiderte Madeleine rasch. «Sie kann bei mir schlafen, das ist doch die beste Lösung. Platt kann dir das Bett im grauen Zimmer machen. Die Betten sind frisch gelüftet, und die Heizung war zwei Tage angestellt. Joss war nämlich hier, wie du vielleicht schon erraten hast.»

«Joss», wiederholte Lisa, einen Moment verwirrt. Der Name gehörte in ein lang vergangenes Leben. Der Name Miss Barnes hatte ihr gar nichts gesagt. «Ach so, ja, Joss, ich weiß schon. Aber willst du Cristi in Vaters Ankleidezimmer schlafen lassen?» Diese Vorstellung erschien ihr noch abschreckender als der Gedanke, sie in eines der verhaßten Kinderzimmer zu stecken.

«Ich dachte, sie könnte bei mir im Bett schlafen. Das Bett ist riesig. Da wird sie mich nicht stören.»

«Bei dir im Bett?» rief Lisa ungläubig. Das Zimmer ihrer Mutter war für die Kinder immer absolut tabu gewesen, ein Raum, den man nur bei ganz besonderen Gelegenheiten betreten durfte, um sich dann mit ehrfürchtigem Staunen darin umzusehen. Sie hatte ihre Mutter kaum je im Bett gesehen, und es war völlig undenkbar gewesen, zu ihr unter die Decke zu kriechen.

Kein Kuscheln, kein Toben im Elternschlafzimmer von Glenmara.

Madeleine errötete und zögerte. Vielleicht übertrieb sie ihre Bemühungen, und der Vorschlag war absurd. Aber die Ereignisse der vergangenen zwei Tage hatten ihre Wahrnehmung geschärft, und sie erkannte, was sich hinter Lisas ungläubigem Ton verbarg. Madeleine hatte sich selbst den körperlichen Kontakt zu ihren Kindern verwehrt, weil sie sich von anderen hatte einreden lassen, daß es den Kindern spätere Trennungen nur um so schwerer machen würde, wenn man sie zu nah an sich heranließ. Zärtlichkeit zu zeigen, war verpönt gewesen.

Jetzt sah sie zu Cristi hinunter, die immer noch in die billige, grell bunte Decke eingehüllt war. Was für einen Grund konnte es geben, dieses müde kleine Geschöpfchen nicht in ihr Bett zu nehmen? Was war denn schon ein Bett? Ein gepolstertes Lager mit Decken, um die Kälte abzuhalten, aber doch kein heiliger Schrein.

«Ich finde, das ist eine vernünftige Lösung», sagte sie lebhaft. «Dann kann Platt verschwinden. Nachdem er uns etwas zu essen gebracht hat natürlich.»

Der flüchtige kleine Funke Humor erstaunte Lisa beinahe noch mehr als die unerwartete praktische Entscheidung über das Bettenarrangement, und er tat ihnen beiden gut.

«Ich habe auf einmal tatsächlich wahnsinnigen Hunger», erklärte sie. «Ich konnte den ganzen Tag keinen Bissen hinunterbringen.»

Was kann ihr nur zugestoßen sein, fragte sich Madeleine voll Furcht und sagte sich dann hastig, daß sie es gar nicht zu wissen brauchte. Jedenfalls jetzt nicht, heute abend nicht mehr. Eine zaghafte Erleichterung darüber, daß sie mit der Situation offenbar ganz gut umging, machte ihr Mut.

Etwas später trug sie Cristi nach oben und begann, sie vorsichtig auszuziehen, während Lisa in Cristis Koffer kramte und einen Baumwollpullover fand, den sie ihr über das dünne Nachthemdchen zogen. Den hätte ich ihr schon vor Stunden überziehen sollen, dachte sie mit schlechtem Gewissen bei der Erinnerung an den eisigen Wind, als sie angehalten hatten, um zu essen. Beim Anblick von Madeleines leicht gerunzelter Stirn hatte sie den Eindruck, daß diese etwas Ähnliches dachte, aber es fiel kein Wort.

Trotz Madeleines Behutsamkeit erwachte Cristi, und zum erstenmal zeigte sie sich widerspenstig. In dem riesigen Bett sah sie klein und zart aus, sehr blaß und verängstigt und wollte auf keinen Fall allein gelassen werden. Wer kann ihr das verübeln, dachte Lisa mit einem Blick auf das düstere Zimmer mit den massigen Möbeln und den schattigen Erkern.

«Wir können sie nicht allein lassen», sagte sie müde. «Sie hat wahrscheinlich Angst, was als nächstes geschehen wird.»

«Dann kann Platt das Abendessen hier heraufbringen. Ich glaube, ich hätte auch ganz gern einen Bissen. Und wir sagen ihm auch gleich, daß er noch einen Heizofen bringen soll.»

«Bravo!» sagte Lisa mit Nachdruck und einer Erheiterung, die sie an diesem langen, schrecklichen Tag nicht für möglich gehalten hätte.

Als sie endlich in ihrem Bett lag und ihre steifen Glieder entspannte, ließ sie ungläubig und belustigt noch einmal die Szene im Zimmer ihrer Mutter an sich vorüberziehen – sie und Madeleine bei Omeletts und Kaffee, Cristi wieder so munter, daß sie zwei große Stücke Kuchen verdrücken und ein Glas Milch trinken konnte, die sie für *maravilhoso* erklärte, während zwei elektrische Heizöfen die Kilowatts schluckten. Und ihre Mutter tat so, als sei solch ein mitternächtliches Picknick eine Alltäglichkeit.

Sie mußte mit Archie sprechen – Archie, er mußte Cristi nach Brasilien zurückschicken. Howard ... Stöhnend wälzte Lisa sich hin und her.

7

Von dem Hotel in Dingwall aus hatte Joss den Bauern angerufen, der den Schlüssel zum Cottage hatte. Gott sei Dank stehen wenigstens Bauern zu vernünftigen Zeiten auf, dachte sie säuerlich, während sie im Foyer umherging und durch die Glastür des Speisesaals ein gähnendes Mädchen mit einem Dutt und einem schmutzigen T-Shirt beobachtete, das abgepackte Butterportionen auf den Tischen verteilte.

«Aber klar sorgen wir dafür, daß Sie den Weg rauffahren können», hatte der Bauer ihr in seinem bedächtigen Tonfall versichert, in der Stimme einen Anflug von Vorwurf darüber, daß sie geglaubt hatte, es könnte Schwierigkeiten geben. «Es liegt zwar Schnee, aber das ist keine Sache. Kommen Sie einfach bei uns vorbei...»

Heute, sagte sie sich, heute endlich werde ich allein sein und keiner kann mich in meiner Ruhe stören, nicht diese schmutzige kleine Kellnerin, die mich mit dem Frühstück warten läßt, nicht der schmierige alte Platt, keine Politiker, Bürokraten oder Kollegen. Keiner kann mich erreichen. Kein Druck, keine Forderungen. Nur Stille und Zeit, um meinen eigenen Gedanken nachzuhängen.

In dem kleinen Haus in Richmond lehnte sich Cecil an die kühlen Kacheln der Badezimmerwand. Ihre Haut war schweißnaß, und ihre Knie zitterten nach ihrem ersten Anfall von Übelkeit an diesem Morgen. Und das habe ich mir selbst ausgesucht, dachte sie ungläubig, weil ich die Erfahrung nicht missen wollte.

Sie brachte ein kleines spöttisches Lachen zustande. Ein Glück, daß Archie nicht hier war, um sie so zu sehen. Aber sofort sagte sie laut: «Nein, er sollte hier sein. Wir sollten das gemeinsam durchmachen.» Als sie gestern abend in ihrem Atelier in Chandlers Yard hatte zu Bett gehen wollen, hatte er ihr plötzlich so sehr gefehlt, daß sie sich in ihren Wagen gesetzt hatte und nach Hause gefahren war. Wie immer, wenn er auf Reisen war, plagte sie die Angst, es könnte ihm etwas passieren und er würde nie erfahren, was sie wirklich für ihn empfand. Im Haus hatte sie die Augen geschlossen und seinen Geruch in sich eingesogen. Sie brauchte es nur zu betreten und schon weckte es in ihr eine sinnliche Wärme.

Wie kam es, daß sie, wenn sie zusammen waren, unfähig war, ihre wahren Gefühle zu zeigen? Zu Archie, der offen und ehrlich war und unerschütterlich in seiner Liebe, hätte sie doch Vertrauen haben müssen, bei ihm hätte sie ihre Angst vor der Flüchtigkeit menschlicher Gefühle ablegen können. Dieses Kind sollte ihre gegenseitige Bindung festigen, doch tief in ihrem Inneren spürte sie immer noch Vorbehalte, Zweifel, die Unfähigkeit zu geben.

Sie kroch in ihr gemeinsames Bett, drückte ihr Gesicht in Archies Kopfkissen und atmete den schwachen Hauch seines Geruchs ein, aber die Angst, daß selbst das Kind nichts ändern würde, war stärker als der Trost, den sie daraus zog.

Lisa erwachte im grauen Zimmer auf Glenmara und wußte im ersten Moment nicht, wo sie war. Sie hatte noch nie hier geschlafen, auch nicht bei den Besuchen während ihrer Ehe. Mit einem Schlag kehrte alles zurück, was sie einen kleinen wachen Moment lang verdrängt hatte.

Augenblicklich begannen ihre Gedanken fieberhaft zu arbeiten. Das Kind mußte zurückgeschickt werden. Zum erstenmal erkannte sie, daß sie das durch ihre Flucht nach Glenmara nur schwieriger gemacht hatte. Archie würde sich mit Recht darüber beschweren, extra hierherfahren zu müssen, und Archie war ja derjenige, der die Sache in die Hand nehmen mußte.

Und dann? Doch sie hatte noch nicht den Mut, sich mit den Fragen auseinanderzusetzen, die sie selbst betrafen. Jetzt würde sie erst einmal aufstehen wie jeden Tag. Sie zerrte die paar Sachen, die sie mit fliegenden Händen eingepackt hatte, aus ihrer Reisetasche. Freizeitkleidung aus Surrey, hier völlig unbrauchbar. Hatte man wohl alles, was sie in ihrem ehemaligen Zimmer hinterlassen hatte, hinausgeworfen? Nein, das war nicht die Art auf Glenmara. Hastig schlüpfte sie in einen zu dünnen Morgenrock und lief auf bloßen Füßen durch die eiskalten Korridore.

Von der Feuchtigkeit verzogene Schubladen, Geruch nach Mottenkugeln, der Lisa an Grannie erinnerte. Blusen, Pullis, Hosen, zerknittert und flachgedrückt vom langen Liegen. Sie nahm sich heraus, was sie brauchte, ließ die zerwühlten Schubladen einfach offen und eilte ins relativ warme graue Zimmer zurück.

Madeleine erwachte früh. Sie spürte den kleinen warmen Körper neben sich und merkte, wie gut sie seine Nähe annehmen konnte. Wie hatte das arme kleine Ding geweint, als es in der Nacht aufgewacht war und in dem fremden Zimmer angstvoll nach einer Isaura gerufen hatte. Außer sich vor Erschöpfung und Heimweh, hatte die Kleine jede Berührung abgelehnt, und Madeleine hatte lange gebraucht, um sie zu trösten. Doch Behutsamkeit und Geduld hatten gesiegt, und das Kind hatte sich schließlich von Madeleine in die Arme nehmen lassen und sich in den Schlaf geschluchzt.

Madeleine selbst, die ihr Bett seit langem mit niemandem mehr geteilt hatte, schlief unruhig und beschäftigte sich im Halbschlaf immer wieder mit der Frage, was Lisas unerwartete Heimkehr zu bedeuten hatte. Wer war dieses Kind? Wo war Howard? Was hatte ihre tüchtige, selbstsichere Tochter so tief erschüttert?

Wenn nur Joss geblieben wäre. Wenn nur Archie nicht in Spanien wäre. Das Kind, das Cecil erwartete – wußte Lisa schon davon? Und was hätte Charles gesagt, wäre er dagewesen, als Lisa gestern abend so dramatisch in den Salon gestürmt war, und wie hätte er sie verhört und eingeschüchtert. Was für einen

Wirbel es wegen der Zimmer, der späten Nachtzeit, der fehlenden Anmeldung gegeben hätte!

Aber Platt war fürchterlich genug gewesen. Diese Unverschämtheit, sich zu beschweren, weil er ausnahmsweise einmal ein wenig länger aufbleiben mußte. Gleich würde er mit ihrem Tee kommen, die Vorhänge aufziehen, die allmorgendlichen Worte über das Wetter mit ihr wechseln.

Er kommt in mein Schlafzimmer, dachte sie mit plötzlicher Bestürzung. Dieser widerwärtige Mensch kommt Tag für Tag, Jahr für Jahr hier herein, während ich noch im Bett bin – und bis zu diesem Moment habe ich das nicht einmal in Frage gestellt. Weil es immer so war. Ich liege hier und warte, bin oft schon Stunden wach, ehe er kommt, und wenn er weg ist, warte ich noch einmal ein Weilchen, denn wenn ich vor neun unten bin, gibt es für mich nirgends einen Platz. Im Salon ist es kalt, und Mrs. Platt macht erst nach dem Frühstück sauber. Die anderen Zimmer werden nicht benutzt. Nach dem Frühstück wird von mir erwartet, daß ich das Haus verlasse. Hier herauf kann ich nicht mehr, weil inzwischen Mrs. Platt hier aufräumt. Um elf Uhr darf ich gnädigst den Salon wieder in Besitz nehmen, die *Times* erwartet mich, und Platt bringt mir Kaffee. Kein Wunder, daß Joss das nicht aushalten konnte.

Madeleine glitt vorsichtig aus dem Bett und ging in ihr Badezimmer, um sich anzuziehen. Die Tür ließ sie wegen Cristi offen. Es würde heute eine Menge zu tun und zu entscheiden geben. Verwundert stellte sie fest, daß sie keinerlei Bangnis fühlte, sondern nur eine starke Entschlossenheit, keiner Frage auszuweichen.

Als sie sich nach einem letzten Blick in den Spiegel herumdrehte, hörte sie, daß Cristi sich bewegte und leise vor sich hin sprach, wie kleine Kinder das manchmal beim Erwachen tun. Schnell ging sie wieder hinüber. Cristi hatte sich aufgesetzt und betrachtete mit Interesse ihren Pullover.

«Ich hab in meinem Pulli geschlafen», sagte sie. Diese Tatsache schien interessanter zu sein als das unbekannte Zimmer oder Madeleines Anwesenheit.

«Ja, das Haus ist leider ziemlich kalt.» Madeleine setzte sich auf die Bettkante – gegen alle Regeln verstoßend – und lächelte das Kind an. «Weißt du, wo du bist? Lisa, Mrs. Armitage, hat dich gestern abend hierher gebracht.»

«Sie hat hier gewohnt, als sie noch klein war, stimmt's?»

«Ja, das stimmt. Wie nennst du sie eigentlich?»

«Daddy hat gesagt, ich soll sie Lisa nennen, weil sie jung ist.»

«Und mich nennst du am besten Madeleine.» Warum hatte sie das gesagt? Sie war nicht mehr jung. Aber Lady Napier schien ihr an diesem Tag eine seltsam entfernte Person zu sein.

«Madalena?» Das Kind schien erfreut über den Namen. War das Spanisch oder Italienisch? Dieses blauschwarze Haar.

«Schauen wir mal nach, wie das Wetter heute ist.» Madeleine ging zum Fenster, um die bodenlangen blauen Seidenvorhänge zu öffnen, die an den Rändern zu einem scheußlichen Graubeige verblaßt waren, dessen Häßlichkeit ihr bis heute nicht aufgefallen war. Es hatte wieder geschneit.

«Neve!» rief Cristi hinter ihr begeistert. «Schnee! Das ist doch Schnee, nicht? Richtiger Schnee?» Schon flog Cristi durch das Zimmer und drückte ihre Nase an die Fensterscheibe. «Daddy hat mir davon erzählt und vom Schlittenfahren und Skilaufen. Ach, das ist schön. Schau doch mal, die Bäume. Und *montanhas...»*

«Um Gottes willen, du wirst dich erkälten!» Nur flüchtig fragte sich Madeleine, ob das Kind sich sträuben würde, wenn sie es hochhob. Cristi schien es kaum wahrzunehmen. Sie drückte nur ihr Näschen wieder ans Fenster und blickte, von Madeleine gehalten, fasziniert hinaus.

«Komm, ich zieh dir meinen Morgenrock an.» Und während Madeleine Cristi in den Armen hielt, drehte sie sich lachend um. Mehrere Dinge fielen ihr zugleich auf: Es war ein herrlicher Morgen, das Kind schmiegte sich willig an sie, der Kummer der vergangenen Nacht schien vergessen zu sein, und es war gut, wieder für jemanden zu sorgen.

Ein mißbilligender Blick Platts traf sie. Nach seinem üblichen kurzen Anklopfen war er mit einem Tablett eingetreten – auf dem nichts für das Kind vorgesehen war. Er war beleidigt. Er knallte das Tablett auf den Tisch, zog demonstrativ die Vorhänge gerade, die Madeleine geöffnet hatte, zog die am anderen Fenster auf, enthielt sich seines üblichen Kommentars über das Wetter, da sie die Dreistigkeit besessen hatte, sich bereits selbst zu informieren, ignorierte Cristi und zog sich hocherhobenen Hauptes zurück.

Madeleine lachte. «Möchtest du etwas Milch, Cristi? Weißt du noch, du hast gestern abend schon welche getrunken?»

«Ja, ich glaube, das weiß ich noch», antwortete Cristi, bemüht, Traum und Wirklichkeit auseinanderzusortieren. «Und ich weiß auch noch, daß wir mit dem Auto gekommen sind. Wo ist Lisa?»

«Ich nehme an, sie schläft noch. Ihr seid ja erst spät gekommen. So, jetzt kriech wieder ins Bett, da ist es warm. Ich hole einen Zahnbecher für deine Milch.»

«Krieg ich auch einen Keks?»

Lisa ging rasch den Hang hinauf zum Gehöft. Die dünne Decke frischen Schnees zeigte schon die Spuren von Fahrzeugen und ein Paar Fußabdrücke. Jackie Mowat war zum Schulbus hinuntergegangen und der Traktor schon die Straße hinuntergefahren, um den Schafen unten am See Heu zu bringen. Der Landrover, wie es schien, ebenfalls. Was für ein Tag war heute? Donnerstag. Dann hatte also Malkie, der überall auf dem Gut die Müllsäcke einsammelte, sie zur Abholung unten ans Tor gebracht. Es machte Spaß, diese Zeichen vertrauten Kommen und Gehens auf dem Gut zu interpretieren.

Die Sonne war schon vor etwa einer Stunde aufgegangen, aber ihr Licht war noch wäßrig, und die langen Schatten auf dem Schnee schimmerten bläulich. Die Kälte schnitt Lisa in die Wangen. Trotz allem erfaßte sie ein plötzlicher Überschwang. Hier zu sein, in dieser offenen, hellen Landschaft, die herrliche Luft einzuatmen, wieder diese Kleider zu tragen (und wie befriedigend, daß sie die Reithose in der Taille mit einem Gürtel einhalten mußte), ihre eigenen bequemen Stiefel, die noch an ihrem Platz in der Kleiderkammer gestanden hatten – das alles ließ die Schrecken der letzten zwei Tage unwirklich und fern erscheinen.

Als sie sich an der Veranda des Galloway-Hauses den Schnee von den Stiefeln klopfte, wehte ihr eine Mischung von Gerüchen entgegen, die wehmütige Erinnerungen weckte: feuchte Erde, Arbeitskleidung, Hunde, ein Hauch des Desinfektionsmittels, mit dem Jean die Steinfliesen zu scheuern pflegte, langsam faulendes Holz.

Die Hand auf dem Türknauf – sie hatte hier nie angeklopft –, überfiel sie plötzlicher Zweifel. Seit ihrer Heirat mit Howard hatte sie sich so weit von den Freunden ihrer Kindheit entfernt. Sie erinnerte sich der Gezwungenheit bei der Trauerfeier ihres Vaters, als sie sich so abseits gefühlt hatte, als hätte Mrs. Armitage mit dem Mädchen, das hier aufgewachsen war, nichts mehr zu tun.

Dann aber gab sie sich einen kleinen Ruck, denn jetzt war ja Mrs. Armitage die fremde, unwirkliche Person, drehte den Türknauf und trat mit einem Wort des Grußes ins Haus. Jean stand am blau gekachelten Gasherd, die Katze schlüpfte durch ein schmales Fenster, die Kinder am Tisch sahen überrascht auf, das Radio spielte, es roch nach Feuer und brutzelndem Schinkenspeck, Kleider hingen zum Trocknen – es war, als sei die Zeit stehengeblieben.

Und auch Jeans Begrüßung hatte sich nicht geändert. «Lisa! Also dich hätte ich wirklich als letzte erwartet. Wir haben gar nicht gewußt, daß du kommst. Komm rein, wie schön, dich zu sehen.»

Schüchterne Begrüßung von Dougal und Jill. Lisa kannte die beiden nicht so gut, wie sie ihren älteren Bruder Donald gekannt hatte, der jetzt auf einem Hof in der Nähe von Killin arbeitete.

Jean fegte zwei Schultaschen von einem Stuhl. «Hier, setz dich. Es ist ganz schön frisch heute morgen, wie wär's mit einer Schale Porridge? Ihr macht das doch bei euch bestimmt nicht. Dougal, du brauchst die Anzeige da gar nicht erst auszuschneiden, ich hab dir gesagt, wir haben kein Geld für ...»

«Ich hab einen Bärenhunger», bekannte Lisa und ließ sich dankbar in die alte Atmosphäre der Ungezwungenheit hineinfallen. Erklärungen hatten Zeit. Jetzt zählte nur die große Schale Porridge, die Sahne von den gutseigenen Kühen, Jeans starker Tee in der dicken blaugestreiften Tasse.

«Los ihr beiden, zum letztenmal, geht endlich los. Eines Tages wird Allie nicht mehr auf euch warten, und dann müßt ihr marschieren.» Dougal und Jill waren noch in der Dorfschule, die Lisa selbst drei Jahre besucht hatte, ehe sie aufs Internat verbannt worden war.

Die Kinder wurden hinausbugsiert, Dougals Lesebuch entdeckt, nachdem sie gegangen waren. Jean schrie ihm durchs Fenster hinterher, mit klappernden genagelten Stiefeln kam er zurückgerannt, um es sich zu holen, dann liefen er und Jill hopsend und schlitternd den Hang hinunter.

«Gleich wird Donnie kommen», sagte Jean. «Der Schurke wartet immer, bis sie weg sind.»

«Ich muß bald wieder zurück.»

«Zum zweiten Frühstück. Ich seh schon, es hat sich nichts verändert.»

Das morgendliche Porridge-Ritual hatte mehr als zwanzigjährige Tradition. Aber sie ist viel schlanker geworden, dachte Jean, die sich des dicken Schulmädchens erinnerte, dessen einziger Trost das Essen gewesen war. Wie oft hatte sie an diesem Tisch gesessen und Portionen vertilgt, deren selbst Donnie sich nicht geschämt hätte.

«Bleibst du länger?» fragte sie. «Deine Mutter freut sich sicher.»

«Ich weiß noch nicht», antwortete Lisa. O Gott, wie gern würde ich bleiben, erkannte sie plötzlich, bestürzt über die Heftigkeit des Wunsches. Wie fremd erschien von hier aus das Haus in Surrey; undenkbar, je wieder in ihm zu leben. «Ein, zwei Tage bleibe ich bestimmt noch. Ich komme bald wieder vorbei, damit wir richtig quasseln können. Aber jetzt bin ich eigentlich nur hergekommen, weil ich dich um was bitten wollte.»

8

Als erstes müssen wir etwas zum Anziehen für dich finden», sagte Madeleine besorgt, die gerade noch einmal Cristis Sachen durchsah. Nur leichte Kleidchen und Ensembles in Pastellfarben, feine Unterwäsche, die mehr für eine Aussteuer als für eine Achtjährige geeignet war, elegante kleine Schuhe und Sandalen und Gürtel.

«Reicht das nicht? Isaura hat gedacht...»

Es klopfte. «Darf ich reinkommen?»

Cristi, die noch im Bett saß, riß die Augen auf, als sie die neue Lisa sah. In der dunkelgrünen Reithose und dem Pulli, mit glühenden Wangen und zerzaustem Haar wirkte sie halb so alt wie die gehetzte, gequälte Erwachsene des vergangenen Tages.

«Schau, was ich dir mitgebracht habe.» Mit Schwung warf Lisa ihr Bluejeans, wollene Strumpfhosen und Rolli, Söckchen und Schuhe und einen weichen Shetlandpullover in Rosa und Weiß zu, den Jean selbst gestrickt und Jill noch kaum getragen hatte. «Das wird alles ein bißchen groß sein, aber bis wir mit dir zum Einkaufen fahren können, wird es schon gehen.»

Schweigend starrte Cristi die Kleider an, und einen ängstlichen Moment lang fürchteten Lisa und Madeleine, sie würde sich weigern, sie zu tragen. Dann aber breitete sich ein strahlendes Lächeln der Ungläubigkeit auf ihrem Gesicht aus. «Das ist alles für mich? Ich darf Bluejeans anziehen?»

Sie kamen zu spät zum Frühstück, und Platt ließ keinen Zweifel an seiner Mißbilligung. Madeleine nahm es kaum zur Kenntnis. Es war wunderbar, Lisa hier zu haben, die in diesen Kleidern aussah wie das Mädchen, das sie vor ihrer Ehe mit Howard gewesen war. Nach ihrem Marsch zum Gehöft hinauf schien sie weniger angespannt und verzweifelt zu sein als am vergangenen Abend. Was hatte sie so erschüttert? Stell keine Fragen, mahnte sich Madeleine, die sich nur noch zu gut erinnerte, welch ärgerliche Gereiztheit auch die unbedeutendste Frage bei Lisa auslösen konnte. Sie hätte sich jetzt Joss' Unterstützung gewünscht – doch dann schob sie den Gedanken mit Entschiedenheit beiseite.

Lisa stellte fest, daß sie jetzt, da sie von der Verantwortung für Cristi befreit war, das Kind ohne das quälende Gefühl der Demütigung akzeptieren konnte, das ihr gestern so heftig zugesetzt hatte. Hier auf Glenmara, in den praktischen Sachen, die nicht mehr an das elegante kleine Geschöpf erinnerten, das plötzlich vor ihrer Tür gestanden hatte, konnte Lisa sie einfach als Kind sehen und mußte sie nicht ständig mit Howards Verschwinden in Verbindung bringen.

Es war für Lisa und Madeleine eine Erleichterung, ihre Aufmerksamkeit auf Cristi konzentrieren zu können. Immer wieder blickte sie in freudiger Verwunderung an sich hinunter, ohne sich im geringsten an den aufgerollten Ärmeln, den Sicherheitsnadeln am Hosenbund, der Tatsache, daß Jills Pullover ihr fast bis zu den Knien reichte, zu stoßen. Sie saß schräg auf ihrem Stuhl, so daß sie lässig mit einem Bein baumeln und ihre Jeans bewundern konnte.

Es war erstaunlich, wie rasch ihre Lebensfreude wieder hervorsprudelte, sobald sie sich sicher und geborgen fühlte. Alles faszinierte sie, vom wuchtigen Tafelaufsatz auf der Kredenz bis zum kleinen wattierten Einsatz in ihrem Eierbecher zum Warmhalten des zweiten Eis; von der Lalique-Ente bis zum Hornlöffel für den Heidehonig. Es war klar, daß sie an Personal gewöhnt war, Platt nämlich beachtete sie gar nicht.

Ihr größtes Interesse jedoch galt dem Schnee. «Isaura hat erzählt, daß es auf der *fazenda* meines Großvaters auch manchmal schneit. Sie hat dort gelebt, als sie noch ein kleines Mädchen war. Aber ich darf da nie hin, und ich hab noch nie Schnee gesehen. Kann man darin herumgehen? Macht er die Schuhe kaputt?»

«Ich habe Stiefel für dich geliehen», sagte Lisa. «Ich fürchte allerdings, du wirst sämtliche Socken von Jill brauchen, um halbwegs hineinzupassen.»

«Können wir nicht gleich hinausgehen, ehe er wieder schmilzt?»

«Er schmilzt nicht, keine Angst», versprach Lisa, als Cristi vom Tisch aufstand und schnurstracks zum Fenster eilte. «Ich weiß, wir müssen miteinander reden», wandte sich Lisa hastig an ihre Mutter. «Ich hätte dir schon gestern abend sagen sollen, was das alles zu bedeuten hat...»

«Du brauchst mir überhaupt nichts zu sagen», unterbrach Madeleine sie. «Mach es genauso, wie du willst. Wirklich. Ich bin nur froh und dankbar, daß du gekommen bist.»

«Du bist wirklich wunderbar», sagte Lisa dankbar, aber auch ein wenig überrascht, was ihrer Mutter nicht entging. «Ich weiß nicht, was ich ohne dich tun würde.»

Sie sahen beide zu dem kleinen Mädchen hinüber, das wie gebannt vor der Terrassentür stand, die nie jemand benutzte.

«Ich muß Archie anrufen», sagte Lisa. «Könntest du vielleicht...?»

«Aber er ist in Spanien, Kind, irgendwo in einem winzigen Dorf.»

«Aber ich muß mit ihm reden. Er muß hierherkommen.»

«Cecil hat sicher eine Nummer von ihm. Ist es sehr dringend? Ich glaube, sie erwartet ihn Anfang nächster Woche zurück.»

«Ich muß unbedingt mit ihm sprechen.» Durch Cristis Anwesenheit gehemmt, sah Lisa ihre Mutter flehend an.

«Ach, Darling.» Tief bekümmert über diesen Blick und gleichzeitig von Befürchtungen geplagt, mit einer ungeschickten Frage oder Geste mehr Schaden als Gutes anzurichten, zögerte Madeleine unsicher. Dann aber fand sie ihre Entschlossenheit vom frühen Morgen wieder. Ganz gleich, in was für einer Krise Lisa steckte, sie hatte sich an sie gewandt, und sie, ihre Mutter, würde ihr helfen, soweit es in ihrer Macht stand.

«Ruf Cecil an, Lisa», sagte sie. «Du kannst vom Salon aus telefonieren. Ich kümmere mich inzwischen um Cristi.»

«Aber meine Frau ist im Salon noch nicht fertig, Mylady», warf Platt ein.

Zu Lisas Verblüffung und Bewunderung beachtete ihre Mutter ihn gar nicht. Das muß eine Premiere sein, dachte sie, flüchtig amüsiert über die Szene.

Mrs. Platt, die mit ihrem Federwisch über einen Bilderrahmen huschte, den sie normalerweise bestimmt nicht berührt hätte, sagte in der sicheren Gewißheit ihrer Besitzrechte leicht von oben herab: «Ich brauche noch mindestens zehn Minuten, Mylady.»

«Dann lassen Sie den Rest bitte», versetzte Madeleine und ging zum Kamin.

«Tja, später komme ich schlecht dazu», begann Mrs. Platt unwirsch, «da muß ich ...»

«Dann lassen Sie's einfach ganz, danke», sagte Madeleine.

«Und Feuer hat sie auch gemacht», meldete Mrs. Platt entrüstet in der Küche.

Die Zeit schien sich zurückzudrehen, als Madeleine Cristi in Jills Gummistiefel hineinhalf und lächelnd das Kichern des Kindes hörte, das seine plötzlich übergroßen Füße betrachtete. Wieder hier in der nach feuchtem Tweed und Leder riechenden Kleiderkammer zu stehen und ein Kind für das Spiel im Schnee einzupacken, löschte für einen Moment alle Erinnerungen an Jahre einsamer Spaziergänge aus und an das tiefe Widerstreben, hinterher in die erstickende Atmosphäre des Hauses zurückzukehren.

Der Anblick Cristis, die mit ihrer bunten Wollmütze, unter der ihre schwarzen Haare hervorstanden, und der roten Daunenjacke wie ein aufgeplustertes Rotkehlchen aussah, machte für Madeleine die winterliche Schönheit Glenmaras wieder lebendig. Entzückt sah Madeleine der Kleinen zu, die vorsichtig die ersten Schritte auf der weißen, sonnenglitzernden Schneedecke wagte, dann in heller Begeisterung herumzutollen begann, neugierig eine Fingerspitze Schnee kostete und auf ihrer Zunge zergehen ließ, erstaunt die Augen aufriß, als Madeleine einen Schneeball machte und nach ihr warf.

Madeleine holte tief Atem. Ganz gleich, wie bestürzt sie über die Entscheidung Cecils und Archies war, ganz gleich, welchen Schwierigkeiten Lisa sich gegenübersah, es gab Lösungen. Das Gefühl der Befreiung, das sie am Tag der Trauerfeier für Charles empfunden hatte, stieg von neuem auf. Damals hatte sie es schuldbewußt unterdrückt, jetzt ließ sie ihm freien Lauf. Sie würde ihr Bestes tun, um den Kindern zu helfen, aber für ihren Erfolg oder ihr Scheitern waren sie allein verantwortlich.

Lisa kam die Treppe von der Terrasse herunter. «Cecil war ausnahmsweise einmal zu Hause. Sie sagt, während des Tages kann man Archie unmöglich erreichen, aber sie haben vereinbart, daß sie ihn abends um halb sieben anruft, wenn sie mit ihm sprechen will. Sie läßt mich heute abend an ihrer Stelle anrufen – es kann allerdings ewig dauern, bis man durchkommt, hat sie gesagt.»

«Das ist nett von ihr. Und weißt du, wann Archie zurückkommt?»

«Das ist wie immer ein bißchen vage, er legt sich ja nie fest. Montag oder Dienstag, meinte sie. Du wirst uns also noch ein paar Tage ertragen müssen», fügte sie, plötzlich verlegen, hinzu. «Geht das?»

«Aber natürlich. Ihr könnt bleiben, solange ihr wollt...» Lautes Kreischen zog ihre Aufmerksamkeit auf Cristi, und sie sahen lachend, wie das kleine Mädchen unter einer Tanne hervorsprang, die gerade ihre Schneelast über ihr abgeworfen hatte.

«Sie ist Howards Kind», sagte Lisa abrupt. «Er ist mit ihrer Mutter weggegangen. Sie wollen sie nicht haben.»

Den Kopf zurückgeworfen, rannte Cristi über den Rasen, um ihnen ihr schneebedecktes Gesicht zu präsentieren.

Madeleine riß den Mund vor Überraschung auf. Tausend Fragen wirbelten ihr durch den Kopf.

«Da sind kleine Kritzel im Schnee, wie Zeichnungen», berichtete Cristi und blieb nur widerwillig stehen, um sich von Lisa den Schnee abklopfen zu lassen.

«Das sind Vogelspuren», erklärte Madeleine, sich mit einer Willensanstrengung zusammennehmend. Dennoch hatte sie den Eindruck, ihre Stimme klinge fremd. «Komm, sehen wir sie uns an.»

Cristi schoß wieder davon.

«Lisa, du armes Kind ...»

«Nicht!» sagte Lisa heftig. «Das kann ich nicht ertragen.»

Madeleine hielt inne. Einen Moment lang fühlte sie sich abgewiesen, dann aber sagte sie sich, vergiß das alles, versuch einfach, mit ihr zu fühlen, sie zu verstehen. Du bist hier nicht wichtig, es geht einzig um Lisa.

«Was hältst du davon, wenn wir nach Muirend fahren und Cristi eine Jeans kaufen?» meinte sie und wollte ihrer Tochter so andeuten, bleib hier und hol dir Geborgenheit, Ruhe und Liebe, solange du brauchst, niemand wird etwas von dir verlangen.

Lisa blieb stehen und sah sie an. Ihr kräftig geschnittenes Gesicht war weich vor Erleichterung und Dankbarkeit. «Danke», sagte sie unbeholfen.

Madeleine hob die Hand, um sie zu berühren, und verlor den Mut. Rasch eilten sie weiter, um sich die Vogelspuren anzusehen, die Cristi ihnen aufgeregt zeigte.

Archie Napier schob den ersten Entwurf seines Berichts über die Auswirkungen, die ein kleiner Damm für dieses verarmte spanische Dorf bringen würde, zur Seite und dachte, wie so oft, wenn er eine freie Minute hatte, an Cecil. Und wie stets meldete sich augenblicklich dieses quälende Gefühl der Unsicherheit. Es war nicht Zweifel an ihrer Treue oder ihrer Bereitschaft, zu ihm und ihrer Ehe zu stehen, aber er fühlte ihre grundsätzliche Neigung, sich zu entziehen.

Immer, so schien es, mußte er erst diese innere Aufwallung der Angst überwinden und sich selbst versichern, daß er sie wirklich gewonnen hatte. Wann würde er zurückfahren können? Eigentlich sollte er spätestens am Samstag hier fertig sein, wenn die verschiedenen Besprechungen nach Plan liefen. Er gab sich einem Tagtraum hin: Cecil wartete zu Hause sehnsüchtig auf ihn.

Bei der Erinnerung daran, wie glücklich er stets war, wenn er ihren Wagen vor dem Haus sah, überkam ihn heftiges Verlangen nach ihr. Sofort, fast automatisch, dachte er an ihre Schwangerschaft. Sie hatten jeden Aspekt der Entscheidung besprochen, aber er wußte, daß er Cecil schließlich nur zugestimmt hatte, weil sie es so verzweifelt gewünscht hatte. Diese Verzweiflung hatte ihn beunruhigt. Cecil bekannte sich nicht zu ihr, aber sie durchzog alle ihre Diskussionen, und er konnte sie nicht begreifen. Er konnte verstehen, daß bei ihr, die fünf Jahre älter war als er, der Kinderwunsch dringender war, und er wußte, daß sie von dem tiefen Bedürfnis getrieben wurde, ein Familienleben zu schaffen, das sie selbst nie genossen hatte, dennoch fand er, sie hätten es ruhig noch ein wenig länger versuchen können. Er wollte auch gern ein Kind, aber er hätte sich gewünscht, sie brächte sein Kind zur Welt.

Er strich sich gereizt über das Gesicht. Die Angelegenheit war erledigt; es war lächerlich, sie immer wieder durchzukauen. Aber er konnte die Furcht nicht loswerden, daß, wie jetzt eben, der Gedanke an das Kind sein Begehren abtöten würde und er nicht fähig wäre, mit ihr zu schlafen, wenn sie wieder zusammen waren.

Der Krach aus der Kneipe nebenan nahm zu. Er sollte hinübergehen, etwas trinken, ein wenig schwatzen – das tat immer ganz gut. Doch er blieb sitzen, gefesselt von Gedanken an einen anderen Aspekt dieser Schwangerschaft, der ihn beunruhigte. Die kühle, sachliche Art, wie Cecil alles geplant und organisiert hatte, hatte ihn abgestoßen. Natürlich war es eine klinische Angelegenheit, doch sie schien diese Schwangerschaft auch mit klinischer Distanziertheit zu sehen. Er hatte, als sie tatsächlich schwanger war, Freude und Beglückung von ihr erwartet, er hätte es sogar gebraucht, um sich in eine Stimmung zu versetzen, die er beim besten Willen nicht aus sich selbst heraus schaffen konnte. Cecil aber hatte ihren Terminkalender herausgeholt und den kommenden Zeitplan berechnet, mit großer Befriedigung gewiß, aber ohne eine Spur der Euphorie, die er erwartet hatte.

Wenn er sie überreden konnte, für einige Zeit nach Glenmara

zu gehen, würde sie vielleicht allmählich ruhiger werden, ihre Aufmerksamkeit von der Arbeit mehr auf das Kind verlagern, und dann würden sicher auch all die Gefühle der Freude und der Erwartung sich entwickeln, die er so gern mit ihr teilen wollte. Es gab aber auch noch andere Gründe, weshalb er wünschte, sie würde nach Glenmara reisen. Vor allem hoffte er, daß seine Mutter sich dann mit dem Gedanken an das Kind vertraut machen und es bei seiner Geburt mit Wärme aufnehmen würde. Obwohl er selbst sich ja kaum an den Gedanken gewöhnt hatte, würde dieses Kind, wenn alles seinen normalen Gang ging, eines Tages Glenmara erben.

Weiter kam hinzu, daß das Gut ja nun ihm und Cecil gehörte, ob Madeleine das behagte oder nicht. Genaugenommen würde es das Zuhause des Kindes sein. Cecil selbst war Lady Napier, wenn sie sich auch weigerte, den Titel oder auch nur den Namen zu benutzen. Er wünschte sich, daß sie an seinen Plänen für den Besitz Anteil nähme. Sein Vater hatte das Gut im alten Stil geführt: Die Jagd stand nur der Familie und Freunden offen; die Methoden der Bewirtschaftung hatten sich seit Archies Kinderzeit kaum geändert; der Waldbestand galt als absolut unverletzlich. Für die Instandhaltung der Häuser und Nebengebäude war kaum ein Penny aufgewendet worden. Es gab keine Neupflanzungen, Wege und Brücken waren in schlechtem Zustand, Zäune und Gatter notdürftig geflickt.

Cecil durfte all diesen Problemen gegenüber nicht unbeteiligt bleiben. Wenn es ihm jetzt gelang, ihr das Gefühl zu geben, daß dies alles wegen des Kindes auch ihre Angelegenheit sei, dann würde sich daraus vielleicht mit der Zeit etwas entwickeln, das sie teilen konnten. Archie selbst hatte nicht vor, ständig auf Glenmara zu leben. Die Jahre des Konflikts mit seinem Vater hatten ihre Spuren hinterlassen. Und das Haus mit seinen dunklen Bäumen, den feuchten Wänden, den düsteren Räumen belebte das schreckliche Gefühl des Eingesperrtseins, an dem er als Junge gelitten hatte. Im Moment war es sowieso noch das Zuhause seiner Mutter, und er hatte nicht die Absicht, sie daraus zu vertreiben. Doch er plante wesentliche Veränderungen und Verbesserungen auf dem Gut, ohne selbst ständig anwesend zu sein. Er hatte eine angemessene Zeit nach dem Tod seines Vaters verstreichen lassen, jetzt aber kam der Frühling, und es mußte mit den Arbeiten begonnen werden. Er mußte mit seiner Mutter sprechen und wollte Cecil an seiner Seite haben, wenn er es tat.

9

Es war lange her, daß Madeleine Kinderkleidung gekauft hatte, und sie hatte sie nie in Muirend gekauft. Sie fühlte sich nicht wohl in den schäbigen kleinen Geschäften und neigte dazu, alles, was man ihnen anbot, häßlich zu finden.

Lisa, die die Gedanken an Howard wieder eingeholt hatten, war keine Hilfe. Sie hatte das Gefühl, als befände sie sich in einem wild schlingernden Zug, in dem sie wie ein hilfloses Bündel hin und her geschleudert wurde, ohne irgendwo Halt zu finden. Zu jedem Vorschlag Madeleines nickte sie nur stumm, und ihr Gesicht hatte einen so ungesunden Grünstich, daß Madeleine schon zu überlegen begann, wo die nächste Toilette sein könnte.

Cristi rettete die Situation. Begeistert von ihrer neuen Umgebung, hatte sie auf der Fahrt zum Städtchen munter drauflosgeplappert, nun, da das heftige Heimweh der vergangenen Nacht vergessen schien, sogar bereitwillig von zu Hause erzählt. Stets von der Fürsorge des Dienstmädchens Isaura umgeben, schien sie ein einsames und unnatürlich behütetes Leben geführt zu haben. Von der Schule zurück, war sie kaum je aus dem Haus gegangen, hatte keine Spielgefährten gehabt, nur selten ihre Cousins und Cousinen oder andere Angehörige der Familie gesehen. Ihre Mutter pflegte lang zu schlafen, sich dann fertigzumachen und auszugehen. Wenn ihr Vater da war, gingen die beiden zusammen aus.

Cristi war eine ganze Weile auf diesen Besuch in der Heimat ihres Vaters vorbereitet worden. Madeleine sah den Schmerz, der über Lisas Gesicht flog, als das deutlich wurde. Man hatte Cristi gesagt, sie solle nun eine Zeitlang in England leben, da sie ja zur Hälfte Engländerin sei, und sie hatte sich auf diese Reise gefreut, wie ein einsames Kind sich auf das Internat freut. Niemand hatte etwas von Schottland gesagt, aber Cristi fand es hier noch viel schöner. Sie hielt es für selbstverständlich, daß ihr Leben weitergehen würde wie zuvor, sobald ihre Eltern zurückkehrten.

Sie fand es aufregend, sich selber Kleider aussuchen zu dürfen, und Madeleine beobachtete mit Interesse, daß sie dabei einen ganz persönlichen Stil zeigte. Sie griff nach den zartesten Farben, die zu haben waren. In den Bluejeans, die ihr paßten wie angegossen, und einem bernsteinfarbenen Pullover betrachtete sie sich sprachlos vor Entzücken. Beladen mit Paketen und strahlend vor Glück, ließ sie überall nur lächelnde Gesichter zurück.

Sie blieb stehen, um anderen Kindern nachzusehen, schaute in die Schaufenster, beobachtete begierig die Leute, schwatzte mit Hunden, die vor dem Supermarkt angebunden waren, bewunderte Babys in Kinderwagen. Staunend ließ sie sich durch ein Lebensmittelgeschäft mit offenen Säcken und hohen Holzregalen führen und danach in ein Restaurant mit Wänden aus Naturstein und einem offenen Kamin.

Madeleine, die hoffte, starker schwarzer Kaffee würde Lisa aus ihrer Lethargie reißen – wenn vielleicht auch ein doppelter Kognak bessere Dienste leisten würde –, war froh, daß es das Restaurant noch gab.

«Jedesmal, wenn ich nach Muirend komme, ist wieder ein Haus abgerissen worden, damit sie einen neuen Parkplatz oder noch einen Supermarkt bauen können», bemerkte sie. Das oberflächliche Geplauder, mit dem sie Lisas Stummheit zu übertünchen suchte, verdrängte für den Moment auch etwas anderes, das sie beschäftigte. Sie hatte inzwischen Angst davor, selbst Auto zu fahren. Wenn sie nach Muirend mußte oder gar die schreckliche Landstraße hinunter nach Perth zum Friseur, pflegte Platt sie zu fahren. Heute war sie froh gewesen, daß Lisa wie selbstverständlich den Volvo genommen hatte. Aber sie wußte, daß dies eine Sache war, mit der sie sich ernsthaft auseinandersetzen mußte.

«Schau, Cristi, was es hier für köstliche Sachen gibt. Such dir aus, was du am liebsten haben möchtest.»

Cristi widmete der Frage ernsthafte Aufmerksamkeit. Ein Glück, daß das Kind hier ist, dachte Madeleine unwillkürlich und lächelte sogleich innerlich über die Ironie dieses Gedankens. Schließlich war ja, soweit sie wußte, das Kind selbst das Problem.

Sie verspäteten sich zum Mittagessen. Platt hatte nichts Eiligeres zu tun, als sie tadelnd darauf aufmerksam zu machen. «Ich möchte nur sagen, Mylady, daß ich das wenig befriedigend finde. Mir wurde nicht gesagt, daß ich mit dem Mittagessen warten soll, ich habe mich also an meine täglichen Anweisungen gehalten. Meine Frau hat seit mehr als einer halben Stunde alles fertig.»

Selbst Lisa erwachte aus ihrer Betäubung und warf ihm einen stirnrunzelnden Blick zu.

Madeleine spürte, wie ihr heiß wurde. Ihre Stimme zitterte ein wenig, als sie sagte: «Ich weiß, daß wir später dran sind als sonst, Platt, aber dies eine Mal müssen Sie sich leider damit abfinden. Wir gehen sofort hinein.»

Platt blieb stehen, als erwartete er eine deutlichere Entschuldigung, dann jedoch gab er klein bei, keinesfalls besänftigt, aber nicht bereit, es auf einen offenen Streit ankommen zu lassen.

Die Atmosphäre beim Mittagessen war gedrückt. Lisa sprach kaum ein Wort und Madeleine unterhielt sich mit Cristi und ließ sie in Frieden.

Platt trat Madeleine in den Weg, als sie das Speisezimmer verließen. «Wird es nötig sein, das Essen für die Kleine früher zu richten, Mylady? Das wird natürlich zusätzliche Arbeit machen, und ich glaube nicht, daß man von uns erwarten kann, daß wir das alles erledigen. Wir sind schließlich nur zu zweit.»

Du widerlicher kleiner Kerl, dachte Madeleine zornig. Für ganze drei Personen müßt ihr sorgen, und Ivy Black, die Frau eines unserer Arbeiter, kommt regelmäßig zum Putzen und Bügeln. Tatsache aber war, daß sie sich über Cristis Abendessen noch gar keine Gedanken gemacht hatte – auch nicht darüber, wo sie schlief, sie konnte nicht alleingelassen werden.

«Cristi!» rief sie dem Kind nach, das schon davonhüpfte, um seine Sachen zu bewundern. «Wann gehst du zu Hause immer zu Bett?»

«Um elf», antwortete Cristi prompt. Dann fügte sie mit einem spitzbübischen Lächeln hinzu: «Oder manchmal auch schon um zehn.»

«Cristina wird mit uns zu Abend essen», sagte Madeleine zu Platt und verschwand im Salon, während er wütend darüber, daß es nichts zu nörgeln gab, zurückblieb.

Lisa stand am Feuer, die Hände auf dem Kaminsims, den Kopf gesenkt, die Augen geschlossen.

Madeleine ging sofort zu ihr. «Darling, du siehst völlig kaputt aus. Es geht dir nicht gut, nicht wahr?»

Fatale Frage, noch während sie sie aussprach, wappnete sie sich schon gegen ein gereiztes «Natürlich geht es mir gut, mach doch nicht so einen Wirbel».

Doch Lisa antwortete gar nicht, hob nicht einmal den Kopf.

«Ach Kind.» Madeleines Kehle war wie zugeschnürt vor Mitleid. «Warum legst du dich nicht eine Weile hin? Ich bring dir eine Wärmflasche hinauf. Versuch einfach, ein paar Stunden alles zu vergessen.»

«Ich sollte Cristi nicht einfach zu dir abschieben...»

«Unsinn! Ich freue mich, sie hier zu haben. Wir können uns schon beschäftigen.» Aber wie sollten sie eine Gelegenheit finden, miteinander zu reden, falls Lisa das wollte?

«Ich muß Archie anrufen.»

«Ich wecke dich rechtzeitig. Komm, geh hinauf, du siehst ja richtig krank aus.» Am liebsten hätte sie sie eigenhändig hinaufgeführt, ins Bett gepackt und zärtlich in die Arme genommen, aber sie wußte, daß das nicht ging. Sie konnte schon froh sein, daß Lisa sich müde bereit erklärte, in ihr Zimmer hinaufzugehen. Eine Wärmflasche brauche sie nicht, sagte sie, und ging so gedrückt hinaus, daß es Madeleine das Herz abschnürte.

Cristi amüsierte sich damit, ihre neuen Kleider in unterschiedlichen Kombinationen auf dem Sofa auszubreiten. Wie leicht sie zu haben ist, dachte Madeleine erleichtert, und wie sie die Atmosphäre dieses Zimmers verändert hat.

«Magst du Bücher, Cristi?»

«Englische Geschichten?» fragte die Kleine eifrig.

«Die Bücher, die Lisa gelesen hat, als sie in deinem Alter war.»

«O ja!»

Das kleine Mädchen fand es sehr lustig, die Regale eines der alten Kinderzimmer zu durchstöbern. Während Cristi sich fasziniert ein altes Bilderbuch ansah, öffnete Madeleine die Tür zum Kinderschlafzimmer.

Unheimlich. Hatten die Kinder hier denn jede Nacht Angst gehabt, vor Schatten, vor den vertrauten Geräuschen und Gegenständen, die in der Dunkelheit bedrohlich wurden? Warum hatten sie nie etwas gesagt? Weil auf Glenmara solche Schwächen mit Geringschätzung bestraft wurden.

«Hast du Lust, die Kleider zurückzubringen, die wir ausgeliehen haben, und Jill kennenzulernen?» fragte Madeleine Cristi, als sie mit Büchern beladen wieder nach unten gingen, nachdem sie vorher versprochen hatte, in den Kinderzimmern die Heizung anzustellen, damit Cristi an einem anderen Tag die Spielsachen inspizieren und auf dem Schaukelpferd reiten konnte, das sie trotz seines abgewetzten roten Sattels sehr beeindruckt hatte.

«Ach ja», sagte Cristi begierig. Wie spannend, ein anderes Mädchen kennenzulernen!

Im Gegensatz zu Lisa rief Madeleine zuerst bei Jean Galloway an. Es war Jahre her, seit sie das letztemal auf dem Hof der Galloways gewesen war. Sie sah Jean gelegentlich auf dem Hof oder auch im Dorf. Dann winkten sie und begrüßten einander mit einer plötzlichen Aufwallung von Herzlichkeit, die zwar echt war, aber sie nicht näherbrachte.

Als Madeleine nach Glenmara gekommen war, hatte Charles' Mutter regelmäßig jedes Haus auf dem Gut besucht und sie stets mitgeschleppt.

«Du mußt alles lernen», hatte sie gesagt, doch sichtlich ohne viel Hoffnung auf Erfolg, und Madeleine hatte sich die größte

Mühe gegeben, unaussprechliche Ortsnamen mit den Namen von Pächtern, Schäfern, Förstern und anderen Angestellten zu verknüpfen, die Namen ganzer, großer Familien auswendig zu lernen und sich ein neues Vokabular anzueignen, um bei den Fachsimpeleien mitreden zu können. Nach dem Umzug ihrer Schwiegermutter nach Edinburgh hatte sie schüchtern und mit neuer Freude versucht, die Tradition dieser Besuche fortzusetzen, doch es war ihr schon bald unmöglich gewesen zu glauben, daß die Frauen in ihr etwas anderes sahen als eine lästige Störung.

Immer wenn Madeleine kam, legten sie sofort ihre Arbeit nieder, und sie hatte ständig das Gefühl, daß im Hintergrund irgend etwas anbrannte oder kalt wurde oder verkochte. Die Frauen pflegten ihre Schürzen abzulegen, ihr wirres Haar zu glätten, sich für das Durcheinander zu entschuldigen, Tee zu machen, zu erklären, warum sie nicht zum Backen gekommen waren. Madeleine stellte Fragen, sah in den höflichen, teilnahmslosen Gesichtern, wie albern diese Fragen waren, nannte das jüngste Kind beim falschen Namen und floh schließlich mit brennenden Wangen und dem Gefühl, daß hinter ihr alles erleichtert aufatmete.

Wie kam sie auf die Idee, sie könne jederzeit unangemeldet in den Häusern dieser Frauen erscheinen, während es für diese undenkbar war, das Gutshaus zu betreten? Sie hatte das ganze gönnerhafte Theater stillschweigend aufgegeben und sich damit getröstet, daß wenigstens Archie und Lisa überall willkommen waren.

Als sie jetzt mit Cristi zum Hof der Galloways ging, wurde ihr bewußt, daß ihr all diese Familien fremd geworden waren. Sie hatte gemeint, Cristi habe ein eingeengtes Leben geführt; ihr eigenes war nicht viel besser.

Jean wirkte ein wenig aufgeregt, das Zimmer war sauber und ordentlich, die Kinder, die eben aus der Schule gekommen waren, standen mit einem braven «Guten Tag» auf, ohne es zu schaffen, das obligate Mylady anzufügen. Mit schuldbewußten Blicken sahen sie ihre Mutter an, als diese ärgerlich über das

Versäumnis die Lippen zusammenkniff. Dann flogen ihre Blicke zu Cristi, die dicht neben Madeleine stand, immer noch Hand in Hand mit ihr, und die beiden gespannt, aber etwas unsicher beobachtete.

«Wir sind Ihnen so dankbar, daß Sie uns diese Sachen...»

«Ach, Sie hätten sie behalten sollen, es war doch überhaupt nicht eilig. Jill hat sie sowieso nicht gebraucht, nicht wahr, Jill?»

Kopfschütteln von Jill, die von dem fremden kleinen Mädchen fasziniert war.

«Wir brauchten nur ein paar warme Sachen, bis wir selbst etwas besorgen konnten. Wir waren heute morgen in Muirend. Cristi hatte nichts Passendes bei sich – es war wirklich sehr freundlich von Ihnen – soll ich die Sachen hier hinlegen?»

«Ach, irgendwo. Warten Sie, ich nehme sie gleich. Jill, stell die Gummistiefel neben die Hintertür – und das ist also Cristi?»

Was hatte Lisa Jean heute morgen erzählt?

Cristi trat vor, um Jean die Hand zu geben. Jill riß die Augen auf, als sie einen kleinen Knicks dazu machte.

«Jill – und Dougal, richtig? Wie geht es euch beiden in der Schule?» O Gott, nicht so, dachte sie entsetzt, während sie sich sprechen hörte. Sie hassen es bestimmt, nach der Schule gefragt zu werden, und was kann man als Kind schon auf eine solche Frage antworten?

«Gut», sagte Dougal.

Jill starrte Cristi an.

«Könnten sie mit Cristi ein bißchen in den Schnee hinausgehen?» fragte Madeleine und fing Cristis begierigen Blick auf. «Das ist so aufregend für sie. Sie erlebt Schnee hier zum erstenmal. Oder sind sie vielleicht gerade erst heimgekommen? Wollten Sie vielleicht gerade essen? Ich möchte wirklich nicht...»

«Nein, nein, Essen gibt's erst, wenn mein Mann nach Hause kommt. Die beiden sind jetzt, wo die Tage schon ein bißchen länger werden, sowieso immer draußen.»

Plötzlich quicklebendig, stürzten die Kinder davon, um ihre Jacken zu holen. Cristi zögerte einen Augenblick, dann löste sie sich von Madeleine.

«Aber keine Dummheiten, Dougal. Daß du mir gut auf sie aufpaßt.»

«Ich weiß schon», kam es unwirsch zurück.

«Wir haben junge Hunde», sagte Jill und wartete auf Cristis Reaktion. Das überraschte Strahlen war nicht zu übersehen.

«Aber bleibt nicht zu lange. – Die drei werden schon zurechtkommen», fügte Jean hinzu, als die Tür hinter ihnen zuschlug. «Dougal ist ein vernünftiger Bursche.»

Jean hatte gebacken. Während sie den Tee machte, sah Madeleine sich in der Küche um – dunkel und eng, Küche und Wohnzimmer in einem, ein alter Gasherd, aufgehängte Wäsche. Nicht nur hatte sich Charles geweigert, Geld für die Modernisierung der Häuser auszugeben, er hätte den Bewohnern auch nie gestattet, selbst Verbesserungen an ihnen vorzunehmen.

Cristi blieb auf dem betonierten Weg stehen. Die anderen rannten schon über ein Stück aufgeweichte, schlammige Wiese, so daß der Matsch aufspritzte. Sie konnte sich nicht vorstellen, daß es irgendeinem Kind erlaubt war, da herumzulaufen, ob mit oder ohne Stiefel. Jahrelang hatte Isaura sie wegen jedes Knitters im Kleid, jeder abgestoßenen Schuhspitze ausgeschimpft. Da war endlos gewaschen, gebügelt, gereinigt worden; man hatte ihr Abscheu vor Schmutz und Armut – beidem begegnete sie auf dem Weg zur Schule – eingebleut. Das alles hielt sie einen unsicheren Moment lang zurück.

Dougal drehte sich um und sah, daß sie zögerte. Er hatte gleich gemerkt, daß dieses fremde kleine Mädchen nicht aus demselben robusten Stoff gemacht war wie seine Schwester Jill.

«Komm, gib mir deine Hand», sagte er, zu ihr zurückkehrend. Die kurze, kräftige Hand, die sich ihr entgegenstreckte, die fremdartige harzige Luft in ihrer Nase, der schneidende Wind, der über den Schnee fegte, die Mischung scharfer Gerüche von Dung, Stroh und feuchtem Stein peitschten Cristi zu Überschwang auf. Sie fühlte sich plötzlich mutig, ja tollkühn, bereit zum Abenteuer. Die Gerüche und Bilder dieses Tages sollte sie ihr Leben lang nicht vergessen, so wenig wie den Augenblick im zugigen Stall, als Dougal ihr ein strampelndes junges Hündchen in die Arme legte, und sie seinen warmen Bauch in ihrer Hand fühlte, das weiche, flaumige Fell streichelte, die kleinen Pfoten und die milchigen Augen betrachtete und die Hilflosigkeit dieses Geschöpfes verstand.

10

Das Dorf wollte Archie ein großes Fest geben. Alle waren überzeugt, er würde ihnen, allein durch das Ausheben seiner Inspektionsgruben und die Abfassung seines Berichts, wie mit Zauberhand gute Ernten und dauernden Wohlstand bescheren. Obwohl es unhöflich war, verzichtete Archie auf das Fest und schaffte es so, noch am Samstag abend von Madrid aus nach Hause zu fliegen.

Wie er es sich ersehnt hatte, stand Cecils Wagen vor dem Haus. Er ging hinein und eilte gleich nach oben, wo er sie behutsam weckte. Als er sie in die Arme nahm und sie langsam zu sich kam, erwachte in ihm tiefes Verlangen nach ihr.

«Ach, ist das schön, wieder bei dir zu sein.»

«Du hast mir gefehlt.» Sie hielt ihn fest und drückte ihr Gesicht an seine Brust.

«Und wie du mir erst gefehlt hast! Du fehlst mir immer», sagte er heftig und drückte sie an sich. Es kam so selten vor, daß sie ihm so etwas sagte; er war glücklich. «Laß mich einen Moment los, Darling. Ich will nur rasch duschen ...»

«Nein, nicht duschen», bat sie ihn. Sie mochte diesen ganz besonderen Geruch, den er stets von einer Reise mitbrachte.

Es ließ niemals nach, dieses Gefühl überwältigender Wonne, wenn er sie in seine Arme nahm und ihren zierlichen, weichen Körper an den seinen schmiegte. Und stets folgte darauf der leidenschaftliche Wunsch, sie ganz zu besitzen, eine wilde Entschlossenheit, daß es diesmal klappen... Er versuchte, nicht daran zu denken, als wäre es ein Eingeständnis, daß ihre Liebe nicht vollkommen sei. Sie war eine wunderbare Partnerin, erregend und einfühlsam, sie machte einem nichts vor und sie hielt nichts zurück. Erst nachher, in den Augenblicken gestillten Verlangens, entzog sie sich ihm. Während ihr Körper noch unter ihm lag, und er sich noch nicht aus ihrer Vereinigung gelöst hatte, fühlte er schon, wie sie ihm entglitt, wie das Gesicht, einen Moment zuvor noch wie verklärt im Orgasmus, wieder kühl wurde, Selbstbeherrschung die Oberhand gewann. Er konnte ihren Körper festhalten, sie ließ es sich ruhig gefallen, aber sie hatte sich schon weit von ihm entfernt. Und früher oder später pflegte er davon aufzuwachen, daß sie leise aus dem Bett stieg. «Geh nicht, laß mich jetzt nicht allein», flüsterte er dann mit unverhohlenem Schmerz, und sie antwortete so leichthin, als hätte es die geteilte Leidenschaft nie gegeben, «ich kann nicht schlafen, tut mir leid – ich störe dich höchstens...»

Er versuchte, die Gedanken zu verdrängen, doch sie ließen sich nicht befehlen, und an diesem Abend mußte er, genau wie er gefürchtet hatte, auch an das fremde Leben in ihr denken.

«Ich bin anscheinend müde», murmelte er schließlich. «Tut mir leid, Liebes.» So etwas war noch nie zuvor passiert. Elend und tief bestürzt drückte er sein Gesicht an ihren Hals.

Es ist das Kind, dachte Cecil erschrocken. Was habe ich getan? Sie streichelte sein dichtes Haar, strich mit ihren Händen über seinen kräftigen Rücken. Sie wußte, wenn sie sagte, das sei doch nicht so schlimm, könnte er daraus entnehmen, sie hätte ihn nicht gewollt, so sagte sie statt dessen: «Schlaf dich aus, Darling, du bist sicher ganz erschöpft. Die lange Fahrt und dann der Flug nach einem langen Arbeitstag. Morgen früh ist ja auch noch Zeit...»

Aber am Morgen war sie fort, war allerdings nicht in ihr Atelier gefahren, wie sie das manchmal tat, von einem ihr unverständlichen Verlangen getrieben, allein zu sein mit ihrer Kälte. Sie hatte sich in das kleine Gästezimmer zurückgezogen, in dem das Bett der einzige Platz war, der nicht von Landkarten, Akten, Steinproben, Kletterausrüstung, Kälteschutzanzug und anderen Hinterlassenschaften zahlloser Reisen besetzt war.

Sie sprachen wenig auf der Fahrt nach Norden, obwohl sie selten so viel Zeit für sich hatten. Cecil hatte nicht mitkommen wollen.

«Ich verstehe überhaupt nichts von diesen Dingen, und du hast keine Ahnung, wieviel ich hier zu tun habe. Diese Wendeltreppe wird allmählich zum Alptraum ...»

«Ich möchte dich aber dabeihaben.»

Und sie war mitgekommen. Vielleicht weil es in ihrer Beziehung so ungewöhnlich war, daß er auf einem Wunsch beharrte; vielleicht weil das, was am vergangenen Abend geschehen war, an ihnen beiden nagte.

Sie haßte Glenmara, aber wenigstens würde diesmal Archies Vater mit seinen kalten Augen und seiner Arroganz nicht dasein, um jedes Gespräch zu ersticken, noch ehe es richtig in Gang kam. Er würde Archie nicht mehr heruntermachen, wenn er nur den Mund auftat, oder Madeleine wie ein Hausmädchen um sich herumtanzen lassen.

Aber was war das für eine Geschichte mit Lisa und Howard und diesem Kind? Wieso erwarteten sie eigentlich immer, daß Archie alles für sie regelte? Warum konnten sie sich nicht selbst um ihre Angelegenheiten kümmern?

«Mußt du wegen dieser Geschichte mit Howard eher nach Bahia fliegen, als du vorhattest?»

«Möglich. Es sieht so aus, als werde ich das Kind zurückbringen müssen. Aber zuerst muß ich natürlich herausbekommen, wohin es überhaupt gehört.»

«Das ist wirklich eine tolle Geschichte.»

«Howard war immer ein Schwein.»

«Ich hab gar nicht gewußt, daß du so von ihm gedacht hast.»

«Wozu groß darüber reden? Es sah doch so aus, als kämen er und Lisa gut miteinander zurecht.»

Was sonst behielt der zurückhaltende, tolerante Archie für sich?

Das Glück in ihrer Ehe beruhte zu einem guten Teil darauf, daß Archie der Überzeugung war, jeder Mensch sollte die Freiheit haben, nach seinen eigenen Prinzipien und Bedürfnissen zu leben.

Madeleine ging in die Küche, um Bescheid zu geben, daß Archie und Cecil rechtzeitig zum Abendessen eintreffen würden. Sie hatte nicht geläutet, weil Platt normalerweise frühstückte, nachdem er das Frühstück im Speisezimmer serviert hatte, und sie ihn nicht hatte stören wollen. Andererseits würde Mrs. Platt, die den Anruf von Archie durchgestellt hatte, höchst indigniert sein, wenn ihr nicht zum frühestmöglichen Zeitpunkt mitgeteilt wurde, daß zum Essen Gäste erwartet wurden.

Außerdem ist es meine Küche, sagte sich Madeleine entschlossen, als sie die schwere Schwingtür aufstieß.

Platt, in Hemdsärmeln und mit offener Krawatte, war gerade damit beschäftigt, sich ein Stück Schinken aus einer Zahnlücke zu popeln. Er hatte seinen Stuhl nach hinten gekippt und seinen Teller mit den Frühstücksresten, Wurstschalen, Speckschwarte, Tomatenschnitze und ein Klacks Rührei, auf die andere Seite des Tisches geschoben. Daneben lag eine angebissene Scheibe Weißbrot, flankiert von einem Glas Marmelade, in dem ein Messer steckte, und ein Stück halb ausgepackter Butter. An der Teekanne lehnte die Zeitung vom vergangenen Tag.

Platt nahm den Finger aus dem Mund und sog geräuschvoll das letzte Schnipselchen Schinken zwischen seinen Zähnen heraus. «Ich bin beim Frühstück, Mylady.» Keinesfalls eine Entschuldigung.

«Es tut mir leid, Sie zu stören, Platt, aber ich wollte Ihnen gleich Bescheid sagen, daß ...», Archie und Lisa waren allen, die seit der Kindheit der beiden auf dem Gut waren, unter ihren Vornamen bekannt. Aber die Zeiten ändern sich, «... Sir Archie und Lady Napier werden für ein oder zwei Tage herkommen. Sie werden zum Abendessen hier sein.» Lady Napier. Wer bin dann ich? Sie fühlte sich nicht etwa überflüssig, als sie sich diese Frage stellte, eher frei. Darüber mußte sie länger nachdenken, wenn sie Zeit dazu hatte.

Beide Platts brachen sofort in bittere Beschwerden aus. Kein Mensch habe ihnen gesagt, welche Zimmer gebraucht werden würden, wie man denn von ihnen erwarten könne – noch dazu an einem Sonntag ...

«Es reicht vollkommen, wenn Sie die Betten im Thorburn-Zimmer herrichten, die Heizung einschalten und Wärmflaschen in die Betten legen. Zu putzen brauchen Sie nichts, Ivy kommt ja morgen.»

«Das Zimmer ist seit Sir Charles' Beerdigung nicht mehr benützt worden, das Wasser muß angestellt werden, es war den Winter über im ganzen Flügel abgestellt. Malkie wird das bestimmt nicht allein schaffen, und Sandy Black wird nicht gerade erfreut sein, an einem Sonntag einspringen zu müssen. Außerdem reicht der Fasan niemals für fünf.»

«Es tut mir leid, wenn Ihnen das zusätzliche Arbeit macht.» Madeleine hatte nicht damit gerechnet, daß Cecil mitkommen würde, und hatte vorgehabt, Archie in Charles' Ankleidezimmer unterzubringen. «Reicht denn die Zeit nicht, um noch einen zweiten Fasan vorzubereiten? Wir könnten Malkies Mutter bitten, beim Gemüseputzen und beim Abspülen zu helfen.»

«Malkies Mutter? Die kommt mir nicht in meine Küche!»

«Dann, fürchte ich, werden Sie irgendwie allein fertig werden müssen.» Verlange ich wirklich zuviel? Sie wußte es tatsächlich nicht.

«Also wirklich, ich muß schon sagen, Mylady, meine Frau und ich empfinden das als eine Zumutung», begann Platt schwülstig. «Man kann von mir keine reibungslose Planung erwarten, wenn ständig unerwartet irgendwelche Leute hier auftauchen. Man kann Mahlzeiten nicht einfach aus der Luft greifen, Mylady, auch wenn Ihnen das vielleicht unbekannt ist», sagte er mit unverschämter Ironie, «und die Kleine ist ja auch noch da und macht uns eine Menge Arbeit...»

Cristi? Ein gehorsameres und aufmerksameres Kind gab es kaum. Platt hatte nichts weiter zu tun brauchen, als das Bett aus dem Kinderzimmer in Madeleines Zimmer zu stellen und die Matratze zu lüften. Und dabei hatte Lisa ihm geholfen, weil Mrs. Platt solche Kraftakte ihrem Rücken nicht mehr zumuten wollte.

Madeleine zügelte ihren Zorn und sagte sehr ruhig: «Nun, ich denke doch, für heute werden wir zurechtkommen. Morgen können wir ja nach einer anderen Lösung suchen, wenn Sie das für nötig halten.»

«Also, es tut mir wirklich leid, aber ich finde nicht, daß es reicht, Mylady.»

Was meinte er damit? Madeleine spürte, wie ihr Herz heftig zu klopfen begann. Sie fühlte sich bedroht und schwach, dennoch sah sie ihm kühl in die berechnenden Augen.

«Wir sind als Butler und Köchin angestellt, wenn ich das einmal sagen darf. Aber wir machen außerdem die Putzarbeiten, erledigen die Einkäufe und all die anderen Dinge, die täglich anfallen, und das alles aus reiner Gutmütigkeit, weil wir wissen, in was für einer Situation Sie sind. Sie werden verstehen, daß wir uns unter diesen Umständen ausgenützt fühlen und nicht sehr glücklich darüber sind.»

«Aber ...» Madeleine war sprachlos. Seit Jahren, seit Charles' Mutter ausgezogen und das gesellschaftliche Leben auf Glenmara völlig eingeschlafen war, war es so gehalten worden.

«Wenn wir weiter auf diese Weise ausgenutzt werden, müssen wir ernsthaft daran denken, uns nach etwas anderem umzusehen», fuhr Platt fort, ohne sie aus den Augen zu lassen. Man mußte ihr angst machen; sie konnte dieses Haus nicht fünf Minuten lang allein führen, und das wußte sie ganz genau. Er hatte seit langem vor, in das ehemalige Pförtnerhaus des Guts zu ziehen, wenn er in Rente ging. Aber seit einiger Zeit war ihm klar, daß das Leben nicht mehr ganz so bequem sein würde, wenn man Strom und Öl, Telefon und Benzin selbst bezahlen mußte und nicht ab und zu einen Griff in die Haushaltskasse von Glenmara tun konnte. Da konnte man ein bißchen zusätzliches Bares gut gebrauchen.

«Sie wollen sich etwas anderes suchen?» Madeleine begriff kaum, was er meinte. Platt gehörte zu Glenmara wie die Kälte, der Geruch von Birkenfeuern, die spärliche Beleuchtung und die muffige Luft.

Er mißdeutete den Ton der Verständnislosigkeit in ihrer Stimme. Er meinte, sie in die Enge getrieben zu haben. «Tatsache ist, Mylady, daß meine Frau und ich es angesichts der unbefriedigenden Situation für das beste halten, wenn wir auf der Stelle kündigen.» Da springen auf jeden Fall ein paar Pfund heraus, dachte er mit boshafter Befriedigung. Mrs. Platt, die glaubte, ihr Mann hätte einen Volltreffer gelandet, nickte mit selbstgerechter Miene.

Madeleine nahm den Geruch nach schlechtem Fett und Zigarettenqualm in ihrer Küche wahr, sah von Platts lauerndem Gesicht zu Mrs. Platts schadenfroher Miene und verspürte plötzlich einen Zorn, der alles ganz einfach machte.

«Gut, dann nehme ich Ihre Kündigung an. Ich weiß natürlich, daß Sie sich eine andere Stelle suchen müssen. Sagen wir drei Monate?»

Platt blieb buchstäblich die Luft weg. Fünf Sekunden lang verschlug es ihm den Atem und die Sprache, während er krampfhaft überlegte, warum er hereingelegt worden war.

«Wir finden ja nur, wir sollten mehr Geld bekommen», erklärte Mrs. Platt hastig. «Bei der vielen Arbeit, die wir haben. Und für die Sonntage sollten wir das Dreifache kriegen, so steht's im Gesetz. Allein dafür schulden Sie uns ...»

«Halt den Mund», fuhr Platt sie wütend an.

«Nun, Sie sind ganz offensichtlich unzufrieden», sagte Madeleine, die selbst nicht wußte, wie sie es schaffte, so ruhig zu sprechen, aber sehr zufrieden mit sich war. «Sie haben recht, unter diesen Umständen zu kündigen, und ich werde Mr. Maclaren gleich morgen vormittag unterrichten, damit er das Nötige veranlassen kann.»

Das wütende Gezeter, das hinter ihr ausbrach, als sie den Korridor hinunterging, war ihr eine Genugtuung. Joss wäre sicher stolz auf sie gewesen.

II

Ich habe etwas Schreckliches getan.»

Lisa, die gerade dabei war, Cristi einen langen Wollschal um den Hals zu wickeln, hielt mit hochgezogenen Brauen inne, und Cristi, daran gewöhnt, bemuttert zu werden und es fügsam hinzunehmen, blieb still stehen, hob ein wenig den Kopf, um Madeleine anzusehen.

«Ich habe Platt hinausgeworfen.»

«Was?!» Lisa ließ das Ende des Schals fallen. Cristi blickte neugierig von einer zur anderen.

«Das hast du wirklich getan?» Der hoffnungsvolle Unterton in Lisas Stimme war nicht zu überhören.

«Na ja, hinausgeworfen habe ich ihn nicht gerade. Er hat gekündigt, und ich habe die Kündigung angenommen. Ich glaube, er wollte mich erpressen, aber wie dem auch sei, ich hab's getan.»

«Aber das ist ja wunderbar! Das hätte ich dir nie zugetraut. Diese schreckliche Kröte geht endlich?»

Und ich hatte nicht die geringste Ahnung, daß sie ihn so furchtbar fand, dachte Madeleine. «Ich kann es selbst noch nicht recht glauben, aber es ist passiert.»

«Und du wirst es dir nicht anders überlegen?»

Sie hörte wieder Platts herrischen Ton, sah die Gier und den Triumph in seinen Augen. «O nein, ich überlege es mir bestimmt nicht anders.»

«Ach, Mama!» Völlig unerwartet trat Lisa zu ihr und umarmte sie brüsk. Es war die erste körperliche Berührung zwischen ihnen seit langer, langer Zeit. Und auch dieses Mama war neu. Nach ihrer Hochzeit hatte Lisa sie steif Mutter genannt, und dann hatte sie sie eigentlich überhaupt nicht mehr angesprochen.

«Du hältst mich also nicht für verrückt?»

«Ich finde, das ist das Beste, was hier auf Glenmara passiert ist, abgesehen von Grannies Umzug damals. Wie ist das denn alles so plötzlich gekommen?»

«Ach, das hab ich dir ja noch gar nicht gesagt – entschuldige, Schatz –, Archie und Cecil kommen heute her. Sie sind jetzt schon unterwegs. Ich bin in die Küche gegangen, um Bescheid zu sagen, daß sie zum Abendessen hier sein würden, und da platzte diese Bombe. Ich fürchte, es wird jetzt einige Unannehmlichkeiten geben.»

Sie hatte keine Ahnung, wie viele. Sie glaubte in aller Unschuld, man würde sich auf einen Termin einigen, Mr. Maclaren würde unter Berücksichtigung der Arbeitsjahre der beiden Platts auf Glenmara die korrekten Maßnahmen treffen, während inzwischen alles seinen Gang ginge wie zuvor.

Aber so war es nicht. Die Platts steigerten sich in eine wahre Orgie selbstgerechter Empörung hinein. Einfach so auf den Müll geworfen zu werden, nach allem, was sie getan hatten, nachdem sie die besten Jahre ihres Lebens geopfert hatten, einfach hinausgeworfen zu werden ... Sie riefen ihren Sohn an, sie riefen ihre Tochter an, und beide eilten, da es Sonntag war, unverzüglich von Cumbernauld und Stirling herbei, um die Krise zu schüren und ihren eigenen Senf dazuzugeben. Sie verlangten ein sofortiges Gespräch mit Madeleine.

«Du brauchst nicht mit ihnen zu reden. Das geht sie überhaupt nichts an», erklärte Lisa.

«Ich möchte ihnen gegenüber lediglich klarstellen, was sich tatsächlich abgespielt hat und daß wir die Platts nicht hinaussetzen werden, solange sie nichts anderes gefunden haben. Aber in meinen Salon kommen sie mir nicht», fügte Madeleine mit einer neuen Entschlossenheit hinzu, die Lisa beeindruckte.

Ein orangefarbener Lieferwagen mit der Aufschrift ‹Obst und Gemüse von Tracy und Reg› verdunkelte das Korridorfenster.

Das Wohnzimmer der Plattschen Wohnung war überheizt und völlig verqualmt. Eddie Platt, immer noch voll Groll darüber, daß er als Kind auf einen kleinen Teil dieses riesigen Hauses beschränkt gewesen war, immer noch voll Neid auf Archie und Lisa, legte zuerst los.

«So geht das nicht, das ist Ihnen doch wohl klar. Mein Vater kann Sie wegen unzulässiger Entlassung verklagen.»

Madeleine sah ihm in das blasse Frettchengesicht unter dem angeklatschten rotblonden Haar und hob nur die Brauen. Gereizt durch ihr Schweigen, ließ Eddie eine Tirade über berechtigte Beschwerden, Entschädigungszahlungen und Entlassungsabfindungen vom Stapel, die sich Madeleine ruhig anhörte. Tracy, seine Schwester, schon als Kind nicht kommunikativ, wehrte mit einem Arm ihren zornigen kleinen Sohn ab, der mit den Füßen gegen die Seiten ihres Sessels trat, während sie über den Kopf des Säuglings hinweg, der geräuschvoll an ihrer Brust saugte, Madeleine feindselig anstarrte.

Platt begleitete jedes dritte Wort seines Sohnes mit einem befriedigten Nicken, während Mrs. Platt den Ausbruch mit gedämpftem Schluchzen untermalte. Tracys Ehemann hielt mit einem Gesichtsausdruck, der klar sagte, haltet mich da raus, seinen Blick auf den Bildschirm des laufenden Fernsehgeräts gerichtet.

Am meisten erschütterte Madeleine die offene Feindseligkeit, der Haß, der sich hinter Platts servilem Getue verborgen hatte, der Groll Eddies und Tracys, deren Ungezogenheiten die Familie, wie sie fand, stets mit Toleranz ertragen hatte. Sie konzentrierte sich in ihrer ruhig vorgetragenen Gegenrede auf die einzig entscheidende Tatsache. Platt hatte gekündigt; sie hatte die Kündigung angenommen. Sie wies ferner darauf hin, daß sie bereit sei, ihm die Wohnung noch für drei Monate zur Verfügung zu stellen, obwohl er ihres Wissens lediglich einen Monat Kündigungsfrist habe.

Dann ging sie und hoffte, sie würden nicht sehen, daß sie zitterte. Im Hauptteil des Hauses holte sie ein paarmal tief Luft und war ausnahmsweise richtig froh, wieder hier zu sein.

«Großer Gott, ich dachte schon, sie würden dich bei lebendigem Leib auffressen.» Lisa war voller Bewunderung. «Was hast du zu ihnen gesagt?»

«Daß es Platts Entscheidung war. Es war im Grunde nur ein weiterer Erpressungsversuch.»

«Diese Leute sind wirklich unglaublich. Was bilden sie sich eigentlich ein?»

«Ach, sie sind einfach wütend. Das gibt sich schon. Aber komisch, Platt scheint den Kaffee ganz vergessen zu haben.» Als Lisa lachte, fügte Madeleine hinzu: «Aber es ist sowieso bald Zeit zum Mittagessen. Vermutlich wird er uns da auch sitzenlassen. Und wenn wir Pech haben, müssen wir die Betten für Archie und Cecil selbst machen ...»

Die Salontür flog plötzlich auf, eine Bierdose in der Hand trat Eddie Platt ins Zimmer, gegen seinen Willen von dieser Umgebung doch etwas eingeschüchtert in seiner Feindseligkeit. «Mein Vater will Sie sprechen.»

«Eddie, wie können Sie es wagen!» begann Lisa zornig, doch Madeleine gebot ihr Einhalt.

«Eddie, wenn Ihr Vater mich sprechen möchte, dann kann er gern hierherkommen.»

«Damit kommen Sie nicht durch, das kann ich Ihnen versprechen.»

Madeleine warf einen Blick auf Cristi, die mit großen Augen die Szene beobachtete. «Lisa, würdest du mal bei Jean anrufen? – Hast du Lust, heute mit Jill und Dougal Mittag zu essen, Cristi?»

«Geht ihr fort?» fragte Cristi augenblicklich.

«Nein, nein, wir gehen nirgendwo hin, das verspreche ich dir. Lisa bringt dich zum Hof. – Eddie, sagen Sie Ihrem Vater, daß ich hier im Salon bin, wenn er mich sprechen möchte.»

Aus dem Konzept gebracht von der Tatsache, daß die alte Ordnung der Dinge weiterhin Geltung hatte, zog Eddie sich leise schimpfend zurück.

Lisa machte sich mit Cristi auf den Weg zum Hof der Galloways, ließ sie aber das letzte Stück allein gehen, weil sie ahnte, daß Cristi stolz darauf war, das schon zu können. Als Lisa

Dougal und Jill aus irgendeinem Versteck hervorspringen und Cristi entgegenlaufen sah, kehrte sie um und ging voll lebhafter Erwartung zum Haus zurück. Mutter, dachte sie, ist ein anderer Mensch, seit sie nicht mehr unter Vaters Kommando steht. Wer hätte sich träumen lassen, daß sie dem alten Platt auf diese Weise Paroli bieten würde? Und es sprach alles dafür, daß sie bei ihrer Entscheidung bleiben würde. Eine schöne Überraschung für Archie. Lisa fiel gar nicht auf, daß sie seit Stunden nicht mehr an Howard gedacht hatte.

«Mama, willst du jetzt nicht erst mal was essen, um dich für die nächste Runde zu wappnen?»

Wie gut es tat, auf diese Weise geneckt zu werden. «Aber Lisa, du glaubst doch nicht im Ernst, daß sie alles noch unerfreulicher machen werden?»

«Sie werden sich bestimmt alle Mühe geben. Komm, sehen wir doch mal nach, was da ist.»

Es war unglaublich wenig.

«Das ist doch wirklich die Höhe!» Lisa schlug zornig die Tür des geplünderten Kühlschranks zu.

«Ach Gott, was wird nun aus dem Abendessen? Archie und Cecil kommen doch. Meinst du, Mrs. Platt hat den zweiten Fasan vorbereitet?»

«Bestimmt nicht.»

«Was machen wir dann zum Abendessen?»

«Irgendwas muß doch in der Tiefkühltruhe sein. Gehen wir doch mal hinüber und schauen nach.»

Die Tiefkühltruhen standen drüben in der alten Räucherkammer. Sie mußten erst über den Hof laufen und froren sich dann bei der Suche im unergründlichen Gewühl halb zu Tode.

«Taut ein Fasan überhaupt noch rechtzeitig auf?»

«Wir nehmen einfach etwas Kleineres. Was ist denn das hier? Rebhuhn?»

«Dafür ist es zu klein.»

«Waldschnepfe? Wenn wir von denen zwei finden könnten. Herrgott noch mal, nichts ist etikettiert oder datiert. Das ist ja das totale Chaos. Dieser faule Idiot! Schau dir doch den Krempel an, der da unten liegt. Ah, Weizenbrötchen, die hab ich ewig nicht mehr gegessen. In dem Beutel muß irgendein Gemüse sein, es fühlt sich so an. Na schön, wir können uns ebensogut mit dem Zeug hier vergiften wie mit etwas anderem.»

Zum Mittagessen machten sie Spiegeleier. «Welch ein Wunder, daß sie uns wenigstens die übriggelassen haben», bemerkte Lisa. «Und was für ein Glück, daß sie Obst und Stilton-Käse nicht mögen.»

Madeleine fiel auf, wie lebendig; ja, heiter sie war. Ihre eigenen Probleme schien sie für den Moment vergessen zu haben.

«Ach, es ist so schön, dich hierzuhaben», sagte sie impulsiv. «Es wäre fürchterlich gewesen, wenn ich das alles ohne dich hätte durchstehen müssen.»

«Es wäre überhaupt nichts passiert, wenn ich nicht gekommen wäre», versetzte Lisa, die nicht zeigen konnte, wie glücklich die Worte ihrer Mutter sie machten.

«Dann bin ich um so glücklicher, daß du gekommen bist», sagte Madeleine. Sie wurden beide plötzlich verlegen und wechselten hastig das Thema.

Ein, zwei Stunden lang drangen aus der Personalwohnung gedämpfte Geräusche wütender Rebellion und lärmender Zecherei zu ihnen herüber, dann folgte viel Hin und Her und Gegröle auf dem Hof.

«Ich glaube, die Kavallerie zieht ab», stellte Lisa fest.

Türenknallen, aufheulende Motoren. Schweigen.

«Na, die Familie Platt werden wir wohl heute nicht mehr zu sehen bekommen.»

«Wollen wir nicht ein bißchen an die Luft gehen und sie eine Weile vergessen? Wir könnten zu den Galloways hinaufgehen. Vielleicht haben Cristi und die Kinder Lust, einen Spaziergang mit uns zu machen.»

Aber als sie in den Hof hinaustraten, sahen sie, daß drüben die Tür der Personalwohnung offenstand. Sämtliche Lichter brannten, aber es schien, als hätten die Ratten das sinkende Schiff verlassen. Auch das Tor zu Platts Garage stand weit offen, sein Escort war weg.

«Sehen wir doch besser mal nach», meinte Madeleine betroffen.

In der Wohnung sah es aus wie nach einer Plünderung.

«Na wunderbar», bemerkte Lisa, während sie von Zimmer zu Zimmer gingen. Die Heizungen liefen auf vollen Touren, und zwischen Bergen von Müll und Abfällen standen Schränke und Kommoden, die Gutseigentum waren.

«Sie sind weg», sagte Madeleine verblüfft.

«Sieht so aus», stimmte Lisa strahlend zu, um dann ihrer Mutter einen etwas unsicheren Blick zuzuwerfen. Soweit sie zurückdenken konnte, hatte Platt auf Glenmara die Haushaltsführung in der Hand gehabt, und so unangenehm er gewesen war, für ihre Mutter würde es schwer sein, sich einen reibungslosen Ablauf ohne ihn vorzustellen. «Wir schaffen das schon», sagte sie aufmunternd. «Es gibt bestimmt genug Leute auf dem Gut, die einspringen können, bis wir jemand anderen haben.»

Madeleine drehte sich herum. Sie lachte. «Daran denke ich überhaupt noch nicht. Er ist weg! Er ist tatsächlich weg, dieser gräßliche Mensch. Am liebsten würde ich einen Freudentanz aufführen. Komm, machen wir hier alles aus, sperren wir ab und vergessen wir einfach, daß das hier überhaupt existiert.»

«Richtig! Und seine Garage machen wir auch gleich zu. Die sieht ja aus wie ein Schrottplatz.»

Irgendwo mitten auf dem Hof fanden sie die Hausschlüssel.

12

Während es in dem kahlen kleinen Zimmer langsam dämmrig wurde, saß Joss still da und lauschte der tiefen Ruhe, als wollte sie sie in sich aufsaugen. Außer dem gelegentlichen leisen Knacken eines Feuerscheits war kein Geräusch zu hören. Der Wind hatte sich am Abend gelegt, und das Häuschen stand so hoch auf dem kahlen Hang über dem See, daß Joss den Wellenschlag auf dem Kiesstrand nicht hören konnte.

Sie hatte bekommen, was sie wollte, und hatte doch nichts erreicht; hatte sich von allen Forderungen befreit, aber keinen Frieden gefunden. Sie war zu intelligent und zu ehrlich mit sich selbst, um nicht zu erkennen, daß ein paar Tage Einsamkeit den Aufruhr von Selbstzweifeln und Zorn, der seit Monaten in ihr brodelte, nicht beruhigen würden. Sie konnte nicht zurückkehren. Das Ausmaß des inneren Tumults hatte sie besiegt, und so sehr ihr Gewissen sie peinigte, sie wußte, daß sie genug hatte. Alles Mitgefühl war erschöpft, ausgetrocknet, versiegt. Sie konnte es nicht wiederbeleben.

Sie sah sich in dem Zimmer um: Ein Vorleger aus imitiertem Ziegenfell vor dem offenen Kamin, Sofa und Sessel mit hölzernen Armlehnen und spindeligen Beinen, ein kleines Schwarzweißfernsehgerät, das einzuschalten sie nicht den Mut fand, ein verschrammter Eichentisch mit vier beinahe passenden Stühlen – Luxus für sie und die anderen Eine-Welt-Angestellten, die dankbar waren, hier Urlaub machen zu können. Echten Komfort könnte ich jetzt gar nicht genießen, dachte Joss. Ich hätte kein Vergnügen daran, Geld auszugeben. Dabei habe ich doch das

Geld, für das meine Mutter und vor ihr meine Großeltern so hart gearbeitet haben.

Einen großen Teil davon hatte sie der Organisation gespendet, doch schon zu diesem Zeitpunkt war sie ihres Engagements nicht mehr so sicher gewesen. Vor fünf Jahren hätte sie ohne Überlegung den ganzen Betrag gegeben. Inzwischen jedoch hatte sie zuviel gesehen: Mißwirtschaft, Geldverschwendung, Plünderung, bewaffneten Terror. Mit der Zeit hatte sie nicht nur die Regierungsvertreter hassen gelernt, die sich so selten zu einem Besuch in den Lagern herabließen, nicht nur die Journalisten, die Prominenten, die spendeten, auf einen Tag vorbeikamen, sich mit einem Kind in den Armen fotografieren ließen und wieder verschwanden, sondern auch die freiwilligen Mitarbeiter, sogar ihre erfahrenen Kollegen und Kolleginnen. Sie wußte, daß dieser ständig wachsende, sinnlose Zorn ein Problem bei ihr selbst offenbarte, dennoch war sie unfähig, es zu überwinden.

Aber einfach aufgeben, allem den Rücken kehren, sich um nichts mehr kümmern? Das tat man nicht. Konnte sie mit der Schuld überhaupt leben? Würde sie fähig sein, sich ein «normales» Leben zu schaffen, alltägliche menschliche Beziehungen herzustellen? Allein hier in diesem einsamen Häuschen zu sitzen, war keine Lösung. Sie mußte sich einen festen Ort suchen und Arbeit.

Aber zuerst mußte sie nach Glenmara zurück. Die ganze Woche hatte sie immer wieder an Madeleine gedacht, die mutterseelenallein in diesem trostlosen Haus saß, sich von diesem gräßlichen Platt herumkommandieren ließ, Angst hatte, Archie zu enttäuschen, sich wegen des kommenden Kindes den Kopf zerbrach. Arme Mads, sie brauchte Unterstützung. Kam es ihr je in den Sinn, einen Blick auf das Leben zu werfen, das noch vor ihr lag, machte es sie schaudern? Würde sie sich freuen, Joss irgendwo in ihrer Nähe zu wissen, wenn sich das arrangieren ließ, oder würde sie an ihrer Isolation festhalten wollen? Für Joss war Madeleine der einzige Mensch, zu dem sie in diesem Land echten Kontakt hatte, mit dem sie eine freundschaftliche

Beziehung verband, und genau das brauchte sie jetzt dringend. Gleich morgen würde sie packen und zurückfahren.

Es war fast dunkel, als Archie den Wagen vor dem Haus anhielt. Glenmara wirkte, wenn das überhaupt möglich war, trostloser denn je. «Komm», sagte er zu Cecil, «mal sehen, ob wir reinkommen, ohne Platt aufzuscheuchen.»

Kein Licht in der Halle, überraschenderweise auch nicht im Salon, dessen Tür offenstand. Nur ein trüber Lichtschein aus dem Korridor, der zur Küche führte.

«Mama zieht sich wahrscheinlich zum Abendessen um», sagte Archie und stellte die Reisetasche am Fuß der Treppe ab. «Da müssen wir leider doch Platt fragen, wo wir untergebracht sind.»

Cecil, die ihm folgte, musterte mit einem Schauder das triste Beige der Wände. Doch als Archie die Küchentür aufstieß, hörten sie plötzlich Gelächter, in das sich eine helle Kinderstimme mischte.

Archie stand wie gebannt angesichts einer Szene, wie er sie in diesem Haus niemals erwartet hätte. Neugierig spähte Cecil ihm über die Schulter.

Es war warm in der Küche, und es ging geschäftig zu. Madeleine, ein Geschirrtuch um die Taille, war dabei, Äpfel zu schälen. Auf einem Hocker neben ihr kniete ein Kind, das sein von dunklem Haar umrahmtes Gesichtchen Lisa zuwandte, die an der alten Kartoffelschälmaschine stand. Noch während Archie hinsah, öffnete sie einen Moment die Klappe der Maschine, und zwei Kartoffeln schossen wie Kugeln durch die Küche und prallten donnernd an die Schranktür. Alle lachten.

Archie dachte nicht viel an Glenmara, aber in diesem Moment erwachte eine lebhafte Erinnerung an einen Tag, als er und Lisa eines der Küchenmädchen beschwatzt hatten, genau das gleiche mit der Kartoffelmaschine zu machen, und an ihre Freude über den verbotenen Streich.

«Hier geht's ja lustig zu», bemerkte er lachend und trat ein.

«Archie!»

Madeleine ließ Apfel und Messer fallen und eilte ihm entgegen, und als Archie sie begrüßte, bemerkte er, daß sie ganz anders aussah als in der vergangenen Woche. Ihr Gesicht wirkte entspannt und lebendig, ihr Haar war ausnahmsweise ein wenig zerzaust, das Geschirrtuch um die Taille hatte direkt etwas Flottes.

«Darling! Und Cecil! Kommt herein. Wie schön, euch zu sehen. Wir haben im Moment einiges zu tun, wie ihr sehen könnt – wir machen das Abendessen.»

Sie bemühte sich, es ganz beiläufig zu sagen, und hörte sich an wie ein Kind, das es kaum erwarten kann, eine köstliche Überraschung loszuwerden.

«Das sehe ich. Was ist denn los? Wo sind Platt und seine Frau? Und das hier ist wohl Cristi, wie?»

Lisa kam lachend auf ihn zu. Sie sah weiß Gott nicht wie die seelisch Darniederliegende aus, die er nach ihrem verzweifelten Hilferuf erwartet hatte. Von dem Schickimickilook, den sie sich während ihrer Ehe zugelegt hatte, war nichts übrig, sie steckte wieder in ihrer alten Reithose und dem karierten Hemd mit Weste, und sah beinahe wie achtzehn aus.

«Weißt du noch, der alte Kartoffelschäler?» sagte sie. «Er funktioniert immer noch. – Hallo, Cecil.»

Cristi sprang von ihrem Hocker und ließ sich ein wenig schüchtern und sehr höflich mit Archie und Cecil bekannt machen.

Das ist ja eine richtige kleine Schönheit, dachte Archie, während er ihr feierlich die Hand gab und das zierliche Kind mit dem blauschwarzen, glänzenden Haar musterte. Flüchtig schoß ihm der Gedanke durch den Kopf, daß er Howard ein solches Kind nie zugetraut hätte. Er hielt es viel eher für möglich, daß Cecil ein solches Kind bekommen würde – daß er und Cecil ein solches Kind bekommen würden, korrigierte er sich gewissenhaft.

Im Trubel des Willkommens war eines deutlich wahrnehmbar – die Atmosphäre des Hauses hatte sich drastisch verändert. Nie, soweit er sich zurückerinnern konnte, hatte er sich in dieser Küche wohl und geborgen gefühlt. Beim Öffnen der Tür das herzliche Gelächter zu hören, war eine ungeheure Überraschung gewesen.

«Was ist denn los mit Platt? Ist er krank?»

«Viel besser», antwortete Lisa. «Abgezogen, er hat für immer das Feld geräumt. Na, was sagst du dazu?»

«Er ist weg? Ist das dein Ernst? Was ist denn passiert?»

Als Madeleine und Lisa gleichzeitig ansetzten, ihm die ganze Geschichte zu erzählen, hob Archie abwehrend die Hand. «Nein, wartet. Das muß angemessen gefeiert werden. Ich gehe in den Keller und hole zwei ordentliche Flaschen Wein herauf – oder möchtest du lieber einen Gin mit Tonic, Cecil?» Er hatte sie einmal gefragt, ob sie es für richtig halte, noch Alkohol zu trinken, er würde es nicht noch einmal tun.

«Ach ja, das ist eine gute Idee. Eine schöne Flasche Wein. Du meine Güte, das Feuer im Salon, das haben wir ja ganz vergessen!» rief Madeleine, immer noch auf die alte Ordnung eingestellt.

«Jetzt, wo kein Platt uns mehr stört, können wir doch gleich hier essen. Die Küche ist sowieso der einzige Raum im Haus, in dem es je richtig warm ist – entschuldige, Mama.»

«Hier?» In der Küche, die immer noch nach Platt roch und in der es aussah wie auf einem Schlachtfeld?

Lisa lachte sie aus. «Du willst uns doch nicht etwa zwingen, im Speisezimmer zu essen?»

Ich muß an der falschen Adresse sein, dachte Archie, ich bin hier heraufgefahren wie ein Wahnsinniger, weil ich die große Tragödie erwartet habe – was ist hier eigentlich los?

«Ich hätte nichts dagegen, wenn ich nie wieder im Speisezimmer essen müßte», bekannte er. «Ich hasse diesen Raum.»

Wo habe ich meine Kinder großgezogen, fragte sich Madeleine.

«Wo ist der Kellerschlüssel?» rief Archie. «Also dann, für dich Gin, Cecil, ja? Holst du den inzwischen, Lisa-Schnisa? Und leg im Wohnzimmer gleich noch ein paar Scheite auf, damit es später erträglich ist. Ich glaube nicht, daß wir Mama überreden können, den ganzen Abend in der Küche zu verbringen.»

Wie lange war es her, daß er diesen Spitznamen, über den sie sich damals geärgert hatte, gebraucht hatte? «He, Archie, laß das», protestierte Lisa, und Cristi, der die Neckereien der Erwachsenen gefielen, kicherte.

«Rat mal, wo wir die Schlüssel gefunden haben», sagte Madeleine, als sie sie ihm gab. «Mitten im Hof.»

«Wahrscheinlich wollte er sie erst mitnehmen und hat sich dann eines Besseren besonnen.»

«Oder jemand anderer hat ihn zur Vernunft gebracht.»

«Wartet, wartet mit der Story», rief Archie, schon auf dem Weg zum Weinkeller.

Cecil ließ sich ergeben auf einem Küchenhocker nieder.

«Oh, Cecil, entschuldige! Du willst sicher in euer Zimmer hinaufgehen. Es ist leider nicht sehr gründlich saubergemacht worden, aber die Betten sind frisch gemacht, und inzwischen wird es wohl auch warm sein. Soll ich dich hinaufbringen?»

«Bitte, mach dir keine Umstände», sagte Cecil auf ihre kühle Art. «Ich nehme gern vorher einen Drink.»

Sie hatte dieses Gebaren des wohlerzogenen Gasts nie abgelegt. Sie und Archie waren seit zwei Jahren verheiratet, aber sie hatte sich nie in die Familie integriert. Das muß meine Schuld sein, dachte Madeleine mit ihrer neuen Sicht der Dinge.

Die Kartoffeln, die nicht durch die Küche gefeuert worden waren, und der Fasan, dem der Belag aus Schinkenspeck fehlte, weil die Platts ihn aufgegessen hatten, waren im Rohr; die beiden Waldschnepfen lagen bereit nachzufolgen. Streusel, den Mrs. Platt zubereitet hatte, bevor die schlichte Nachricht, daß zum Essen zwei Personen mehr erwartet wurden, sie um Haus und Arbeit gebracht hatte, wurde auf die Äpfel gegeben.

Cecil entschuldigte sich, um ein Bad zu nehmen, Madeleine, Archie und Lisa öffneten die erste der beiden Flaschen Chablis, die Archie heraufgebracht hatte.

«Da unten liegen ein paar tolle Weine», bemerkte Archie. «Weißt du eigentlich, daß ich heute zum erstenmal allein da unten war? Kein Platt, der mir mit gerümpfter Nase über die Schulter geschaut hat.» Und kein Vater, fügte er im stillen hinzu, den es jedesmal tief geschmerzt hat, wenn er eine Flasche aus seinem kostbaren Keller holen mußte.

«Archie! Mir ist eben etwas eingefallen. Mein Gott, das ist ja wirklich furchtbar.» Madeleine starrte ihn konsterniert an.

«Was denn?» Sie sah wirklich beunruhigt aus. Sie konnte seine Gedanken nicht gelesen haben, aber er fühlte sich dennoch schuldig.

«Platt. Daß ich seine Kündigung angenommen habe.»

«Wieso? Das war das Gescheiteste, was du je getan hast. Oder hast du Angst davor, daß du hier ohne ihn nicht zurechtkommen wirst?»

«Nein, nein, das ist es nicht. Aber Platt, das Haus, alles – dafür bist du doch zuständig. Platt war nicht mein Angestellter, ich hatte kein Recht...» Es war das erstemal, daß ihr die Konsequenzen der Tatsache, daß jetzt Archie Herr des Hauses war, zu Bewußtsein gekommen waren. «Gott, wie unüberlegt von mir.»

«Mama, hast du den Verstand verloren? Vergiß es einfach!» Archie war so betroffen, daß er hastig aufstand und um den Tisch herum zu ihr ging. Er hatte vorgehabt, mit ihr über seine Pläne für das Gut zu sprechen, aber vorher hatte er dafür sorgen wollen, daß sie niemals einen Moment solchen Zweifels erleben würde.

«Dieses Haus ist dein Zuhause», sagte er eindringlich. «Es hat sich nichts verändert. Du weißt, das habe ich dir gesagt – du sollst dessen absolut sicher sein. Nichts hätte mich mehr freuen können, als daß du Platt gefeuert hast, aber wenn du ihn hättest behalten wollen – oder selbst wenn du ihn jetzt zurückholen willst – Klappe, Lisa –, dann ist das einzig deine Entscheidung.»

«Aber das Haus, das Gut...» Ich muß seit Charles' Tod geschlafen haben, dachte Madeleine ungläubig. Was habe ich nur all die Monate hier getan, in meinen Kokon eingesponnen und selbst kaum am Leben?

«Hör mal, über das alles wollte ich sowieso mit dir sprechen», erklärte Archie. «Ich wollte herkommen, sobald ich von – von der nächsten Reise zurück bin...» (Was hatten sie Cristi gesagt?) «Aber da Cecil und ich jetzt sowieso hier sind, können wir einiges vielleicht gleich besprechen. Wenn dir das recht ist.»

«Aber ja, ich *will* es», sagte Madeleine nachdrücklich. «Ich habe mich ja nur treiben lassen, völlig blind, ohne einen Gedanken – ich schäme mich.»

«Hör auf.» Er hob sein Glas, zwinkerte ihr zu und sagte lächelnd: «Jetzt sind wir alle hier und können in Ruhe miteinander reden.»

13

Und das taten sie auch. Als das Abendessen vorüber und die Spülmaschine eingeräumt war, setzten sie sich in den Salon.

«Was haben sie eigentlich *getan?*» fragte Madeleine. «Ich meine, zwei Leute, Abend für Abend?»

«Gute Frage», meinte Archie. Er brachte die Ginflasche und den Rest des Chablis zum Tisch, während Lisa den Kaffee hineintrug. «Wir hatten heute natürlich keine Vorspeise, und der pikante Nachtisch hat auch gefehlt.»

«Ja, neck du mich nur, aber es ging doch alles so einfach.»

Archie und Lisa tauschten ein kurzes Lächeln. Madeleine hatte ab und zu die Vögel übergossen und bekannt, daß sie keine Soße machen konnte, worauf Archie diese Aufgabe übernommen hatte. Den Rest hatte Lisa gemacht – wenn sie auch Cecil an den Zimt erinnern mußte, der zum Apfelstreuselkuchen gehörte.

Madeleine ging mit Cristi nach oben, um sie zu baden und dann ins Bett zu bringen. Sie liebte diese Stunde inzwischen, mit der sich frohe Erinnerungen mit der Freude an der Gegenwart mischten. Wenn sie mit dem vergnügt plappernden Kind in dem warmen, duftenden, auf seine altmodische Art bequemen Badezimmer war und den hübschen kleinen Körper wusch, die schmetterlingszarten Hände und Füße, das dichte, dunkle Haar, entstand eine Intimität, die sie nie mehr missen wollte. Während sie das große Badetuch ausgebreitet hochhielt und das Kind, springlebendig wie ein Fischlein, sich darin einhüllte, zwang sich Madeleine, der Tatsache ins Auge zu sehen, die sie den ganzen Abend zu ignorieren versucht hatte: Archies Ankunft bedeutete die baldige Abreise Cristis, und danach würde sie das Kind nie mehr wiedersehen.

Sie blieb, bis Cristi eingeschlafen war, was trotz all der Aufregungen des neuen Lebens auf Glenmara erstaunlich schnell geschah. Und sollte Cristi aufwachen, so konnte sie jetzt ganz leicht den Weg nach unten finden, wenn sie das wollte. Für dieses Kind wenigstens barg das Haus keine Schrecken und Ängste mehr.

Auf dem Weg in den Salon hinunter machte Madeleine einen Moment auf der dunklen Treppe halt. Mit leicht geneigtem Kopf blieb sie stehen und ließ die neue Stimmung des Hauses auf sich wirken – das schlafende Kind in ihrem Zimmer, Archie und Lisa unten im Salon, dazu Cecil, schwanger mit dem Kind, das ihr erstes Enkelkind sein würde. (Ich habe noch nicht einmal einen Moment gefunden, um ihr zu sagen, daß ich mich freue, ich muß eine Gelegenheit herbeiführen, um mit ihr zu sprechen.) Am wohltuendsten jedoch war die Gewißheit, daß die Wolke ewiger Mißbilligung, die ihr ganzes Leben überschattet hatte, sich endlich auflöste. Charles' Mutter, Charles selbst, Platt – die immer nur Geringschätzung für sie übrig gehabt hatten – waren fort. Jetzt wehte ein frischer Wind in diesem Haus. Sie wünschte nur, Joss wäre geblieben, um an alledem Anteil zu nehmen; nun, sie konnte sich wenigstens darauf freuen, ihr alles zu erzählen. Mit einer neuen Wachheit, der die Ereignisse und Forderungen der letzten Tage den Weg bereitet hatten, fragte sie sich, wie es Joss wohl ging und ob sie, wenn sie zurückkam, eher bereit sein würde, über ihr eigenes Leben zu sprechen.

«Also, dann erzähl mir mal die Geschichte, Lizzie», sagte Archie, nachdem sie von seinen Scharmützeln mit spanischen Bürokraten gehört hatten, ein paar Erinnerungen an Platt ausgetauscht waren, und Cecil gutgemeinte Fragen Madeleines nach ihrer Arbeit abgewehrt hatte.

Es war Cecil unmöglich, sich zu entspannen. Die ganze überschwengliche Freude über Platts Verschwinden erschien ihr kindisch, und sie fühlte sich getäuscht und irritiert angesichts der allgemeinen Hochstimmung, da man sie und Archie doch heraufgelotst hatte, weil angeblich Lisas ganzes Leben in Scherben lag. Sie wollte über das Kind sprechen, sie wollte gefragt werden, wie sie sich fühlte. Die morgendliche Übelkeit, die sie, unfähig, sich Archie anzuvertrauen, auch an diesem Morgen ganz allein durchgestanden hatte, machte die Schwangerschaft so real. Diese Veränderungen spielten sich tatsächlich in ihrem Körper ab. Andererseits fühlte sie sich ständig in der Defensive, wartete im Grunde nur darauf, daß man sie mißverstand.

Madeleine, die das nach der ersten Zurückweisung einigen Mut kostete, wollte dennoch gerade das Thema zur Sprache bringen, als Archie Lisas Probleme in den Mittelpunkt stellte. Wie anders, dachte sie ein wenig wehmütig, aber auch leicht erheitert, ist doch die Beziehung zwischen Bruder und Schwester als die zwischen Eltern und Kind. Archie brauchte keine Angst zu haben, zurückgewiesen oder für inquisitorisch gehalten zu werden. Er konnte frischfröhlich und ganz unverblümt sagen: «Also, nun erzähl mir mal die Geschichte, Lizzie.»

Madeleine hörte mit Entsetzen, wie gemein und skrupellos sich Howard benommen hatte. Sie hatte seit Lisas Ankunft keinerlei Fragen gestellt, weil sie es für das Wichtigste gehalten hatte, Lisa erst einmal Ruhe zu gönnen, und froh gewesen war zu sehen, daß Lisa sich auf eine Wiederentdeckung ihrer alten Lieblingsspielplätze auf dem Gut machte, wenn sie auch die Menschen mied. Zu ihrer Überraschung hatte Lisa allerdings eine Menge Zeit mit Cristi verbracht. Sie hatte ihr den Schlitten herausgeholt, sie auf kürzere Spaziergänge mitgenommen, mit ihr zusammen die Kinderzimmer erforscht.

Hinter all diesem Tun jedoch hatte Madeleine mit hilfloser Bekümmerung Lisas schmerzliche Verwirrung gespürt – als könne sie nicht verstehen, warum das Schicksal gerade sie so schlug –, und Madeleine hatte sich danach gesehnt, die passiv abwartende Rolle aufzugeben und Mitgefühl und Verständnis anzubieten.

Zum erstenmal jetzt erzählte Lisa im Detail, was Howard ihr angetan hatte. Vor Archie, der ruhig und mit ernstem Gesicht zuhörte, schien sie sich endlich einzugestehen, daß das plötzliche Ende ihrer Ehe nicht rückgängig zu machen war.

«Ach Liz, du Arme», sagte Archie mit Zärtlichkeit, als sie schließlich zum Ende gekommen war. «Das hast du wirklich nicht verdient.»

Madeleine sah beinahe ungläubig, wie Lisa sich mit einem Ärmel die Tränen vom Gesicht wischte. Bis zu diesem Moment hatte sie keine Träne vergossen. Doch jetzt, da Archie hier war, der soviel Verständnis für andere hatte, schien es ganz natürlich zu weinen.

«Was wir als erstes wissen müssen», sagte er nach einer kurzen Pause, «was möchtest du? Hast du vor, nach ihm zu suchen?» Mit maskenhaft starrem Gesicht starrte Lisa ins Feuer.

«Er ist mit Cristis Mutter zusammen», stieß sie schließlich unglücklich hervor. «Das genügt doch wohl als Antwort?»

«Ja, das glaube ich auch», meinte Archie bedächtig. «Und er hat dich finanziell gut versorgt, so daß in dieser Hinsicht für dich kein Anlaß besteht, ihn zu suchen. Im übrigen ist es sein Recht, sich von dir zu trennen.»

«Ja, aber bin ich überhaupt verheiratet?» rief Lisa mit plötzlicher Leidenschaft. «Habe ich nicht ein Recht darauf, das zu wissen?»

«Ich denke, wir sollten versuchen, uns darüber Gewißheit zu verschaffen», stimmte Archie zu. «Wir müssen es in Brasilien versuchen, nachprüfen, ob er dort eine Ehe geschlossen hat.»

«Und Cristi muß zurück. Ich kann sie nicht bei mir behalten. Wie konnte Howard nur glauben, ich könnte es aushalten, sie Tag für Tag um mich zu haben?»

Wie ist es wohl, dachte Cecil, ein Kind wie Cristi plötzlich gewissermaßen geschenkt zu bekommen? Selbst abgesehen von den grausamen Umständen wäre es doch gewiß unmöglich, es ohne Vorbehalt anzunehmen und zu lieben. Selbst wenn man ein neugeborenes Kind adoptierte, war es nicht, konnte es nicht dasselbe sein wie die Geburt eines eigenen Kindes. Das jedenfalls war bisher ihre Überzeugung gewesen, und es war zu spät, sie jetzt in Frage zu stellen.

«... Cristi muß doch in Brasilien Familie haben?» sagte Madeleine gerade.

«Allem Anschein nach wollen die Angehörigen nichts mit ihr zu tun haben», erwiderte Lisa. «Deswegen frage ich mich, ob Howard vielleicht gar nicht mit ihrer Mutter verheiratet ist. Mein Gott, wer weiß, vielleicht hat er noch andere Frauen?» Was für eine quälende Frage.

«Also, morgen werde ich versuchen, soviel wie möglich aus Cristi selbst herauszubekommen, und dann mal herumtelefonieren», entschied Archie. «Es muß doch jemand geben, mit dem ich sprechen kann. Aber ich finde, wir sollten ihr vorläufig nicht sagen, daß sie zurück muß. Das können wir immer noch tun, wenn die Entscheidung gefallen ist. Sie scheint hier so glücklich zu sein.»

«Aber sie muß zurück.» Es war, als wäre die Cristi, die Howards Tochter war, in Lisas Bewußtsein völlig getrennt von dem Kind, das sich mit soviel eifrigem Überschwang in das neue Leben auf Glenmara gestürzt hatte, das mit rosigen Wangen und schmutzverkrusteten Stiefeln von Galloways Hof heruntergelaufen kam, um mit blitzenden Augen von Jeans selbstgebackenen Plätzchen, dem jungen Kälbchen und Dougals blauem Auge nach einer Keilerei im Schulhof zu erzählen.

«Das verstehe ich», sagte Archie mitfühlend. «Mach dir keine Sorgen, ich erledige das schon.»

«Und in dieses Haus kann ich auf keinen Fall zurück», erklärte Lisa trotzig. «Um keinen Preis will ich da noch einmal hin, ganz gleich, was geschieht. Du mußt es für mich verkaufen, Archie. Howard hat es mir überschrieben. Ich hab eine ganze Akte mit Adressen und ähnlichen Dingen. Ich weiß im Moment nicht, wohin ich gehen soll oder was ich tun werde, aber in dieses Haus setze ich keinen Fuß mehr.»

«Okay, beruhige dich, das ist ja auch gar nicht nötig. Die Sache mit dem Haus zu regeln, ist wirklich das Einfachste von allem.»

«Bleib doch erst einmal hier, Darling», sagte Madeleine liebevoll. «Du weißt, daß du hier bleiben kannst, solange du willst – natürlich nur, *wenn* du es auch willst.»

Als Lisa nickte und, unfähig zu sprechen, flüchtig die Hand ihrer Mutter berührte, fiel Madeleine wieder ein, daß das Haus, genaugenommen, gar nicht mehr ihr gehörte. «Ach, Archie, Cecil, das ist euch doch recht, nicht wahr? Ich meine ...»

«Herrgott noch mal!» Archies Stimme klang, ganz untypisch für ihn, beinahe gereizt. «Sag das doch nicht immer, denk es nicht einmal. Aber da wir nun einmal an diesem Punkt angelangt sind ...» Er warf einen Blick auf Lisa, die in der Sofaecke lehnte, das Kinn in die Hand gestützt, so daß man das Beben ihrer Lippen nur wahrnehmen konnte, wenn man genau hinsah. Es war sicher nicht schlecht, sie auf andere Gedanken zu bringen. «Du hast das geschafft, von dem ich nicht wußte, wie ich es anpacken sollte», wandte er sich wieder an seine Mutter. «Du hast Platt an die Luft gesetzt. Vielleicht hat das den Weg für den nächsten Schritt freigemacht: Maclaren zu entlassen.»

«Mr. Maclaren?» fragte Madeleine fassungslos. Mr. Maclaren, der sich um alles kümmerte, alle Entscheidungen traf, Herr über die Gelder war?

«Ich wollte nicht gleich nach Vaters Tod alles umkrempeln», sagte Archie. Die Ellbogen auf die gespreizten Knie gestützt, beugte er sich vor und sprach mit einer Dringlichkeit, die Madeleine an den leidenschaftlichen Jungen von früher erinnerte. «Und ich will auch keineswegs dein Leben umkrempeln, Mama. Du brauchst es nur zu sagen, wenn es dir nicht ...»

«Nein, sprich weiter, ich möchte es hören», unterbrach Madeleine. Sie wollte es wirklich hören. Wieder spürte sie den aufregend frischen Wind, der durch dieses Haus wehte, und hieß ihn willkommen.

«Also, ich habe mir einmal die Bücher angesehen, um mir ein Bild zu machen, wie der Betrieb hier geführt wird», begann Archie. (Wann hatte er das getan? Er war ständig in der ganzen Welt unterwegs, und doch fand er immer Zeit für die Dinge, die er für wichtig hielt; gerade so wie er die Zeit gefunden hatte, letzte Woche hier heraufzufahren, um ihr die Nachricht von dem Kind zu bringen, das Cecil erwartete.) «Ich muß sagen, die Lage ist ziemlich alarmierend. Nein, ich meine nicht, daß wir pleite sind oder etwas Ähnliches, aber das Gut trägt sich kaum und wird schlecht geführt. Aber ganz abgesehen vom Finanziellen, paßt mir die ganze Art der Bewirtschaftung nicht. Seit Großvaters Zeiten hat sich nichts geändert. Das Gut wird wie ein Hobbyunternehmen zum Vergnügen des Eigentümers geführt, nur ist jetzt nicht einmal mehr jemand da, dem Jagen und Angeln Spaß macht. Aber es gibt schwerwiegendere Aspekte. Was ist mit den Raubvögeln? Wann haben wir das letzte Mal Bäume angepflanzt? Wer entscheidet, was für Chemikalien wir verwenden, wo und wie häufig? Wem liegt daran, Biotope zu erhalten? Wer beobachtet die Veränderungen des Rotwildbestands und tut etwas zu seiner Regulierung?»

Wieviel Energie er hat, dachte Madeleine. Wie sehr ihm das alles am Herzen liegt. Und er ist ehrlich und geradeaus. Es wird wunderbar werden, wenn er hier alles in die Hand nimmt. Welch ein Armutszeugnis für mich, daß ich nicht eine einzige seiner Fragen beantworten kann, obwohl ich achtundzwanzig Jahre hier gelebt habe.

«Aber was wird denn Maclaren dazu sagen?» fragte sie und sah sofort, wie banal die Frage war. «Ich meine, ich finde das alles glänzend, Archie, wirklich, aber –»

Archie lachte. «Ich setze ihn nicht auf die Straße, Mama. Die Häuser in Edinburgh werden weiterhin von ihm verwaltet werden.» Er warf Lisa einen Blick zu. «Gott kommt jeden zweiten Dienstag zum Mittagessen», fügte er in Anspielung auf ihre Kindheit hinzu.

«Ja, war das nicht grauenvoll», stimmte sie zu, dankbar, daß er sie wieder ins Gespräch zog. «Ich habe wirklich jahrelang geglaubt, daß alles hier Mr. Maclaren gehört, und jeder von ihm sein Taschengeld bekommt, sogar Grannie.»

«Aber wie willst du denn ...?» begann Madeleine, der diese Entthronung immer noch unvorstellbar war.

«Ich kenne da jemanden, den ich vielleicht für die Aufgabe gewinnen kann. Er ist Teilhaber einer Firma, die verschiedene Höfe und Güter verwaltet. Er ist Mitglied im Rosemount Club, da sehe ich ihn ab und zu. Und seine Söhne waren auf meiner

Schule. Einer von ihnen war in meinem letzten Jahr in dem Haus, für das ich als Tutor zuständig war. Später hat er bei dem Camargo-Dammprojekt eine Zeitlang unter mir gearbeitet. Ein tüchtiger Bursche. Kurz und gut, ich habe läuten hören, daß Tom Ferguson daran denkt, sich selbständig zu machen. Wenn das stimmt, dann möchte ich ihn haben – vorausgesetzt natürlich, er ist bereit, ein Gut in diesem Zustand zu übernehmen. Es ist möglich, daß er bereits andere Pläne hat. Er hat eine Menge Erfahrung und kennt hier im Landkreis praktisch jeden.»

«Wohnt er hier in der Gegend?» fragte Madeleine. «Kennen wir ihn vielleicht?»

«Wahrscheinlich nicht. Er ist in der Nähe von Aberfyle aufgewachsen. Aber Tom wäre ein enormer Gewinn für uns und, was ihn mir besonders sympathisch macht, er denkt sehr stark ökologisch. Wenn wir ihn für uns gewinnen könnten, brächte er das Gut im Nu wieder auf Vordermann, und zwar so, wie ich es mir wünsche.»

«Das klingt ja gut», sagte Madeleine. Es würde also alles beim alten bleiben. Sie war etwas enttäuscht. Nur ein anderer verknöcherter Verwalter würde Mr. Maclaren ablösen. «Ich verstehe natürlich, daß wir jemanden brauchen. Du wirst ja weiterhin im Süden leben müssen – Cecils Arbeit muß genauso berücksichtigt werden wie deine ...» Lächelnd wandte sie sich ihrer Schwiegertochter zu. Ich muß endlich etwas über das Kind sagen. Es ist unmöglich, daß sie seit Stunden im Haus ist und kein Mensch das Kind auch nur erwähnt hat.

Aber Cecil ging auch diesmal nicht aus sich heraus, und es war Archie, der antwortete: «Trotzdem hoffen wir, in Zukunft viel häufiger heraufzukommen. Cecil wird ja irgendwann kürzer treten müssen, und wir dachten eigentlich, wenn dir das recht ist, daß sie später hier sein könnte ...»

«Oh, das liegt noch in weiter Ferne», warf Cecil leichthin ein. Sie hatte seit dem Abendessen kaum ein Wort gesagt. «Und da wir gerade von der Arbeit sprechen – hättest du etwas dagegen, wenn ich rasch ein paar Anrufe erledige, Madeleine? Ich hatte nicht damit gerechnet, so bald schon hierherzukommen, und ich müßte wirklich ...» Sie warf einen Blick auf das Telefon neben Madeleines Schreibtisch. «Aber ich möchte euch natürlich nicht stören. Vielleicht ...»

«Im Küchenflur frierst du dich zu Tode», unterbrach Archie. Anders konnte er seiner Enttäuschung nicht Ausdruck geben.

«Es dauert nicht lang.»

Sie kam nach fast einer Stunde zurück, aber nur um sich zu entschuldigen und zu Bett zu gehen. Sie hatte eine so heftige Abneigung gegen die Zimmer auf Glenmara, daß sie normalerweise auf Archie zu warten pflegte. Als sie jetzt verschwand, hatte Archie das Gefühl, sie enttäuscht zu haben, und Madeleine hatte ein schlechtes Gewissen.

«Archie, ich habe zu Cecil noch kein Wort über das Kind gesagt. Soll ich hinaufgehen, ehe sie ...?»

«Laß gut sein, Mama», sagte er müde. «Morgen ist auch noch ein Tag.»

Als er nicht viel später hinaufging, rührte sich Cecil nicht. Er glaubte jedoch nicht, daß sie schlief.

14

Im ersten verschwommenen Moment des Erwachens verschmolz die Erinnerung daran, daß etwas Wundervolles geschehen war, Charles' Tod und Platts Verschwinden, in eins. Erschrocken stieß Madeleine von sich, was sich ihr da enthüllte...

Ein langer, herrlich freier Tag lag vor ihr. Frei? Was dachte sie da? Das Haus war voller Leute – und die Speisekammern leer. Zimmer mußten aufgeräumt, Betten gemacht, das komplizierte Räderwerk der alltäglichen Routine in Bewegung gesetzt werden. Sie unterdrückte die aufsteigende Panik, sie selbst war vielleicht nutzlos, Archie und Lisa waren es nicht.

Sie blickte zu dem kleinen Kinderbett hinüber und fuhr hoch. Es war leer. War Cristi zu Lisa hinübergegangen? Wie spät war es überhaupt? Du lieber Gott, schon nach acht – so lange hatte sie noch nie geschlafen. Keine nikotingelben Finger, die ihr das Tablett auf den Nachttisch knallten, keine schlurfenden Schritte, die in unerbittlicher Gewohnheit den Weg zum Fenster machten. So begierig auf den neuen Tag wie schon seit Jahren nicht mehr, schlug sie die Bettdecken zurück.

«Sie findet es abscheulich!»

«Cecil, nein, es gab nur soviel anderes zu besprechen.»

«Aber es wird doch dein Kind, ihr Enkelkind...»

Cecil war so weiß wie das Email der Badewanne, auf deren Rand sie saßen. Ein Schweißfilm glänzte auf ihrer Haut, ihre Augen waren bläulich umschattet.

Archie, der sie fest im Arm hielt, tupfte ihr das bleiche Gesicht behutsam mit einem Handtuch ab. «Wir wollten gerade davon anfangen, als du verschwunden bist.»

«Ich mußte telefonieren.»

«Ich dachte, du hättest deine Telefonate alle vor unserer Abfahrt erledigt.»

«Es gibt so viele Termine.»

Er ließ es dabei bewenden. Sie war aus einem instinktiven Bedürfnis, ganz für sich zu sein, nicht in das Badezimmer gegangen, das zu ihrem gemeinsamen Zimmer gehörte. Aber er hatte gemerkt, wie sie aufgestanden war, gesehen, wie überstürzt sie hinausgelaufen war. Er hatte sofort erraten, was los war, und war ihr gefolgt. Aber nicht ohne flüchtigen, inneren Kampf. Er haßte und verachtete sich dafür, daß diese ersten Anzeichen ihres Zustands ihn abstießen. Er wollte ihren schönen, grazilen Körper nicht zu plumper Schwerfälligkeit verändert sehen. Gerade er, der angeblich die Menschen, das Leben liebte. Wenn sein eigenes Kind diese Veränderungen herbeiführte, würde er dann anders empfinden? Aber er wußte, daß er jetzt auf sie zugehen mußte, wenn er Anteil haben wollte. Jede Abwehr würde unheilbaren Schaden anrichten. Er war ihr nachgelaufen und hatte allen Widerwillen vergessen, als er sie sah – zitternd, schwach, gequält.

«Es war sowieso völlig sinnlos, daß ich mitgekommen bin», sagte Cecil niedergeschlagen.

«Ich bin froh, daß du mitgekommen bist. Der richtige Moment für ein Gespräch mit meiner Mutter wird schon noch kommen. Sie braucht einfach ein bißchen Zeit, um sich an den Gedanken zu gewöhnen. Außerdem möchte ich dich dabeihaben, wenn wir über meine Pläne sprechen. Jetzt, nach Platts Abgang, ist *die* Gelegenheit dazu. Die Einsetzung eines neuen Verwalters ist eine einschneidende Veränderung. Wir beide müssen entscheiden, wie wir das Gut in Zukunft führen wollen.»

«Du weißt doch, daß das nicht mein Ding ist.»

«Ich dachte, du wolltest während der Schwangerschaft mehr Zeit hier verbringen?»

«Ja sicher, aber doch jetzt noch nicht. Später, wenn ich langsamer machen muß.»

Archie wollte sie nicht quälen. Er verstand sehr wohl, daß längere Aufenthalte auf Glenmara zwar theoretisch zu Cecils Schwangerschaftsplanung gehörten, daß ihr Gefühl sie aber immer noch nach London zog. Sie war voller Widersprüche. Wenn er sie glücklich gemacht hätte, wenn er fähig gewesen wäre, das erwünschte Kind zu zeugen, wären dann all diese widersprüchlichen Bedürfnisse zu einem harmonischen Ganzen verschmolzen? Sie begriff nicht, daß am vergangenen Abend nicht nur die Umwälzungen des Tages, Lisas Probleme und die Frage, was mit Cristi geschehen sollte, daran schuld gewesen waren, daß nicht über das Kind gesprochen worden war, sondern auch ihre eigene abweisende Art. Wie konnte er ihr helfen?

Lisa erwachte mit einem Gefühl inneren Friedens. Das Gespräch mit Archie hatte viele Dinge klargestellt, denen sie bis dahin nicht ins Auge zu sehen gewagt hatte. Besitz war unwichtig. Sie hatte schon am Flughafen, als Howard ihr seine Absichten auseinandersetzte, gewußt, daß sie ihn verloren hatte. Und tief in ihrem Inneren hatte sie auch gewußt, es sich aber nicht eingestehen wollen, daß er sie nie geliebt hatte. Sie hatte an ihrem Glauben festhalten müssen, daß ihr gemeinsames Leben vollkommen gewesen sei.

Wenigstens war nun entschieden, daß das Haus in Surrey verkauft werden würde. Und die Entscheidung, wo sie in Zukunft leben würde, hatte Zeit. Das Klima auf Glenmara hatte sich so sehr verändert, daß es leicht sein würde, hierzubleiben, bis sie wußte, was sie wollte.

Aber auf die Erleichterung folgte eine Welle der Furcht – hierbleiben? Und was tun? Und wie lange? Und dann? Wie ein finsterer, bedrohlicher Tunnel dehnte sich die Zeit vor ihr. Ihr Leben hatte keine Richtung und kein Ziel; sie wußte nicht einmal, wer sie war. Die Frau, die Mrs. Armitage hieß, die von Howard für Howard kreiert worden war, existierte ohne ihn nicht.

Immer noch fand Cristi es aufregend, in ihren Anorak zu schlüpfen und die Stiefel, deren Schmutzkrusten sie jetzt hochschätzte, überzuziehen. Sie focht einen harten Kampf mit dem Schlüssel der Hoftür aus, schaffte es schließlich mit beiden Händen, ihn zu drehen, und mußte dann feststellen, daß sie unten den Riegel nicht aufschieben konnte. Was hätte Dougal getan? Ratlos sah sie sich um und entdeckte den Stiefelknecht. Geschickt schlug sie mit ihm auf den Riegel, der sich krachend öffnete.

Triumphierend riß sie die Tür auf. Sie hatte nicht unbedingt das Gefühl, etwas Verbotenes zu tun, sie genoß nur den ganz neuen Impuls, ein wenig über die Stränge zu schlagen. Vorbei an den Garagen, der Rumpelkammer voll verstaubter alter Küchengeräte, vorbei an dem alten Waschhaus, dem Holzlager, den Ställen, dem Gerätehaus, dem Gartenschuppen, der ehemaligen Räucherkammer – alle längst erforscht.

Voll Überschwang und Abenteuerlust rannte sie den Weg zum Hof der Galloways hinauf. Jeden Tag ereignete sich hier etwas, wurden einem neue Aufregungen beschert, und das von hohen Mauern umgebene luxuriöse kleine Haus in Rio mit den schmiedeeisernen Gittern vor den Fenstern, den glänzenden Marmorböden, dem kleinen gepflasterten Garten, in dem Töpfe mit Kamelien und Magnolien standen, schien weit, weit entfernt.

Jill und Dougal kamen ihr jetzt entgegen, gingen aber getrennt, als hätten sie sich gezankt. Doch sie vergaßen ihren Streit, als sie Cristi sahen.

«Was tust du denn hier?» fragte Dougal erstaunt.

«Wohin willst du?» fragte Jill.

«Ich wollte euch entgegengehen.»

«Aber wir müssen in die Schule.»

«Ich begleite euch zum Bus.» Sie sagte nichts von ihrem Spiel – daß sie sich vorstellte, auch sie würde in den Bus steigen und zur Schule fahren.

«Na ja, das wird schon in Ordnung sein. Aber geh ja gleich wieder heim, wenn wir weg sind», mahnte Dougal streng.

«Ich kann deine Schultasche tragen», sagte Cristi zu Jill.

«Prima», sagte Jill und nahm ihren Ranzen ab.

«Stimmt's eigentlich, daß die Platts weg sind?» fragte Dougal.

Diese aufregende Neuigkeit beschäftigte sie eine Weile, obwohl Cristi kaum mehr zu erzählen hatte, als sie schon wußten. An der Brücke machten sie halt, um Stöckchen schwimmen zu lassen, und fanden es erstaunlich, daß Cristi dieses Spiel nicht kannte. Sie erklärten ihr, daß die beiden schwarzweißen Vögel, die vom Geländer aufflogen, Austernfischer waren, und zeigten ihr den Brachvogel mit seinem langen gebogenen Schnabel.

«Den hör ich dieses Jahr zum erstenmal», sagte Dougal und lauschte einen Moment auf den flötenden Ruf des Vogels. «Das kommt, weil wir so einen milden Winter gehabt haben. Da ist alles früher dran als sonst. Siehst du die dicken Knospen da?» fragte er Cristi. «Das sind Erlen. Und die winzig kleinen roten Knubbel, siehst du sie? Das sind wilde Rosen.»

Es faszinierte ihn, wie wenig sie von seiner Welt wußte, und ebenso, was sie ihm von ihrer eigenen erzählte.

«Da unten im Wasser, da gibt's immer Froschlaich», erzählte Jill. «Weißt du, was Froschlaich ist? Hast du schon mal Kaulquappen gefangen? Und bald gibt's auch wieder Lämmer. Kennst du Lämmer?»

«Aber erst in fünf Wochen ungefähr», fügte Dougal hinzu.

«Das ist doch bald.»

«Ist es nicht...»

«Schnell, renn!» schrie Jill. «Da ist der Bus.»

«Also, geh gleich wieder heim», befahl Dougal Cristi, als er ihr aus den Riemen von Jills Schulranzen half. Sie sieht sehr klein aus, dachte er, als er sie vom Busfenster aus beobachtete, wie sie ihnen mit sehnsüchtigem Gesicht nachwinkte.

«Es sieht da wirklich schauderhaft aus», warnte Madeleine, als sie mit Archie durch den Flur zu Platts Wohnung ging.

«Wir könnten Malkies Mutter bitten sauberzumachen.»

«Das wäre eine Zumutung», entgegnete Madeleine abwehrend. «Wir sollten vielleicht lieber eine Reinigungsfirma beauftragen.»

«Ich glaube, das sind auch Menschen», bemerkte Archie

milde. Es war ein Vergnügen, sie so lachen zu hören. «Außerdem kann Alisa das Geld wahrscheinlich gut gebrauchen.»

Er hat recht, dachte Madeleine. Daran hätte ich selbst denken können.

«Saubermachen allein wird da nicht viel helfen», meinte Archie, nachdem er sich umgesehen hatte. «Die ganze Wohnung muß renoviert werden. Aber das können wir entscheiden, wenn wir wissen, was wir mit ihr anfangen wollen.»

Madeleine hatte es für selbstverständlich gehalten, daß sie sich wieder ein Dienstbotenehepaar suchen würden. Warum, fragte sie sich ungeduldig, fällt es mir nur so schwer, die alten ausgefahrenen Wege zu verlassen? Jetzt stehen uns doch alle Möglichkeiten offen.

«Hör mal, ich würde heute gern in die Stadt fahren und sehen, ob ich Tom Ferguson erreichen kann», sagte Archie in ihre Gedanken hinein. «Die Sache mit Cristi muß ich heute nachmittag in Angriff nehmen. Jetzt schlafen die Brasilianer noch. Sag mir, ob du mit Maclarens Entlassung wirklich einverstanden bist, Mama. Ich möchte nichts ohne dein uneingeschränktes Einverständnis unternehmen.»

«Er wird furchtbar gekränkt sein.»

«Er war leider auch furchtbar inkompetent. Aber danach habe ich nicht gefragt.»

«Ich bin völlig damit einverstanden, Archie. Ich weiß, ich war vergeßlich und desinteressiert und habe keine Ahnung, wie es um das Gut bestellt ist. Aber ich sehe ein, daß wir unser Haus in Ordnung bringen müssen, und ich bin froh, daß du es anpackst.»

«Gut.» Er legte den Arm um sie und drückte sie so fest, daß sie hinterher ganz außer Atem war. Aber glücklich. «Als nächsten Schritt sollten wir vielleicht die Bestände aufstocken», fügte er hinzu, als er in der Küche das magere Frühstück sah, das Lisa zu bieten hatte.

Cristi stürmte herein, sprudelnd vor Überschwang, und erzählte aufgeregt von ihren Abenteuern: wie sie ausgerissen war, Jills Schultasche getragen, nach Froschlaich gesucht und dem

Schulbus nachgewinkt hatte. Lachend setzten sie sich zum Frühstück.

«Wollen wir nicht alle zusammen nach Perth fahren?» fragte Archie, als er nach seinem Telefongespräch mit Tom Ferguson zurückkam. «Cecil, du kommst doch mit, ja? Ich möchte dich gern mit Tom bekannt machen.» Es war entscheidend, sie von Anfang an miteinzubeziehen. «Wie sieht's bei dir aus, Lizzie?»

«Okay, aber ich muß dringend Einkäufe machen.»

«Würde es dir etwas ausmachen, wenn ich hierbleibe?» fragte Madeleine. «Ich möchte ein bißchen durch das Haus wandern.»

Sie wußten genau, was sie meinte.

Es ist erst eine Woche her, daß ich ihr von dem Kind erzählt habe und sie so krampfhaft versucht hat, mich nicht merken zu lassen, wie schockiert sie ist, dachte Archie. Und jetzt fühle ich mich ihr so nahe.

«Dann könnte Cristi bei dir bleiben?»

«Oh, wir werden uns königlich amüsieren, nicht, Cristi?»

«Ihr werdet nur ohne Mittagessen auskommen müssen», bemerkte Lisa. «Diese Leute waren wirklich unglaublich.»

«Dann fahren wir eben ins Dorf und kaufen uns – Würstchen.»

Niemand, der Madeleines Leben auf Glenmara nicht kannte, hätte ahnen können, wie revolutionär diese Ankündigung war.

«Hey, dreh uns nur nicht durch, Mama!»

Haben wir je so gelacht, dachte Lisa. Als wir noch ganz klein waren, vielleicht. Vor langer Zeit.

Madeleine und Cristi inspizierten an diesem Morgen jeden Raum des Hauses. Zwar ging soweit wieder alles seinen alltäglichen Gang – Ivy Black kam wie immer zum Putzen, Malkie brachte Holz für den Kamin, Fahrzeuge ratterten durch den Hof –, doch die Atmosphäre des Hauses hatte sich verändert. Obwohl es jetzt strenggenommen Archie und Cecil gehörte, war es an diesem Morgen mehr denn je ihres, empfand Madeleine, während sie leicht und unbeschwert durch die Räume wanderte und mit sachlichem Blick fadenscheinige Teppiche, unordentliche Schränke und chaotische Vorratsräume in Augenschein nahm.

Charles' Sachen befanden sich immer noch unberührt in seinem Ankleidezimmer; Kleider, die seinen Eltern, ja, seinen Großeltern gehört hatten, waren ordentlich in unbenützten Zimmern gestapelt. Pelze, Stiefel, Ballkleider mit steifen Miedern, Kilts, Uniformen, Hüte in Hutkoffern, vergilbte Glacéhandschuhe, Kartons voll nie gebrauchter Taschentücher und steifer Kragen, Federn und Schals und Hutnadeln und ausgefallener Modeschmuck – Cristi war im siebten Himmel.

Als es ihnen gar zu kalt wurde, beschlossen sie, ins Dorf zu fahren. Aber – dann muß ich ja den Volvo fahren, fiel Madeleine mit Schrecken ein. Ihre Angst davor, merkte sie, rührte vor allem von den Erinnerungen her, die mit dem Wagen verbunden waren. Nun, das mußte sie eben überwinden. Aber als sie mit dem Schlüssel in der Hand hinausging und sich sagte, sie solle nicht so lächerlich sein, sah sie Jock Anderson, den Förster, der im Hof gerade einen der Lieferwagen des Guts wendete.

«Jock, haben Sie viel zu tun?» rief sie ihm zu. Charles wäre wütend darüber gewesen, daß sie auch nur daran dachte, einen seiner Leute bei der Arbeit zu stören. Niemals hätte sie so etwas gewagt.

Jock schaltete den Motor aus und sprang hastig aus dem Wagen.

«Sie könnten uns wohl nicht zufällig zum Dorf hinunterfahren?» fragte sie.

«Doch gern, Mylady. Ich wollte sowieso gerade runterfahren, um die Zeitungen zu holen, da ja Mr. Platt nun nicht mehr da ist.» Höflich, ohne den geringsten Unterton in seiner Stimme.

«Gut, dann kommen wir gleich mit.» Sie hätte ihn bitten können, ihr mitzubringen, was sie wünschte; das wäre das Normale gewesen. Aber die Zeiten hatten sich geändert.

15

In gewisser Weise habe ich Sie unter Vorspiegelung falscher Tatsachen hierhergelotst», sagte Tom Ferguson, als er Cecil und Archie zwei Mahagonisessel edwardianischen Stils mit zerschlissenen Sitzflächen und Intarsienarbeiten, die Cecil liebend gern näher untersucht hätte, heranzog. Eine Landpomeranze ist sie nicht, Archie Napiers Frau, dachte er und beobachtete ihren kerzengeraden Gang und die wohlgeformten Beine, als sie sich setzte.

«Wie meinen Sie das?» fragte Archie. Er konnte sich nicht vorstellen, daß Tom ihn für nichts hatte herkommen lassen.

Tom sah einen Moment zu den blühenden Krokussen und den knospenden Bäumen hinaus, ehe er sich Archie zuwandte. «Ich spiele mit dem Gedanken, die Firma zu verlassen.»

Eben darum war Archie ja hier. Er wollte den Mann haben, nicht die Firma. Nachdenklich musterte er Tom. Er paßte nicht in diesen Raum voller Akten und Papiere. Er war ein gutgebauter mittelgroßer Mann, robust wirkend, kraftvoll, ohne eine Spur von Grau in dem dunklen Haar, das sein gebräuntes Gesicht umgab. Aber das war nicht das einzige, was Archie an ihm gefiel. Er schätzte die Güte und den Humor in den braunen Augen, die ruhige Art zu sprechen, die Lockerheit dieses Mannes, der von steifer Förmlichkeit nicht viel hielt.

«Und weiter», sagte Archie.

«Na ja, man wird älter. Man verbringt immer mehr Zeit im Büro. Aber die Chance, Glenmara zu übernehmen, könnte mich vielleicht bewegen zu bleiben. Ich denke, ich weiß ziemlich gut, was Ihnen vorschwebt, und ich weiß, daß Ihnen daran liegt, traditionelle Methoden mit ökologischen Arbeitsweisen zu verbinden. Es wäre bei dem gegenwärtigen Zustand des Besitzes eine interessante Herausforderung zu versuchen, da einiges in Bewegung zu bringen.» Er lächelte, und Archie lächelte mit einer kleinen Grimasse zurück. Tom Ferguson wußte natürlich, wie heruntergekommen Glenmara war; er wußte hier in der Gegend über jeden Besitz genauestens Bescheid.

«Sie wollen also Maclaren die Verwaltung entziehen», fuhr Tom fort, «aber haben Sie sich schon endgültig dazu entschieden, sie uns zu übergeben, oder würden Sie auch eine Alternative in Betracht ziehen?»

«Zum Beispiel?» fragte Archie erwartungsvoll.

Tom wagte den entscheidenden Schritt. «Ich denke daran, mich selbständig zu machen.»

Archies Lächeln wurde breiter. «Genau deswegen bin ich hier. Ich war mir nur nicht sicher, ob es wirklich definitiv ist.»

«Tja, Ihnen entgeht wohl nichts, was?»

«Aber würde Glenmara Ihnen denn reichen? Ich glaube nicht, daß Sie damit voll ausgelastet wären.»

«Das will ich ja auch gar nicht. Ich dachte eher an zwei kleinere Güter. Da wär ich mobil und würde ab und zu auch mal ein bißchen frische Luft bekommen. Ich brauche kein großes Gehalt. Ich bin jetzt allein, und die Jungen stehen mehr oder weniger auf eigenen Füßen. Mir ist es nur recht, wenn ich etwas Zeit für mich selbst habe.»

Und was war aus der Ehefrau geworden, derer sich Archie von irgendeinem Abendessen vor langer Zeit erinnerte?

«Dann kündigen Sie doch», sagte er. «Und nehmen Sie uns.»

Toms tiefgebräuntes Gesicht bekam tausend Fältchen, als er erfreut lächelte. Er bot Archie die Hand, ohne etwas zu sagen. Cecil, deren Aufmerksamkeit längst abgeschweift war, hatte ihren Terminkalender herausgeholt und überprüfte die Termine der kommenden Woche. Würde sie Archie überreden können, noch heute abend zurückzufahren? Ihr fiel nicht einmal auf, daß die beiden Männer eine Abmachung trafen.

«Vielleicht verlegen wir den Rest unseres Gesprächs lieber in ein gutes Restaurant», sagte Tom.

Mit seinen Anrufen in Brasilien hatte Archie mäßigen Erfolg. Als er und Cecil nach dem Mittagessen mit Tom Ferguson nach Hause kamen, fanden sie Madeleine und Cristi bei bester Stimmung vor. Die beiden hatten ihre Würstchen anbrennen lassen, Joghurt aus Pappbehältern gegessen und es nicht geschafft, die Spülmaschine anzustellen, weil sie die Tür nicht richtig geschlossen hatten. Sie saßen nebeneinander am Küchentisch und studierten beide mit dem gleichen Unverständnis die Betriebsanleitung, als die anderen mit Lisas Großeinkäufen beladen hereinkamen. Etwas später unternahm Lisa mit Cristi einen Spaziergang, damit Archie in Ruhe telefonieren konnte; sie war sich allerdings wohl bewußt, daß sie damit auch eigenen Schmerz vermeiden wollte.

Die Oberin der Klosterschule, deren Schülerin Cristi gewesen war, hatte wegen unbezahlter Schulgelder einen erbitterten Kampf mit den Anwälten der Familie Tomás ausgetragen und zögerte nicht, Archie Näheres über die Familie zu sagen. Sie teilte ihm außerdem mit, daß das Haus der Senhora Tomás zum Verkauf stand, und konnte ihm sogar Namen und Adresse ihres Vaters geben.

Die Anwälte machten ihm die bestürzende Mitteilung, daß auf den Adoptionspapieren für Cristi nur noch Lisas Unterschrift fehle und sie deshalb an dem Tag, an dem Howard England verlassen hatte, nach Englefield Green geschickt worden waren. Die Herren waren nicht bereit, Archie mit einem Mitglied der Familie Tomás in Kontakt zu bringen.

«Aber ihre Großeltern würden sie doch sicher bei sich aufnehmen, wenn du sie zu ihnen brächtest?» rief Madeleine betroffen.

«Diese alten aristokratischen Familien können erbarmungslos sein. Sie haben immer große Macht besessen und besitzen sie auf ihrem Land noch heute. Ich glaube, ich muß erst mal Cristi fragen, welcher Art ihre Kontakte zu der Familie waren, ehe ich entscheiden kann, wer sie am ehesten aufnehmen würde.»

«Könnten die Anwälte nicht dieses Dienstmädchen Isaura finden?»

«Ich habe die Oberin nach ihr gefragt – anscheinend ist sie auf das Gut in Campo Novo zurückgekehrt.»

«Ach ja, Cristi hat mir erzählt, daß sie dort aufgewachsen ist.»

«Ich glaube nicht, daß sie uns weiterhelfen kann. Wenn sie sich den Wünschen des Gutsherrn widersetzt, riskiert sie, so wie ich das System dort kenne, das Auskommen ihrer ganzen Familie.»

«Und andere Angestellte – könnten die uns nicht etwas sagen?»

«Die müßte ich erst aufstöbern. Das Haus steht zum Verkauf. Howard und Justina denken nicht daran, Cristi zu sich zu holen, das scheint immerhin klar zu sein. Ich verstehe nicht, wie man sich von so einem Kind einfach trennen kann. Überhaupt von einem Kind.»

«Ja, es ist unglaublich. Aber könntest du die Sache für heute abend nicht ruhen lassen, Archie?» bat Madeleine mit plötzlichem Drängen. «Sie schläft bestimmt die ganze Nacht nicht, wenn wir sie jetzt damit belasten. Hat es nicht bis morgen Zeit?» Sie wußte genau, daß sie selbst den Moment, in dem Cristi würde gehen müssen, so lang wie möglich hinausschieben wollte. Es ging ihr plötzlich alles zu schnell.

«Ja, warum nicht? Ich erledige das, sobald Tom wieder weg ist.»

Joss merkte, daß sie immer langsamer fuhr. Sie hatte einen letzten Spaziergang gemacht, um sich noch einmal an den kahlen, wuchtigen Formen der Torridon-Berge sattzusehen, dann hatte sie gepackt, saubergemacht und die Tür ihrer asketischen kleinen Zufluchtsstätte abgesperrt. Länger zu bleiben würde nichts bringen, und Madeleine, die arme, brauchte Gesellschaft und Unterstützung. Doch das Widerstreben, das düstere, alte Haus zu betreten, wuchs mit jeder Meile, die sie hinter sich brachte.

Aber wenn sie nicht nach Glenmara fuhr, was blieb dann für eine Alternative? Irgendein scheußliches Hotel. Und später ein möbliertes Zimmer oder Appartement, während sie auf Wohnungssuche ging. Wenn sie nur einen Fixpunkt hätte, eine Landschaft, die ihr etwas bedeutete, einen Ort, an den sie zurückkehren konnte. Eine Stadt wäre unerträglich, das stand fest. Aber würde Madeleine es nicht etwas aufdringlich finden, wenn sie sich nach einer Behausung im Tal oder in der Gegend von Muirend umsähe? Sie war die einzige, der sie sich verbunden fühlte. Schrecklich, in ihrem Alter zu sein, sich stets für einen so netten Kerl gehalten zu haben und dann eine einzige Freundin zu haben. Ich bin so feindselig geworden, dachte sie. Und ich habe es nicht einmal gemerkt. Zorn über alles und jeden; wie kann ich dem Einhalt gebieten, damit Schluß machen?

Als sie in die Auffahrt von Glenmara einbog, wurde ihr Widerwille so stark, daß sie den Wagen auf der Brücke anhielt, ausstieg und sich einen Moment lang an das kalte Steingeländer lehnte. Wie mild die Luft war im Gegensatz zur vergangenen Woche! Selbst in dieser kurzen Zeit waren die Abende merklich länger geworden und von Vogelgezwitscher erfüllt, das vor einer Woche noch gefehlt hatte. Zwei Enten strichen tief über das Wasser, stiegen über die Erlen am Ufer in die Höhe und verschwanden laut rufend. Lebe den Augenblick; zumindest das habe ich doch inzwischen begriffen.

Ein kleines Mädchen öffnete ihr die Tür. Sie hörte Madeleines Stimme, fröhlich, nicht wiederzuerkennen. «Hast du es geschafft, Cristi – bravo, gut gemacht.»

Lichter, Musik von irgendwo, dann erschien Madeleine in der Tür, unglaublich verändert.

«Joss! Das ist ja wunderbar! Ich dachte, du wolltest zwei Wochen wegbleiben. Komm herein, ich freu mich ja so sehr, daß du zurückgekommen bist. Das ist Cristi. Cristi, das ist Miss Barnes, meine beste Freundin. Wir kannten uns schon, als wir nur ein kleines bißchen älter waren als du jetzt.»

Das Kind knickste höflich vor der verblüfften Joss.

«Komm, wir sind in der Küche.»

«Moment mal – bin ich hier etwa im falschen Haus?»

Madeleine lachte und lief ihr ohne jede Erklärung mit flottem Schritt voraus.

Sprachlos warf Joss einen Blick auf die Szene in der Küche, schnappte ungläubig nach Luft und trat kopfschüttelnd näher.

«Archie und Lisa kennst du doch noch?»

Archie war dabei, ein Hühnchen zu tranchieren, Lisa rieb Käse.

«Cecil hast du, glaube ich, noch nicht kennengelernt.» Eine schlanke, dunkelhaarige junge Frau, die hier in einer grau-weiß karierten Jacke und einem kurzen schwarzen Rock fehl am Platz wirkte, hob grüßend eine Hand, die in einem Gummihandschuh steckte, und fuhr fort, eine kupferne Puddingform zu putzen.

«Aber was ist – wo ist...?» stammelte Joss.

«Joss, schön, dich zu sehen», begrüßte Archie sie herzlich. «Komm, setz dich hierher. Auf Glenmara hat es einen Putsch gegeben.»

«Hat's etwa Platt erwischt?» fragte Joss so hoffnungsvoll, daß alle lachten. «Und ich bin hierher zurückgerast, weil ich glaubte, du wärst so schrecklich allein», beschwerte sich Joss neckend.

«Ach, Joss, das tut mir wirklich leid, wenn dir das deinen Urlaub verdorben hat. Aber ich bin natürlich selig, daß du gekommen bist.»

«Komm, Joss, setz dich endlich. Sherry, Gin, Wein?»

«Tee», sagte Joss entschieden. «Ganz egal, wie früh oder wie spät es ist.»

Archie war kräftiger geworden, sonst aber hatte er sich kaum verändert, seit sie ihn das letztemal gesehen hatte – geradeheraus und so herzlich wie immer. Aber Lisa – was war denn mit der los? Sie machte nicht den Eindruck, als hätte sie das Glück gefunden, wie ihre Mutter letzte Woche noch so überzeugt gemeint hatte.

Und wer war das Kind? Ein hinreißendes kleines Ding.

Nur Cecil war ein wenig zu höflich. Sie hatten inzwischen über ihr Kind gesprochen, mit Interesse und Anteilnahme, aber es war zu spät gewesen. Sie fühlte sich womöglich noch stärker ausgeschlossen als zuvor. Archie konnte heute abend nicht abfahren, weil dieser neue Verwalter morgen heraufkam, aber vielleicht konnte sie ja allein nach London zurückkehren, Archie überreden, sie morgen in aller Frühe nach Edinburgh an den Flughafen zu fahren.

Die anderen waren beinahe in Feststimmung, Archie höchst zufrieden über die Abmachung mit Tom, Lisa froh, gebraucht zu werden, und dadurch von ihrem Kummer abgelenkt, Madeleine erfreut, Joss so bald wiederzusehen und die Entscheidung über Cristi wenigstens noch einen Tag hinausgeschoben zu wissen.

«Herrlich, essen wir etwa hier?» rief Joss, als der Tisch abgedeckt und Silber aufgelegt wurde. «Ich fand dieses Speisezimmer immer schon gruselig.»

Archie und Lisa zwinkerten einander zu.

«Das ist offenbar allen so gegangen», bemerkte Madeleine verwundert.

«Kampfarena», sagte Lisa kurz.

«Na gut, in der Küche ist es wärmer, aber sie ist schrecklich düster», entgegnete Madeleine. Und sie stinkt nach den Platts.

«Wir könnten doch dieses ganze Labyrinth von Speisekammern und Spülküchen und Anrichten einfach herausreißen – da liegt sowieso nur Zeug herum, das kein Mensch braucht. Wir könnten die Küche bis zur Westseite des Hauses durchziehen und einen einzigen großen Raum daraus machen, in dem gegessen und gekocht wird», schlug Archie vor.

«Das klingt gut, Darling», sagte Madeleine höflich.

Er lachte. «Dann tu's doch. Cecil entwirft einen Plan.»

«Aber ich glaube nicht...»

«Das wäre doch eine Pracht!» rief Lisa enthusiastisch. «Da hätte man eine herrliche Aussicht, bis zum Ben Breac hinüber.»

«Aber was ist mit dem Boiler? Den kann man nicht versetzen.»

«Der ist doch im Keller.»

«Nein, er ist auf halber Höhe.»

«Cecil? Das ist dein Gebiet.»

Madeleine lauschte ihren eifrigen Diskussionen und fand die Idee theoretisch gar nicht so schlecht.

Erst später, als sie im Salon saßen und Cristi im Bett war,

erfuhr Joss, was sich seit ihrem letzten Besuch alles ereignet hatte, und brachte endlich den Mut auf, von sich zu sprechen.

«Ich hab übrigens den ganzen Krempel hingeschmissen», sagte sie abrupt in eine Gesprächspause hinein, als Cecil verschwunden war und Archie tief in Gedanken zu sein schien.

«Was hast du hingeschmissen?»

«Eine Welt. Ich hab aufgehört. Für immer.»

«Aber Joss, warum denn?» Das war wirklich eine Bombe.

«Ich weiß schon, barmherzigen Schwestern geht die Barmherzigkeit nicht einfach aus.»

«Das hab ich nicht gemeint, das weißt du ...»

«Ich schaff's einfach nicht mehr», sagte Joss mit trübem Gesicht. «Ich konnte anscheinend nur soviel geben, wie ich gegeben habe, und jetzt ist nichts mehr da. Ziemlich erbärmlich, das geb ich zu, aber so ist es nun mal.»

«Erbärmlich? Du hast hundert-, tausendmal mehr gegeben als die meisten Menschen», sagte Archie energisch.

«Ich hätte nie gedacht, daß das je passieren könnte.» Joss wandte sich ihm zu, als fühlte sie sich sicher, daß er sie verstehen werde. «Daß das Mitgefühl plötzlich einfach versiegt.»

«Damit zu leben, ist sicher schwer», sagte er ruhig, und ihr Gesicht verzog sich plötzlich, als wollte sie weinen.

«Und was willst du jetzt tun?» fragte Madeleine hastig. Joss, die unerschütterliche Joss, konnte doch jetzt nicht in Tränen ausbrechen.

«Frag mich nicht. Ich kann kaum einen klaren Gedanken fassen», antwortete Joss und nahm sich mit sichtlicher Anstrengung zusammen.

«Könntest du dir vorstellen hierzubleiben?» fragte Madeleine sehnsüchtig. «Was meinst du? So lang wie du willst oder bis du weißt, wie es weitergehen soll. Lisa lebt jetzt wieder hier zu Hause, und es wäre wunderbar, dich auch hier zu haben.» Es war ihr ernst.

«Ihr könntet es nicht aushalten mit mir.»

«Ach was, du alter Griesgram, einen Versuch ist es auf jeden Fall wert.»

«Also hör mal, das kann ich nicht annehmen ...»

«Warum denn nicht? Vielleicht ist jetzt der Punkt erreicht, an dem du mal eine Zeitlang etwas von anderen annimmst», meinte Archie.

«Joss, bitte überleg es dir. Ich glaube – ich hoffe –, hier wird sich jetzt einiges ändern.» Madeleine konnte die vagen Bilder von Wärme und Lachen noch nicht in Worte fassen.

Joss sah ihnen in die lächelnden Gesichter, versuchte zu sprechen, räusperte sich gereizt. «Ich könnte mir nichts Besseres vorstellen», brummte sie schließlich unwirsch.

16

Wir können Mr. Ferguson doch nicht in der Küche abspeisen.»

«Er heißt Tom», sagte Archie. «Und es würde ihm bestimmt nicht einmal auffallen.»

Aber die Erinnerung an Mr. Maclaren war noch zu übermächtig. Madeleine stellte sich Tom Ferguson als einen Mann in Charles' Alter vor. Nein, da ging die Küche wirklich nicht.

Mit einem Gefühl gespannter Erwartung wie schon lange nicht mehr fuhr Tom von Perth herauf. Maclaren, dessen engstirnige und altmodische Ansichten er vom Hörensagen und von mehr als einem beruflichen Scharmützel kannte, würde ihm ein schwieriges Erbe hinterlassen. Archie lebte nicht auf Glenmara und würde wochenlang außer Reichweite sein. Die Arbeiter und Angestellten klebten wahrscheinlich an alten Gewohnheiten. Und die verwitwete Mutter, die im Haus residierte, war sicherlich ebenfalls gegen jede Veränderung.

Aber die Führung eines Guts wie Glenmara selbst in die Hand zu nehmen, die Firma und die Probleme geschäftlicher Partnerschaft hinter sich zu lassen und sich aus der Isolation zu lösen, die dem Ende einer Ehe folgt, das kam der Erfüllung eines Traums nahe.

Archie fuhr von Edinburgh zurück, nachdem er Cecil zur Maschine nach London gebracht hatte. Er wünschte, sie wäre wenigstens noch einen Tag länger geblieben, um mit ihm und Tom zusammen das Gut zu besichtigen und von Anfang an an Diskussionen und Entscheidungen teilzuhaben. Als Archie gestern abend in ihr Zimmer gekommen war und die gepackten Taschen gesehen hatte, war ihm gewesen, als hätte ihm jemand einen Schlag in den Magen versetzt. Sie hatte sich nicht schlafend gestellt, sondern war aus dem Bett gestiegen und stumm, mit tief unglücklichem Gesicht, in seine Arme gekommen.

«Cecil, Liebes, was ist denn? Was ist denn nur los?» fragte er sie, als er ihr Zittern spürte. «Fühlst du dich nicht wohl? War dir wieder übel?»

Sie schüttelte nur schweigend den Kopf.

«Komm wieder ins Bett. Es ist zu kalt hier draußen.» Er hob sie hoch, halb erwartend, daß sie ihn abwehren und sich ihm mit einem Lachen, um ihm die Zurückweisung zu versüßen, entwinden würde, doch das tat sie nicht. Immer noch stumm, ließ sie sich von ihm zum Bett tragen.

«Findest du es hier denn so schrecklich?» fragte er, nachdem er sie zugedeckt hatte und sich über sie beugte.

«Ich kann mich einfach nicht dazugehörig fühlen.» Ich fühle mich nirgends dazugehörig, hätte sie hinzufügen können. «Laß mir Zeit, Archie. Jetzt muß ich einfach zurück.»

«Vielleicht würdest du dich eher dazugehörig fühlen, wenn du mit allen hier vertrauter wärst», meinte er vorsichtig. «Morgen, wenn Tom zur Besichtigung kommt...» Aber er wußte schon, daß es zwecklos war.

Cecil legte ihm die Arme um den Hals, um seine warme Haut, seine zuverlässige Kraft zu spüren. Wie soll ich ihm dieses Gefühl erklären, stets nur Beobachterin einer Szene zu sein, an der ich nicht teilhaben kann, dachte sie hilflos. Wie gern würde ich mich in diese neue Stimmung im Haus hineinziehen lassen. Aber ich kann nicht einen einzigen Schritt tun. Ihnen erscheine ich kühl und selbstbeherrscht; wie sollen sie meine flehentliche Bitte hören, laßt mich ein, nehmt mich auf?

Archie, der ihre Geste als ein Zeichen ihrer Bereitschaft, sich ihm zu öffnen, begriff, wartete einen Moment, doch Cecil starrte ihn nur mit gequältem Blick an. «Ach, Cecil, Liebste», sagte er und küßte sie.

«Komm zu Bett», flüsterte sie.

Ihre Umarmung danach war mehr verzweifeltes Suchen als leidenschaftliche Vereinigung.

Wie versteinert saß Cecil jetzt in der Maschine. Warum war sie wieder weggelaufen? Warum hatte Archie es zugelassen? Immer diese Flucht vor den Gefühlen und danach, wenn sie allein war, dieses Bedauern, der Zorn, daß niemand sie zurückgehalten hatte. Nun, vor dem Kind würde sie nicht fliehen können. Diesmal war sie gebunden. Endlich würde sie vielleicht einen Spalt finden, durch den sie in jene Welt eintreten konnte, die für die anderen eine Selbstverständlichkeit zu sein schien – in der es Liebe und Zugehörigkeit gab. Und Archie würde das Kind vergöttern. Sie hatte ihn mit Cristi beobachtet. Es gab ihr einen Stich. Cristi war ein entzückendes Kind, kontaktfreudig, warmherzig und, wenn man bedachte, wie sie behandelt worden war, erstaunlicherweise ohne Probleme. Doch ihr, Cecil, war es nicht gelungen, Kontakt zu ihr aufzunehmen. Joss, diese häßliche Person mit ihrem verwitterten Gesicht, war kaum fünf Minuten im Haus gewesen, da hatte Cristi ihr schon voller Begeisterung eine abscheuliche Plastiktarantel gezeigt, die der Sohn des Schäfers ihr geschenkt hatte.

Ich bin so zwanghaft, so pingelig, dachte Cecil zornig und müde. Wenn ich nur lässig sein könnte, ungezwungen, ein bißchen schlampig. Ich fahre wieder nach Glenmara, wenn das Wetter besser ist. Dann bleibe ich länger, ruhe mich aus, bereite mich auf das Kind vor. Und ich entwerfe die neue Küche. Froh über die Ablenkung, holte sie aus ihrer Tasche die Skizzen, die sie am vergangenen Abend gemacht hatte.

Das kann unmöglich Lady Napier sein, dachte Tom angesichts der robusten Person in uralten Cordhosen und einem schmutzigen Sweatshirt. Die Putzfrau?

«Tom?»

Sachlich und direkt. Vielleicht war sie ja doch...?

«Kommen Sie rein. Archie wird gleich da sein. Mads!»

Nicht das, was man einen förmlichen Empfang nennen würde,

stellte Tom mit Interesse fest. Das Haus entsprach so ziemlich dem, was er erwartet hatte. Er hatte zahllose seiner Art gesehen – «gute» Möbel, alles andere durch jahrelange Vernachlässigung heruntergekommen und farblos geworden.

Mit schnellen, leichtfüßigen Schritten kam eine zweite Frau, kleiner als die erste, auf ihn zu. Tabakfarbener Tweedrock, genau passende Strickjacke bis zum Hals zugeknöpft, cremefarbene Seidenbluse mit einer Perlennadel am Kragen, braune Pumps. Seine Mutter hatte sich so gekleidet.

«Mr. Ferguson? Guten Tag. Ich bin Madeleine Napier. Archie wird gleich hier sein. Das ist Joss Barnes, eine Freundin, die zur Zeit bei uns zu Besuch ist.»

Ihre Hand war klein, eiskalt, zaghaft. Ihr dunkles Haar war makellos frisiert, ihre Stimme weich. Bezaubert und fasziniert nahm Tom wahr, daß sie nervös war. Das also war die gefürchtete Witwe. Trotz ihrer Kleidung wirkte sie nicht alt genug, einen Sohn in Archies Alter zu haben.

«Sie hätten sicher gern eine Tasse Kaffee ...»

Halten sie sich hier in diesem Zimmer auf, fragte sich Tom, als er die verstaubte Atmosphäre des Salons wahrnahm, dessen Fenster durch die viel zu nah ans Haus gepflanzten dunklen, alten Bäume kaum ein Sonnenstrahl erreichte.

«Archie hat mir erzählt, daß einer Ihrer Söhne in Bahia mit ihm zusammengearbeitet hat.»

«Ja, das war Rob. Es hat ihm viel Spaß gemacht.» Man ermutige den Gast, von seinen eigenen Interessen zu sprechen, dachte Tom amüsiert. Sie hatte eine sehr ansprechende Figur, klein und zierlich, mit sanften Rundungen, wie er es mochte. Aber warum ist sie so nervös, überlegte er wieder, während sie sich über Robs Aufenthalt in Camargo unterhielten. Sie befand sich hier auf heimischem Terrain, sie war eine reife Frau, und er war nur der neue Verwalter, ein zukünftiger Angestellter.

«Tom, gut, Sie sind früh dran.» Freudestrahlend kam Archie mit großen Schritten herein, gefolgt von Lisa, die den Kaffee brachte, Joss und Cristi.

Die ist ja zum Fressen, dachte Tom, als Cristi ihm höflich die

Hand gab. Aber wer ist sie? Nicht Archies Tochter; zu groß, um das Kind seiner Schwester zu sein; das Kind der Freundin vielleicht? Ausgeschlossen. Vielleicht das Kind von Archies eleganter Frau aus einer früheren Ehe? Wo ist die denn überhaupt heute?

Sicher kein zweiter Mr. Maclaren, dachte Madeleine erleichtert. Tom Ferguson sah ihr nicht aus wie ein Mann, der wegen einer verlorenen Brotrechnung Zustände bekommen würde. Er sah einen mit Aufmerksamkeit an, als wollte er wissen, wer man wirklich war, aber zugleich mit einem Wohlwollen, das man deutlich spürte. Sie vermutete, daß er gemerkt hatte, wie nervös sie war, und hoffte, er habe nicht erraten, warum. Nicht nur bangte ihr davor, daß das förmliche Mittagessen im Speisezimmer ohne Platts routinierte Führung zum Fiasko werden würde, sie hatte große Angst, Archie zu enttäuschen. Sie mußte bereit sein vorwärtszugehen, die kommenden Veränderungen zu akzeptieren, doch sie waren bedrohlich in ihrer Unbestimmtheit. Sie hatte zudem den Eindruck, daß Tom Ferguson kaum etwas entging, und hatte einen Moment lang das Haus mit seinem nüchternen Blick gesehen – langweilig, unpersönlich, Räume, denen sie in ihrer Unsicherheit und Phantasielosigkeit keinen Stempel hatte aufdrücken können.

Tom war gespannt und voller Interesse, als er mit Archie, Lisa und dem Kind zum Landrover hinausging. Eine neue Aufgabe, ein neuer Ort, neue Menschen. Er hatte nicht einmal danach suchen müssen, es war ihm beschert worden. Sollte er feststellen, daß er eine zusätzliche Tätigkeit brauchte, so konnte er sicherlich etwas Geeignetes finden, aber im Moment war ihm etwas mehr Freizeit gerade recht. Es war an der Zeit gewesen, einen neuen Anfang zu machen. Er würde die Wohnung in Perth verkaufen, sie war sowieso nur eine Notlösung nach der Scheidung und dem Verkauf des großen Hauses in Meikleour; des Hauses, in dem er und Wilma die Jungen großgezogen und so lange und sinnlos darum gekämpft hatten, ihre Ehe irgendwie zu retten.

Sie verspäteten sich zum Mittagessen. Madeleine, die mit Joss in der Küche war, wo ein Wildgulasch im Rohr stand und eine Mousse im Kühlschrank, genoß es, da plötzlich alles so einfach war und ein paar Minuten Verspätung keine Rolle spielten.

«Ich frag mich, wie ich diese gräßlichen Platts so lange ertragen habe», bemerkte sie, während sie die *Times*, die Joss aus dem Dorf geholt hatte, auf dem Tisch ausbreitete.

«Tja, das möcht ich auch gern wissen», antwortete Joss, in den Anzeigenteil der Lokalzeitung vertieft, zerstreut. «Du warst immer ein bißchen schwachsinnig.»

Madeleine lachte. Sie öffnete den Eisschrank, um kurz einen Finger auf die Mousse zu drücken, die Lisa vielleicht ein wenig zu spät gemacht hatte, und bemerkte deshalb nicht, wie Joss plötzlich in ihrer Lektüre stockte, eine der Anzeigen ein zweites Mal las, aufblickte, um zu sehen, ob Madeleine sie beobachtete, dann hastig umblätterte.

Eine merkwürdige Gesellschaft, dachte Tom beim Mittagessen. Nur Archie war frisch und unkompliziert wie immer, voll neuer Pläne, wobei er im Augenblick nur von denen erzählte, die er von allgemeinem Interesse glaubte. Und Cristi war glücklich nach allem, was sie auf der Inspektionsfahrt gesehen hatte: Rehe, Hasen, die noch ihr dickes Winterfell hatten, und die herrliche Aussicht von der Wasserscheide aus, die Glen Ellig, in dem Glenmara gelegen war, und Glen Maraich, das Nachbartal im Westen, voneinander trennte. Die Begeisterung, mit der sie Madeleine davon erzählte, hatte zu Beginn des Mittagessens das Eis gebrochen.

Lisa hatte während der Fahrt rund um das Gut kaum ein Wort gesprochen. Das wenige, was sie sagte, verriet ein Wissen und eine Vertrautheit, die sie von Kindesbeinen an gewissermaßen aufgesogen hatte. Sie gehört hierher, dachte Tom. In dieser Umgebung von Wäldern, Acker- und Weideland und weiten Mooren, überragt von dem atemberaubenden Panorama steiler Hänge und spitzer Gipfel, wirkte sie stark, kraftvoll und heimisch. Warum dann der Schmerz, der ihren Blick zu trüben schien, diese beherrschte Haltung, als wollte sie jede Berührung abwehren?

Joss schien hin und her gerissen zwischen düsterem Grübeln und aufrichtigem Enthusiasmus, wenn ihr Interesse entfacht war. Ihr grobes Gesicht konnte verdrossen, ja, finster aussehen, doch wenn Archie, mit dem sie sich ausgezeichnet zu verstehen schien, sie aus der Reserve lockte, konnte sie sehr herzlich lachen oder lebhaft diskutieren, und dann veränderte sich ihre ganze Miene. Toms Aufmerksamkeit allerdings wurde immer wieder von Madeleine Napier angezogen, so nervös und bemüht und so erstaunlich unsicher. Es bereitete ihr sichtlich Unbehagen, still sitzen bleiben zu müssen, während Lisa und Archie das schmutzige Geschirr einfach auf die Kredenz stellten und dort stehenließen und Joss die Sahne in einem Meßbecher aus Plexiglas auf den Tisch stellte. Dieses Unbehagen ging sicherlich teilweise auf die Abwesenheit des Butlers zurück, aber es schien für Tom noch tiefere Gründe zu haben. Sie hat ihren Kindern gegenüber offenbar überhaupt kein Selbstbewußtsein, stellte er fest, als er beobachtete, wie sie jedes Wort, das sie sagte, förmlich auf die Goldwaage legte, und häufig gleich darauf ein Gesicht machte, als bedauerte sie, es überhaupt ausgesprochen zu haben. Sie benahm sich im Grunde genommen wie ein Gast, der an einem ungünstigen Tag zu Besuch gekommen ist, und fühlte sich wohl entsprechend.

Irgendwie fehlte ihnen der Familienzusammenhalt. Er konnte die Grundstimmung nicht recht definieren. Sie gingen nicht feindselig miteinander um, im Gegenteil, jeder schien eifrig bemüht, die Wünsche des anderen zu achten, aber sie waren alle angespannt, wie unter dem Druck geheimer Sorge oder Befürchtung. Würde er sich in eine solche Gruppe überhaupt einfügen können, zumal nach dem langen Alleinsein? Auch er würde seine persönlichen Probleme mitbringen, wenn er aus der Isolation heraustrat, die seinem geselligen Wesen nicht entsprochen hatte, aber ein notwendiges Zwischenstadium nach seiner gescheiterten Ehe gewesen war.

17

Cristi, stets so fügsam und freundlich, bestürzte sie alle mit ihrer Reaktion auf Archies vorsichtigen Versuch, mit ihr über ihre Rückkehr nach Hause zu sprechen.

Heftig schluchzend klammerte sie sich an Madeleine. «Sie haben gesagt, ich soll bei Lisa bleiben, bis sie mich wieder holen – *minha mãe* hat gesagt, es wäre so ausgemacht – daß ich in England leben soll ...» Es folgte eine Tirade auf portugiesisch, die Archie unverständlich blieb.

«Wer ist Minja Mai?» fragte Madeleine, die weinende Cristi an sich gedrückt.

«*Minha mãe* heißt meine Mutter. – Cristi, hör mir mal zu ...» Archie kniete neben ihr nieder und zog sie zu sich. «Komm, sprich mit mir. Setz dich auf meine Knie, und dann sprechen wir darüber. Es wird schon alles gut werden. Na komm schon, wir finden eine Lösung ...»

«Ich will aber nicht hier weg, ich will nicht!» Madeleine fing selbst beinahe zu weinen an beim Kummer des Kindes, das Archie auf seinen Schoß hob.

«Ach, Cristi, kleiner Schatz, beruhig dich doch. Wir werden schon dafür sorgen, daß alles gut wird.» Aber was konnten sie ihr versprechen?

Wir haben es so sorgsam vermieden, an ihrer Heimkehr zu rühren, weil wir sie nicht belasten wollten, dachte Madeleine. Aber wie unüberlegt war das von uns. Cristi hatte natürlich geglaubt, daß es bei dem bleiben würde, was ihre Eltern für sie geplant hatten. Sie hatte sich mit ganzem Herzen in ihr neues

Leben auf Glenmara gestürzt, ohne den geringsten Verdacht, daß es ihr so schnell wieder entrissen werden könnte.

Sie beruhigten und trösteten sie, und konnten sie mit viel gutem Zureden allmählich zum Sprechen bewegen. Aber auf jede von Archies vorsichtigen Fragen über die Familie ihrer Mutter antwortete sie mit sichtlichem Unbehagen. Zum erstenmal erlebte die Familie sie voll Angst und Abwehr.

«Hast du manchmal deine Großeltern besucht?» fragte Archie. «Auf der *fazenda*?»

«Sie hassen mich!» brach es aus Cristi hervor, und die Tränen begannen wieder zu fließen.

«Hassen werden sie dich sicher nicht...», begann Madeleine beschwichtigend, doch Cristi unterbrach sie mit heftiger Widerrede.

«Ich bin nicht *católica*», rief sie und sah zu Archie hinauf, als würde er dies als einziger verstehen.

«Ach so.» Dieser eine Satz verriet ihm in der Tat eine ganze Menge. Wenn Cristi ein uneheliches Kind war, ließ sich damit ihre Zurückweisung durch die Familie erklären. Wenn sie außerdem nicht dem katholischen Glauben angehörte, war sie wahrscheinlich ein für allemal aus dieser Familie ausgestoßen worden.

«Archie?» Madeleine warf ihm einen ängstlichen Blick zu.

Er schüttelte kurz den Kopf. «Cristi, du brauchst keine Angst zu haben. Wir werden nichts unternehmen, ohne es vorher mit dir zu bereden, das verspreche ich dir. Wir kümmern uns um alles, glaub mir.»

Aber das konnte sie nicht beruhigen. Mit weißem, verängstigtem Gesicht klammerte sie sich an Madeleine und weigerte sich, ihr von der Seite zu weichen. Cristi hätte es nicht in Worte fassen können, aber hier, auf Glenmara, hatte sie alles gefunden, was ihr bisher in ihrem streng behüteten, einsamen Leben gefehlt hatte. Nicht nur Abenteuer und Herausforderung, sondern Verständnis und Humor. Anstatt abwechselnd verhätschelt oder ignoriert zu werden, wurde sie hier gefordert und bekam dafür Geborgenheit, Wärme, geistige Anregung und Anerkennung. Die Erinnerungen, die ihr entglitten waren – die Abreise ihrer

Mutter, die lange Reise mit der fremden Frau, die Nacht in London und ihre Ankunft bei Lisa, die sie nicht erwartet hatte –, brachen jetzt drohend über sie herein. Sie wußte nicht mehr, wem sie trauen konnte.

Sie verschloß sich vor ihnen und klammerte sich auf eine Weise an Madeleine, die bei dieser tiefe Schuldgefühle auslöste. Die fröhliche, lebensfrohe Cristi so verwandelt zu sehen, so verängstigt und trostlos, erfüllte sie mit Scham.

Kein Wunder, daß es beim Zubettgehen Schwierigkeiten gab. Cristi machte eine Szene, die an ihrem südländischen Blut keinen Zweifel ließ.

«Was sollen wir tun?» fragte Madeleine völlig ausgelaugt, als Cristi schließlich eingeschlafen war und Joss sich angeboten hatte, bei ihr zu bleiben, damit die anderen in Ruhe das Problem besprechen konnten.

«Vielleicht sind nicht alle in der Familie so streng katholisch, daß sie sich weigern werden, sie aufzunehmen. Wenigstens bis ihre Mutter zurückkommt», meinte Lisa, ohne jemanden anzusehen. «Das kann doch die Sache nicht so ändern, finde ich.»

«O doch, das ändert alles grundlegend», widersprach Archie ihr. «Ihre Mutter hat sich offenbar völlig von ihrer Familie getrennt.»

«Wir können sie doch nicht zurückschicken, wenn wir nicht sicher sind, daß jemand sie aufnehmen wird», sagte Madeleine flehend.

«Der Meinung bin ich auch. Es käme mir nicht in den Sinn, mich mit ihr auf die Reise zu machen, wenn nicht eine eindeutige Vereinbarung besteht. Ich hatte gehofft, von ihr einige Namen zu erfahren und Kontakt aufnehmen zu können, ehe ich abreise. Jetzt halte ich es für das beste, wenn ich drüben versuche, mit ihrer Familie Verbindung aufzunehmen. Wenn es dann zu einer Vereinbarung kommt, könnte jemand von der Familie herüberkommen und sie holen. Oder einer von uns könnte sie hinüberbegleiten. Aber wärt ihr denn bereit, sie bis dahin hierzubehalten? Es kann einige Zeit dauern. Ich kann nicht sofort abreisen.»

«Natürlich, natürlich! Das weißt du.»

Archie schoß der Gedanke durch den Kopf, daß er noch vor einigen Tagen nicht daran gedacht hätte, einen solchen Vorschlag zu machen.

«Lisa?»

Genau da lag das Problem. Immer noch war Lisas Einstellung zu Cristi gespalten. Sie sah das vergnügte, eifrige kleine Mädchen, das sich an allem, was Glenmara zu bieten hatte, erfreute, und das man einfach gern haben mußte; und sie sah das Kind, das ihr Mann ihr verweigert, aber mit einer anderen Frau in Liebe gezeugt hatte, das Kind, das die ganze Selbstachtung, die sie sich als Mrs. Armitage so mühsam erworben hatte, vernichtet hatte.

Einen Moment lang schoß die Erinnerung an die Zurückweisungen und die Einsamkeit, die Unbeholfenheit und die Sehnsüchte ihrer frühen Jahre in einer heftigen Aufwallung von Eifersucht und Trotz in Lisa hoch. Warum sollte sie diesem Kind helfen? Warum sollte sie es nur einen Tag, einen Augenblick länger als unbedingt notwendig um sich erdulden? Cristi war nicht ihr Problem. Sie sollte dahin zurück, wo sie hergekommen war, und wenn möglich jedem, der dort mit ihr zu tun hatte, Kummer und Schmerz bereiten.

Dann aber überlagerte eine Flut von Bildern die Racheimpulse – Cristi, wie sie voll Abenteuerlust dieses neue Zuhause erforschte; wie sie sich schreiend vor Vergnügen von Dougal auf einem Gatter hin und her schwingen ließ, dann beim Erscheinen Donnies blitzschnell heruntersprang und mit den anderen Hals über Kopf davonrannte, obwohl sie nicht die geringste Ahnung hatte, was der Grund für die Panik war; wie sie im Galloway-Haus vor dem offenen Kamin hockte und einem Lämmchen die Flasche gab; wie sie vorsichtig das dunkle, kalte Fell eines auf einem Zaunpfahl aufgespießten Maulwurfs berührte, sich die lange Schnauze und die kräftigen Krallen des Tieres zeigen ließ, obwohl sie sichtlich nicht davon begeistert war.

So oft in den letzten Tagen hatte Lisa durch Cristi Momente lang verloren geglaubter Verzauberung wiedergefunden und erkannt, daß ihr in Cristis Entzücken die Chance geboten wurde, dem Wesentlichen, das das Leben auf Glenmara ausmachte, wieder nahezukommen. Ihr Haß gebührte Howard, Justina vielleicht, ihrer eigenen Unzulänglichkeit und Blindheit. Aber nicht diesem Kind mit seiner Wärme und Großherzigkeit.

«Natürlich muß sie bleiben», sagte sie und merkte, daß ihre Stimme unerwartet heiser war. «Selbstverständlich müssen klare Verhältnisse geschaffen werden, ehe sie zurückkehren kann.» Erst da wurde ihr bewußt, wie gespannt alle sie ansahen.

«Und sie muß genau wissen, was geschieht», sagte Madeleine mit Entschiedenheit, mehr zu sich als zu den anderen.

Als sie müde nach oben ging, fand sie dort alles ruhig und friedlich vor. Joss saß eingequetscht in einem der kleinen Samtsessel und las, wobei sie ihr Buch dem Licht der Lampe entgegenstreckte. Sie war Unbequemlichkeit so gewöhnt, daß sie häufig vergaß, die kleinen Korrekturen vorzunehmen, die das Leben erleichterten. Sie hätte nur den Stuhl zum Licht zu schieben oder die Lampe näher heranzuziehen brauchen.

Ohne sich zu bewegen, blickte sie über den Rand ihrer Lesebrille auf, als Madeleine leise hereinkam. «Alles in Ordnung», flüsterte sie mit einer Kopfbewegung zu dem Kinderbett auf der anderen Seite des Zimmers. «Du selbst siehst allerdings nicht gerade berauschend aus.»

«Du hast keine Ahnung, wie froh ich bin, daß du hier bist, Joss. Du hättest zu keinem besseren Zeitpunkt zurückkommen können.»

«Quatsch», entgegnete Joss überrascht. «Du hast einen Haufen Leute um dich, brauchst dich nicht mehr von Platt oder Maclaren dirigieren zu lassen, du hast es doch nie ...» Sie hatte sagen wollen, so gut gehabt, aber das konnte man wohl zu einer Frau, die erst vier Monate Witwe war, nicht sagen.

Madeleine lächelte schwach. «Gerade wegen der vielen Leute brauche ich dich ja», erklärte sie mit leiser, bekümmerter Stimme. «Ich mach mir Sorgen um Archie und Cecil – sie sind immer so nett miteinander.» Joss lachte unterdrückt. «Na ja, ich meine, so vorsichtig miteinander. Und Lisa will anscheinend alles, was sie seit ihrer Teenagerzeit erlebt hat, einfach auslöschen. Das kann ja fürs erste vielleicht ganz heilsam sein, aber was soll denn aus ihr werden?»

«Am meisten setzt dir aber diese Geschichte mit Cristi zu, nicht wahr?»

«Siehst du, darum brauche ich dich. Du verstehst die Dinge, ohne daß man sie dir erst lang auseinandersetzen muß. Ich fühle mich so entsetzlich schuldig. Wir hätten sie nie in dem Glauben lassen dürfen, sie sei für immer hier. Aber ich wollte, daß sie sich geborgen fühlt, nachdem man sie durch die halbe Welt geschickt hat...»

«... und Lisa, die sie hätte aufnehmen sollen, sie zurückgewiesen hat.»

«Na ja, nicht direkt zurückgewiesen. Oder doch, das auch. Ich wollte das Kind nicht belasten. Aber ich hätte sehen müssen, daß sie selbst in dieser kurzen Zeit Wurzeln schlägt. Es war unverzeihlich von mir, sie vor diesem Schock nicht zu schützen.»

Ein Rascheln im Kinderbett, ein Murmeln, das wie Protest klang, ließ sie innehalten.

«Sie träumt.»

«Die gleichen Träume vielleicht wie in den ersten Tagen, als sie herkam.» Cristi hatte heute Isaura nicht ein einziges Mal erwähnt. Es war, als wüßte sie, daß sie der gewissenhaften, aber wohl erstickenden Fürsorge für immer entwachsen war.

«Ach, Joss», fuhr Madeleine leise fort, «ich habe so vieles wiedergutzumachen. Archies Pläne für das Gut zum Beispiel. Ich möchte ihn unterstützen, aber ich habe mich bis heute für die Bewirtschaftung des Gutes überhaupt nicht interessiert. Manchmal frage ich mich, was ich eigentlich die ganze Zeit im Kopf hatte. Was ich getan habe. Heute hatte ich das Gefühl, als sähe Mr. Ferguson mich als absolute Null. Oder sogar als ein Hindernis.»

«Unsinn. Wieso nennst du ihn überhaupt Mr. Ferguson? Er ist in unserem Alter, ein Freund von Archie und selbst nach deinen Maßstäben, würde ich denken, ein guter Typ. Willst du ihn in der Rolle des besseren Angestellten halten?»

Madeleine merkte, wie sie errötete. In gewisser Weise stimmte es ja, er war der Verwalter. Aber sie hatte sich von seinem scharfen, obgleich wohlwollenden Blick durchschaut gefühlt und empfand tiefes Unbehagen bei der Frage, was er wohl von ihr hielt.

«Na schön, dann nenne ich ihn eben Tom. Aber es wird schon einige Umwälzungen geben, wenn er hier alles in die Hand nimmt. Ich bin mir nicht sicher, daß ich damit so gut fertig werde. Das ist auch ein Grund, weshalb ich so froh bin, daß du hier bist. Weil du im Grund der einzige Mensch bist, der mich wirklich kennt. Mit dir kann ich reden, ich selbst sein. Du hast doch nicht vor, gleich wieder zu verschwinden, nicht wahr, Joss?»

Joss hielt immer noch ihr Buch auf den Knien. Mit ihrem breiten Daumen blätterte sie darin, bis sie auf eine aus einer Zeitung herausgerissene Anzeige stieß, nahm sie heraus und warf das Buch auf Madeleines Bett. Einen Moment kniff sie nachdenklich die Lippen zusammen, schien dann einen Entschluß zu fassen, schob ihre Brille auf die Nase und reichte Madeleine das Fetzchen Papier.

«Sag mir, was du davon hältst», flüsterte sie.

Verwundert blickte Madeleine auf eine unscharfe Fotografie eines ihr bekannten kleinen Hauses. «Das Postamt von Ellig?»

«Lies.»

«Zu verkaufen ... Ladenräume ... Wohnzimmer mit Blick ins Tal ... zwei Schlafzimmer, kleiner Garten, Garage/Schuppen, reparaturbedürftig ...» Als Madeleine verwirrt aufblickte, sah sie, daß Joss sie verlegen, zweifelnd, aber unverkennbar erwartungsvoll beobachtete.

«Würdest du es für unverschämt halten? Ich meine, praktisch vor deiner Haustür? Vielleicht hab ich ja sowieso keine Chance. Aber es ist genau das, woran ich gedacht habe. Du mußt mir ehrlich sagen, was du meinst.»

«Joss! Du? Das Postamt?» In ihrer Aufregung vergaß Madeleine das schlafende Kind, doch Cristi rührte sich nicht. «Ich kann mir nichts Besseres vorstellen! Du wärst ideal. Es steht seit

Ewigkeiten zum Verkauf, die Wohnräume sind winzig, glaube ich, und es gibt auch kein richtiges Badezimmer. Aber würdest du, könntest du – ich meine...»

«Ich hab das Geld meiner Mutter», erklärte Joss kurz. «Ich brauche ein Dach über dem Kopf. Und ich möchte arbeiten, nur zur Abwechslung mal was ganz anderes. Aber ich muß wissen, ob du dich von mir bedrängt fühlen würdest, wenn ich mir hier in der Nähe etwas suche.»

«Also hör mal! Wie kommst du denn auf so etwas? Du mußt doch wissen, daß ich mir nichts Schöneres vorstellen kann. Aber viel einbringen wird dir das nicht. Ich habe schon die ganze Zeit überlegt, wie ich dich überreden könnte hierzubleiben, aber ich hatte Angst, es würde mir nicht gelingen. Du bist ja so unheimlich selbständig. Ich habe sogar schon daran gedacht, dich zu fragen, ob du nicht unser neuer Butler werden möchtest...»

Sie unterdrückten ihr Gelächter, als Cristi unruhig wurde.

«Ich hab die Anzeige heute morgen gesehen, aber ich war nicht sicher, ob ich mich melden soll.»

«Na ja, vielleicht ist es aussichtslos, aber versuchen kannst du es doch.» Madeleine sah wieder auf die Anzeige. «Mein Gott, bin ich aufgeregt!»

Joss wurde plötzlich ganz warm ums Herz. Seit sie bei Eine Welt ausgeschieden war, hatte sie sich nicht nur verloren gefühlt, sondern irgendwie auch wertlos, als hätte sie nichts mehr zu bieten. Sie hatte sich immer wieder gesagt, daß ihre Angst davor, Madeleine könnte sie als aufdringlich empfinden, albern war, aber sie war real gewesen, und seit dem Moment, als ihr heute morgen diese Anzeige aufgefallen war, hatte sie ständig hin und her überlegt.

Es war gut möglich, daß aus ihrem Plan nichts werden würde, aber eines wußte sie jetzt: Sie war hier erwünscht und wurde im Moment auch gebraucht.

18

Mit einem ohrenbetäubenden Krachen, das selbst das Dröhnen des großen neuen Traktors übertönte, wurde der letzte Stumpf der Eibenhecke, die anfangs die Westfenster geschützt, jetzt aber völlig verdunkelt hatte, aus der Erde gerissen.

Jill, Dougal und Cristi, die aus dem Fenster von Charles' Ankleidezimmer, das nun bald Cristis Zimmer werden sollte, hingen, jubelten laut. Madeleine, die über ihre Köpfe hinwegspähte, widerstand dem Impuls, Cristi festzuhalten. Es war ein wenig, als wäre mit dieser Hecke der Geist von Charles' Mutter entwurzelt worden, der sich finster und boshaft in ihr eingenistet hatte. Während Madeleine zur aufgewühlten Erde hinunterblickte, sah sie einen Moment lang eine einsame Gestalt mit verkniffenem Mund und gerunzelter Stirn dort auf und ab gehen. Graue Mauer, grauer Kies, dunkle Hecke. Keine Farbe und kein Licht. Hier hatte sie, alle Schönheit Glenmaras verschmähend, ihre Spaziergänge gemacht. Während ihrer Herrschaft hatte die Hecke ungehindert wuchern dürfen, so daß sie sie nicht nur vor den Westwinden schützte, sondern auch vor neugierigen Blikken. Die Fenster, die die Bäume verdunkelt hatten, waren die ihres eigenen kleinen Salons.

«Eine Aussicht gibt mir nichts», hatte sie kurz angebunden gesagt, als Charles gemeint hatte, die Hecke nehme überhand.

Eine Aussicht gibt mir nichts. Wie gut sie das auf den Punkt gebracht hat, dachte Madeleine.

Archie dankte Craig MacNeil, dem jungen Traktorfahrer, mit erhobenem Daumen, als dieser mit seinem Fahrzeug davonratterte, um die letzten Überreste der Hecke fortzuschaffen. Archie, Tom und Lisa musterten mit Genugtuung die Verwüstungen, die er zurückließ. Cecil trat mit einem Tablett voll Gläsern aus der neuen Tür der Küche, und hinter ihr schwenkte Joss zwei Flaschen, um Madeleines Aufmerksamkeit auf sich zu ziehen.

«Champagner! Mir scheint, es gibt eine Feier. Gehen wir alle hinunter», sagte Madeleine, und die Kinder rannten sofort an ihr vorbei.

«Wann ist denn das geplant worden?» Gläser wurden herumgereicht. Die Kinder bekamen Cola. Alle schwatzten vergnügt durcheinander. Die Maisonne schien zum erstenmal seit vielen Jahren auf die dunklen Flecken von Feuchtigkeit und Flechten am Sockel der Hausmauer.

«Es gibt eine Menge zu feiern», erklärte Archie. «Toms neue Freiheit – obwohl ich fürchte, er wird hier weit härter arbeiten müssen als auf seinem bequemen Bürostuhl in Perth –, die Baustelle drinnen, aus der, wenn wir Cecil glauben, mal eine Küche werden soll...» er lachte über den beunruhigten Blick seiner Mutter, «... aber ganz besonders, daß Cristi jetzt zur Familie gehört.»

Sein Ton änderte sich unwillkürlich, als er dem kleinen Mädchen in das strahlende Gesicht sah. Er drückte die Champagnerflasche in einen Erdhaufen, packte Cristi mit beiden Händen und schwang sie in die Höhe. Sie lachte zu ihm hinunter, und er lachte zurück, obwohl er plötzlich einen Kloß im Hals sitzen hatte. Er warf sie in die Höhe, fing sie auf, stellte sie nieder, und sie blickte mit leuchtenden Augen von einem zum anderen.

Die Stimmung des Moments ergriff sie alle; sie lächelten ein wenig mühsam, um ihre Emotionen zu verbergen; schluckten, zwinkerten. Cristi gehörte zu ihnen; der fröhliche Klang ihrer fliegenden Schritte, ihr Gelächter, ihre helle, eifrige Stimme würden ihnen nicht verlorengehen. Sie prosteten ihr liebevoll zu. Jill und Dougal senkten die Köpfe und grinsten verstohlen über soviel Rührseligkeit.

Cristi hatte die Nachricht, daß ihre Eltern nicht zurückkommen würden, ohne sichtbare Traurigkeit aufgenommen. Die

Freude darüber, auf Glenmara bleiben zu können, löschte alles andere aus. Später, wenn sie älter wäre, würden die Gefühle kommen, aber bis dahin, hoffte Madeleine, würde sie so glücklich und innerlich gefestigt sein, daß es ihr gelingen würde, sich mit dem Schmerz darüber, was ihr angetan worden war, auseinanderzusetzen.

Cecil sah sich zufrieden das Chaos aus Wurzelkratern, Reifenabdrücken, aufgewühlter Erde und Steinbrocken an. Raum und Licht waren das Kernstück ihrer Planung. Ein großer runder Glaserker, um die Sonne aus Süden und Westen einzufangen, eine Glastür, um die Menschen auf die Natursteinterrasse hinauszulocken, die verwilderten Rhododendronbüsche rund um den Rasen zurückgeschnitten...

Tom dachte staunend und erleichtert, ich hab's geschafft, ich bin hier, jetzt geht es los. Er war so oft wie möglich an den Wochenenden heraufgekommen, hatte zuerst im Haus gewohnt, dann in der gelüfteten und geschrubbten Personalwohnung kampiert. Zu Ostern hatte Rob ihn besucht, und sie hatten mit dem Anstrich begonnen.

Wilma war wütend gewesen. Sie benützte die Jungen immer noch dazu, um auf eine aggressive Art Kontakt zu halten. Rob hätte Ostern eigentlich bei ihr verbringen sollen, daß er es nicht tat, löste einen heftigen Ausbruch über die Verantwortungslosigkeit seines Vaters aus, der «sich einfach aus dem Staub gemacht und sich einen Dreck um seine Söhne gekümmert hat».

Rob hatte erst einmal zwei Stunden lang stillschweigend Grundierung aufgetragen, ehe er gesagt hatte: «Wir finden das hier toll, Dad, ganz prima...» Tom hatte «Gut» geantwortet, und sie hatten sich wieder auf ihre Arbeit konzentriert.

Tom lächelte jetzt, als er daran dachte. In der Wohnung in Perth war Wilma ihm noch zu nahe gewesen, die Erinnerung an das lange, pflichtschuldige Aushalten und die letzten häßlichen Auseinandersetzungen noch zu frisch, der Klang ihrer wütenden Stimme noch zu deutlich. Die Sonne und das Licht hier und das neue Gefühl der Freiheit, das ihn beschwingte, würde ihre Macht, ihn in Wut und Zorn zu treiben, endgültig auslöschen.

Die Wohnung würde gebraucht werden, wenn Madeleine neue Hausangestellte gefunden hatte, deshalb hatten er und Archie bereits einige Möglichkeiten erwogen – man konnte vielleicht die alten Kinderzimmer in eine abgeschlossene Wohnung umwandeln oder eines der beiden leerstehenden Häuser am Dorfrand herrichten oder ein unbenutztes Wirtschaftsgebäude umbauen.

Tom hatte es nicht eilig. Es war ihm seinen früheren Bedenken zum Trotz erstaunlich leichtgefallen, sich auf Glenmara einzuleben.

Archie war so schnell wie möglich aus Brasilien zurückgekehrt, vor allem aus Sorge um Cecil, die mit der Schwangerschaft nicht so spielend zurechtkam, wie sie erwartet hatte, aber jede Diskussion über ihren Zustand mit der knappen Versicherung abbrach, es gehe ihr gut. Neben dem Problem mit Cristi mußten die Pläne mit Tom zusammen ausgearbeitet werden, und außerdem entdeckte Archie einen starken Wunsch, auf Glenmara zu sein. Letzteres hatte ihn überrascht. Er hatte zwar vorgehabt, mehr Zeit dort zu verbringen, aber diese Ungeduld, selbst ein gewisser Neid auf Tom, damit hatte er nicht gerechnet.

Er war glücklich gewesen, daß Cecil diesmal nicht nur bereit gewesen war, ihn nach Glenmara zu begleiten, sondern sogar bleiben wollte. Sie konnte es kaum erwarten, mit der Arbeit an der neuen Küche anzufangen, und hoffte, obwohl sie sich das nicht einmal selbst eingestand, sich dadurch einen Platz in der Familie zu schaffen.

Doch sie war schwach und erschöpft von der hartnäckigen Übelkeit, die ihr nicht nur jeden Morgen zu schaffen machte, sondern jedesmal, wenn sie Essen sah oder roch. Das gehörte nicht zu ihrem Plan. Sie hatte sich für eine dieser unverwüstlichen Frauen gehalten, denen ihre Schwangerschaft fast bis zum Ende nicht anzumerken ist, die mit gewohnter Energie ihren Alltag schmeißen und allseits staunende Bewunderung hervorrufen. Die Realität sah dagegen anders aus: Mattigkeit, dauernder Kampf um Konzentration, grünliche Blässe der Haut, Kreuzschmerzen, Übelkeit.

Das einzig Gute ist, dachte Archie, erschrocken über ihr Aussehen und ihre Angespanntheit, daß sie freiwillig weniger arbeitet. Vielleicht würde Glenmara diesmal das richtige für sie sein, zumal endlich ein persönliches Interesse dort auf sie wartete.

Bekümmert war Archie auch über die Nachrichten, die er bezüglich Cristis mitbrachte. Howard und Justina hatten in Brasilien alle Brücken hinter sich abgebrochen. Justinas Vater, der Archie in einem dunklen, überladenen Zimmer in einem weißen Haus in Campo Novo empfangen hatte, da er wie die meisten Angehörigen seiner Klasse nicht auf seinem Gut lebte, war von eisiger Höflichkeit gewesen. Er hatte so getan, als höre er zum erstenmal von der Existenz Cristis. Archie, der den obligatorischen *cafezinho* schlürfte, starken, süßen schwarzen Kaffee, war jedoch überzeugt, daß er alles über sie wußte. Weshalb hätte er sonst mit stählernem Unterton in der Stimme verlangt, daß Archie seine Nachforschungen nicht aus der Stadt hinaustragen solle.

Als Archie im grellweißen Sonnenlicht die Treppe hinunterstieg und durch den angenehmen Schatten der Orangenbäume den kurzen Weg zur Straße ging, packte ihn plötzlich helle Empörung. Dies war nicht die einzige derartige Begegnung. Er hatte in Rio, wo die Familie wohlbekannt war, zwei von Justinas Brüdern aufgestöbert und war von ihnen mit der gleichen kaum verhüllten Verachtung behandelt worden. Weshalb bemühte er sich überhaupt, Cristi zu diesen Leuten zurückzubringen? Eine Adoption durch Lisa, zu der diese offensichtlich nicht bereit war, war schließlich nicht die einzige Alternative.

«Es muß doch möglich sein, daß wir gemeinsam eine Lösung finden», sagte er zu den anderen am Nachmittag seiner Rückkehr nach Glenmara.

Cristi war mit Donnie draußen bei den Mutterschafen, wollte später die Galloway-Kinder vom Schulbus abholen und mit ihnen zum Tee nach Hause gehen. Tom war in Perth, um seine letzten Sachen zu packen und seine Abschiedsfeier zu geben, zu der offenbar der halbe Landkreis kommen wollte. Die anderen saßen auf der Südterrasse beim Tee – etwas, das zu Charles'

Zeiten niemals möglich gewesen wäre. Wie seine Mutter hatte er es gehaßt, im Freien zu essen.

Joss warf einen raschen Blick auf Madeleine, als Archie die Frage nach Cristis Verbleib anschnitt. Sie wußte, mit welcher Liebe Madeleine inzwischen an Cristi hing. Würde sie diese Herausforderung annehmen?

«Keine Angst, Liz», fuhr Archie sogleich fort. «Ich weiß, daß du sie nicht adoptieren möchtest. Das erwartet auch keiner von dir. Diese Idee von Howard war einfach verrückt. Aber da drüben niemand die Verantwortung für sie übernehmen will und die Papiere alle in Ordnung sind, kann ich mir nicht vorstellen, daß es unmöglich sein sollte, eine modifizierte Regelung zu finden, sie auf anderem Weg in die Familie aufzunehmen und dafür zu sorgen, daß sie für immer gesichert ist. Ich weiß nicht, wie es euch geht, aber ich möchte für sie sorgen, ohne Rücksicht auf ihre Herkunft, einfach weil sie das Kind ist, das sie ist.»

Um den alten runden Tisch sitzend, den Lisa zum Übergang aus der Rumpelkammer geholt hatte, sahen sie ihn schweigend an. Jeder wollte Cristi auf Glenmara behalten. Jeder zögerte, einen Anspruch zu erheben.

Madeleine schwankte zwischen Wagemut, Zweifel und Hoffnung. Sie hatte sich nach besten Kräften bemüht, Cristis bevorstehender Abreise klar ins Auge zu sehen und hatte diesmal Cristi auch nichts vorgemacht, sosehr sie die Niedergeschlagenheit des Kindes jedesmal, wenn von der Trennung die Rede war, geschmerzt hatte. Sie wußte, daß die Veränderung, die dieses triste alte Haus erfaßt hatte, nur teilweise darauf zurückzuführen war, daß Charles' Macht gebrochen, Platt verschwunden und die starren Konventionen gebrochen waren. Cristi hatte hereingetragen, was fehlte – Fröhlichkeit und Lebensfreude.

Ich darf sie nicht dem Kind vorziehen, das Cecil erwartet, ermahnte sich Archie und unterdrückte nicht zum erstenmal Bedauern über das Timing.

Archie würde sie so gern adoptieren, dachte Cecil. Er gibt sich solche Mühe, Freude über unser Kind zu zeigen, aber dieses hier möchte er wirklich. Könnte ich es nur für ihn tun, jetzt in die

Bresche springen, die richtigen Worte finden, großzügig sein. Aber wie soll ich das schaffen? Wo sollen wir leben? Angst und Hemmung schnürten ihr die Kehle zu.

Joss dachte an ihr neues Häuschen. Das freie kleine Mansardenzimmer, wieder für einen anderen Menschen sorgen zu können. Aber was bilde ich mir da ein, eine griesgrämige alte Jungfer, die nicht einmal mit ihrem eigenen Leben zurechtkommt, geschweige denn mit dem eines Kindes.

«Könnte ich sie adoptieren? Oder bin ich zu alt dazu? Es würde wohl nicht genehmigt werden?» Mit rotem Kopf blickte Madeleine in die Runde erstaunter Gesichter. «Ist das lächerlich? Ich dachte nur, damit wären alle Probleme vielleicht gelöst. Cristi könnte hier bleiben – sie scheint hier so glücklich zu sein. Aber könntest du das ertragen, Schatz?» fragte sie Lisa besorgt. «Und wenn Archie und Cecil sich für immer hier niederlassen, würde ich mir natürlich etwas anderes suchen, aber nicht zu weit weg, hoffe ich ...»

«Mama, ist das dein Ernst? Du würdest Cristi adoptieren?» Archies Reaktion war unmißverständlich; sein Gesicht leuchtete. «Das Haus ist groß genug für alle, mach dir da mal keine Sorgen.» Er konnte sich nichts Schöneres vorstellen, als es voller Leben zu sehen. «Aber es ist eine ungeheure Verpflichtung, die Sorge für ein achtjähriges Kind zu übernehmen. Möchtest du es dir nicht noch einmal überlegen?»

«Wie ist es denn in rechtlicher Hinsicht – würde ich als zu alt gelten?»

«Da müssen wir Tom fragen.»

Lisa, die einen letzten heißen Kampf mit sich ausgefochten hatte, hatte die ganze Zeit kein einziges Wort gesagt. Jetzt griff sie brüsk in die Debatte ein. «Das ist doch alles absurd. Die rechtliche Seite ist geklärt. Zumindest hoffe ich, sie ist nach englischem Gesetz in Ordnung. Warum unterschreibe ich dann nicht einfach, was unterschrieben werden muß? Ich sage damit nicht, daß ich die Verantwortung für sie übernehmen könnte, jedenfalls jetzt noch nicht – ich weiß ja noch nicht einmal, was ich eigentlich will –, aber dann wäre doch die Angelegenheit wenigstens erledigt. Cristi wäre gesichert, würde zur Familie gehören …»

«Oh, Lisa!» Madeleine sprang impulsiv auf und umarmte sie, zu gerührt und aufgeregt, um darüber nachzudenken, wie das aufgenommen werden würde. Und Lisa schlang beide Arme um ihre Mutter und drückte ihren Kopf an sie.

So habe ich die beiden noch nie gesehen, dachte Archie.

Als er Cristi zuprostete, warf er einen Blick auf seine Mutter und sah Tränen in ihren Augen. Sie wirkte so fehl am Platz hier in ihrer kaffeebraunen Seidenbluse mit der großen Schleife am Hals und den glänzenden Pumps mitten in der herumliegenden Erde und dem Geröll. Sie hatte sich nicht beschwert über das Durcheinander und bemühte sich, den Abriß der alten Küchenräume positiv zu sehen. Und was mochte sie heute empfunden haben, als sie das Ankleidezimmer seines Vaters ausgeräumt und die Sachen verpackt hatte, die unweigerlich Erinnerungen an ihn und die Intimitäten ihrer Ehe geweckt hatten? Wie wenig er von ihr wußte; und wie sehr sie ihn in letzter Zeit überrascht hatte. Joss mit ihrer robusten, bodenständigen Art tat ihr gut. Wie schön, daß sie in Zukunft in der Nähe leben würde. Archie fand es unverzeihlich von seinem Vater, daß er alle gesellschaftlichen Kontakte, die er und Madeleine gehabt hatten, abgebrochen hatte. Ich wollte, ich könnte häufiger hier sein, dachte Archie wieder. Ich möchte meine Mutter besser kennenlernen.

19

Joss' Einstandsfeier fand einige Wochen nach ihrem Einzug in das neue Häuschen statt. Da Ellig nur eine Postnebenstelle war, hatte sie eingeschränkte Öffnungszeiten, und sie hatte mehr als genug Zeit für die wenigen Renovierungsarbeiten gehabt, die sie für nötig hielt. Außerdem hatten ihr die anderen, da Toms Wohnung inzwischen fertig war, tüchtig geholfen. Cecil war zwar mit der Küche beschäftigt gewesen, doch Lisa, Tom, Archie und selbst Madeleine, von der niemand erwartet hatte, daß sie zum Pinsel greifen würde, hatten bei den Arbeiten im Häuschen alle mit zugepackt.

Madeleine hatte gleich das ganze Haus möblieren wollen, hatte aber dann einsehen müssen, daß die Möbel aus Glenmara kaum durch die schmale Tür hineingehen würden und wohl auch nicht Joss' Geschmack entsprachen. Statt dessen erweiterte sie ihren Horizont, indem sie mit Joss im Lieferwagen Flohmärkte und Gebrauchtmöbelgeschäfte abklapperte.

Abgelegte Vorhänge aus Glenmara allerdings nahm Joss, die keine Lust hatte, deshalb auch noch lange auf die Suche zu gehen, mit Freuden an. Lisa kürzte sie auf die richtige Länge.

Madeleine wollte Joss auch gleich einen Teil ihrer Bettwäsche schenken, doch davon wollte diese nichts wissen. «Für mich kommt nur bügelfrei in Frage, und das solltest du dir auch mal überlegen.»

Joss wollte alle unbedingt davon abhalten, ihr zum Einstand Geschenke zu machen. «Ich brauch nichts und ich nage schließlich nicht am Hungertuch. Und wenn, dann bloß keinen Luxus», murrte sie, als die anderen ihr erklärten, sie würde auf jeden Fall Geschenke bekommen, ob es ihr nun paßte oder nicht.

Lisa hörte von einer alten Schulfreundin, die sie zufällig wiedergetroffen hatte, von einer Töpferei, die in Glen Maraich aufgemacht hatte. Sie fuhr mit Madeleine hinüber, und sie kauften zusammen ein Service aus blaugrauer Keramik, von dem sie hofften, es würde Joss Freude machen.

Als Cecil verkündete, sie würde ein Bild schenken, war Joss richtig unwirsch geworden. «Es hat keinen Sinn, mir ein Bild zu schenken, ich schau's ja doch nicht an. Schenk mir lieber eine Bratpfanne oder so was. Alles, was rumsteht oder rumhängt, sammelt nur Staub.»

«Wieso stört es dich», sagte Cecil mit ihrem kühlen kleinen Lächeln, «wenn du es sowieso nicht anschaust?»

«Wozu brauch ich's, wenn ich's sowieso nie anschaue?» konterte Joss.

«Es verändert den Raum.»

Wie recht sie hatte. Das kleine Ölgemälde von McLeay, das mit warmen Farben das schottische Hochland darstellte, war eine Bereicherung des kleinen Wohnzimmers.

Tom schenkte ihr einen Schubkarren und Archie einen Stoß Holz für den Kamin. Cristi verzichtete auf ein paar Nachmittage im Freien und fertigte ihr unter Jean Galloways Anleitung einen Beutel für Wäscheklammern an, makellos gearbeitet, wie sie es bei den Nonnen gelernt hatte.

Mit frischer Sahne vom Gut, Blumen und Wein rückten sie alle zum Mittagessen an, und einen ärgerlichen Moment lang fürchtete Joss, sie würde feuchte Augen bekommen, als alle in das sonnige Zimmer drängten, in dem der Tisch schon gedeckt und das Feuer angezündet war.

Ihr eigenes Haus. Der Kauf war mehr eine praktische Entscheidung als die Erfüllung eines langgehegten Wunsches gewesen. Sie hatte das Geld gehabt, sie brauchte ein Dach über dem Kopf, sie brauchte Arbeit. Sie konnte es noch immer nicht recht fassen, daß der Erwerb so leicht gewesen war. Als das Haus vor fast einem Jahr zum Verkauf angeboten worden war, hatte sich zunächst ein gewisses Interesse geregt, war aber angesichts der geringen Einkommensmöglichkeiten durch die Poststelle, der engen Räumlichkeiten, der schlechten Isolierung und einer ominösen Mulde im Dach rasch abgeflaut. Tom und Archie hatten Joss zu bedenken gegeben, daß es kaum eine gewinnbringende Kapitalanlage war, hatten jedoch schließlich zugestimmt, daß es bewohnbar sei.

Joss hatte kaum etwas verändert. Cecil hatte sie überreden wollen, die Wandtäfelung herauszureißen, unten einen einzigen großen Raum zu schaffen, eine Mauer in der Mansarde herauszureißen, um das Ganze luftiger zu gestalten und es dann als Schlafzimmer zu verwenden. Aber Joss war mit dem Haus zufrieden, wie es war. Sie wollte nichts Extravagantes. Nur das, was lebensnotwendig war. Keinen Wirbel. Mit dem Garten allerdings hatte sie einiges vor. Nach Jahren in heißen, trockenen Zonen, wo sie niemals auch nur einen Blumentopf ihr eigen genannt hatte, brannte sie plötzlich darauf, zu graben, zu säen, zu pflanzen und zuzusehen, wie alles wuchs und erblühte.

Was sie nicht erwartet hatte, war der erstaunliche Frieden, der sich einstellte, dieses Gefühl, endlich angekommen zu sein. Es hatte mit Madeleines Nähe nichts zu tun. Es war ein ganz besonderes und sehr tiefes Gefühl. Zum erstenmal in ihrem Leben hatte sie ihren eigenen Ort, einen Ort, wo sie von niemandem abhängig war, wo sie nach ihren persönlichen Bedürfnissen und Wünschen handeln konnte.

Sie empfand eine tiefe, wohltuende Entspannung, als sie in jener ersten Nacht in ihrem kleinen Schlafzimmer mit Blick zum Bach lag und den Geräuschen des Dorfes lauschte, die ihr bald innig vertraut sein würden. Und beim Erwachen war sofort das Bewußtsein da, ihr eigener Herr zu sein, sicher und geborgen in ihren vier Wänden.

Während Madeleine dem allgemeinen Geplauder und Gelächter im menschengefüllten Zimmer lauschte, hatte sie wie so oft in letzter Zeit das Gefühl, der wirbelnde Strom der Ereignisse reiße sie allzu schnell mit sich fort. Würde sich Joss jetzt, da sie ihr eigenes Zuhause hatte, eine neue Aufgabe, die sie angehen konnte, ihre unmittelbare Zukunft geregelt wußte, wohler fühlen? Wenn sie endlich wieder etwas zu tun hatte, Wurzeln schlagen konnte, würde das quälende Gefühl des Versagens vielleicht verblassen? Es war in diesen letzten geschäftigen Wochen beinahe befremdlich gewesen zu entdecken, daß zum erstenmal in ihrer Beziehung Joss Unterstützung und Verständnis brauchte. Sie hatte sich häufig zurückgezogen, war oft mißmutig und abweisend gewesen, doch zu Madeleines Erleichterung hatte sie es schließlich geschafft, über den inneren Konflikt zu sprechen, der sie fast zerriß. Sie hatte in dem seelischen Zustand, in den sie hineingeschlittert war, ihre Arbeit bei Eine Welt nicht fortsetzen können, hatte sie gar nicht fortsetzen wollen, was sie am tiefsten erschüttert und beschämt hatte, aber sie konnte andererseits auch das ungeheure Leiden und die schreckliche Hoffnungslosigkeit nicht vergessen.

Cristi hockte auf einem alten ledernen Sitzkissen, das Joss irgendwo aufgestöbert hatte, am Feuer. Ihr Gesicht glühte fast wie die scharlachroten Bermudas, die Cecil ihr gekauft hatte. Sie schwatzte lebhaft mit dem entspannten Tom. Cecil, in gelber Leinenhose und hellem T-Shirt, hatte sich in einen Sessel am Fenster verzogen, so weit wie möglich von den wartenden Speisen entfernt, und trug nur mit ihrem Lächeln zur Unterhaltung bei.

Während Madeleine Cecil und Cristi betrachtete, dachte sie, wie merkwürdig es war, daß Cecil und Cristi sich nicht nur körperlich so ähnlich waren – in Körperbau, Haut- und Haarfarbe –, sondern auch die gleiche anmutige Eleganz besaßen. Daß auch sie selbst sie hatte, sah sie nicht.

Aber Tom sah es. Und Tom, der diese von innerer Zerrissenheit geplagte Familie mit wachsender Zuneigung beobachtete, sah auch, daß Archie, ohne sich dessen bewußt zu sein, sich mit Cecil eine Frau vom Typ seiner Mutter gesucht hatte, wählerisch, immer gepflegt, unfähig zu Lässigkeit oder Unordentlichkeit. Kam das daher, daß seine Mutter sich ihm entzogen hatte, ihn, so wenig ihr das bewußt gewesen sein mochte, stets auf Abstand gehalten hatte? Nach allem, was Tom mitbekommen hatte, war Madeleine völlig von ihrem Mann beherrscht gewesen. Zweifellos hatten starke Gefühle des Grolls und der Entfremdung ihre beiden Kinder von Glenmara fortgetrieben. Dabei war Madeleine keineswegs ein dominanter, nicht einmal ein selbstbewußter Mensch. Die Veränderungen in ihrer Welt schienen sie zu verwirren. Sie bemühte sich, sie zu akzeptieren, und hatte doch auch Angst vor ihnen. Würde sie Joss vermissen, den einzigen Menschen, abgesehen von Cristi, in dessen Umgang sie ihrer selbst sicher zu sein schien?

Archie drückte Joss in seinen Sessel. «Komm, Tom, wir servieren. Halt die Klappe, Joss, und rühr dich nicht von der Stelle.»

Tom sprang bereitwillig auf. Als er die Stellung als Verwalter akzeptierte, hatte er überhaupt nicht erwartet, in die Familie mit einbezogen zu werden, doch genau das war geschehen. Den Ausschlag hatten wahrscheinlich jene ersten Wochenenden vor Fertigstellung der Wohnung gegeben. Er war als Gast ins Haus gekommen und offen aufgenommen worden. Seine eigenen Abwehrmechanismen hatte er unter diesen Umständen nicht gebraucht, da er ja wußte, daß er sowieso bald seine eigenen vier Wände haben würde und sich das rechte Maß im Umgang mit allen dann schon finden werde. Nun aber sah er sich mit erstaunlicher Ungezwungenheit in ihre Gruppe integriert und war dankbarer dafür, als sie alle je ahnen würden.

Er begann den Schinken aufzuschneiden, während Archie zu Cristis Erheiterung mit großem Brimborium den Salat anrührte.

Joss hatte sich wegen dieses Mittagessens für kurze Zeit großes Kopfzerbrechen gemacht, dann hatte sie sich selbst ausgelacht. Gäste mußten sie eben nehmen, wie sie war; ein weiteres kleines Stück persönliche Freiheit. Sie hatte für Brot und Käse, Salat, Schinken und einen Obstsalat gesorgt und es dabei bewenden lassen. Als Archie ihr jetzt einen Teller reichte, sah sie, wie schön die blaugraue Keramik war, und verspürte eine ganz fremde Genugtuung darüber, sie zu besitzen. Sie wußte nicht recht, ob sie diese Reaktion gutheißen sollte, aber sie war auf jeden Fall angenehm.

«Komm, schauen wir uns mal deinen Garten an, Joss», schlug

Archie vor, als Cecil gerade überlegte, wie bald sie würde gehen können.

«Garten! Ha! Das ist eher eine Müllhalde», versetzte Joss spöttisch. Doch im Zimmer war es mit dem Feuer und den vielen Menschen unangenehm warm geworden, und zweimal hatte sie bereits in die Küche hinausgehen müssen, um diese ekelhaften Hitzewellen überhaupt ertragen zu können. Es würde eine Erleichterung sein, an die frische Luft zu kommen.

Tom war mit einem der Lieferwagen vom Gut heruntergekommen, und sie führten Joss hinaus, um ihr zu zeigen, was er alles mitgebracht hatte – Pflanzen aller Art, Werkzeuge, Humus und Dünger.

«Aus der Einstandsfeier wird jetzt ein Arbeitsfest», erklärte Tom, während er Hacken und Spaten austeilte. «Wie wär's, wenn wir erst mal den Graben da vorn säubern und das Tor neu einhängen?»

«Hier, winterharte Pflanzen, blühende Sträucher – du brauchst nur zu sagen, wo du sie haben willst. Oder sollen wir sie vorläufig irgendwo verstauen, und du überlegst dir später, wo du sie anpflanzen willst?» fragte Archie.

«Jean hat ein paar Geranien mitgeschickt. Sie hat gesagt, im Sommer kannst du sie raussetzen, aber jetzt ist's noch ein ganz kleines bißchen früh», sagte Cristi genau in Jeans Tonfall mit ernsthafter Miene und bemerkte gar nicht das Lächeln der anderen.

So heftig Joss gegen schwere Möbel, gestickte Decken und Bilder protestiert hatte, gegen einen Nachmittag harter Arbeit im Garten als Beitrag zu ihrem neuen Zuhause hatte sie nichts einzuwenden.

Nur Cecil machte nicht mit. «Ich muß wirklich zurück. Sie machen heute den Torbogen, und der muß genau stimmen.»

Ich hätte meine Gummistiefel mitnehmen sollen, grämte sich Madeleine. Ich dachte, wir wollten nur die Pflanzen bringen. Was kann ich denn schon helfen? Abgeordnet, die Maulwurfshügel abzutragen und die Erde nach Anleitung zu verteilen, stellte sie fest, daß nicht der Kampf mit den zähen Grasbüscheln auf jedem Haufen und auch nicht das Schleppen des schweren Eimers, den sie krampfhaft von ihrem Rock fernzuhalten suchte, das Schlimmste war, sondern die neugierigen Blicke der Dorfbewohner. Autos, Lieferwagen und Traktoren fuhren im Schritttempo vorüber. Alte Leute und Kinder hingen über die Mauer, um zuzusehen. Jeder Vorüberkommende gab einen Kommentar ab.

Joss wird innerhalb eines Monats sämtliche Leute im Dorf kennen, dachte Madeleine wehmütig. Ich habe die Hälfte dieser Leute nie auch nur zu Gesicht bekommen. Es ärgerte sie, daß es ihr nicht gelang, ihre Befangenheit abzuschütteln.

«Wie wär's jetzt mit Tee?» rief Joss schließlich.

«Unten am Bach?» schlug Lisa vor.

«Aber hast du denn für uns alle genug da?» fragte Madeleine. «Wir waren doch eigentlich nur zum Mittagessen eingeladen.»

Das wurde mit allgemeinem «Ach, Mads» und «Aber, Mama!» quittiert. Cristi wurde mit Anweisungen von Archie in die Bäckerei geschickt und präsentierte ihnen bei ihrer Rückkehr einen Karton mit vier glänzend roten Törtchen, drei Apfelkrapfen, einer Biskuitrolle und einer kleinen Schachtel mit Süßigkeiten ihrer eigenen Wahl.

«Negerküsse», verkündete sie mit Genugtuung.

«Sie kann die Sprache bald besser als ich», sagte Madeleine zu Tom.

Wie schön das Leben hier oben ist, dachte Lisa träge, während sie, an einen weichen grasigen Hügel gelehnt, in den Bach hinuntersah, der zu ihren Füßen vorbeitrieb. Nur ein alter Düngersack, der sich an einem niedrigen Ast gefangen hatte, ein Stück rostendes Autoblech und ein paar Bierdosen störten die Idylle. Wir müssen wieder ein Boot aufs Wasser setzen, dachte sie. Und am Dienstag fährt Tom mit mir, dieses Highland-Pony anschauen. Vielleicht finden wir da auch etwas zum Anziehen für Cristi. Es wird langsam zu warm für diese dicken Hosen und Socken.

«Wir können dir den ganzen Garten von der Maschine umgraben lassen, wenn du das möchtest, Joss», sagte Archie gerade.

«Willst du eigentlich Gemüse anbauen? Es ist noch nicht zu spät.»

20

Der Nachmittag war warm, die Schlafzimmerfenster waren für die milde, duftende Luft geöffnet. Das Haus war leer, abgesehen von Cecil, die sich in ihrem Zimmer hingelegt hatte. Archie war nach London zurückgefahren, da er in zwei Wochen nach Indien reisen mußte. Cristi war in der Schule, Lisa mit Tom unterwegs.

Langsam begann Madeleine, sich vor ihrem langen Spiegel auszukleiden.

In letzter Zeit hatte sie manchmal das Gefühl gehabt, in zwei Personen gespalten zu sein; die eine ließ sich begeistert fortreißen vom Strom der Veränderungen, während die andere Mühe hatte, Schritt zu halten. Von einem militärisch geplanten Tagesablauf befreit, hatte sie plötzlich lange Spannen freier Zeit zu ihrer Verfügung. An jenem ersten Morgen, als sie, zögernd und mit klopfendem Herzen wie ein Kind, in den taufeuchten Morgen hinausgegangen war, wo die Narzissen ihre regenschweren Köpfe hängen ließen und durch feinen Dunst das erste Licht schimmerte, war sie wie verzaubert durch ihren eigenen Garten gewandert, fröstelnd zwar in der kühlen Stille des Tagesanbruchs, doch unwiderstehlich vorangetrieben von einer ihr neuen Abenteuerlust. Dabei war diese Schönheit immer schon dagewesen, während sie hinter dicken Wänden und verschlossenen Fenstern wach gelegen und auf ihren Morgentee gewartet hatte.

In diesem Frühjahr hatte sie begonnen, mit neuer Aufmerksamkeit Dinge zu betrachten, die sie früher nie gesehen hatte.

Jedes Jahr mußten die Balsampappeln in diesem leuchtenden hellen Grün vor ihr gestanden haben, das ihr jetzt dauernd ins Auge fiel. Die Weidenkätzchen mußten in goldener Pracht durch das kahle dunkle Geäst der späteren Bäume geglüht haben. Vieles sah sie in diesem Jahr auch mit Cristis Augen – die feine grüne Maserung einer klebrigen Kastanienknospe, kurz bevor sie aufsprang, die Lärchennadeln, die sich an den biegsamen Zweigen zu winzigen grünen Bürstchen öffneten, die zarten Blüten der Waldanemonen, die nicht weiß waren, sondern rosig behaucht und von rosafarbenen Adern durchzogen.

Die Gewohnheit war mächtig. Madeleine behielt ihre Kämpfe für sich. Wie albern mußte es andern erscheinen, daß sie es beinahe als draufgängerisch empfand, nach dem Abendessen noch einmal hinauszugehen, zum Bach hinunter oder zu den einsamen Wegen unterhalb der Rasenflächen. Und wer hätte sich das Gefühl von Freiheit vorstellen können, das sie empfand, wenn sie abends um sieben an einem Gatter lehnte und zusah, wie die Lämmer von einem Flecken zum anderen galoppierten, mit steifen Beinen haltmachten, übermütige Bocksprünge vollführten und zum nächsten rasenden Galopp ansetzten.

Die Mahlzeiten waren denkbar einfach geworden. Archie und Joss hatten für Zeremoniell und Extravaganz nichts übrig. Lisa wollte nicht zunehmen, und Cecil schien sich von Obst, Müsli und Vitaminen zu ernähren und verschwand unter Entschuldigungen, sobald mit dem Kochen begonnen wurde. Pasta, wenn Archie kochte, Suppen und Aufläufe, wenn Lisa an der Reihe war. Platt war zu faul gewesen, im Käsegeschäft in Muirend einzukaufen, Lisa jedoch kehrte mit hervorragendem Brie und Stilton und einheimischem Ziegen- und Kräuterkäse zurück, die mit den Scheußlichkeiten aus dem Supermarkt nichts gemein hatten.

Madeleine hatte sich noch immer nicht nach einem Ersatz für Platt umgesehen. Es fiel ihr schwer, sich eine andere Möglichkeit als einen neuen Butler vorzustellen, gleichzeitig graute ihr jedoch vor dem alten Muster. Im übrigen würde sich die Küche, die unter Cecils talentierten Händen neu entstand, für das althergebrachte System kaum eignen. Der große Erker mit Fenstern zur Westterrasse sollte das Speisezimmer ersetzen. Madeleine wußte, daß das heute so üblich war, wo aber hatte das Personal in diesen Plänen sein geheiligtes Revier?

Auch in anderen Dingen war sie eingefahrenen Bahnen verhaftet. Zum Beispiel, was die Schule für Cristi anging. Obwohl der Gedanke sie schreckte, das Kind jedes Jahr monatelang nicht zu sehen, fiel ihr nicht ein, daß eine andere Schule als das Internat, das Lisa besucht hatte, in Frage kommen könnte.

«Gibt es Earnston eigentlich noch?» hatte sie mit besorgtem Gesicht gefragt. «Ist es noch so gut wie früher? Wie läßt sich das feststellen? Tom, Sie kennen doch sicher jemanden, der dort eine Tochter hat.»

«Ja, soviel ich weiß, ist es immer noch ...» begann Tom.

«Earnston?!» Lisas ganze Abneigung gegen diesen Ort des Exils schlug sich in ihrem entsetzten Ausruf nieder.

«Mama, was redest du da?» fragte Archie gleichmütiger.

«Aber wir müssen doch ...» Madeleine blickte erst überrascht, dann mit wachsender Verlegenheit von einem zum anderen. «Ich habe wahrscheinlich einfach gedacht: Schule – Lisa – Earnston. Genau gesagt, ich habe überhaupt nicht gedacht.»

«Möchtest du denn, daß Cristi von hier weggeht?»

«Es wäre mir schrecklich.»

«Hältst du es für das beste für sie?»

«Nein, das ist es nach den Veränderungen, die sie in den letzten Monaten mitgemacht hat, vielleicht nicht. Aber was ist die Alternative?»

«Im Dorf gibt es auch eine Schule.»

«Die Dorfschule!» rief sie und bedauerte es sofort.

«Wir haben beide dort angefangen, weißt du noch? Und Vater übrigens auch.»

«Aber Cristi ist doch fast neun. Und ob so eine Schule das richtige ...?»

«Willst du sie von Jill und Dougal trennen? Von hier?»

Tom hatte schweigend beobachtet. Hatte Madeleine je etwas eigenständig durchdacht? Aber sie waren sehr geduldig mit ihr. Jeden Tag erlebte er, wie Madeleine experimentierte, ihre Freiheit erprobte. Manchmal machte es den Eindruck, daß sie und nicht Cristi aus einem fremden Land nach Glenmara gekommen war.

Als die Entscheidung gefallen war, Cristi in die Dorfschule zu schicken, was Cristi immer für selbstverständlich gehalten hatte, galt es, den entsprechenden Antrag zu stellen. Da Cristi aus dem Rahmen fiel, mußte Madeleine persönlich bei der zuständigen Schulbehörde vorsprechen. Das hieß, daß sie Auto fahren mußte. Trotz ihrer Angst beschloß sie, es anzupacken. Dabei ermutigte sie die Tatsache, daß Lisa soeben den weit schwierigeren Schritt getan hatte, nach Englefield Green zu fahren und das Haus auszuräumen.

Ursprünglich hatte Lisa erklärt, sie wolle nichts von den Sachen haben, hatte Tom gebeten, für die Räumung des Hauses und für seinen Verkauf zu sorgen. Da Tom sie jetzt als Sachverwalter vertrat, beschloß er, selbst nach Englefield Green zu fahren, um Papiere und persönliche Besitztümer auszusortieren. Im letzten Moment hatte Lisa eingesehen, was für eine Zumutung das war und wie feige sie sich benahm, und war mit ihm gefahren. Bei ihrer Rückkehr sah selbst Madeleine, wie gut es Lisa getan hatte, sich zu stellen.

So beschloß nun Madeleine ihrerseits, den Stier bei den Hörnern zu packen, obwohl sie nichts lieber getan hätte, als Joss aus ihrem Garten, in dem sie grub und schaufelte, hackte und pflanzte wie eine Wilde, wegzuholen und sich von ihr fahren zu lassen. Doch früher oder später würde sie sich an den Volvo gewöhnen müssen.

Kaum war sie in den Wagen eingestiegen, fühlte sie sich in feindseligen Erinnerungen gefangen. Während sie fuhr, sah sie Charles an ihrem Platz sitzen, steif und aufrecht, weder nach links noch nach rechts blickend, rücksichtslos und arrogant in seiner Fahrweise. Im Profil sah sie seine mißmutig vorgeschobene Unterlippe, das Doppelkinn, den Bauch, der sich unter der Tweedweste wölbte. Seine dicken Arme hatte er ausgestreckt, die Hände auf dem Lenkrad waren so feist, daß die Knöchel nicht zu sehen waren.

Verwirrt und gehetzt vom Verkehr auf der Autobahn, abgekämpft von der Parkplatzsuche in der Stadt, erschrocken über ein, zwei Fehleinschätzungen beim Fahren, kam Madeleine erst bei der Rückfahrt auf den Gedanken, daß sie das schreckliche Ding ja verkaufen konnte. So offensichtlich, und sie hatte sechs Monate gebraucht, um darauf zu kommen! Aber gehörte der Wagen nicht Archie? Und was würde Tom dazu sagen? Der Wagen war doch sicher so etwas wie ein bewegliches Wirtschaftsgut.

Tom sagte: «Guter Gedanke.»

«Gehört das Auto denn mir?»

«Ja.»

«Ich überlege, ob ich ...»

Sie sah Tom zweifelnd an und bemerkte, daß er sie mit unverhohlener Erheiterung beobachtete. Charles' Bild kehrte wieder. Ich glaube, ich habe ihn in Wirklichkeit nie gemocht, dachte sie verblüfft.

«Ich verkaufe ihn», sagte sie mit Entschiedenheit. «Das heißt, ich bin nicht ganz sicher, wie ...»

«Kein Problem», versicherte Tom, und sie spürte seine Befriedigung. «Wir sehen uns gründlich um und suchen Ihnen einen Wagen, den Sie wirklich gern fahren.»

«Einen kleinen», sagte sie bei der Erinnerung an eine Brücke, deren Geländer sie beinahe mitgenommen hätte.

«Ganz wie Sie wollen.» Das war Tom; mit seiner Hilfe wurde alles einfach. Ohne ihn hätte es Lisa nie geschafft, in das Haus in Englefield Green zurückzukehren. Madeleine hätte gern gewußt, ob sie mit Tom über Howard oder über ihre Zukunft gesprochen hatte. Tom und Lisa. Sie schob den Gedanken beiseite, sie wollte nicht voreilig sein. Aber er gefiel ihr. Tom hatte sich so leicht in das Leben auf Glenmara eingefügt. Sie hatte anfangs gefürchtet, sie müßte sich um ihn kümmern, sich gefragt, worüber sie mit ihm sprechen sollte, wenn Archie nicht da war, hatte ein wenig Angst vor dem Gedanken gehabt, plötzlich einen Fremden im Kreis der Familie zu haben. Aber all diese Bedenken waren schnell verschwunden. Tom war ein eigenständiger

Mensch und sich selbst genug. Er kam und ging, immer beschäftigt und offenbar zufrieden, und schon bald wandten sich alle mit jeder Frage und jedem Problem an ihn, wenn Archie nicht da war.

Der Kauf des Wagens, vor dem Madeleine bange gewesen war, sobald sie sich dazu entschieden hatte, machte direkt Spaß mit ihm zusammen. Er setzte sie nicht unter Druck, und als sie vor der Probefahrt zurückscheute, versuchte er nicht, sie dazu zu überreden, sondern setzte sich selbst ans Steuer des Metro, den sie ausgesucht hatten. Als dann der Kauf praktisch beschlossen war, hatte sie plötzlich einen schnittigen kleinen Suzuki Jeep entdeckt, und Tom sah das flüchtige Verlangen auf ihrem Gesicht. Er unterbrach den Vertreter in seiner Tirade über Garantie und Lieferungstermin, nahm Madeleine beim Arm und ging mit ihr zu dem Jeep hinüber.

«Gefällt er Ihnen?» fragte er.

«Nein, nein, er ist mir nur aufgefallen. Ein nettes Auto für Lisa vielleicht, aber ...»

«Ihnen würde es doch auch Spaß machen, ihn zu fahren.»

Sie warf einen sehnsüchtigen Blick auf den Wagen, wie eine Frau vielleicht, die versucht ist, ein flippiges Kleid zu kaufen, für das sie sich nicht mehr jung genug fühlt.

«Kaufen Sie ihn doch», meinte Tom. «Nur zum Spaß.»

Sie sah ihn groß an. Er lächelte, als wüßte er genau, was in ihrem Kopf vorging.

Nun fuhr sie also einen Jeep, schickte Cristi in die Dorfschule, machte Spaziergänge in der Morgendämmerung, hatte im Pub Pizza gegessen und die Sachen ihres Mannes an die Kleidersammlung gegeben.

Jetzt sah sie in den Spiegel und fragte ihn, wer diese Frau überhaupt war. Hatte Toms aufmerksamer Blick den Wunsch in ihr geweckt, das zu erfahren?

Weg mit den braunen Pumps – nein, sie würde sie nicht ordentlich nebeneinander stellen. Sie ließ den gefütterten engen Rock zu Boden gleiten. Nahm den Schmuck ab, dem sie nie einen Blick gönnte, wenn sie ihn umlegte. Knöpfte die kurze seidene Bluse auf, die, in der Taille zerknittert, über ihren Unterrock hing, und warf sie zur Seite. Trug irgend jemand heutzutage noch solche Unterröcke? Diskrete beigefarbene Strumpfhose, Büstenhalter und Höschen aus Spitzen. Ihre Wangen wurden heiß, als sie beides ablegte. Dies war ihr eigener Körper, und ihr war der Anblick peinlich? Hatte sie Angst vor ihm oder fand sie ihn abstoßend? Sie konnte es nicht mit Sicherheit sagen. Sie kannte ihn ja kaum. Wie sah er jetzt aus? Sie war sechsundvierzig. Wie sollte er da aussehen? Und wer würde ihn je sehen? Krankenschwestern vielleicht, wenn sie einmal alt war.

So sachlich, wie es ihr möglich war, musterte sie, was sie sah: runde Brüste, leicht erschlafft; eine schöne Taille. Sie drehte sich zur Seite, um die kleine Rundung ihres Bauches zu betrachten, ihr noch straffes Gesäß. Gesicht, Hals und Unterarme waren leicht gebräunt. Wann hatte der Rest ihres Körpers zuletzt Sonne und Luft fühlen dürfen? Und ihr Haar – über ihrer Nacktheit wirkte es albern, unecht wie eine Perücke. Sie schüttelte heftig mit dem Kopf, kämmte es mit den Fingern nach hinten, wie Joss das immer tat.

Was für Namen hatte sie für ihren Körper? «Brust», sagte sie laut. Sehr gut, und wie wär's mit Busen? «Bauch.» Das sagte sie nie, sie sagte immer Magen. Weiter. «Po. Hintern, Arsch», sagte sie rasch und fand es schon gar nicht mehr so schlimm. Und? Also wie nannte sie es? Ganz ehrlich. Sie nannte es «da unten». Diesen geheimen, nie gesehenen Ort, in den Charles eingedrungen war, aus dem Archie und Lisa ans Licht der Welt gekommen waren. Zwei gesunde kleine Menschen. Ein wichtiger Ort also. Und sie hatte kein besseres Wort für ihn als «da unten». «Vagina», sagte sie laut. Aber das sagte im täglichen Leben bestimmt kein Mensch. Was hatte sie gelesen? Sie konnte sich nicht erinnern.

Mein Körper. Wird er nie eine andere intime Berührung kennen als die von Charles? Keine Zärtlichkeit und keine Lust. Gab es die überhaupt? Es muß sie geben, seit es Sprache gibt, ist von ihnen gesungen und geschrieben worden. War ich vielleicht unfähig, sie zu empfinden? Wie traurig, wenn es so sein sollte.

So, dachte sie, jetzt habe ich mich angesehen. Ich habe mit meinem körperlichen Selbst Bekanntschaft geschlossen. Jetzt muß ich dieses Selbst der neuen Situation entsprechend einkleiden.

21

Niemand nahm Notiz von ihr. Auch nicht die Verkäuferinnen. Es kam ihr ungezogen vor, die Kleider von den Stangen zu reißen, ohne mit jemandem zu sprechen. Aber so war es anscheinend üblich.

Welche Größe? 32/32 – Was hieß denn das? Ach du lieber Gott, waren das vielleicht Herrensachen? Sie ging hastig weg. Ein junges Mädchen in schwarzer Lederjacke und winzigem Röckchen begann Kaugummi kauend, die Bügel auf der Stange herumzuschieben. Madeleine schlich sich wieder näher heran. Ah, Er und Sie, das war schon besser. Unisex. Hatte sich auch der menschliche Körper verändert, während sie ihren Dornröschenschlaf gehalten hatte?

Mit zwei Jeans in den Händen sah sie hilfesuchend eine Verkäuferin an, die lässig an der Kasse lehnte. Seufzend kam das Mädchen auf sie zu.

«Stretch, Größe 40, richtig, schmales Bein? Wollen Sie die in dem Indigo haben?» Damit reichte sie ihr die Jeans zurück und wies mit dem Kopf zu den Umkleidekabinen.

Madeleine hatte das Gefühl, als würde ihr in dem dunklen, stickigen, von plärrender Popmusik erfüllten Laden gleich die Decke auf den Kopf fallen. Die Verkäuferinnen waren unfreundlich, die Kabinen winzig, sie würde so viele Schichten ablegen müssen, um in diese unvertrauten Kleidungsstücke hineinzuschlüpfen. Erhitzt und nach Luft schnappend, flüchtete sie nach draußen auf die Straße. Sie hätte Joss mitnehmen sollen, aber sie hatte sich gescheut, ihr von ihren Plänen zu erzählen.

Habe ich eigentlich vor allem und jedem Angst, dachte sie plötzlich wütend. Es muß doch bessere Geschäfte geben als diese gräßliche Bude. Ich gehe ins *George* und trinke einen Kaffee, beruhige mich und fange dann noch einmal von vorn an. In der George Street kam sie an einer Boutique vorüber, in deren Schaufenster ein aprikosenfarbener Hosenanzug mit taillierter Jacke ausgestellt war. Cecil würde in so etwas phantastisch aussehen; dem neuen Image, das sie sich selbst geben wollte, entsprach es nicht ganz, aber es lohnte sich vielleicht, in den Laden hineinzuschauen.

Wohltuende Ruhe, blaßblauer Teppich, weiße Holztäfelung, ein Geruch nach Luxus, eine gepflegte grauhaarige Verkäuferin, die ihr entgegenkam. Um mir die Verwandlung zu erleichtern, spöttelte Madeleine im stillen, aber es half tatsächlich. In der weichen blauen Seidenbluse und der Blue Jeans sah sie völlig verändert aus – und sie wußte sofort, als sie sich darin sah, daß sie so etwas tragen konnte. Und es sollte noch besser kommen.

«... bringt das Pflaumenblau natürlich das Oliv sehr schön zur Geltung. Aber auch das Aubergine können Sie sehr gut tragen, Madam.»

«Werden heute eigentlich alle Farben nach Obst und Gemüse benannt?» fragte Madeleine, die sich plötzlich so viel unbeschwerter fühlte, mit einem erheiterten Lachen.

«Ja, es scheint wirklich so, nicht wahr? Dieser hellere Ton hier heißt allerdings Malve. Manchmal kann man die Namen gar nicht behalten. Alle diese Töne würden Ihnen zu Ihrem Haar und Ihrem Teint sehr gut stehen, vielleicht möchten Sie das hier einmal anprobieren ...»

Nichts erschien ihr vertraut an der Frau, die ihr aus dem Spiegel entgegenblickte. Auf jung getrimmt? Aber sie wußte, daß das, was der Spiegel ihr zeigte, völlig in Ordnung war. Diese neue Frau, die ihr da entgegensah, machte sie ein wenig verlegen, aber sie wirkte nicht lächerlich.

Soll ich es wirklich wagen, so nach Hause zu fahren? Aber Schuhe! Ich kann doch nicht in diesen Sachen hier hinausgehen und dazu meine langweiligen alten Pumps tragen. Ach, sei still, wer schaut da schon hin? Außerdem ist gleich vorn an der Ecke ein Schuhgeschäft.

Nie vergaß Tom den Moment, als er sie an diesem Nachmittag über den Hof kommen sah, verlegen und nervös, mit rosigen Wangen und leuchtenden Augen. Sie sah aus wie ein junges Mädchen, ihr hübscher, zierlicher Körper endlich nicht mehr eingeengt. Das Haar weicher, keine Ohrringe, keine Brosche, bequem aussehende Slipper an den Füßen. Und das Sweatshirt hatte eine wunderschöne Farbe, genau das richtige für sie.

«Sie sehen absolut hinreißend aus», rief er spontan. «Lassen Sie sich ansehen.» Er nahm sie bei den Händen und betrachtete sie lächelnd. «Ja, o ja, das gefällt mir.» Er ließ eine Hand los und wirbelte sie mit der anderen herum. «Was für eine Veränderung! Sie sehen jünger als Lisa aus.»

«Sagen Sie das lieber nicht vor ihr.» Aber in dem unsicheren Lächeln, mit dem sie ihn ansah, erkannte er, wie aufgeregt sie war. Sie war aus tiefster Seele froh, daß Tom sie als erster sah. Die eigenen Kinder mögen noch so tolerant sein, sie sind die Kinder, für sie ist man alt, in einem festen Bild gefroren, niemals sollte man sie in Verlegenheit bringen.

«Kommen Sie, zeigen Sie sich den anderen. Es war sehr mutig von Ihnen, so nach Hause zu kommen», sagte Tom und zog ihren Arm durch den seinen. Da wußte sie, daß er irgendwie alles erraten hatte – ihre Zweifel, die Versuchung, irgendwo anzuhalten und sich wieder umzuziehen, die trotzige Entschlossenheit, zu ihrem neuen Image zu stehen.

Sie war froh, ihn an ihrer Seite zu haben, als sie hineinging. Cristi, die über einem ganzen Suppenteller voll Eiskrem saß, den Cecil sie in ihrer Zerstreutheit sich hatte auftun lassen, hob erst schuldbewußt den Kopf und machte dann große Augen. Sie lachte begeistert, rutschte von ihrem Stuhl und rannte auf Madeleine zu, um die neuen Kleider unter portugiesischen Ausrufen der Bewunderung anzufassen.

«Cristi, *dich* hätte ich zum Einkaufen mitnehmen sollen», sagte Madeleine. «Also, wie sehe ich aus?»

«*Tão bonita*», rief Cristi.

Madeleine sah zu Cecil hinüber, und Tom las die Bemühung in ihrem heiteren «Und was meinst du?»

«Du siehst so verändert aus», sagte Cecil hilflos lachend, aber Tom war froh zu sehen, daß ihr die neue Madeleine gefiel. «Aber genau richtig. Wunderschöne Farben sind das. Du siehst wirklich aus wie eine andere, und Jahre jünger.» Es war schwierig, eine solche Veränderung taktvoll zu kommentieren.

Cecils Urteil war Madeleine wichtig gewesen. Sie hatte sich schon auf höflich unverbindliche Bemerkungen gefaßt gemacht. Cecils Geschmack und ihr sicherer Sinn für Farbe und Stil imponierten Madeleine. Außerdem war sie sich der Kluft, die immer noch zwischen ihnen lag, stark bewußt. Sie hatte gehofft, über das Kind, das Cecil erwartete, einen Zugang zu ihr zu finden, doch es war praktisch ein Tabuthema geblieben, und daran gab sie ihrer ersten gedankenlosen Reaktion des Widerwillens die Schuld. In diesem Moment jedoch blühte eine gewisse Wärme zwischen ihnen auf, und sie war dankbar dafür.

«Was meinst du, wird Joss dazu sagen, Cristi?» fragte Madeleine. «Wird sie mich albern finden?»

Tom, der, um Tee zu machen, in den durch einen Vorhang abgetrennten alten Teil der Küche hinübergegangen war, wo noch der Herd stand, lächelte.

«Aber Joss hat doch auch immer Jeans an», hörte er Cristi verwundert antworten, und lächelte breiter.

«Wollen wir nach dem Tee hinuntergehen und sie besuchen?» schlug Madeleine vor.

«Zu Fuß?»

«Ja. Zurückfahren kann uns ja Joss.» Madeleine hatte das Gefühl, daß ihre herrlich bequemen Slipper sie wie Siebenmeilenstiefel bis ans Ende der Welt tragen konnten.

Lisa kam durch den Flur. «Ah gut, Tom, du machst schon Tee. Ist jemand da?» Sollte er sie vorwarnen? Nein, das wäre unfair. «Ist Cecil nebenan?» fuhr Lisa fort, ohne auf eine Antwort zu warten. «He, Cecil, gleich gibt's Tee.»

Sie nahm gerade die Milch aus dem Kühlschrank, als Madeleine, immer noch etwas befangen, in den alten Küchenraum trat.

«Mama!» Lisa fiel aus allen Wolken. «Wo kommen denn die Klamotten her? Willst du Cecil beim Streichen helfen oder was?»

«Ich hab sie mir gekauft», antwortete Madeleine gelassen.

«Gekauft?» Lisa fing plötzlich an zu lachen. «Na so was, wer hätte das gedacht? Ganz allein? Du bist tatsächlich in die Stadt gefahren und hast das alles selbst gekauft? Also ich muß sagen, du siehst gar nicht übel aus...» Sie brach ab, als Tom und Cecil ebenfalls zu lachen begannen.

«Kinder!» sagte Tom. «Immer sehr charmant. Wer nimmt mal die Teekanne? Wo trinken wir unseren Tee? Ist es draußen warm genug?»

«Nein, wirklich, Mama, es gefällt mir gut.» Fasziniert ging Lisa einmal um ihre Mutter herum. «Man muß sich nur daran gewöhnen. Die Farbe ist toll. Und du kannst prima Jeans tragen, echt, ich bin platt...»

Madeleine fühlte sich tatsächlich wie ein anderer Mensch, als sie mit Cristi zusammen den Weg zur alten Brücke hinunterging, über die einst die Auffahrt vom Dorf nach Glenmara geführt hatte. In Gedanken sah sie sich springen und laufen, obwohl der Versuch, das in die Tat umzusetzen, wohl etwas ernüchternd ausgefallen wäre. Aber schon einfach so aus dem Haus gehen zu können, ohne sich darüber Gedanken zu machen, ob ihr Haar richtig saß, ob der Weg feucht oder matschig sein würde, ob sie warm genug angezogen war. Es klang absurd; sie war froh, daß niemand je erfahren würde, wie tief diese Hemmungen gesessen hatten.

Cristi erzählte von der Schule. Alison hatte sich eine Geschichte ausgedacht, in der die Blumen und die Bäume die Menschen baten, gut für sie zu sorgen. «Sie hat ein richtiges Buch daraus gemacht, mit Klammern und so. Und Dougal war der beste von allen im Weitsprung, und morgen sind die Ausscheidungen.»

«Was für Ausscheidungen?» An der Art, wie sie das Wort hingeworfen hatte, erkannte Madeleine, daß sie keine Ahnung hatte, worum es ging.

«Ich weiß nicht, aber das werd ich schon sehen, und wir sollen jeder einen Sack mitbringen, und Dougal hat gesagt, er nimmt für mich einen mit, weil ich im großen Haus bestimmt keinen finde.»

Das war Cristis Art, mit den Dingen umzugehen. Es gab Ausscheidungen, und ganz gleich, was das war, sie würde an ihnen teilnehmen. Man brauchte einen Sack, keine Frage warum, Dougal würde schon einen mitbringen.

Als beschlossen worden war, sie auf die Dorfschule zu schikken, war das Schuljahr schon fast vorbei. Madeleine hätte sie gern erst im Herbst anfangen lassen; sie fand, Cristi hätte sich in dieser kurzen Zeit schon an genug Neues gewöhnen müssen. Aber Cristi war über diesen Vorschlag so enttäuscht gewesen, daß er hastig zurückgezogen wurde. Alle Sorgen darüber, wie sie nach ihrer brasilianischen Klosterschule in einer Dorfschule zurechtkommen würde, legten sich schnell. Sie nahm alle Hindernisse im Flug, überglücklich, endlich ganz dazuzugehören.

Joss, in hohen Gummistiefeln, war gerade dabei, den Kotflügel eines Autos aus dem Bach zu fischen, als sie kamen. «Das verdammte Ding stört mich schon die ganze Zeit. Es hängt irgendwo fest, kannst du was sehen?»

Madeleine und Cristi sahen einander mit Verschwörerblick an und legten ihre Finger auf die Lippen. Erst als der Kotflügel mit ihrer Hilfe aus dem Wasser gezogen war, fiel Joss auf, wie Madeleine angezogen war.

«Na endlich hast du mal was Vernünftiges an», bemerkte sie, während sie sich streckte, um noch ein blaues Kunststoffteil aus dem Wasser zu ziehen. Dann fügte sie hinzu: «Mann, du siehst ja völlig verändert aus!» Und als sie sich umdrehte, sah sie das unterdrückte Gelächter in ihren Gesichtern.

«Eine eindeutige Verbesserung», erklärte sie, mit ihnen lachend. «Du wirst in letzter Zeit wirklich richtig vernünftig, Mads.»

«Ein bißchen spät vielleicht.»

«Besser als nie. – Wo ist der Jeep?»

«Wir sind zu Fuß gegangen.»

«Ach was? Und wollt ihr auch zu Fuß zurück?»

Sie sahen sie nur an.

«Aha», sagte Joss und warf den verrosteten Kotflügel mit Befriedigung neben ihrer Mülltonne nieder.

«Komm doch zum Abendessen», schlug Madeleine vor.

«Kein schlechter Gedanke. Ich hab sowieso nichts im Haus. Wer kocht?»

«Tom. Wir essen in seiner Wohnung.»

«Ah, da ist mit etwas Nahrhaftem zu rechnen. Okay, ich komme mit.»

Als sie alle etwa eine Stunde später dicht gedrängt an Toms Tisch saßen und Käsenudeln aßen, die um einiges mehr Biß hatten als Mrs. Platts verkochte Version, sagte Madeleine: «Eigentlich sind wir alle ein bißchen verrückt, findet ihr nicht? Die Küche ist zwar eine Baustelle, aber das Speisezimmer doch nicht.»

«Aber hier kriegen wir jetzt, wo die Hecke weg ist, die ganze Abendsonne», sagte Lisa rasch.

«Außerdem hassen wir das Speisezimmer alle miteinander», warf Joss ein.

«Scheußliche Atmosphäre», stimmte Lisa zu.

Vielleicht, dachte Madeleine, ist es an der Zeit, daß jetzt ich einmal ein paar Veränderungen anrege.

22

Tom konnte kaum den Blick von der neuen Madeleine wenden. Er hatte sich von Anfang an zu ihr hingezogen gefühlt, während er mit Anteilnahme ihre Bemühungen beobachtete, sich den Veränderungen, die dem Tod ihres Mannes folgten, anzupassen. Er hatte weit mehr, als sie ahnte, von ihren inneren Kämpfen mitbekommen. Er hatte ihre Entschlossenheit gesehen, sich nicht in Lisas Leben einzumischen, und auch die ängstliche Sorge, mit der sie diese schwierige Tochter im Auge behielt. Er wußte, daß Madeleine versuchte, Cecil näherzukommen, sie jedoch rätselhaft und beunruhigend fand. Er hatte ihre feste Freundschaft zu Joss beobachtet und wußte, daß Madeleine erstaunt wäre, wenn man ihr sagen würde, daß Joss so sehr wie sie auf diese Freundschaft angewiesen war.

Es bezauberte ihn, wie sie mit Cristi umging, und er bewunderte sie dafür, daß sie ohne zu zögern die Verantwortung für das Kind übernommen hatte. Mit Cristi, dachte er, konnte sie wahrscheinlich die glücklicheren Tage mit ihren eigenen Kindern wiedererleben, aber diesmal frei von dem Druck kritischer Blicke.

Archies Art, sie zu necken, aber zugleich seine Zuneigung zu zeigen, tat ihr gut. Archie jedoch war selten auf dem Gut, und wenn er hier war, zeigte selbst er, der Gelassene und Gutmütige, Zeichen von Streß. Warum hatte er Cecil geheiratet? Immer wenn Tom die beiden zusammen sah, fiel ihm auf, wie schwer sie es miteinander hatten. Er war überzeugt, daß sie einander liebten, aber Cecil fiel es offensichtlich sehr schwer, ihre Gefühle zu zeigen. Sie tat Archie nicht gut und wußte es, vermutete Tom, und dieses Wissen trieb sie immer weiter in den Rückzug.

Trotz ihrer Bereitschaft, Neues anzunehmen, war Madeleine in ihrer betulichen, korrekten Kleidung von den anderen isoliert gewesen. Tom erinnerte sich an Joss' Einstandsfeier, als sie versucht hatte, im Garten mitzuhelfen. Wie ungeschickt und befangen sie da gewesen war, obwohl sie sich bemüht hatte, so zu tun, als sei es ihr egal, sich schmutzig zu machen und vom ganzen Dorf mit verschmitzten Blicken beobachtet zu werden.

Die Veränderung, die dieser neue Stil, sich zu kleiden, bewirkte, war unglaublich. Tom mußte über sich selbst lachen, daß er so beeindruckt war, mußte Madeleine aber dennoch immer wieder ansehen. Sie hatte zehn Jahre abgelegt, wirkte so rührend glücklich mit sich selbst, bewegte sich sogar ganz anders – war einfach hübsch.

Tom, der wußte, daß Lisa an diesem Morgen einen Termin beim Zahnarzt hatte, beschloß, einen Arbeitstag sausen zu lassen, und fing Madeleine ab, als sie vom Schulbus zurückkam, zu dem sie Cristi und die beiden Galloway-Kinder zu begleiten pflegte.

«Ich muß heute ins Lettoch-Revier rüber, um mir die Schießstände anzusehen, die Archie repariert haben will. Haben Sie nicht Lust mitzukommen?» fragte er sie.

Madeleine öffnete den Mund, um nein zu sagen, wurde sich bewußt, daß es überhaupt keinen Grund gab, nicht mitzufahren, und verwandelte das Nein in ein: «Ja, gern.»

Es war so offensichtlich, daß sie beide lachten.

«Wie schade, daß Lisa nach Perth muß», fügte sie sogleich hinzu. «Und Cristi wäre bestimmt begeistert gewesen. Aber vielleicht würde Cecil gern mitkommen? Oder wir könnten es auf einen anderen Tag verlegen – wir könnten ein Picknick ...»

Tom hatte keine Mühe, sie zu durchschauen. «Nein, heute», unterbrach er. «Nur wir beide. Ich hab schon was zu essen eingepackt.»

«Tja ...» Wieso meinte sie, es müßte unbedingt ein Problem geben? «Dann mach ich für mich auch etwas zurecht ...»

«Ich hab genug für uns beide.»

Es schien alles schon geplant zu sein. «Darf ich wenigstens Cecil sagen, wohin ich fahre?» fragte sie.

«Das wäre vielleicht eine gute Idee.»

Mit Jacke und Stiefeln kam Madeleine aus dem Haus, als Tom den Lieferwagen wendete. Herrlich, einfach so loszugehen, wie sie war, ohne viel Getue. Und Tom, der ihr einen raschen Blick zuwarf, als sie losfuhren, kam es vor, als habe er Cristi neben sich, so fühlbar war Madeleines freudige Erregung. Nun, ihm ging es nicht viel anders.

Es war ein Tag, den Madeleine niemals vergessen sollte. Sie hatte Flügel bekommen und das Gefühl, sich in die Lüfte zu erheben. Ihr fiel nicht auf, wie sehr Tom bei ihrem Anstieg zu den Schießständen auf das Tempo achtete, wieviel Zeit er sich bei seiner Inspektion ließ. Und als sie sich ins Gras setzten und den Kaffee aus seiner Thermosflasche tranken, kam sie gar nicht auf den Gedanken, daß er diese Arbeit allein innerhalb einer Stunde hätte erledigen können. Sie war einfach froh, bisher alles gut geschafft zu haben.

Es war ein launischer Tag, windig, ein wenig kühl in dieser Höhe, leicht bewölkt, so daß die Sonne zeitweise immer wieder verschwand. Madeleine ließ ihren Blick über die langen Ausläufer des Ben Breac wandern, die Gipfel am Ende des Tals, die Moore, die sich nach Süden dehnten und deren frühsommerliches Grün zwischen Flecken dunklen Heidelands leuchtete.

«Wieso komme ich nicht öfter hier herauf?» rief sie ungläubig. «Es ist so schön – und so nah!»

«Aber Sie waren doch sicher häufig hier oben? Gehörte das nicht dazu?»

«Ja, vor Jahren. Bei der Jagd. Da wurden die Frauen mit Picknickkörben im Landrover heraufgefahren und mußten dann wieder abziehen. Ich habe fast immer gekniffen. Einfach aus persönlicher Abneigung. Und manchmal haben wir hier oben mit dem Kindermädchen und den Kindern gepicknickt. Der Chauffeur hat uns heraufgefahren, meine Schwiegermutter und mein Mann sind da natürlich niemals mitgekommen.»

«Wann waren Sie denn das letztemal hier oben?»

«Das ist bestimmt fünf oder sechs Jahre her. Ist das nicht schrecklich, Tom? Aber irgendwie merkt man gar nicht, daß man mit etwas aufgehört hat. Es ist ja alles noch da und theoretisch immer erreichbar.» Sie dachte an jene Jahre zurück, die ihr jetzt wie eine dunkle, gesichtlose Zeit erschienen. «Jetzt, wo ich den Jeep habe...» sagte sie in Gedanken.

Tom lachte gutmütig. Sie war so leicht zu durchschauen, so rührend in ihrem Bemühen, die Herausforderungen anzunehmen, die für andere Alltäglichkeiten waren.

«Wenn Sie für die Jagd nichts übrig hatten, wie stehen Sie dann zu Archies Plänen, sie wieder zu einem Teil des Gutsbetriebs zu machen?»

«Oh, darüber habe ich mir schon meine Gedanken gemacht», antwortete sie überraschenderweise. «Wie soll man dieses Land sonst nutzen? Wovon können die Menschen in so einem Tal sonst leben? Ich finde die Vogeljagd immer noch schrecklich, aber ich darf schließlich nicht vergessen, daß ich nichts dagegen habe, die Vögel zu essen.»

«Gut gesagt», meinte er in neckendem Ton, aber beeindruckt. Mit Vergnügen betrachtete er ihr ernstes Gesicht unter dem windzerzausten dunklen Haar, das sie heute nicht unter einem dieser verdammten Kopftücher versteckte. Die waren hoffentlich genau wie die Strickjacken für immer abgeschafft.

«Sie müssen auf dem Gut eine Menge wieder in Ordnung bringen, nicht wahr?»

Er konnte ihr kaum sagen, daß unter der Herrschaft Maclarens und ihres rigiden Mannes Vernachlässigung und Verfall in einem Maß um sich gegriffen hatten, deren Aufhebung für das Gut über lange Zeit schwere finanzielle Belastungen bringen würde.

«Das gleiche gilt für die Haushaltsbücher», meinte sie mit einem feinen Lächeln. Sie wußte genau, warum er nicht antwortete.

Der Funke von Humor gefiel ihm. Immer hatte man bei ihr das Gefühl, man könnte eine Menge Spaß mit ihr haben, wenn... Er hoffte, das «Wenn» mitzuerleben.

Sie war entsetzt gewesen, als allmählich Platts Schandtaten und die allgemeine Schnorrerei bei Benzin, Telefon, Heizöl und «ausgeliehenen» Werkzeugen ans Licht gekommen war. Die lässige Einstellung, das tut denen doch nicht weh, war von allen auf dem Gut geteilt worden, und Toms Aufgabe war es nun, das zu ändern. Er hoffte auf die Unterstützung und, mit der Zeit vielleicht, die Loyalität der Gutsangestellten, aber sein erstes Ziel war es, Verschwendung und Unwirtschaftlichkeit auszumerzen, und er hatte sich bereits mit Entschlossenheit an die Arbeit gemacht. Dieses Zügelstraffen würde eine Menge Gezeter und Geschimpfe auslösen, und Ross Miller, der Gutsaufseher, versuchte wütend, sich gegen jede Veränderung zu wehren. Aber Archies Pläne, die Verbesserungen des Maschinenparks, der Wirtschaftsgebäude und der Angestelltenhäuser vorsahen, sollten auf lange Sicht eigentlich die erregten Gemüter beruhigen. Männer mit Familien, die seit Jahren in gutseigenen Häusern lebten, würden so leicht ihre Arbeit nicht aufgeben. Sie würden murren, mit Kündigung drohen, aber die meisten von ihnen, das wußte Tom, würden sich bemühen, aus der neuen Situation das Beste zu machen.

«Begleiten Sie mich doch auf meinen Fahrten und schauen Sie sich selbst an, wie die Dinge stehen», schlug er vor.

«Ja, das würde ich gern tun», antwortete Madeleine, die sich mit Vergnügen weitere Tage wie diesen vorstellte.

«Sie könnten sich mit mir zusammen die Angestelltenhäuser anschauen und sehen, was sich da machen läßt.»

«Aber würden die Leute nicht ...» machte sie sofort unsicher einen Rückzieher.

«Sie sind Lady Napier. Sie würden sich über Ihr Interesse freuen. Besonders wenn sie wüßten, daß dabei etwas Positives für sie herauskommt.»

Sie lächelte, entgegnete aber: «Cecil ist Lady Napier.»

«Auch, ja. Und ich kann mir nicht vorstellen, daß sie für die Angestelltenhäuser auf dem Gut großes Interesse aufbringen könnte.» Tom konnte sich nicht vorstellen, daß Cecil je persönliches Interesse an Glenmara nehmen würde. Wenn sie kam, war es immer so, als machte sie einen rein geschäftlichen Besuch.

Lange saßen sie dort oben in angeregtem Gespräch. Tom erzählte, wie erleichtert er war, nicht mehr den ganzen Tag im Büro sitzen zu müssen, und ergriff die Gelegenheit, Madeleine über vieles von dem, was geplant war, ins Bild zu setzen.

«Und wo wollen Sie auf die Dauer wohnen, Tom?» fragte Madeleine nach einer Weile. «Die Wohnung ist doch ziemlich eng, noch dazu mit dem ganzen Bürokram darin. Sie brauchen auch Platz für Rob und Ian, obwohl die natürlich jederzeit bei uns im Haus wohnen können. Aber ich kann mir vorstellen, daß Sie sich wünschen, Ihre eigene Unterkunft zu haben, wenn wir dauernd in Ihre Küche und Ihr Eßzimmer einfallen wie die Heuschrecken.»

«Oh, das macht mir doch Spaß», versicherte Tom. Er hatte sich vorgestellt, daß er allein und abgeschlossen in der Wohnung leben würde. Und hätte man ihn zu Beginn gefragt, so hätte er gesagt, daß er genau das wolle, da er nach mehrjährigem Alleinleben, so unbefriedigend es auch gewesen war, für ein Leben en famille noch nicht bereit sei. Doch die Familie Napier befand sich ja selbst gegenwärtig in einem Zustand der Veränderung, und es war ihm durchaus nicht unangenehm gewesen, sich mehr und mehr miteinbezogen zu sehen. «Aber Sie werden die Wohnung bald für eine Hausangestellte brauchen», fügte er hinzu. «Archie und ich haben schon verschiedene Möglichkeiten der Unterkunft für mich besprochen, und ich glaube, ich weiß auch schon, was mir das liebste wäre. Immer vorausgesetzt, es ist machbar.»

Madeleine hatte gerade entdeckt, wie gut es ihr getan hatte, ihn in der Wohnung stets in der Nähe zu haben. Das ist doch wieder typisch für dich, sagte sie sich ärgerlich. Erzählst ihm höflich, daß er doch sein eigenes Heim braucht, und schreckst dann vor den Tatsachen zurück. «Ein Haus im Dorf?» meinte sie, die schlimmste aller Möglichkeiten wählend.

«Ich würde gern in die alte Scheune ziehen.»

Sie enttäuschte ihn nicht. «Die alte Scheune?!»

«Das große Steingebäude unterhalb vom Galloway-Hof», erklärte er freundlich.

«Ja aber, Tom!» Sie war sprachlos.

«Wir fahren auf dem Rückweg dort vorbei, dann können Sie mir sagen, was Sie davon halten. Ich habe schon ein paar Pläne.»

«Von Cecil?»

«Nein, nicht von Cecil», versetzte er entschieden, und sie lachte. Sie war sich gar nicht sicher, ob ihr das grüngemaserte Eichenholz und die portugiesischen Kacheln, die für die Küche bestellt worden waren, gefielen.

«Die Scheune liegt natürlich sehr schön», bemerkte sie bemüht.

Tom lachte. «Fahren wir los, schauen wir's uns an. Ach, eines wollte ich Sie fragen», sagte Tom, als er ihr die Hand reichte, um ihr auf die Füße zu helfen. «Haben Sie was gegen Hunde?»

«Hunde? Nein, warum?» Madeleine war überrascht. «Um ehrlich zu sein, ich kenne mich mit Hunden kaum aus.» Sie hatte es abscheulich gefunden, wie Charles die seinen behandelt hatte. «Meine Schwiegermutter hat sie im Haus natürlich nie erlaubt.» Eine flüchtige Erinnerung an das blitzsaubere Haus in Wales tauchte auf, an das Verbot ihrer eigenen Mutter, den jungen Hund anzunehmen, den ihr jemand schenken wollte, an Stunden bitterer Tränen, des Zorns und der Sehnsucht.

«Hätten Sie was gegen einen Hund in der Wohnung? Ich würde dafür sorgen, daß er das Haus nicht betritt.»

«Aber Tom, ich habe nicht das geringste dagegen. Meinetwegen kann er auch ruhig ins Haus.» Wie schrecklich, daß er angenommen hatte, das wäre ein Problem.

«Ich muß zugeben, ich hab mich darauf gefreut, wieder einen Hund zu haben. In der Wohnung in Perth war das natürlich unmöglich.»

«Cristi wird begeistert sein. An was für einen Hund denken Sie?»

«Ich möchte gern einen schwarzen Labrador. Die haben wir immer gehabt.»

Er sagte selten «wir». Es war schwer, sich vorzustellen, daß auch das Leben dieses ruhigen, gelassenen Mannes vor nicht allzu langer Zeit gründlich erschüttert worden war. Würde er je über seine Frau sprechen?

«Wir machen einen kleinen Ausflug und suchen zusammen einen aus», schlug Tom vor. Ein anderes «wir», eines, das ihr gefiel.

Sie ist sportlicher, als ich erwartet habe, dachte Tom. Und Luft und Bewegung haben ihr eine neue Lebendigkeit gegeben, sie verändert sich vor meinen Augen. Mit Vergnügen nahm er ein erotisches Prickeln bei sich wahr, das sich viel zu lange nicht mehr eingestellt hatte.

Es ist wunderbar, mit ihm zusammenzusein, dachte Madeleine, als sie durch Heide und Gras abwärtsstiegen. Er macht einem alles so leicht. Er würde Lisa guttun. Sicher, der Altersunterschied ist groß, aber sie braucht jemanden, der älter ist als sie, jemanden, der so sanft und gelassen und tolerant ist wie er.

Doch diese Beurteilung seiner Person mußte sie binnen kurzem revidieren. Sobald er sich endgültig entschlossen hatte, in die alte Scheune umzuziehen, wurde mit den Arbeiten begonnen. Ein Schulabgänger aus dem Dorf wurde angeheuert, um Sandy Black beim Abdecken des Dachs, das neu isoliert werden mußte, zu helfen.

Eines Nachmittags ging Tom mit Madeleine hinauf, um zu sehen, wie die Arbeit voranging. Sie trafen genau in dem Moment ein, als Ross Miller, der keinerlei Grund hatte, sich dort aufzuhalten, sich lautstark über eine Anzahl zerbrochener Schindeln aufregte. Sie konnten ihn nicht sehen, da er hinter der Scheune war, doch seine Stimme war bis auf die Straße zu hören. Wie Tom später erfuhr, war der Junge so unklug gewesen zu widersprechen. Er könne nichts für die zerbrochenen Schindeln, Sandy habe versehentlich einen der Stapel gerammt, als er den Wagen wendete. Tom lief hinter die Scheune und sah gerade noch, wie Ross dem Jungen einen Fußtritt versetzte, so daß dieser mit einem Schmerzensschrei auf den steinigen Boden fiel.

Madeleine hätte Tom niemals des Zorns für fähig gehalten, mit dem er Ross Miller anging. Der Zorn eines Menschen, der an Gerechtigkeit glaubt. Ross, ein schwergewichtiger Bulle, überragte Tom um einiges, doch das schien bedeutungslos angesichts Toms wütender Empörung.

Madeleine erschreckte die Szene, beeindruckte sie aber auch. Eine Bemerkung von Archie fiel ihr ein. «Oh, Tom ist härter, als man glaubt.» Mehr noch aber beeindruckte sie, daß er aus dem Zwischenfall unerbittlich die Konsequenzen zog. Er entließ Ross Miller, ohne sich erst Archies Zustimmung zu holen. Tom ließ keinen Zweifel daran, daß jedem auf dem Gut das gleiche Schicksal wie Ross Miller blühte, der sich in Zukunft an derartig brutalen Übergriffen beteiligte.

«Aber weißt du», sagte Madeleine, die Joss von der Sache erzählte, «merkwürdigerweise scheint niemand es übelgenommen zu haben.»

«Natürlich nicht», entgegnete Joss. «Sie haben Ross Miller alle gehaßt. Sie sind schließlich keine Dummköpfe. Sie haben einen Blick für Anständigkeit und Mut. Außerdem schätzen sie ihre Arbeit.»

«Es war ziemlich erschreckend», meinte Madeleine. «Ich hätte nie geglaubt, daß Tom so – nun ja, so absolut sein kann. Er hatte etwas gesehen, das er nicht akzeptieren konnte, und hat sofort durchgegriffen.»

Sie war froh, obwohl sie gar nicht recht wußte warum, daß sie es miterlebt hatte.

23

Ich muß jetzt endlich jemanden für das Haus suchen, eine Köchin oder ein Ehepaar, dachte Madeleine, als sie mit ihrem Jeep voller Einkäufe das Tal hinaufbrauste. Die Küche, weit schöner, als sie für möglich gehalten hatte, war beinahe fertiggestellt. Lisa hatte eine Menge damit zu tun, das junge Pferd abzurichten, das sie mit Toms Hilfe gekauft hatte, und Interessenten die Achalder Häuser zu zeigen, die man zu verkaufen beschlossen hatte.

Madeleine ärgerte sich immer noch über das «Aber dein Vater hätte niemals ...», das ihr herausgerutscht war, als Archie, der wegen eines umstrittenen Projekts in Mysore in London aufgehalten wurde, ihr telefonisch seinen Entschluß mitgeteilt hatte, die Häuser zu verkaufen.

«Wir brauchen das Geld», hatte er ihr unumwunden erklärt. «Irgendwie müssen wir schließlich die Reparaturen bezahlen, die wir jetzt vornehmen.»

«Aber warum willst du gleich verkaufen?» Die goldene Regel lautete, festhalten an Kapital und Grundbesitz.

«Diese Häuser stehen seit mehr als drei Jahren leer», hatte Archie erklärt. «Und für das Gut brauchen wir sie nie wieder. Die Anzahl der Angestellten wird sinken, nicht steigen. Wir könnten sie höchstens vermieten oder als Ferienhäuser herrichten, aber dazu haben wir im Moment einfach nicht das Geld. Sie stehen ja da auf dem Stück Land hinter der Biegung des Flusses, praktisch abgetrennt vom Gut.»

Die beiden Häuser, die ursprünglich für Familienmitglieder

gedacht gewesen waren, die nicht im großen Haus wohnen konnten oder wollten, und daher solide gebaut und recht geräumig waren, wurden also zum Kauf angeboten, und Tom war froh gewesen, als Lisa sich angeboten hatte, die Scharen von Interessenten oder auch lediglich Neugierigen herumzuführen.

Tom schien nach Ross Millers Entlassung mühelos noch einen Gang zugelegt zu haben. Er und Archie hatten keine zwei Minuten gebraucht, um übereinstimmend zu dem Schluß zu kommen, daß vorläufig ein Ersatz nicht gebraucht wurde. Und die Atmosphäre auf dem Gut hatte sich mit Millers Verschwinden auf angenehme Weise verändert; man hatte die neue Ordnung akzeptiert, und Madcleine spürte bei allen Respekt vor der konsequenten Härte, die Tom an den Tag gelegt hatte.

Zwischen ihm und Lisa hat sich eine gute Beziehung entwikkelt, dachte Madeleine. Lisa war durch ihn ruhiger und lockerer geworden. Er zeigte ihr, daß er ihre Kenntnisse über das Gut schätzte, und sie hatten viele gemeinsame Interessen. Sie hatte das Angeln wiederaufgenommen, und oft suchten die beiden an diesen langen Mittsommerabenden zusammen die alten bevorzugten Plätze auf, die Lisa kannte. Erinnerte sie sich noch, wie ihr Vater sie das Fischen gelehrt hatte, und wie niedergeschlagen sie gewesen war, als er plötzlich das Interesse an ihrer Gesellschaft verloren und es abgelehnt hatte, sie weiterhin mitzunehmen? Hastig lenkte Madeleine ihre Gedanken wieder in erfreulichere Richtungen. Auch das Reiten tat Lisa gut. Und bald würden sie und Tom sicher darangehen, Toms jungen Hund abzurichten.

Ob Joss wohl bemerkt hat, was sich da anspinnt, fragte sie sich. Wäre es unloyal, sie ein wenig auszuhorchen? Oder hoffe ich einfach, daß sie sagen wird, daß das alles Unsinn ist, fragte sich Madeleine ein wenig spöttisch. Wie schön es war, Joss im Dorf zu wissen. Sie ohne langes Überlegen besuchen zu können, ihr Pflanzen mitzubringen, sich ein Buch auszuleihen, mit ihr zusammen Kaffee zu trinken, zu klatschen, zu lachen. Sie hatte nie jemanden in ihrer Nähe gehabt, dem sie sich verbunden fühlte, und sie genoß diese neue Situation, die ihr wie ein Luxus erschien. Auch Joss wirkte glücklicher, das Haus war ihr nicht sonderlich wichtig, aber ihren Garten liebte sie. Direkt und herzlich wie sie war, hatte man sie im Dorf mit ungewöhnlicher Bereitwilligkeit akzeptiert, und genau wie Madeleine vorausgesehen hatte, kannte sie bereits alle Namen und jedes Gesicht.

Aber zurück zu den Hausangestellten. Wie sollte sie eine Anzeige formulieren? Sobald sie an ein Ehepaar dachte, sah sie die Platts vor sich, und ihr schauderte vor Widerwillen. Wenn also kein Ehepaar, was dann? Jemanden, der kochen konnte. Wir können nicht ewig von Salat leben. Außerdem kommt jetzt das Gemüse, das eingefroren werden muß, und ebenso das Wild. Archie würde wahrscheinlich gern die Jagdgesellschaften im Haus bewirten, auch wenn ihr vor diesem Gedanken graute. Gut, daß er im Moment zu sehr um Cecil besorgt war, um daran zu denken, die Leute auch im Haus wohnen zu lassen. Sie würden im *Cluny Arms* in Kirkton gut genug untergebracht sein, und die Fahrt herüber war eine Kleinigkeit. Cecil, dachte sie abschweifend, geht es wirklich nicht gut. Sie sieht völlig erschöpft aus, ist viel zu dünn und so unglaublich angespannt. Schrecklich, daß diese Übelkeit nicht aufhört. Aber sie will unbedingt die Küche fertigmachen. Die Wände selbst kacheln, obwohl das doch wirklich nicht nötig ist. Und wenn das Kind erst einmal da ist, wird es natürlich zusätzliche Arbeit geben. Vielleicht sollte ich kochen lernen – aber niemand hat Zeit, es mir beizubringen. Lisa sagt immer, jeder, der lesen kann, kann auch kochen –, aber sie mußte zugeben, daß es Ausnahmen gibt, als diese Mousse, die ich gemacht hatte, plötzlich wie ein Frosch vom Teller hüpfte …

Aus einer Kurve herausschießend, mußte Madeleine abbremsen, um einem entgegenkommenden LKW Platz zu machen, der eine Fußgängerin überholte, ein Mädchen mit großem Rucksack, das sich dicht an die Böschung drückte. Als Madeleine schon wieder Gas geben wollte, sah sie nicht nur den hoffnungsvoll erhobenen Daumen des jungen Mädchens, sondern auch ihr fröhliches Lächeln.

Vor kurzem noch wäre es ausgeschlossen gewesen, einen Anhalter mitzunehmen. Charles hatte aus seiner vernichtenden Meinung über diese Leute kein Hehl gemacht. Jetzt aber fuhr Madeleine an den Straßenrand und hielt an. Das Lächeln hatte sie dazu veranlaßt.

Das Mädchen rannte hinter dem Jeep über die Straße und zog die Tür auf der Beifahrerseite auf. «Bin ich froh, daß Sie mich gesehen haben», sagte sie strahlend. «Auf diesen Straßen hier kann man ja nicht zu Fuß gehen. Und mein Rucksack wurde immer schwerer. Oh, aber Sie haben ja lauter Sachen da vorn liegen. Lassen Sie nur, ich kann auf den nächsten warten. Das ist das Gute hier oben, es fährt keiner an einem vorbei. Es dauert nur lang, bis einer kommt.»

«Die Sachen können alle nach hinten. Ich habe es nicht eilig.» Madeleine, die ihre Einkäufe auf dem Sitz vergessen hatte, begann hastig, sie nach hinten zu verladen. Dieses Mädchen hatte nicht nur ein sympathisches Lächeln, sondern auch eine angenehme Stimme, warm und freundlich. Sie trug Khakishorts und ein ärmelloses weißes Männerunterhemd, wie es schien, das an einer Schulter mit einem Knoten gebunden war. Sie trug offensichtlich keinen Büstenhalter, und Madeleine merkte förmlich, wie sie innerlich mißbilligend die Lippen zusammenkniff, ehe sie diese Regung ärgerlich abschüttelte. Sie sah noch einmal hin – das Mädchen hatte einen wunderschönen Busen. Sie war überhaupt ein hübsches Ding, mit einem gutgebauten, sonnengebräunten Körper. Das dicke Haar hatte die Farbe von hellem Milchkaffee und schien schon eine ganze Weile keinen Kamm mehr gesehen zu haben. Sie sah aus wie eine kleine Südseeinsulanerin.

Sie half Madeleine mit großer Bereitwilligkeit, die Einkäufe nach hinten zu verfrachten, beförderte über die Rückenlehne, was ihr gerade zur Hand kam, und plauderte vergnügt dazu. Madeleine versuchte erfolglos einzugreifen, als ein neues Taschenbuch mitten unter die Putzmittel segelte und ein großes Stück Brie klatschend auf einem Netz Äpfeln landete, aber sie schaffte es, nichts zu sagen.

«Das Tal hier ist wirklich toll. Irgendwo da hinten, in Balna-

Dalna-Soundso, hat mich der Schäfer abgesetzt. Ich mußte hinten in seinem Lastwagen mitfahren. Da hat's ganz schön streng gerochen. Riecht man's noch? Von da aus bin ich dann marschiert. Ich hab wirklich nichts gegen frische Luft und freie Natur, aber auf den Rucksack könnte ich verzichten. So geht's schon, meinen Sie nicht? Das Zeug da kann ich unten auf den Boden legen. Ach Gott, ich hab ja den Rucksack ganz vergessen. Beinah hätt ich ihn auf der Straße stehen lassen. Den nehm ich auf den Schoß. Es war wirklich nett von Ihnen anzuhalten.»

«Wohin wollen Sie denn?» fragte Madeleine, als sie losfuhr.

«Ach, ganz gleich. Ich hab kein festes Ziel. Ich würde gern hier in der Gegend irgendwo arbeiten. Meistens versuch ich's im Hotel oder im Pub. Ich bin gern so ein bißchen weg von der Zivilisation, aber da sind die Jobs natürlich dünn gesät, und wenn man nichts findet, muß man sehen, wie man weiterkommt. Aber von hier aus komm ich ja leicht nach Glen Maraich rüber, und auf der Karte hab ich gesehen, daß es da einen größeren Ort namens Kirkton gibt. Da sind bestimmt ein paar Hotels.»

«Aber wie übernachten Sie denn? Haben Sie ein Zelt mit?»

«Nein, so masochistisch bin ich nicht. Irgendeine Gelegenheit bietet sich immer.» Sie bezweifelte, daß diese wenn auch nette, gepflegte Frau begeistert sein würde, wenn sie von dem süßen Barkeeper hörte, der sie gestern abend in Dalcraig in seinem Wohnwagen hinter dem Pub hatte übernachten lassen.

«Und Sie hoffen ganz einfach so Arbeit zu finden? Wie lange suchen Sie denn schon?» Madeleine wußte kaum, was für Fragen sie stellen sollte.

«Hm, losgefahren bin ich – was für einen Tag haben wir heute? –, warten Sie, vor ungefähr vier Wochen. Ich hab hier und dort in der Küche geholfen, hab mal ein Wochenende in einer Frittenbude gearbeitet, und dann einem Mann geholfen, der einen Riesendrahtzaun abmontiert hat. Seine Frau hat mich zu einem phantastischen Essen eingeladen. Danach bin ich nach Aviemore raufgefahren, weil ich dachte, in den Hotels dort ließe sich was machen, aber mir hat's da nicht besonders gefallen. Außerdem hat's zwei Tage lang nur geregnet, da hab ich meine

Sachen wieder gepackt und bin über Spean Bridge und Fort William hierher getrampt. Diese engen Täler sind wirklich eine Wucht», schloß sie.

«Aber was haben Sie denn für eine Ausbildung?» fragte Madeleine, immer noch einigermaßen verwirrt.

Das Mädchen sah sie lachend an. «Sie reden genau wie meine Mutter», sagte sie. Sie war so natürlich und herzlich, daß die Bemerkung nichts Beleidigendes hatte. «Die meiste Zeit hab ich eigentlich gekocht. Das kann ich wirklich ganz gut. Aber ich mach immer eine Riesenschweinerei dabei», fügte sie ehrlich hinzu.

«Sie haben kochen gelernt?» Aber es war bloß noch ein Versuch, vernünftig zu sein. Die Ereignisse hatten Madeleine schon im Griff.

«O ja, ich habe mehrere Kochkurse gemacht, auch für feine Küche. Perlen vor die Säue geworfen», fügte sie lachend hinzu. «Bei den meisten kommt's nur darauf an, wie schnell man das Zeug in die Mikrowelle schmeißen kann. Wen interessiert's schon, ob man ein Omelettsoufflé machen kann oder eine richtige Holländische Soße.»

«Hätten Sie Lust, zu mir zu kommen und für uns zu kochen?»

«Ist das Ihr Ernst? Brauchen Sie denn jemanden?» Das Mädchen warf einen Blick auf die Berge von Einkäufen auf dem Rücksitz. «Na ja, irgend jemand wird ja wohl das ganze Zeug verarbeiten müssen.»

Madeleine lachte. Sie hatte geglaubt, ihre Frage würde wie eine Bombe einschlagen, aber die Reaktion war völlig nüchtern.

«Mein Name ist Madeleine Napier...»

«Hallo, ich heiße Pauly.»

«...und ich habe ein großes, halbleeres Haus, eine Küche, die noch im Umbau ist, eine schwangere Schwiegertochter, die gerade die Wände der Küche kachelt, einen Herd, der eigentlich gestern wieder angeschlossen werden sollte, aber dann sind die Männer doch nicht gekommen, ein achtjähriges Adoptivkind, einen Sohn, der ständig kommt und geht, eine Tochter, die zu Hause lebt, und einen Verwalter, der zur Zeit mit seinem jungen

Hund zusammen in der Wohnung haust, die eigentlich für die Köchin gedacht ist.»

«Na Klasse», sagte Pauly. Sie ist lockerer, als ich gedacht habe.

Madeleine öffnete den Mund, schloß ihn wieder und lächelte, eigentlich über sich selbst. Sie konnte sich nicht vorstellen, wie jemand auch nur erwägen konnte, unter solchen Bedingungen zu arbeiten.

«Wann kommt denn das Baby?» fragte Pauly. «Ich könnt sie auffressen, wenn sie ganz klein sind.»

Plötzlich war alles ganz einfach. Es war ein Gefühl, das Madeleine in letzter Zeit immer wieder einmal gehabt hatte. Man brauchte sich nur daran zu gewöhnen.

«Im September», antwortete sie. «Könnten Sie so lange bleiben?»

«Klar. Ich bin keine, die gleich wieder davonläuft», versicherte Pauly, zum erstenmal ernst, als hätte sie das Gefühl, Referenzen anbieten zu müssen.

«Dann kommen Sie am besten mit und schauen sich alles erst einmal an», meinte Madeleine vergnügt.

Würde Cuil, das junge Pferd, vor der Brücke zurückschrecken, fragte sich Lisa, als sie das Tier behutsam den Hang hinunter zum Fluß lenkte. Es hatte sich gut gemacht. Auch dank Toms Hilfe. Er kannte sich mit Pferden aus. Würde er Mama überreden, wieder zu reiten? Er hatte sie jedenfalls in letzter Zeit ganz schön auf Trab gebracht, wenn man das so sagen konnte. Wie sie sich über den Jeep gefreut hatte! Wie ein junges Mädchen, das gerade sein erstes Auto bekommt. Ohne Jeep ging überhaupt nichts mehr. Und dann Roxie, der kleine Labrador – nachdem Hunde im Haus früher absolut tabu gewesen waren. Mama verwöhnte ihn mehr als jeder andere.

Das Heu würde wohl noch ein paar warme Tage brauchen, ehe es eingefahren werden konnte. Tom würde schon den richtigen Zeitpunkt wissen. Erstaunlich, Ross Millers plötzlicher Abgang hatte kaum eine Lücke hinterlassen. Jetzt konnten sie anfangen, die Scheune auszuräumen. Es würde Spaß machen, sie herzurichten. Archie war mit Toms Wahl sofort einverstanden gewesen, und die Pläne sahen vernünftig aus, nichts so Verstiegenes, wie Cecil es immer im Kopf hatte. Soll ich mir auch ein eigenes Häuschen auf dem Gut nehmen? Aber das war ein müßiger Gedanke; Lisa war klar, daß sie noch lange nicht wußte, was sie in Zukunft mit ihrem Leben anfangen wollte.

Dankbar, sich jetzt auf anderes konzentrieren zu können, lenkte sie Cuil zur Brücke, musterte ihn prüfend und ließ ihn dann gemächlich vorwärts gehen, damit er in aller Ruhe lernen konnte, daß das dumpfe Dröhnen seiner Hufe ihm nichts anhaben konnte. Er schnaubte und warf den Kopf, aber er vertraute ihr, und obwohl er die letzten Meter mit einem ungebärdigen Sprung nahm, lobte und streichelte sie ihn.

Vor den Achalder Häusern parkte schon ein Auto. Wie hießen die Leute gleich wieder? In den letzten Tagen waren so viele gekommen. Ach ja, Quebell. Sie interessierten Tom besonders, weil sie eventuell beide Häuser zusammen kaufen wollten.

Als sie mit Cuil die bucklige Wiese in der Flußwindung überquerte, sah Lisa bei den verwilderten Johannisbeerbüschen am Ende des Grundstücks einen Mann stehen. Er war groß, so schmal, daß das verblichene graue Hemd und die Jeans lose an ihm herabhingen. Das Haar über dem verwitterten, tief gebräunten Gesicht war grau. Als Lisa das Pferd neben ihm anhielt, blickte der Mann, dessen Augen so hell waren wie sein vielgewaschenes Hemd, zu Lisa auf und lächelte. Ein Lächeln voller Milde. Ganz unerwartet schoß Lisa diese Wendung durch den Kopf.

Der Mann wirkte ruhig und sehr entspannt. Es schien, als wollte er jedes Detail seiner Umgebung in sich aufsaugen, die Luft und die Atmosphäre ebenso wie die sommerliche Fülle dieses geschützten Teils des Tals und die leuchtenden Farben der Blumen, die die Vernachlässigung des Gartens überlebt hatten – Lupinen, Kletterrosen, Mohn, die weiße Pracht des tiefhängenden Holunders. Plötzlich wurde sich Lisa bewußt, was an diesem Mann ungewöhnlich war. Er sah nicht aus wie ein Fremder auf fremdem Boden. Sie hatte den Eindruck, daß er überall so aussehen würde wie hier, gelassen, aufmerksam, in sich ruhend.

«Das ist bis jetzt das Beste, was wir gesehen haben», rief mit Entschiedenheit von irgendwo eine Frau. «Wenn nur endlich jemand käme, um uns die Häuser zu zeigen.»

Über knirschenden Kies kam eine drahtige Frau mit lockigem graugesprenkeltem Haar, in Jeans und mit einem Hund unter ihrem Arm um die Hausecke. Ihre Energie schien den sonnigen Garten förmlich auszufüllen, aber an der ruhigen Gelassenheit ihres Mannes abzuprallen. Ihr folgte langsam eine ältere Frau mit einem Stock in der einen Hand und einer Leine, an der zwei kleine Hunde gingen, in der anderen.

«Joyce Quebell», sagte die jüngere Frau mit einem Nicken zu Lisa und musterte Cuil mit einem schnellen taxierenden Blick. Sie hätte ihm genausogut das Maul aufreißen und sich das Gebiß ansehen können, dachte Lisa im ersten Moment empört, dann erheitert.

«Wir sagen Ihnen am besten gleich, was wir hier vorhaben, ehe wir womöglich Ihre Zeit verschwenden.»

24

Als Lisa voll Neuigkeiten in die Küche stürmte, sah sie, daß der Herd an seinem neuen Platz stand. Cecil hatte bereits angefangen, mit Toms Hilfe rund um ihn herum die Kacheln zu legen, und die Männer, die ihn angeschlossen hatten, saßen am Küchentisch und ließen sich von einem unbekannten jungen Mädchen, das wie eine Piratenbraut aussah, Tee einschenken. Sie war vermutlich ihre Helferin, schien sich aber hier wie zu Hause zu fühlen und hatte Roxie, den kleinen Labrador, der voller Mörtelstaub war, auf dem Arm.

Madeleine, die gerade versuchte, sich die Küche noch einmal vorzustellen, wie sie vorher gewesen war, so dunkel und eng im Vergleich mit der Weiträumigkeit, die Cecil geschaffen hatte, blickte auf, als Lisa hereinkam. «Darling, komm, ich möchte dir Pauly vorstellen. Pauly, das ist meine Tochter Lisa.»

«Die neue Köchin», sagte Pauly und hob grüßend die Teekanne, während der Elektriker fasziniert ihren Busen anstarrte.

«Was?» fragte Lisa, ließ sich auf einen Stuhl fallen und begann zu lachen. «Was geht hier eigentlich vor?»

Tom unterbrach seine Arbeit. Das würde interessant werden, und noch einen Blick auf Pauly zu werfen, war auch nicht gerade uninteressant. Er glaubte bereits zu wissen, wo Rob und Ian den Sommer verbringen würden.

«Möchten Sie eine Tasse Tee?» fragte Pauly Lisa.

«Ja gern, danke.»

Draußen schlug krachend die Tür zu, jemand rannte durch den Korridor. «Ich war beim Sackhüpfen mit Jill zusammen in einem Team, und wir haben Alison und Shelly geschlagen und ...»

Beim Anblick der vielen Fremden hielt Cristi inne, streifte mit einem Blick die Männer am Tisch und konzentrierte sich sofort auf Pauly, die, wie sie mit unfehlbarem Kinderauge erkannte, keine richtige Erwachsene war. Pauly war neunzehn, Lisa fünfundzwanzig. Für Cristi gehörten sie zwei verschiedenen Generationen an.

Pauly lächelte warm. «Du mußt Cristi sein. Willst du sie nehmen?» Sie ließ das aufgeregt strampelnde Hündchen in Cristis Arme gleiten.

«Wohnst du jetzt bei uns?» fragte Cristi, während sie versuchte, die Schlabberzunge des Hündchens abzuwehren.

«Ich koch von jetzt an für euch.»

«Unser Essen?»

«Ja, manchmal kann man's auch essen», sagte Pauly mit einem Seitenblick zu Madeleine. «Wenn ich mich konzentriere.»

Tom lachte und ging wieder an seine Arbeit.

Cristi zog sich einen Hocker zu Pauly heran.

Wie machen das die andern nur, fragte sich Cecil hilflos. Dann dachte sie wieder daran, was sie tun würde, wenn die Küche endgültig fertig war. Bei jedem Arztbesuch wurde ihr geraten, sich viel Ruhe zu gönnen. Ja, damit die Ängste und die schrecklichen Zweifel über sie herfallen konnten. Sie brauchte Archie so dringend. Bitte, bitte, gib, daß ich mit ihm sprechen kann, wenn er kommt, flehte sie im stillen.

«Wir müssen Pauly erst einmal ein Zimmer geben. Das arme Kind ist über die Küche noch gar nicht hinausgekommen», sagte Madeleine, als sich die Tür hinter den Arbeitern schloß, die gar nicht so erpicht darauf gewesen waren zu gehen.

«In der Wohnung, die eigentlich der Köchin zusteht, wohne nämlich ich, Pauly», erklärte Tom. Aber ich hätte nichts dagegen, wenn du auch da wohnen würdest.

«Sehr nett», sagte Pauly, «aber mir reicht auch eine Kammer. Ich hab nicht viele Sachen.» Sie wies mit einer Kopfbewegung auf ihren Rucksack, der an einem der Schränke lehnte.

«Aber Sie werden sich doch den Rest Ihrer Sachen nachschikken lassen, wenn Sie länger bleiben?»

«Es gibt keinen Rest. Na ja, Bücher natürlich.»

Hat sie denn kein Zuhause? Madeleine verkniff sich die Frage.

«Drüben in den Kinderzimmern hätte Pauly ihr eigenes Bad und eine kleine Küche, wenn sie das möchte», meinte sie, «aber es wäre wahrscheinlich viel zu deprimierend, Lisa, meinst du nicht? Wäre das Turmzimmer vielleicht besser?»

«Bloß keine Umstände», bat Pauly eilig. «Was auch immer das Turmzimmer ist. Ich bin nicht gerade eine Frau Saubermann.»

«Gehen wir doch rauf und sehen wir es uns an», schlug Lisa vor, und Cristi, die Expeditionen durch das Haus liebte, sprang sofort eifrig von ihrem Hocker.

Die Kinderzimmer hatten nichts Deprimierendes für Pauly. Madeleine fragte sich, ob es überhaupt etwas gab, das Pauly niederdrücken konnte.

«Das wär ja phantastisch hier», erklärte Pauly und schleuderte ihren Rucksack mitten ins Zimmer. «Sie werden sehen, wie schnell ich das hier mit Kaffeeringen und Brandflecken von meinen Zigaretten wohnlich gemacht habe. Ach, und ein eigenes Badezimmer, Klasse, da kann ich richtig rumspritzen ...»

Lisa lachte über das Gesicht ihrer Mutter. «Mama, beruhig dich, ich wette, sie raucht überhaupt nicht.»

«Oh, toll, C. S. Lewis, *Bambi* und *Heidi*, hab ich alles seit Jahren nicht mehr gelesen. Da werd ich heute abend früh in der Klappe liegen. Cristi, hast du das alles schon gelesen – he, laß sie nicht an dem Riemen kauen, sonst geht der ganze Rucksack in die Brüche – ich werd nie wieder in der Küche auftauchen.»

Lisa sah, wie ihre Mutter sich im stillen sagte, daß auch dies nur ein Scherz sein könne.

«Jetzt frag mich endlich mal nach Achalder», drängte Lisa mit gespielter Entrüstung, als sie am Abend um Toms Tisch saßen.

«Ach, Lisa, tut mir leid, das wollte ich schon die ganze Zeit fragen», sagte Tom entschuldigend. «Aber ich hab's vor lauter Wirbel vergessen.»

Pauly hatte darauf bestanden, gleich beim Abendessen zu helfen. «Sie müssen erst mal was essen, was ich gekocht habe, ehe ich mich hier einniste», hatte sie zu Madeleine gesagt. Die Soße war ein Gedicht, aber Tom war nicht sicher, ob seine Küche je wieder wie früher aussehen würde.

«Sind es nette Leute, Darling?» fragte Madeleine und sah nicht die Grimasse, die Lisa schnitt.

«Sie wollen hier einen Hundezwinger aufmachen.»

«Einen Hundezwinger! Aber das ist natürlich ausgeschlossen, das kommt nicht in Frage. Was ...?» Sie brach abrupt ab.

«Wollen sie züchten? Oder Hunde in Pension nehmen?» fragte Tom interessiert, der sich, wie Archie, von Anfang an darüber im klaren gewesen war, daß es schwer sein würde, das Grundstück loszuwerden, besonders wenn die Häuser in getrennte Hände gingen.

«Vor allem wollen sie züchten – aber ratet mal, was für eine Rasse.»

«Was für eine denn?»

«Dandy Dinmonts!»

«Was sind Dandy Dinmonts?» fragte Cecil, während sie sich etwas Salat nahm und schon spürte, wie ihr Magen zu flattern begann.

«Ach, die kenn ich», warf Pauly ein. «Walter Scott soll sie erfunden haben. Sie sind weich und rund mit großen Augen wie kleine Robben, unheimlich verspielt und herrlich zu knuddeln.»

Dir nicht unähnlich, junge Dame, dachte Tom angetan.

«Darf ich sie sehen?» fragte Cristi.

«Sie sind noch nicht hier, Schatz. Die Leute haben sich eben erst das Haus angesehen.»

«Aber ein Zwinger!» protestierte Madeleine, obwohl sie es eigentlich nicht wollte. «Ich meine, der Lärm!»

«Hier?» höhnte Lisa beinahe so frech, als wäre sie wieder fünfzehn. «Sei nicht albern!»

Tom warf einen raschen Blick auf Madeleine und erkannte, daß der Ärger auf ihrem Gesicht ihr selbst galt und nicht Lisa.

«Ein Hundezwinger dort unten würde hier niemanden besonders stören», bemerkte er ruhig. «Was hast du ihnen gesagt, Lisa?»

«Sie sollen uns ein Angebot machen. Sie sind wirklich sehr nett, Mama», bemühte sie sich, Wiedergutmachung zu leisten. «Aber wißt ihr, das Ganze ist ziemlich komisch – sie wollen beide Häuser haben, aber eines für den Ehemann und eines für die Ehefrau. Und die Großmutter, seine Mutter, soll mit ihr zusammenleben.»

«Na, das ist wirklich mal was Neues», bemerkte Cecil und versuchte, die Käsedüfte, die von der Lasagne aufstiegen, zu ignorieren.

Mit einem schnellen Blick auf ihr blasses Gesicht stand Tom auf, um die Form wieder ins Rohr zu stellen.

«Ja, nicht wahr? Sie haben mir das so sachlich mitgeteilt, daß es mir im ersten Moment ganz normal erschien. Erst als ich nach Hause geritten bin, dachte ich, Moment mal...»

Wieso finde ich das sofort unmoralisch und anstößig? fragte sich Madeleine. Wieso finde ich, Lisa hätte warten sollen, bis Cristi im Bett ist, ehe sie uns das erzählt? Bin ich eigentlich nur ein Bündel konditionierter Reflexe? Ihr kam plötzlich der Gedanke, wie angenehm ihr Leben vielleicht gewesen wäre, wenn sie in einem Haus und Charles in einem anderen gewohnt hätte.

Brave Madeleine, dachte Tom und hätte sie am liebsten umarmt.

«Er ist Illustrator und arbeitet zur Zeit an einer Reihe Kinderbücher, die zu Umweltbewußtsein erziehen sollen. Die Frau und die Mutter züchten die Hunde. Die Frau ist ein richtiges Energiebündel. Sie hat die Häuser von oben bis unten besichtigt, hat sich die Wassertanks angesehen, alle Maße genommen und in sämtlichen Schuppen rumgekruscht, aber sie ist sehr sympathisch. Die Großmutter ist ziemlich still, wirkt aber so, als könne sie zupacken. Er ist sehr ruhig, ein bißchen verträumt, läßt die beiden Frauen einfach machen.» Wie konnte man seine sanfte Gelassenheit schildern, den Frieden, der von ihm auszugehen schien?

Müde und erleichtert wandte Archie den Wagen nach Westen in Richtung Glen Ellig. Das Mysore-Projekt war jetzt beschlossene Sache, und er würde pflichtschuldig seinen Bericht machen, aber er wünschte, man hätte ihm etwas mehr Zeit eingeräumt, um die Wirkung der ersten Eukalyptuspflanzungen auf den Grundwasserspiegel genauer einschätzen zu können. Mit einer kleinen Geste der Gereiztheit versuchte er, seine Gedanken von dieser heiklen Geschichte zu lösen. Das Tal war eine Pracht. In dieser Stimmung stiller Sommerabende sah er es immer vor sich. Scharf umrissene Schatten auf leuchtendem grünen Gras, apfelgrüne Wiesen, in der Abendsonne golden schimmernde Gerstenfelder, lichtgrüne Bäume, die noch nicht die eintönige Färbung des Spätsommers angenommen hatten, blühende Gärten.

Gut, Tom hatte die neuen Gatter bereits anbringen lassen. Der Zaun würde noch ein Jahr halten, aber wenn sie dort im nächsten Jahr die Lämmer unterbringen wollten, würden sie etwas daran tun müssen. Ein Glück, aus London heraus zu sein, einem London ohne Cecil. Es war merkwürdig gewesen, ohne sie dort zu sein. Müde und erschöpft wie er war, hatte ihn in letzter Zeit ein Gefühl drohender Katastrophe geplagt. Aber jetzt erst einmal diese paar freigekämpften Tage zur großen Kücheneröffnung, dann ein paar Wochen in London, danach endlich wieder für längere Zeit hier herauf, zur Moorhuhnjagd, zur Geburt des Kindes.

Er war entsetzt, als er Cecil sah. Kümmerte sich denn niemand um sie? Sie wirkte wie ausgezehrt, unglaublich schmal, ihren Bauch vor sich hertragend, als hätte sie ihn nur mit einem Kissen ausgestopft, und ihr Blick war elend und unglücklich. Am liebsten wäre er sofort mit ihr ins Zimmer hinaufgegangen, um diesen Blick mit Trost und Liebkosung wegzuzaubern, sie zart und behutsam zu lieben, wenn sie das wollte, sie von Angst und Kummer zu befreien.

Aber sie erwarteten ihn alle zusammen: Cristi, viel zu ungeduldig, ihm das Hündchen zu zeigen, um ihn richtig zu umarmen; seine Mutter, verblüffend jung in Jeans und Sweatshirt; Joss, beinahe so braun, als wäre sie eben aus dem Süden zurückgekehrt; Lisa, heiter, ohne diesen verstörten schmerzlichen Blick; Tom ruhig und gelassen und ein honigbraunes Mädchen mit einem bildschönen Körper in einem knappen T-Shirt. Die neue Köchin, wie sich herausstellte.

Da sie so viele waren und Archie bis zur großen Einstandsfeier die Küche nicht betreten durfte, aß man an diesem Abend im Speisezimmer. Die verglasten Türen waren geöffnet, was sein Vater niemals erlaubt hatte. Rosenduft wehte aus dem Garten herein und mischte sich mit dem würzigen Geruch der Forelle, die Tom und Lisa gefangen und Pauly mit einer sahnigen Schnittlauchsoße zubereitet hatte.

«Ein Abschiedsessen», verkündete seine so erstaunlich junge Mutter, «vorausgesetzt, du bist damit einverstanden.» Er hatte beinahe etwas wie Scheu vor ihr. Nicht nur war sie ganz anders gekleidet als sonst, sie hatte auch ihr Haar wachsen lassen, so daß es jetzt weicher und lockerer fiel. Sie war so braungebrannt, wie er sie nie gesehen hatte.

«Womit soll ich denn einverstanden sein?»

«Also, Cecil und ich haben uns überlegt, daß wir im Haus einiges anders machen könnten.» Tom hörte es mit Interesse. Es war Madeleines Idee gewesen. «Wie fändest du es zum Beispiel, wenn wir statt des Salons Grannies alten, kleinen Salon und dieses Zimmer hier benützen? Wir könnten die zugemauerten Torbögen öffnen, dann hätten wir auch viel mehr von den Glastüren. Und du könntest aus dem Salon das Büro machen. Das ganze Zeug hier könnten wir in das alte Frühstückszimmer hinüberschaffen. Aber du mußt ehrlich sagen, was du davon hältst.» Sie verkniff es sich hinzuzufügen, daß es schließlich sein Haus sei.

«Klingt ideal.» Endlich Sonne in dieser schrecklichen Höhle nebenan, die Konflikte, die in diesem Zimmer getobt hatten, ausgelöscht. Er hoffte auf eine Äußerung von Cecil, sah aber an ihrem höflichen Lächeln, daß sie zu alledem keine Meinung hatte.

Dafür hatten alle anderen eine Menge zu sagen.

«Ich habe nur eine Bitte – ich möchte nie wieder diesen grausamen Tafelaufsatz sehen ...»

«Wir könnten doch den ganzen Krempel verkaufen.»

«Die alten Torbögen sind sehr elegant.»

«Aber vielleicht wäre es gemütlicher, wenn du den Raum hier als kleinen Salon für dich benützen könntest, wenn du allein bist, Mama.»

Allein. Plötzliche Furcht packte Madeleine. Tom wird in die Scheune ziehen, Lisa wird wieder fortgehen, wenn sie soweit ist, Archie kann nicht viel hier sein, und Cecil wird sich hier bestimmt nicht für immer niederlassen. Aber Cristi ist ja da. Ich habe Cristi. Und Joss ist in der Nähe. Tom ja auch. Und diese reizende Pauly wird vielleicht ebenfalls noch eine Weile bleiben. Ich werde nie wieder allein sein, jedenfalls nicht so allein wie früher.

25

Wie kann ich ihm sagen, daß ich mich nur fremd fühle in diesem Haus, da er doch gerade seine Liebe zu ihm wiederentdeckt und sich mehr denn je hierhergezogen fühlt? Wie kann ich ihm sagen, daß mir die Aussicht, dieses Kind zu bekommen, nichts als Angst und Entsetzen einflößt, dachte Cecil verzweifelt, während sie starr neben dem schlafenden Archie lag.

Sie wußte, was geschehen war. Seine Toleranz und seine Bereitschaft, sich in andere einzufühlen, hatten Archie dazu gebracht, das Kind nicht nur zu akzeptieren, sondern es zu wollen. Sie hatte es in seinen Augen gesehen, als er sie beobachtete, die Vorbehalte der ersten Monate waren verflogen. Jetzt, da sie krank und elend war, galten ihr sein ganzes Mitgefühl und seine ganze Fürsorge. Heute abend erst, als er sie so vorsichtig und zärtlich in den Armen hielt, daß ihr die Tränen kamen, hatte er gesagt, daß nichts auf dieser Welt ihm wichtiger sei als ihr Wohlergehen.

Wie also sollte sie die Erkenntnis in Worte fassen, die ihr solche angst machte? Ein Fehler, ein selbstsüchtiger Einfall, den sie nicht durchdacht hatte und jetzt wieder loswerden wollte. Nein, schlimmer, es war eine Entschlossenheit gewesen, ihren Willen durchzusetzen, etwas zu besitzen, das ihr verwehrt gewesen war. Gier und Arroganz. Und diese unerhörte Dummheit von ihr zu glauben, sie könnte sich in das Leben auf Glenmara einfügen, wie und wann es ihr beliebe.

Glenmara – die Stille, die Mattigkeit der Sommernachmittage, die sich träge schleppenden Abende, die am Rande wahrgenommenen Gespräche über Toms Probleme mit den Arbeitern, das Wiesel, das Malkies Hühner riß, Lisas verdammtes Pferd. Glenmara – wo es Höhepunkt des Tages war, wenn eine Hecke herausgerissen wurde oder die Rehe in den Garten kamen oder der Hund sich in Farbe gewälzt hatte. Wie sehr sehne ich mich nach Witz, Scherzen, Klatsch, dem Gefühl, mittendrin zu sein. Wir waren nicht besonders intellektuell, aber wir haben doch unsere Gehirne angestrengt, und immer war da der Schwung kreativer Tätigkeit. Ich kann mir kaum etwas Schöneres vorstellen, als an einem Frühlingsnachmittag die Bond Street hinunterzugehen, in einem neuen Kleid, schlank, elegant...

Einen Moment überließ sie sich dieser Phantasie, nur um aufgeschreckt in die Wirklichkeit zurückzukehren. Was soll ich jetzt tun, da die Küche fertig ist? Ich werde wahnsinnig werden. Und dieses Geschöpf, das da in mir wächst, das mich krank und häßlich macht, ich möchte es los sein, ich wollte, es wäre nie geschehen. Nun muß ich es zur Welt bringen, und ich habe solche Angst. Aber danach, könnten wir dann nicht... Niemals kann ich Archie, der die Menschen so liebt, das vorschlagen.

Cecil schlafend zurücklassend, ging Archie nach unten, um zu frühstücken, und traf im Speisezimmer Pauly an, die gerade mit dem Finger einen Klecks Marmelade vom Glas wischte.

«Hoppla», sagte sie, «der Boß.» Dennoch leckte sie sich die Marmelade vom Finger.

«Ich hab hier nichts zu sagen», versetzte Archie unbeschwert. «Hier ist meine Mutter der Boß. Richtiges Porridge, wie ich sehe, eine erfreuliche Abwechslung. Und knuspriger Schinken. Sie sind keine Vegetarierin?»

Pauly lachte. «Sehe ich so aus?» Sie setzte sich zu ihm, als er sich sein Porridge an den Tisch holte, lehnte sich auf ihrem Stuhl zurück und streckte ihre nackten braunen Beine aus. Sie hatte olivgrüne, abgeschnittene Shorts an und leichte Sandalen; ein paar Grashalme klebten an ihren feuchten Füßen, die, wie Archie feststellte, schön waren – breit, wohlgeformt, so milchkaffeebraun wie der Rest ihres Körpers.

«Tom hat was Ähnliches zu Madeleine gesagt», erzählte sie ihm lachend. «Er hat sie aufgezogen, weil sie mich von der Straße aufgelesen hat. ‹Kochen will sie?› hat er gesagt. ‹Hirsebrei und Gemüseburger, nehme ich an. Und was für Bedingungen haben Sie ihr angeboten?› Ihre Mutter war gleich ganz verwirrt, richtig süß. Tom tut ihr gut», fügte sie hinzu und spie ein paar Traubenkerne in ihre Handfläche, «er bringt sie zum Lachen. Ach, beinah hätt ich's vergessen, möchten Sie einen geräucherten Hering? Ich hab extra für Sie welche da. Aber Sie müssen ein bißchen warten, sie müssen frisch gemacht werden.»

Archie wartete mit einem Gefühl der Desorientierung in diesem Zimmer, das ihm schon fremd geworden war. Die Tür in den Garten stand offen. Es war bewölkt, aber warm, der morgendliche Geruch frisch und angenehm nach der Zeit in der verschmutzten Stadtluft. Er sollte Cecil mit zurücknehmen, sich um sie kümmern. Oder war es egoistisch von ihm, sie bei sich haben zu wollen? Es wäre Wahnsinn, sie jetzt von hier wegzulotsen. Die Küche war fertig, endlich würde sie ausspannen können. Und doch hatte dieser lange Aufenthalt hier sie der Familie nicht näher gebracht. Einen Moment lang war er zornig auf Lisa und seine Mutter. Sie hätten doch bestimmt mehr tun können. Aber Lisa hatte ihre eigenen Probleme, und er wußte, daß seine Mutter mit ihren scheuen Bemühungen bei Cecil nichts erreichte, wenn Cecil es nicht zuließ. Und dann im Gegensatz dazu dieses junge Mädchen, diese heitere, unbefangene Pauly, die schon jetzt zur Familie zu gehören schien.

Sie setzte sich zu ihm und unterhielt sich mit ihm, während er seinen Räucherhering aß, und schien gar nicht an die Arbeit zu denken, die auf sie wartete. Das Speisezimmer hatte unter ihrer Hand ein anderes Gesicht bekommen, Kartons mit verschiedenen Sorten Getreideflocken auf der Kredenz, Toaströster, Weißbrot, Becher für den Kaffee.

«Also, wie ist das jetzt mit diesen Eukalyptusbäumen», sagte sie, ihre Beine um die Stuhlbeine gewickelt, und er mußte ein Lachen unterdrücken. Sie wollte es wirklich wissen. Sie hatte über das, was er ihnen am vergangenen Abend erzählt hatte, nachgedacht. Die Wäsche sollte sich selbst aufhängen.

«Jetzt muß ich aber wirklich los, es gibt eine Menge zu tun», sagte er schließlich. Er fühlte sich nach dem üppigen Frühstück viel wohler. «Durch die Küche darf ich vermutlich nicht hinausgehen, die ist noch ein Geheimnis, wie?»

Die Einstandsfeier für die Küche brachte ein, zwei Überraschungen. Erstens waren auf Madeleines Vorschlag Ivy Black, Malkie und seine Mutter eingeladen worden. Zweitens hatte Jean Galloway zugesagt, mit Jill und Dougal zu kommen. Madeleine war selbst zum Galloway-Hof hinaufgegangen, um sie einzuladen.

«Ach, aber das geht doch nicht – die Kinder würden sich natürlich wahnsinnig freuen –, aber ich bleibe lieber zu Hause, ich muß Donnie das Essen machen...»

«Donnie ist auch eingeladen.»

«Oh, aber er würde nie – ich meine, er hat im Moment so viel zu tun...»

«Jean, ich würde mich wirklich freuen, wenn Sie kämen. Es ist ja nur die Familie. Oder schreckt Sie das vielleicht um so mehr ab?»

Und da sie darüber lachen konnten, fand Madeleine den Mut weiterzusprechen. «Ich bin Dougal und Jill wirklich dankbar dafür, daß sie sich so nett um Cristi kümmern. Die drei sind so viel zusammen, da dachte ich, es wäre nett, wenn wir uns auch ein bißchen kennenlernen könnten. Ich habe ja jahrelang wie eine Einsiedlerin gelebt...» Deutlicher konnte sie nicht werden, aber vielleicht verstand Jean, was sie meinte, denn sie rang sich dazu durch, die Einladung anzunehmen.

Wie ein Observatorium krümmte sich das große Fenster der neuen Küche hoch über den Bach und bot ungehinderten Blick über das wellige Hochmoor zum imposanten Gipfel des Ben Breac, der sich vom rötlichen Abendhimmel abhob. Madeleines Angst vor schickem High-Tech hatte sich als völlig unbegründet erwiesen. Dies war eine gemütliche, ländliche Küche, eine richtige Wohnküche. Das lichte Grün des gemaserten Holzes hob sich vom Gelbweiß der Vorhänge, der Kissen auf der Fensterbank und den Stühlen ab und wiederholte sich in den dekorativen Kacheln.

Joss' Geschenk für die neue Küche war ein Hundekorb für Roxie. Pauly nahm gleich eines der Kissen, um es hineinzulegen.

Ivy Black, nach zwei Schlückchen Sherry rot im Gesicht, kicherte und wollte unbedingt helfen. Da sie sich offensichtlich viel wohler fühlte, wenn sie herumwirtschaftete, gaben die anderen ihre Bemühungen auf, sie davon abzuhalten. Malkies Mutter, in dem schwarz-grünen Kleid, das sie immer zu Beerdigungen trug, machte es sich auf der Fensterbank bequem, aß und trank mit Genuß und strahlte alle mit zahnlosem Mund an. Malkie ließ Pauly nicht aus den Augen.

«Könnte das ein Problem geben?» fragte Madeleine Tom.

Sein Blick folgte dem ihren. «Ich finde es gut, daß Ihnen die Möglichkeit aufgefallen ist, aber nach dem, was ich eben gehört habe, ist es unwahrscheinlich. Sie hat ihn gründlich abblitzen lassen.»

Lisa hielt Jean auf, als sie hereinkam. «Komm, schau dich um. Ist das nicht ein Traum? Ich hätt mich gar nicht getraut, es dir zu zeigen, wenn euer Haus nicht als erstes für die Renovierung vorgesehen wäre. Cecils Stil können wir natürlich nicht versprechen...»

Madeleine trat zu ihnen. «Ich freu mich so, daß Sie gekommen sind, Jean», sagte sie mit einem scheuen Lächeln.

«Ich mich auch», antwortete Jean tapfer. Es war ihr unangenehm, daß die Kinder immer ins große Haus hinaufliefen. Waren sie dort auch nicht im Weg, benahmen sie sich anständig? Als sie jetzt sah, wie wohl sie sich fühlten, wie sie mit dem Hund spielten, wie sie sofort aufsprangen, um zu helfen, wenn sie gerufen wurden, wußte sie, daß ihre Bedenken unbegründet waren. Und diese Küche war wirklich eine Pracht. Die junge Lady Napier wußte offensichtlich, was sie tat. Würde in ihrer eigenen kleinen Küche jemals Platz für eine Spülmaschine sein?

Die Leckerbissen, die Pauly angerichtet hatte, waren in ihrer

Fülle und Schmackhaftigkeit eine Wonne für Augen und Magen. Lockere kleine Fischbällchen mit frischer Brunnenkresse, Paté (die sie förmlich mit Brandy getränkt hatte, dachte Archie beifällig) mit knusprigem Brot, Avocadomousse in kleinen Förmchen, die zu stürzen sie leider keine Zeit mehr gehabt hatte, so daß das nun jeder selbst versuchen mußte, mit unterschiedlichem Erfolg und viel Gelächter.

«Eigentlich gehören noch Garnelen obendrauf, aber die hab ich gegessen. Ach, und essen Sie nicht zuviel von der Anchoviespaste, wenn Sie hinterher noch was schmecken wollen.»

Es ist das reinste Vergnügen, einen solchen Rinderbraten zu schneiden, dachte Archie gerade und sprang erschrocken zur Seite, als eine Kaskade gebackener Kartoffeln zwischen seinen Füßen dahinschoß.

«Oh, nein! War das eines von meinen beiden?» stöhnte Jean, war aber nach zwei Gläsern Punsch, den Tom und Pauly gebraut hatten, nicht mehr fähig, sich ernsthafte Sorgen zu machen.

«Ein Glück, daß ich vergessen hatte, sie aufzuschlitzen und Butter reinzutun», bemerkte Pauly. «Das ist nicht so schlimm. Schnell, halt Roxie fest, die verbrennt sich sonst die Schnauze.» Roxie, Pauly, Cristi, Dougal und Jill verschwanden unter dem Tisch.

Und Mutter zuckt nicht einmal mit der Wimper, stellte Archie fest.

«Ich kann's kaum erwarten, bis die ganzen Beeren aus dem Garten kommen», bemerkte Pauly und hieb mit ihrem Löffel achtlos in die appetitlich aussehende Aprikosen-Haselnuß-Meringue.

«Na, davon werde ich doch satt werden», meinte Archie lächelnd, als er seine Riesenportion entgegennahm.

«Leider spinnt die Küchenmaschine ein bißchen, seit ich die Nüsse darin zerkleinert habe.»

«Was ist an dieser Schokoladenmousse anders, Pauly?»

«Die Mousse ist ein Soufflé.»

Gelächter. «Ich meine den Geschmack.»

«Orangen-Curaçao.»

Nur Cecil, die eigentlich Mittelpunkt der Party hätte sein sollen, stand für sich, quittierte die Glückwünsche mit höflichem Lächeln, hörte distanziert ihren hitzigen Debatten darüber zu, wo früher dieses oder jenes gestanden hatte, wo diese oder jene Kammer gewesen war. Sie wollte sich an dem freuen, was sie geschaffen hatte, aber die Arbeit war abgeschlossen, sie hatte sie schon hinter sich gelassen. Gestern, als sie allein hier gestanden hatte, hatte sie einen Moment das Gefühl gehabt, wirklich etwas geleistet zu haben. Jetzt war es nichts weiter als ein erledigter Auftrag, eine obligatorische Feier.

Die lief allerdings nicht ganz so ab wie erwartet. Den ursprünglichen Plan, draußen auf der Terrasse zu essen, hatte man aufgegeben, als sich gegen Mittag ein ziemlich starker Wind erhoben hatte. Im vergnügten Durcheinander hatte niemand den Himmel beachtet, niemand das warnende Donnergrollen gehört. Mit einem Donnerschlag brach das Gewitter los, als Madeleine gerade den Kaffee einschenkte. Roxie schoß erst zur Tür, dann in wilder Panik in die finsterste Ecke, die sie finden konnte. Blitze erleuchteten das große Fenster mit blendender Helligkeit, die ersten schweren Tropfen prasselten gegen das Glas, gleich darauf verdunkelten es strömende Regenbäche.

«Jetzt werden wir gleich sehen, ob es wirklich dicht ist», rief Tom Archie vergnügt zu.

«Was meinst du, hätten wir die Hecke doch stehenlassen sollen?» rief Archie zurück, und sie lachten beide über diese Vorstellung, die Madeleine einen Moment lang so schlecht gar nicht fand.

Als man die Kinder einmal mehr davon überzeugt hatte, daß man vor Gewittern keine Angst zu haben brauchte, Malkies Mutter sich zur Beruhigung noch ein Gläschen eingeschenkt hatte und Roxie zitternd in der warmen Dunkelheit unter Toms Pullover Schutz gefunden hatte, sagte Lisa, sie müsse hinausgehen und nach Cuil sehen.

«Ich komme mit», erbot sich Tom, zog den kleinen Hund behutsam unter seinem Pullover hervor und reichte ihn an Pauly weiter.

«Gut, dann komm», sagte Lisa.

Du hast was dagegen, sagte sich Madeleine vorwurfsvoll.

Während es rundum gute Ratschläge und Warnungen hagelte, Mäntel und Stiefel übergezogen wurden, Tom und Lisa durch den strömenden Regen zum Wagen rannten, wurde Madeleine sich mit Schrecken und Ungläubigkeit bewußt, daß sie eifersüchtig war. Sie wollte diesen Moment mit Tom teilen. Sie wollte ihn an ihrer Seite haben, um mit ihm zusammen die Dramatik dieses Naturschauspiels zu genießen.

Sie begehrte ihn. Sie hatte es sich nur nicht eingestanden.

26

War das ein Lichtschein oben in der Scheune? War es möglich, daß Tom dort oben war, obwohl er heute morgen schon so früh nach Moy zur Jagd- und Fischereimesse gefahren war? Er mußte doch erschöpft sein. Wahrscheinlich wollte er nur nachsehen, wie weit man heute vorangekommen war, und dann sofort zu Bett gehen. Aber ein ganzer Tag, ohne ihn zu sehen, das war zu lang. Madeleine fuhr am Haus vorbei und zur Scheune hinauf.

Tom hörte den Jeep und eilte, von der wild hüpfenden Roxie gefolgt, die Treppe hinunter in die unteren Räume, die sich noch im Rohzustand befanden. Seine Freude, als er ins Freie kam, um Madeleine entgegenzugehen, war unverkennbar.

«Was für eine schöne Überraschung. Ich dachte, du wolltest mit Joss zu Abend essen.» Sie waren inzwischen endlich zum Du übergegangen.

«Ja, das habe ich auch getan, aber sie hat mich hinausgeworfen. Sie war seit heute morgen um fünf auf den Beinen. Erst der Garten, dann die Post, dann eine Sitzung mit ihren Alkoholikern in Muirend. Sie meinte, sie hätte ihre letzten Kräfte gebraucht, um nach dem langen Tag auch noch einen Gast zu bewirten.»

Merkt man sie mir an, diese Freude, ihn zu sehen? Spürt man den Frieden, den ich augenblicklich empfinde, wenn ich mit ihm zusammen bin? Die Zeit scheint stehenzubleiben, nichts außer diesem Moment zählt.

Tom lachte. «Und was hat sie gekocht?» Joss' Art, einen Gast zu bewirten, war wohlbekannt.

«Eine Fleischpastete vom Metzger.»

«Und?»

«Und Salat dazu.»

Es ist unwichtig, was wir sagen, ob wir sprechen oder nicht. Allein ihn zu sehen, seinen kräftigen, sportlichen Körper, so anders als Charles' schwammige Massen, seine gesunde Haut, sein Lächeln, die ruhigen, dunklen Augen, die sehen, ohne zu kritisieren; allein zu wissen, daß er mich gut kennt, außer vielleicht die Tiefe dieses Gefühls, das mich aufwühlt und mit Ungläubigkeit erfüllt. Wie ich mich freue, wenn er in ein Zimmer tritt! Wie unsere Blicke sich immer wieder treffen, wenn wir unter Menschen sind! Was für ein wohltuendes Gefühl, alles an ihm so gut und so richtig zu finden.

Nie hatte sich Madeleine glücklicher gefühlt als in den Wochen, seit sie ihre Gefühle für Tom verstanden und anerkannt hatte. Viele Tage wie jenen ersten oben auf dem Hügel hatte sie mit ihm verbracht. Sie hatte mit ihm zusammen die benachbarten Gutsbesitzer besucht. Es waren keine abschreckenden Anstandsbesuche gewesen, sondern geschäftliche Zusammentreffen, die drinnen oder auch draußen auf dem Hof stattfanden.

Sie waren nach Alltmore hinübergefahren und hatten Forellen gekauft, um den Bestand im See aufzustocken, und nach Torglas, um Erfahrungen über die Bewirtschaftung der Torfmoore auszutauschen. In vielen Häusern war Madeleine in den frühen Jahren ihrer Ehe häufig eingeladen gewesen. Es fiel ihr leicht, sich einzureden, es sei ganz normal, daß sie den neuen Verwalter auf diesen Antrittsbesuchen begleitete, da ja Archie auf Reisen war.

Die unvermeidlichen Kommentare waren durchaus freundlich. «Wie sehr sich Madeleine Napier seit Charles' Tod verändert hat. Endlich ist sie aus ihrem Schneckenhaus herausgekommen.»

«Ja, nett, sie zu sehen. Die hatten Glück da oben auf Glenmara, daß sie sich Tom Ferguson geschnappt haben. Der alte Heriot unten in Carrhill war auch scharf auf ihn.»

«Wie war der Tag in Moy?» fragte Madeleine. Sie war gespannt gewesen, ob Tom Lisa mitnehmen würde, aber Lisa hatte in den Achalder Häusern, wo sie Joyce Quebell half, zu tun gehabt. Hatte er sie aufgefordert? Trotz allem versuchte Madeleine immer noch, sich vorzumachen, daß die beiden gut zueinander passen würden.

«Lang war der Tag.» Er hätte sie so gern mitgenommen, hatte aber geglaubt, sie würde sich langweilen. «Ich hab ein, zwei Leute getroffen.» Tatsächlich hatte er natürlich Dutzende von Freunden und Bekannten getroffen und war erstaunt gewesen über die Herzlichkeit, mit der sie ihm entgegenkamen. Er wußte nicht, daß diese Herzlichkeit immer dagewesen war, daß man jedoch sein bisheriges Bedürfnis, sich abzukapseln, bemerkt und respektiert hatte; genauso wie man jetzt spürte, daß die Schranken gefallen waren. Zum erstenmal hatte er an diesem Tag das Gefühl gehabt, wieder in seiner eigenen Welt zu sein. «Komm rein und sieh dir an, wie weit wir hier drinnen sind», sagte er.

Die steinerne Scheune war an einem Hang erbaut, so daß auf der einen Seite Fahrzeuge in den oberen Speicher hatten hineinfahren können. Dieses große Tor war nun verglast, mit einer Fenstertür in der Mitte. Auf der anderen Giebelseite war jetzt ein langes Fenster, um das herum schon eine Küche Form anzunehmen begann.

Vor Madeleines Ankunft hatte sich Tom den fertigen Sockel für den Ofen angesehen und darüber nachgedacht, wieviel näher die Realisierung seiner Pläne inzwischen gerückt war. Obwohl er sich darauf freute, seine eigenen vier Wände zu haben, war ihm doch auch klar, wie schwer es ihm fallen würde, die Wohnung im großen Haus zu verlassen.

Das Leben im Kreis der Familie würde ihm fehlen, besonders die Stunden um den großen Tisch in der neuen Küche, bei den von Pauly zubereiteten Mahlzeiten, die je nach Stand ihres Liebeslebens oder Grad ihrer Verkaterung üppig oder dürftig ausfielen. Pauly nämlich hatte sich mit Enthusiasmus ins dörfliche Leben des Tals gestürzt und kehrte, von knatternden Fahrzeugen diverser Art befördert, häufig zu nächtlichen Zeiten heim, die Madeleine lieber nicht registrierte.

Doch Madeleine nicht mehr täglich zu sehen, nicht mehr auf ihren leichten Schritt, ihre Stimme, ihr Lachen zu horchen und die Reaktion seines Körpers zu fühlen, wenn er sie hörte! Sie hatte davon natürlich keine Ahnung. Er war sicher, daß sie in dem Glauben lebte, Sex habe mit ihr nichts mehr zu tun. Wenn sie wüßte, was eben in ihm vorgegangen war, als er ihren Jeep den Hang heraufkommen hörte!

Er wird glücklich sein hier oben, dachte Madeleine, endlich in seinem eigenen Zuhause. Hier wird er mit Roxie zu seinen Füßen sitzen und lesen. Bei Wagners gewaltigen Klängen seinen Gedanken nachhängen. Sein eigenes Leben führen, sich einrichten. Seine Söhne werden ihn besuchen – solange Pauly hier ist jedenfalls, ergänzte sie mit leichtem Spott, um sich selbst ein wenig aufzumuntern.

«... der Stahlkamin macht sich nicht besonders gut», sagte Tom gerade. «Aber zum Glück kann man ihn von der Straße aus ja kaum sehen.»

«Gewisse Dinge fallen einem nach einiger Zeit gar nicht mehr auf», erwiderte Madeleine. «Der Raum hier wird wunderschön, Tom. Ich bin froh, daß du keine moderne Terrassentür eingebaut hast.»

«Cecil hätte vielleicht einiges ganz anders gemacht», meinte er, während er die rauhen steinernen Wände betrachtete, den Boden und die Treppe aus Fichtenholz, die einfache Küche. Der ganze Raum hatte eine männliche Ausstrahlung, die ihm gefiel, weite, klare Linien, natürliche Materialien.

Madeleine lachte zustimmend, doch als er sich umdrehte, sah er die Besorgnis in ihrem Gesicht.

«Geht es Cecil heute nicht gut?»

«Ach, Tom, ich mache mir solche Sorgen um sie.»

«Erzähl.» Im schwindenden Licht des Augustabends setzten sie sich auf den staubigen Boden vor dem großen Fenster und sahen zu, wie die letzten Strahlen der Abendsonne erloschen und weiche blaue Schatten das Tal einhüllten.

«Sie ist so verschlossen. Es ist, als wollte sie das Kind ganz für sich allein haben. Aber sie ist nicht glücklich dabei. Archie hat mich gebeten, mich um sie zu kümmern, aber jedesmal, wenn ich es versuche, komme ich mir aufdringlich und störend vor. Und sie sieht so schmal und abgespannt aus, obwohl die Übelkeit endlich aufgehört hat. Ich weiß nicht, wie ich ihr helfen soll.»

«Die Hauptsache ist, du läßt sie spüren, daß sie dir am Herzen liegt. Das arme Ding hat in ihrem Leben nicht viel Liebe erfahren. Aber ich weiß natürlich, daß das schwer ist, wenn sie dich dauernd auf Distanz hält. Und im Grunde genommen fühlst du dich ja nicht zu ihr hingezogen. Das weiß sie. Sie ist kein Mensch, der leicht zu täuschen ist.»

«Aber ich habe Cecil sehr gern», protestierte Madeleine sofort.

«Ja, gewiß, du hast sie gern. Sie ist die Frau deines Sohnes. Du möchtest sie gern akzeptieren, um so mehr jetzt, wo das Kind bald kommt. Du kannst dir mit dem Verstand ihre guten Eigenschaften vor Augen halten, aber du empfindest keine Wärme.»

«Schrecklich», sagte sie, ohne es zu bestreiten.

«Ja, aber es ist nicht deine Schuld. Es ist die Folge ihres eigenen Verhaltens, und das wiederum hat seine Wurzeln in ihrer Kindheit.»

«Wie meinst du das?» Er konnte sie überraschen, niemals aber zweifelte sie auch nur einen Moment lang an der Richtigkeit dessen, was er sagte.

«Du weißt, daß Cecils Eltern geschieden waren. Aber weißt du auch, daß sie keinerlei Verbindung mehr zu beiden hatte, als sie Archie kennenlernte?»

Madeleine drehte den Kopf und sah ihn im dämmrigen Licht aufmerksam an.

«Als ihre Eltern sich trennten, blieb sie bei ihrem Vater, der beinahe sofort wieder heiratete. Nach zwei Jahren verließ er seine zweite Frau, nahm aber Cecil nicht mit. Ehefrau Nummer zwei hat zwar angemessen für sie gesorgt, aber Cecil hatte nie das Gefühl dazuzugehören. Es waren noch zwei jüngere Kinder da, und ob sie tatsächlich anders behandelt wurden oder Cecil sich das nur einbildete, spielt vermutlich keine Rolle. Sie fühlte sich jedenfalls zurückgewiesen. Die Stiefmutter heiratete wieder, der neue Ehemann erklärte sich bereit, Cecil zu behalten, obwohl Cecil behauptet, er habe sie immer gehaßt. Als Cecil ungefähr dreizehn war, starb die Stiefmutter. Danach war sie der Sorge eines Menschen überlassen, der keinerlei Verbindung zu ihr hatte, kein Interesse und keine Zuneigung zeigte. Gerechterweise muß man sagen, daß er seine Verpflichtungen erfüllt hat – sie konnte bei ihm wohnen und er gab ihr eine gute Ausbildung, aber von dem Tag an, als sie von der Schule abging, mußte sie für sich selbst aufkommen.»

«Aber Tom, von alledem hatte ich ja keine Ahnung. Archie hat nie ein Wort gesagt. Die arme Cecil, sie muß ja schrecklich gelitten haben.» Madeleines Gedanken kehrten zu ihrer eigenen Kindheit zurück; ich hätte es schaffen müssen, daß sie sich mir anvertraut.

«Archie weiß nichts davon. Jedenfalls längst nicht alles. Sie hat nie mit jemandem darüber gesprochen.»

«Aber mit dir hat sie gesprochen.»

«Ach, das war, als wir die Küche gekachelt haben. Das ist so eine friedliche Beschäftigung, da quasselt man viel.»

Quasseln nannte er es. Allen fiel es leicht, mit Tom zu sprechen, dank seiner Vorurteilslosigkeit, seiner Ehrlichkeit, seiner Bereitschaft zuzuhören. Tom war auch derjenige, der entdeckt hatte, daß Paulys Eltern, von denen sie immer sagte «Na ja, ganz nett, aber langweilig eben, sie können nichts dafür, die Armen», eine Gerichtsmedizinerin und ein Neurochirurg namens Alan Tobin waren, ein Name, den selbst Madeleine kannte.

«Was können wir tun?»

«Sehr wenig. Ich glaube, Cecils Fähigkeit zu lieben ist zerstört worden ...»

«Aber sie liebt doch Archie!»

«Ja, das ist richtig, auf ihre eigene blinde, suchende Art, aber ich glaube, sie weiß, daß sie unfähig ist, ihm die Wärme zu geben, die er braucht, und daß sie hofft, daß er die Schranken für sie einreißen wird. Ich vermute, daß die künstliche Befruchtung einzig Cecils Idee war, Archie sich aber inzwischen um ihretwillen damit ausgesöhnt hat und sich das Kind jetzt wirklich wünscht. Er hat ein großes Herz.»

«Wünscht sie sich denn das Kind?» Diese Frage hatte Madeleine bisher vermieden.

«Ich glaube, sie hat gehofft, es würde eine Lösung bringen. Kein Kind sollte aus einem solchen Grund gezeugt werden, und Cecil ist intelligent genug, um das zu erkennen.»

«Und um zu sehen, daß sie wieder abseits steht», sagte Madeleine langsam. «Sie hat Angst, daß sie das Kind nicht lieben wird, weil es nur durch ihre Eigenmächtigkeit entstanden ist. Ach, Tom, ist das nicht schrecklich?» Schrecklich auch für Archie. Mit aller Leidenschaft wünschte sie, er möge glücklich werden, einmal ein Kind haben, das von ihm gezeugt war, das er mit reiner Freude erwarten konnte.

«Vielleicht findet sie ja so etwas wie Erfüllung, wenn das Kind erst da ist und sie das Gefühl hat, daß da jemand wirklich zu ihr gehört und sie braucht.»

«Ich hätte viel mehr mit ihr sprechen sollen. Ich hätte ihr das Gefühl geben müssen, daß sie sich mir anvertrauen kann. Du hast immer so viel Verständnis, Tom. Du hilfst uns allen.»

«Du hast dir selbst geholfen.» Sie sah, daß er lächelte.

«Lach mich nicht aus», protestierte sie. «Du mußt mich ja entsetzlich spießig gefunden haben, als du das erstemal hierher kamst.»

«Ich hab dich wunderbar gefunden.» Sein Ton hatte sich verändert, seine Stimme klang tiefer, rauher. Er neigte sich näher zu ihr, und das Hündchen, das auf seinem Oberschenkel gelegen hatte, rutschte herunter. Tom nahm Madeleine bei den Schultern und drehte sie leicht herum. Er neigte den Kopf, um ihr forschend ins Gesicht zu blicken, und sie hatte kaum Zeit, erstaunt zu denken, jetzt wird er mich küssen, als seine Lippen schon auf den ihren lagen, warm und sanft, so vertraut, als hätte sie ihre Berührung schon immer gekannt.

In ihr geschah etwas, das sie nie für möglich gehalten hätte.

Eine Flut von Empfindungen überschwemmte ihren ganzen Körper. Charles' Küsse hatten darin bestanden, daß er seine gespitzten Lippen gefühllos auf ihren gehorsam dargebotenen Mund gedrückt hatte. Nach drei oder vier dieser flüchtigen Berührungen pflegte seine Hand zu ihrer linken Brust zu gleiten und sie durch ihr Nachthemd hindurch zu kneten. Auch das war nicht angenehm gewesen, auch das hatte nicht lang gedauert. Seine Hand war dann weiter abwärts gewandert, es war eine kleine Pause eingetreten, während er ihr Nachthemd hochschob und sie versuchte, sich ein Kinderlied von einer Kribbelkrabbelspinne aus dem Kopf zu schlagen.

Nur flüchtig blitzte diese Erinnerung auf und erlosch wieder. Süße Erregung durchströmte sie, als ihre Lippen sich unter denen Toms öffneten, ein Sehnen, mit ihm zu verschmelzen. Doch tiefer als alles andere war das Gefühl vollkommenen Vertrauens zu ihm.

Als er aufhörte, sie zu küssen, drückte sie ihr Gesicht an seinen Hals, und einen Moment lang überließen sich beide den Gefühlen, die endlich zum Durchbruch gekommen waren.

«Du bist eine erstaunliche Frau», sagte Tom dann voll inniger Zärtlichkeit, wie sie sie nie von einem anderen Menschen erfahren hatte. Seine Stimme war nur ein Hauch an ihrer Wange, doch mit einem leicht neckenden Unterton, um den er sich bewußt bemühte, damit er sie nur ja nicht verschreckte.

«Weil ich dich zurück geküßt habe? Glaub mir, das hat mich genauso erstaunt.» Von seinen Armen umschlossen, neigte sie ihren Kopf nach rückwärts, um ihm lächelnd ins Gesicht zu sehen. «Ich habe es eben erst gelernt. Ach, Tom!»

«Ach, Madeleine», lachte er, «komm, laß uns ein bißchen üben.»

Schweben und fühlen. Als Tom seine warme Hand auf ihre Brust legte, ruhig und fest, war das wohltuend und zugleich unglaublich erregend. Nie zuvor hatte sie etwas gespürt, das diesem feurigen Verlangen auch nur nahekam.

«Ich hatte keine Ahnung, was da alles miteinander verdrahtet ist», bemerkte sie mit einem leisen, atemlosen Lachen.

«Ach, Liebes, was wir alles miteinander entdecken werden!»

«Aber ich dachte immer, Lisa gefiele dir. Du hättest ein Auge auf sie, wie Pauly sagen würde.»

«Lisa? Na hör mal! Ich hab sie sehr gern, aber – sie könnte ja meine Tochter sein.»

«Ich war eifersüchtig.»

«Das kann doch nicht dein Ernst sein.»

«Ich habe mir eingeredet, daß du der Richtige für sie bist, und versucht, dir nicht nachzuschmachten.»

«Nachzuschmachten. Das ist ein nettes Wort. Und ich hab mich so angestrengt, dir ja nicht zu nahe zu treten.»

«Aber warum denn?»

Tom lachte erheitert. «Wenn du mich das in diesem verständnislosen Ton fragst, ist es schwer zu erklären. Ich wollte dir einfach Zeit geben, dich erst einmal selbst zu finden, wenn das nicht zu hochtrabend klingt. Aber dir muß doch aufgefallen sein, daß ich jede freie Minute mit dir verbracht habe. Es war so eine Freude zuzusehen, wie du immer neue Schritte gemacht hast, immer mutiger geworden bist – na, und was eben so dazugehört...»

27

Hoppla», sagte Pauly, als sie mit einer Ladung Wäsche hereinkam und bemerkte, wie Madeleine und Tom hastig die Blicke voneinander nahmen, «hat's bei euch beiden endlich geknallt? Na, Klasse!»

Im ersten Augenblick fand Madeleine das selbst von Pauly etwas drastisch, aber dann mußte sie lachen. Es war etwas Wunderbares geschehen – warum sollte sie sich darüber Gedanken machen, was die Jungen dazu sagten.

«Ja», antwortete sie.

«Nein», sagte Tom.

Madeleine war wie vom Donner gerührt. Hatten die Worte und Küsse des letzten Abends denn nichts bedeutet? Schämte sich Tom jetzt? All die Zweifel, die sie als junges Mädchen gequält hatten, überfielen sie wieder auf grausame Weise. Das Blut stieg ihr ins Gesicht, aber sie bemühte sich, die Fassung zu bewahren. Zeig nichts, benimm dich natürlich...

Tom warf nur einen Blick auf ihr bestürztes Gesicht und sprang auf, um sie in den Arm zu nehmen.

«Madeleine, Liebes, mach nicht so ein Gesicht. Pauly hat gemeint...»

Pauly, die sie einen Moment lang verdattert angestarrt hatte, ließ ihre Wäsche fallen und lief zu Madeleine, um sie ebenfalls in den Arm zu nehmen. «Mensch, ich und mein großes Mundwerk! Achten Sie gar nicht auf mich, mich geht's doch gar nichts an. Sie haben nur so strahlend ausgesehen. Aber hat's nun gefunkt bei euch?» fügte sie von unwiderstehlicher Neugier getrieben hinzu.

Madeleine hob den Kopf und sah Tom unsicher an.

«Ja, bei uns hat's gefunkt», sagte er kapitulierend. «Aber wir waren noch nicht miteinander im Bett – das hat Pauly nämlich vorhin gemeint», fügte er zu Madeleine gewandt hinzu.

Das «noch nicht» jagte einen Strom der Erregung durch Madeleines Körper. Ein wenig unsicher begann sie zu lachen.

Wie sehr sich Tom wünschte, mit ihr zu schlafen! Er begehrte sie schon so lange, aber er wußte, daß er ihr Zeit lassen mußte. Stundenlang hatten sie am Abend vorher oben in der Scheune miteinander geredet, sich mit Wonne von der Entwicklung ihrer Gefühle füreinander erzählt und einander immer wieder voll glücklicher Erregung berührt.

Später waren sie, Tom mit dem schlaftrunkenen Hündchen im Arm, Madeleine mit der Taschenlampe, eng umschlungen die Treppe hinuntergestolpert, und Tom hatte den Jeep zum Haus hinuntergefahren, wo sie wiederum Stunden zusammengesessen hatten, bis sie schließlich aufgestanden waren, um in die Wohnung zu gehen und Kaffee zu machen und einander noch einige Dinge zu sagen, die unmöglich bis zum mittlerweile nur noch drei Stunden entfernten Morgen warten konnten.

Aber Tom hatte gewußt, daß er Madeleine noch Zeit lassen mußte. Er wollte nicht, daß sie sich überrumpelt fühlte. Er hatte jetzt eine ziemlich genaue Ahnung davon, wie groß ihre Unerfahrenheit war, und wußte, daß er behutsam mit ihr umgehen mußte. Ich kann warten, dachte er. Warten, bis sie es wirklich will, bewußt und ohne alle Unsicherheit.

«Pauly, hast du bei der Wäsche ein paar kurze Hosen für Cristi? Sie hat nur noch lange oben. – Was ist denn hier los? Mama, alles in Ordnung?» Lisa blieb abrupt stehen, als sie die Szene sah: Madeleine zwischen Tom und Pauly, die sie streichelten und ihr tröstend Arme und Schultern tätschelten.

«Die beiden lieben sich – als hätten wir das nicht schon die ganze Zeit gewußt», verkündete Pauly. «Ist das nicht süß? Aber sie haben noch nicht ...»

«Pauly!» sagte Tom streng.

«... die richtige Einstellung zu der neuen Entwicklung gefunden», fuhr Pauly mit Unschuldsmiene fort. «Und ich weiß nicht, wie es mit euch ist, aber nach so viel emotionalem Aufruhr könnte ich jetzt eine Tasse Kaffee gebrauchen.»

«Wurde aber auch Zeit, daß du's merkst», sagte Lisa lachend zu ihrer Mutter. «Meinen Glückwunsch.»

Und das war alles, wie Madeleine ungläubig feststellte. Pauly und Lisa hatten dies kommen sehen und als völlig normal akzeptiert. Sie mußte bei nächster Gelegenheit zu Joss hinuntergehen und es ihr erzählen. Würde sie auch so wenig überrascht sein wie die anderen?

«Meine Mutter ist so komisch», sagte Lisa, während sie das Ohr eines kleinen, rundlichen Hundes untersuchte. «Sie hat keine Ahnung, daß wir schon wochenlang beobachtet haben, wie sie und Tom sich angesehen haben.»

«Und, glaubst du, wird was draus?» fragte Joyce Quebell, die gern alles genau wußte.

«Kann ich mir eigentlich nicht vorstellen. Ich glaube, sie hat mit meinem Vater nicht gerade schöne Zeiten erlebt. Das könnte sie abschrecken. Außerdem ist sie bestimmt überzeugt, sie sei zu alt.»

«Für ein bißchen Sex? Na ja, ein bißchen langweilig kann's einem schon werden – soweit ich mich erinnere», fügte Joyce mit einem herzhaften Lachen hinzu.

Unmöglich, sich Stephen und Joyce auch nur händchenhaltend vorzustellen. Der arme Stephen, kein Wunder, daß er der Meinung war, seine Frau und seine Mutter kämen besser ohne ihn zurecht.

«Ich glaube, es interessiert sie im Grunde nicht – oder denkt man das immer über die eigene Mutter? Aber Tom ist für weibliche Reize empfänglich. Ich hatte mal den Eindruck, daß er Pauly ganz gern sieht.»

«Pauly ist jünger als du!»

«Ich weiß, aber sie ist ziemlich reif, auch wenn sie ein bißchen ausgeflippt ist. Sie hat ein gutes Verständnis für andere und ist in Dingen, die wichtig sind, sehr verantwortungsbewußt. Bei Cristi zum Beispiel. Es ist wirklich toll, wie sie sich um sie kümmert. – Das Ohr ist schon viel besser. Was meinst du, könnten wir von jetzt ab die Tropfen nur einmal am Tag geben?»

«Laß sehen.» Der Dandy Dinmont verdrehte mit einer Miene abgrundtiefen Kummers die Augen.

Er lag auf dem Küchentisch im linken der beiden Achalder Häuser, das vielfältigen Zwecken diente: Hier bereitete man die Mahlzeiten vor, verarztete und bürstete die Hunde, erledigte die Geschäftskorrespondenz, entwarf Pläne für die neuen Zwinger, hier aß und trank man. Mit dem Einzug der Quebells waren beide Häuser im Chaos versunken. Kisten und Kartons wurden nicht fertig ausgepackt, zum Teil weil alle sich für andere Dinge interessierten, aber auch, weil Stephens Mutter eine Woche nach dem Einzug einen kleinen Schlaganfall erlitten hatte und jetzt das Bett hüten mußte. Ihre Schwiegertochter erinnerte sich in unregelmäßigen Abständen plötzlich ihrer Existenz, ihr Sohn, soweit Lisa feststellen konnte, nie. Die alte Mrs. Quebell schien diese Art der Krankenpflege für ganz normal zu halten; ihre Hauptsorge war, endlich wieder zu ihren Hunden zu können. Es schien sie nicht im geringsten zu stören, in einem Zimmer eingesperrt zu sein, das mit Kartons möbliert war, kahle Böden und vorhanglose Fenster hatte.

Lisa war zu Hause und in der Schule zu Ordnung erzogen worden. In ihrem eigenen Haus hatte sie stets auf peinliche Ordnung und Sauberkeit geachtet. Jetzt kam ihr dieses Verhalten beinahe unnatürlich vor, ein ewiges Bemühen, vor Howard und anderen, undefinierten Autoritäten zu bestehen.

Hier war anderes wichtig. Stephen konnte ohne weiteres eine volle Stunde lang auf der ungemähten Wiese stehen und völlig unbefangen und entspannt seine Umgebung auf sich wirken lassen, oder er lehnte stundenlang in meditativer Beschaulichkeit in seinem durchgesessenen alten Sessel. Manchmal las er die ganze Nacht durch. Manchmal war er schon bei Tagesanbruch auf den Beinen, um sein Skizzenbuch mit Zeichnungen und Beobachtungen zu füllen. Man konnte ihn am schönsten Sommertag bei geschlossenen Fenstern in seinem Arbeitszimmer finden.

Joyce lebte und arbeitete nur für ihre Hunde, dachte und sprach über nichts anderes. Mit Hilfe von Sandy Black, dem «Mädchen für alles» auf Glenmara, hatte sie in einer Geschwindigkeit, die Tom sehr beeindruckte, die Schuppen unterteilt und auf dem unbearbeiteten Stück Land am Fluß ein Auslaufgelände abgesteckt.

«Sie hätten Sandy hören sollen», berichtete Ivy, seine Frau, mit Genuß. «Er kam abends praktisch auf den Knien heimgekrochen. Und morgens, wenn er wieder raus mußte, jammerte er zum Gotterbarmen. Einmal hat er nicht mal sein Mittagsbrot fertig essen können. Die Frau macht ihn fertig, hat er gesagt, und er wundert sich nicht, daß ihr Mann im andern Haus wohnt.»

Es war ein logisches Arrangement, das vor Jahren schon zustande gekommen war. Stephen hatte den fatalen Fehler gemacht, eine Frau zu heiraten, die wie seine Mutter war – oder vielleicht war es das Gescheiteste, was er je getan hatte. Nach einem kurzen Machtkampf, dessen qualvolle Einzelheiten er aus seinem Gedächtnis gestrichen hatte, hatten die beiden Frauen erkannt, wie sehr sie einander mochten, und eine Koalition gebildet, die ihn zu seiner dankbaren Erleichterung ausschloß. Fortan konnte er in Frieden leben. Sie sorgten gut für ihn, beschwerten sich selten, ließen ihm seine Freiheit, sagten, seine Zeichnungen seien sehr hübsch, und erwarteten nicht, von ihm versorgt zu werden. Die Dandy Dinmonts verkauften sich sehr gut.

«Ach du lieber Gott, wann habe ich Mrs. Q denn das letztemal was zu essen gebracht? Ich kümmere mich nachher um Floras Pfote. Könntest du vielleicht Stephen was rüberbringen?»

Jedesmal, wenn Lisa den bemoosten Weg hinter den Häusern entlangging und über den verfallenen Zaun stieg, fragte sie sich, ob der Zauber tiefen Friedens auch diesmal wieder wirken würde. Sie wurde nie enttäuscht. Sie brauchte nur den kühlen, nach Osten gelegenen Raum zu betreten, dessen großzügige Unordnung mit dem Kuddelmuddel nebenan nichts gemein hatte, und schon fühlte sie sich zufrieden und beruhigt. Dies war das Zimmer eines Menschen, der in sich selbst ruhte, durch sein kreatives Talent zu seiner Mitte gefunden hatte. Es war ungeheuer erholsam. Sie wunderte sich, daß sie nie das Gefühl hatte, im Weg zu sein. Stephen empfing sie stets mit gleicher Freude.

Weil ich ihm das Essen bringe, hatte sie sich anfangs mit einer Grobheit gesagt, in die sie immer noch verfiel, wenn sie unsicher war. Doch da Stephen häufig zu essen vergaß, was sie ihm brachte, und selbst wenn er es aß, kaum darauf achtete, was er sich in den Mund schob, mußte sie akzeptieren, daß er sie einfach gern um sich hatte. Er unterhielt sich mit ihr. Auf den ersten Blick hätte sie nie geglaubt, daß sie überhaupt etwas gemeinsam hatten, doch der Strom sanfter Worte floß ohne Hemmnis, und sie fühlte sich von einem Wohlgefühl eingehüllt wie von einer warmen Decke, während die Zeit ihr unter den sonst so geschäftigen Fingern zerrann.

Denn sie hatte viel zu tun dieser Tage. Wann immer möglich war sie in den Achalder Häusern, um Joyce zu helfen oder, wenn Joyce auf Ausstellungen unterwegs war, um sich um Mrs. Q zu kümmern und die Hunde zu versorgen. Sie arbeitete viel mit Cuil, und Pauly war immer froh, wenn jemand ihr beim Beerenpflücken und beim Einfrieren des Gemüses half, das Jahr um Jahr von Malkie gepflanzt wurde.

Ohne es zu merken, fand Lisa wieder in das Leben auf Glenmara zurück, ein Leben voll harter Arbeit, eine Welt, in der sie geschätzt und gebraucht wurde. Hier konnte sie ihre Tüchtigkeit einsetzen, hier fühlte sie sich am rechten Ort.

«Kannst du dir vorstellen», sagte sie eines Tages selbst überrascht zu Joss, die sie so gern wie Madeleine besuchte, «daß ich seit Ewigkeiten nicht mehr darüber nachgedacht habe, was ich eigentlich mit meinem Leben anfangen soll?»

«Du hast wahrscheinlich gar keine Zeit, darüber nachzudenken», antwortete Joss, während sie mit zusammengekniffenen Augen die Steine für die Mauer musterte, die sie gerade am Ufer des Baches baute. Das war gegenwärtig ihre liebste Freizeitbeschäftigung, und niemand besuchte sie, ohne Gummistiefel mitzubringen und darauf gefaßt zu sein, daß er mit schmerzenden Schultern und gequetschten Fingern heimkehren würde.

Lisa lachte. «Das ist es ja gerade. Ich lebe einfach mein Leben. Ich glaube, das habe ich noch nie getan.»

Joss hob einen Moment den Kopf und sah sie nachdenklich an. «Ja, da wirst du wohl recht haben. Warum also noch in die Ferne schweifen?»

«Kann es wirklich so einfach sein?»

«Warum nicht? Was siehst du für Probleme? Immer noch Mads? Das kann ich mir nicht vorstellen, sie ist doch viel zu beschäftigt mit ihren eigenen Geschichten – oder ihrer eigenen Geschichte», fügte sie mit einem anzüglichen Lachen hinzu.

«Ich weiß eigentlich gar nicht mehr richtig, was für Probleme ich mit Mama hatte. Sie scheinen sich aufgelöst zu haben.»

«War auch Zeit. Komm, reich mir mal den flachen Stein, der da neben deinem Fuß liegt. Nein, den anderen, der muß hier rein, du Trine. Ja, genau, so könnte es gehen …»

Lisa blickte liebevoll zu den gekrümmten Schultern und dem zerzausten grauen Haar hinunter. Joss hatte recht, mehr war nicht zu sagen.

28

Archie kam zwei Tage früher als geplant zurück und brachte eine todmüde und verzweifelte Cecil mit. Unfähig, die Langeweile auf Glenmara auszuhalten, nachdem die Küche fertig war, und ohne Interesse an der Umwandlung des kleinen Salons von Madeleines Schwiegermutter, war sie nach London geflohen und hatte mit Bestürzung festgestellt, daß ihr das weder Trost noch neue Motivation brachte. Viele Freunde waren verreist, die, welche da waren, fanden ihre Gesellschaft nicht so anregend wie früher. Die Stadt stöhnte unter glühender Hitze, das Schlimmste von allem jedoch – ihr geliebtes Atelier schien jetzt so sehr aller Schönheit zu mangeln wie sie selbst. Exklusiv hergerichtet, aber leblos in seinen Farben, blieb es ihr verschlossen. Würde sie hier je wieder die Befriedigung stiller kreativer Stunden finden? Im Moment jedenfalls konnte sie nicht arbeiten. Und sie schaffte es auch nicht, sich auszumalen, daß es eines Tages wieder anders sein könnte.

So kam sie also mit Archie zurück. Sie brauchte seine Nähe, oft aber packte sie auch Wut auf ihn, daß er ihre Abneigung gegen das kommende Kind – ein Gefühl, das ihr jetzt nachvollziehbarer erschien als ihr ursprüngliches blindes Wollen – nicht ebenfalls empfand.

Sie wußte, daß sie ungerecht war. Immer wieder kämpfte sie das Gefühl nieder, Archie habe sie im Stich gelassen. Das Gegenteil war wahr. Er war besorgter, zärtlicher und aufmerksamer als je zuvor, und er hatte sich die Zeit bis zur Geburt des Kindes extra für sie freigehalten. Sicher würde sie es lieben, wenn es erst da war. Es wuchs in ihrem Körper, es war ein Teil von ihr. Der natürliche Mutterinstinkt würde nicht versagen, natürlich würde sie es lieben. Sie wiederholte sich das wie eine Zauberformel, während sie nichts als Abscheu empfand.

Sie waren früher zurückgekehrt, weil Cristi ihren neunten Geburtstag feierte und alle außer Cecil entschlossen waren, ihr einen ganz besonderen Tag zu bescheren. Die ganze Schule rückte zum Tee an.

Tom und Madeleine waren einige Tage vorher nach Muirend gefahren, um ein Fahrrad zu kaufen (Toms Geschenk), blieben aber nach dem Mittagessen im Garten eines Pubs so lange sitzen, daß der Laden schon geschlossen war, als sie endlich hinkamen. So mußten sie am nächsten Tag noch einmal hinfahren. Danach waren sie nach Loch Insh gefahren, um bei einem Freund Toms ein kleines Ruderboot abzuholen (Madeleines Geschenk). Lisa und Pauly hatten ihnen empfohlen, sich Zeit zu lassen, und mehrmals mit großem Nachdruck darauf hingewiesen, daß sie ja nachts zu Hause seien und sich wenn nötig um Cristi kümmern könnten.

Die Versuchung für Tom war groß. Aber soviel ihm und Madeleine daran lag, jeden möglichen Moment zusammen zu verbringen, wenn auch nur bei so romantischen Beschäftigungen wie dem Flicken von Zäunen, dem Abschmirgeln der Wände in der Scheune, der Säuberung von Gräben und dem Zurückschneiden der verwilderten Büsche rund um die Rasenflächen, so wußte er doch, daß eine von ihm vorbereitete Übernachtung in einem Hotel Madeleine völlig überfordern würde.

Pauly ließ im Fieber der Geburtstagsvorbereitungen alles andere stehen und liegen. Die Küche sah aus wie ein Schlachtfeld.

Cecil hatte auf dem Absatz neben der Treppe zum Boilerraum einen niedrigen, gekachelten Sims mit einem Fenster darüber anlegen lassen, zwei chinesische Ingwertöpfe und eine Begonie daraufgestellt. Dieser Sims übte eine magische Anziehungskraft auf die Kinder aus, die mit ihren Spielsachen und von Pauly erbettelten Leckerbissen bäuchlings auf den warmen Kacheln zu liegen pflegten, und auch auf Roxie, die es als idealen Beobachtungsposten sah. Er hatte gerade die richtige Höhe, um sich zu einem flüchtigen Schwatz darauf niederzulassen, und immer stand da eine Kaffeetasse oder ein Weinglas.

Als Cecil hereinkam und diese ketzerische Zweckentfremdung sah, verfinsterte sich ihr Gesicht so bedrohlich, daß Archie einen heftigen Ausbruch fürchtete. Im selben Moment wurde ihm klar, daß er froh darüber wäre. Cecils stummes Leiden quälte ihn. Er war beunruhigt über ihren körperlichen Zustand, die zerbrechlich dünnen Glieder und die leblose Fahlheit ihrer Haut. Aber viel tiefer beunruhigte ihn das Unterdrücken ihrer Sorge und die Tatsache, daß sie sich immer weiter von allem um sie herum entfernte. Wenn sich die Spannung einmal entlud, würde er vielleicht zu ihr durchdringen und sie in ihrer Angst beruhigen können.

Doch Cecil kniff nur die Lippen zusammen, machte auf dem Absatz kehrt und ging schweigend hinaus, während Pauly, die überhaupt nichts gemerkt hatte, Archie aufgeregt fragte: «Willst du den Kuchen sehen? Da hab ich mich wirklich selbst übertroffen.»

Der Kuchen war ein weißes Zuckerbäckerhaus mit einem Schindeldach. Vor dem Häuschen war ein Garten mit einem Mäuerchen und einem Weg. Neben dem Haus stand ein Baum und in seinem Schatten war ein kleines Gemüsebeet. Roxie, ein Collie und eine Katze saßen im Garten. Das neue Fahrrad lehnte am Mäuerchen.

Das große Geburtstagsfest hatte am Morgen unten am See mit dem Stapellauf von Cristis neuem Boot begonnen. Eine Flasche Cola zerschellte krachend unter dem Jubelgeschrei der Kinder an seinem Bug. Gerade als die Jungfernfahrt beginnen sollte, öffnete der Himmel seine Schleusen, und alles stürzte zum Haus. Da die erfahrenen Mütter ihre Kinder wohlausgerüstet losgeschickt hatten, waren diese noch einigermaßen trocken, als sie außer Atem den ehemaligen kleinen Salon der alten Lady Napier erreichten.

Ohne die fleckige alte Seidentapete, die schweren dunklen Möbel, die düsteren Samtvorhänge an den Fenstern war er jetzt, da die Torbögen zum alten Speisezimmer wieder offen waren, kaum wiederzuerkennen. Madeleine hatte alles darangesetzt, ihn für diesen Tag fertig zu haben. Ein ausgelassenes Kinderfest sollte genügen, um Grannies Geist endgültig auszutreiben.

Aber dann gab es einen Aufstand. Das Messer schwebte über dem Kuchen, die Kinder sahen Pauly entsetzt an.

«Du willst ihn doch nicht aufschneiden?» Selbst Dougal protestierte.

«Faß ja mein kleines Häuschen nicht an! Das erlaub ich dir nicht, das darfst du nicht...» Weinend packte Cristi Paulys Arm.

«Cristi, Schätzchen, wein doch nicht! Es ist ja gut, es ist ja gut.» Pauly warf das Messer weg und nahm Cristi in die Arme. «Hör bitte auf zu weinen. Ich wollte dich doch nur ein bißchen necken. Es tut mir leid. Ich hab extra noch einen Kuchen gebakken, den ihr essen könnt. Komm mit, wir holen ihn zusammen. Den hier kannst du dir für immer und ewig aufheben.»

Cristi lehnte sich an sie, schluckte, schniefte und lächelte, die Wimpern noch tränenfeucht. Die Erwachsenen, die nicht in das Geheimnis des zweiten Kuchens eingeweiht worden waren, schüttelten den Kopf.

Aus der Küche kamen Hilferufe, und Tom lief hinaus, um nachzusehen, was los sei. Pauly konnte den zweiten Kuchen nicht vom Holzbrett heben, der ganze Zuckerguß war angeklebt. Die Kinder rissen Mund und Augen auf, als er hereingetragen wurde – ein dickes weißes Kaninchen mit langen Ohren.

«O Gott, ein weiterer Kandidat für das Kuchenmuseum», stöhnte Joss.

«Der darf bestimmt auch nicht angeschnitten werden.»

«Wie viele Ersatzkuchen hast du noch, Pauly?»

«Keine Widerreden mehr, Herrschaften, der Kuchen wird gegessen», verkündete Pauly und kappte ein Ohr. Schreie und Gelächter. «Ich hab allerdings sehr viel Creme reingetan», sagte sie und leckte sich den Zuckerguß von einem Finger. «Kann sein, daß es eine ziemliche Schweinerei wird.»

Die wurde es. Ivy Black rannte hinaus, um feuchte Lappen zu

holen, und wischte zusammen mit Jean sämtliche Gesichter und Hände ab, die ihnen unterkamen. Malkies Mutter, die ihre Vorliebe für Feste im großen Haus entdeckt hatte und es irgendwie schaffte, sich einzuschmuggeln, hatte zum großen Spaß der Kinder bald einen dicken weißen Schnurrbart.

«Mein Gott, was würde Grannie sagen?» bemerkte Madeleine sich selbst parodierend zu Archie.

«Ist es nicht ein tolles Fest?» Wie macht Pauly das nur, fragte er sich und dachte bedrückt an Cecils kühle Unzugänglichkeit. Sie ist so schusselig, sie macht die größten Dummheiten, aber wo sie ist, wird gelacht. Nein, stimmt nicht, Cristi hat sie mit dem Kuchen zum Weinen gebracht. Aber sie hat Wärme, Gefühl, Menschlichkeit. Er beobachtete, wie die Kinder sich um sie scharten, wie sie Joss beim Organisieren verschiedener Spiele half, und als sie die Kinder schließlich losschickte, um sie im Haus Verstecken spielen zu lassen, fiel es ihm schwer zu sagen: «Achte ein bißchen drauf, daß sie Cecil nicht stören, ja?»

Mit Pauly an ihrer Seite, die auf ihren Knien eine Wildpastete balancierte, von der sie nicht sicher war, ob sie die Fahrt überstehen würde, lenkte Madeleine den Jeep die steilen Windungen der Schotterstraße zum Picknickplatz hinauf. In ihr sprudelte eine Lebensfreude, die dringend nach Ausdruck verlangte. Aber im Moment mußte sie sich auf die felsigen Auswüchse und Schlaglöcher dieser sogenannten Straße konzentrieren und versuchen, mit Craig MacNeil Tempo zu halten, der im Lieferwagen mit den Klapptischen, den Getränken und den Kindern vorausfuhr.

Es tat gut, draußen zu sein, in der milden Luft, und den warmen Duft der Heide zu riechen, den der Wind ihnen zutrug, als sie die Tische deckten – mit Grannies Damasttüchern – und die köstlichen Speisen zurechtstellten. Jill und Cristi legten mit ernsten Gesichtern das Silber auf, Dougal half Craig, der sich in Paulys Nähe kaum konzentrieren konnte.

«Archie weiß doch nichts, oder?» fragte Cristi besorgt, als sie Roxie aus einem der Körbe zog.

Archie erwartete nichts als belegte Brote, höchstens noch eine

Quiche, auf jeden Fall aber den traditionellen Fruchtkuchen, der, dunkel und feucht und üppig in Alkohol getränkt, seit Wochen auf diesen Tag wartete.

Es war Madeleines Idee gewesen, diesen Brauch des großen Mittagessens am zwölften, dem Tag des Jagdbeginns, wiederaufleben zu lassen; gerade so wie sie zu Archies Freude darauf bestanden hatte, die Jäger zum Abendessen ins Haus einzuladen. Der Tag hatte in diesem Jahr eine neue Bedeutung: Er mußte Geld einbringen. Und zufriedene Kunden würden wiederkommen. Archie hatte nach Kräften die Werbetrommel für diese Jagd gerührt, und Tom hatte Jock Anderson, den Förster, auf Trab gebracht.

Archies Gesicht beim Anblick ihrer Überraschung war Madeleine Belohnung genug. Er umarmte sie alle – Pauly fühlte sich so warm und weich an wie einer ihrer Puddings und roch nach dem Schnittlauch, den sie eben in den Salat geschnippelt hatte.

Braun und windzerzaust kam Lisa herauf, Cuil mit prall gefüllten Tragkörben am Zügel, und sang jedem, der es hören wollte, sein Loblied. Joss bestand darauf, sich zu den anderen Treibern zu setzen. Bald schallte ausgelassenes Stimmengewirr und Gelächter zu den Champagnertrinkern herüber. Pauly hatte die Bierration dürftig gefunden und noch zwei Kisten zugegeben.

Archie, der später die Kette der Treiber auf sich zu torkeln sah, bezweifelte, daß viele Vögel es für nötig halten würden, vor ihnen aufzufliegen. Die ganze Jagd lief nicht ganz so, wie er es geplant hatte, aber ganz gleich, wie die Beute ausfiel, der Tag war ein voller Erfolg.

Pauly ließ einen weiteren Brauch wiederaufleben, von dem man ihr erzählt hatte. «Gehört es nicht dazu, daß wir zum Abschluß alle ein Glas trinken, den Kuchen aufessen und jeder einen Vogel rupft?» fragte sie mit Unschuldsmiene, als sich alle nach dem Ende der Jagd zu den wartenden Fahrzeugen begeben wollten. «Wenigstens hoffe ich, daß es so ist. Die Köchin befindet sich leider nicht in der Lage, bis zum Abendessen allein fertig zu werden.» Ein Augenaufschlag, ein tiefer Seufzer, der ihren hübschen Busen voll zur Geltung brachte, und sämtliche anwesenden Männer legten ihre Gewehre nieder, um sich das nächste Moorhuhn zu schnappen.

«Oh, nur die jungen Vögel», sagte Pauly mit einem reizenden Lächeln. «Es soll ja schließlich Ihr Abendessen werden. Warten Sie, ich helfe Ihnen bei der Auswahl...»

Tom und Archie tauschten mißbilligende Blicke und waren doch gleichzeitig entzückt von ihr.

Beim Abendessen beobachtete Archie liebevoll seine Mutter. Er war überrascht und dankbar gewesen, als sie seine Einwendungen kurzerhand beiseite geschoben und gesagt hatte, die Jäger sollten im Haus essen, wie es früher immer gewesen war. Damals waren es natürlich Familienmitglieder und Freunde gewesen; dies war eine absolute Neuheit, und sie hatte sich ihr großartig gewachsen gezeigt. Er war froh, daß alles so gut gegangen war, entspannt nach dem langen Tag in Sonne und Wind, hocherfreut über das phantastische Mittagessen, das allen so zugesagt hatte. Zwar hatten er und Tom es in ihrer Kostenrechnung nicht berücksichtigt, aber über solche Kleinigkeiten sahen seine Mutter und Pauly natürlich großzügig hinweg. Dennoch, erstklassige Reklame.

Madeleine saß in der untergehenden Sonne vor dem großen Fenster. Sie muß ein Stück von den Vorhängen mitgenommen haben, als sie sich dieses Kleid gekauft hat, dachte Archie. Sie sah unglaublich jung und lebendig aus, ein wenig nervös wegen der vielen Gäste, aber strahlend in ihrem neuen Glück mit Tom. Pauly sah in einem weißen Sommerkleid mindestens so appetitlich aus wie die Speisen, die sie auftrug – knusprig gebratene Moorhühner auf Croûtons, dazu Kartoffeln und junges Gemüse, das Ivy an diesem Nachmittag geerntet hatte. Zum Nachtisch gab es Eis mit schwarzen Johannisbeeren und Sahne.

Joss und Cristi machten es sich in Joss' kleinem Wohnzimmer gemütlich, während die anderen oben im Haus dinierten. Sie schauten sich drei Seifenopern hintereinander an, aßen Käsetoast und verdrückten hinterher jede eine Schachtel Eiskonfekt. Zum

Abschluß spielten sie mehrere lautstarke Runden Schnippschnapp. Cristi fand es toll, die erste zu sein, die in dem Gästezimmer in der Mansarde übernachtete, und noch toller, daß Joss zur gleichen Zeit wie sie ins Bett ging.

Aber als Joss in ihrem Bett lag, schlief sie nicht mit gewohnter Leichtigkeit ein. Nicht daß ihr das Schicksal der Moorhühner besonders nahe ging. Tiere fraßen und wurden gefressen. Der Mensch war ein Fleischfresser. Die Jagd war in einem Gebiet, das auf andere Weise nicht nutzbar gemacht werden konnte, eine Einkommensquelle. Aber das ganze Brimborium, das Geld, das daran verschwendet wurde, die teure Ausrüstung, Menschen, Hunde, Pferde, Fahrzeuge, Munition – das alles zur Beschaffung von vielleicht siebzig oder achtzig Mahlzeiten? Das raffinierte Essen, der Champagner. Aber weshalb sollte es beim Abschuß von ein paar Moorhühnern weniger akzeptabel sein, Champagner zu trinken, als bei anderen Gelegenheiten?

Im Grunde wußte sie, wo die Wurzel ihres Unbehagens lag. Der Reichtum der wenigen, das weitreichende Elend der vielen. Was konnte man tun? Traurig drückte sie ihren Kopf ins Kissen, um zu schlafen.

29

Als Madeleine in Muirend zufällig Penny Forsyth begegnete und diese sie samt Familie und Anhang zu dem in der ganzen Gegend berühmten Mittagessen einlud, das stets am Sonntag nach Jagdbeginn auf Alltmore stattfand, war sie schon drauf und dran gewesen abzulehnen, als ihr einfiel, daß es ja keinen Charles mehr gab, der Einwände erheben konnte. Mit Tom zusammen dort hinzugehen, würde etwas ganz anderes sein.

Archie freute sich zu hören, daß sie angenommen hatte. Er war froh, daß sie allmählich wieder Kontakt zu den alten Freunden im Tal aufnahm, mit denen er immer in Verbindung geblieben war, und bereit war, Toms Freunde kennenzulernen, die mit Befriedigung sahen, daß er sich endlich aus seiner selbstgewählten Isolation befreite.

Archie wäre gern mitgekommen nach Alltmore; die Feste dort waren immer amüsant. Doch für Cecil, das wußte er, würde so etwas überhaupt nicht in Betracht kommen, und er konnte sie nicht allein lassen.

Lisa zögerte im ersten Moment wie ihre Mutter, dann aber erinnerte sie sich der Kinderfreundschaften vor dem Beginn des einsiedlerischen Mißmuts ihrer Jugendjahre. Es würde nett sein zu sehen, was aus allen geworden war. «Ganz zwanglos, hat Penny gesagt», berichtete Madeleine, und das gab für Lisa den Ausschlag.

Auf Alltmore empfingen die Söhne des Hauses die vorfahrenden Gäste und wiesen sie zum See hinunter, der am Fuß einer von üppigen Rhododendren und Trauerweiden eingefaßten Rasenfläche lag. Fasziniert blieb Madeleine einen Moment stehen, als sie die Gäste sah. Nirgends eine Spur von geblümter Seide oder maßgeschneidertem Tweed. Die alte Lady Hay of Sillerton, eine ehemalige Bekannte Grannies, trug tatsächlich eine alte Arbeitshose, in der sich vermutlich nicht einmal Malkie hätte blicken lassen. Und der pingelige alte Peter Semple, dem dieses hübsche Haus mit Blick auf Muirend gehörte, stand in einem verwaschenen Hemd, das er über der Hose trug, und einer Baseballmütze an einem Riesengrill und wendete die Würstchen.

Natürlich konnte niemand direkt sagen, na, Gott sei Dank hat der gräßliche alte Charles das Zeitliche gesegnet, doch alle hießen Madeleine mit großer Herzlichkeit willkommen und ebenso Tom, den die meisten kannten. Erste Überraschung über ihr gemeinsames Erscheinen wich bald freundlicher Billigung. Cristi erregte allgemeines Entzücken und Pauly, in einem verwaschenen Rugbyhemd in Pink und Schokoladenbraun, wurde innerhalb von Sekunden von einigen jungen Männern entführt.

War das ein Schwatzen und Lachen! Madeleine hatte vergessen, daß es immer so gewesen war. Sie war erleichtert zu sehen, daß Lisa vergnügt mitmachte, und lachte plötzlich über sich selbst. Was hatte sie denn erwartet? Daß sie mit finsterem Gesicht dastehen und Löcher in die Luft starren würde?

Tom unterhielt sich offensichtlich gut, aber Madeleine spürte eine innere Zurückhaltung an ihm. Die Freude darüber, hier in seiner Begleitung erscheinen zu können und nicht in der eines sauertöpfischen Charles, bekam einen Dämpfer. Er war da, meist bei ihr oder in ihrer Nähe, ungezwungen, gesellig, aber die magische innere Verbindung zwischen ihnen fehlte heute. Sie vermutete, daß er mit seinen Gedanken noch beim vergangenen Abend war, zu dem auch die ihren mitten im Tumult herzlicher Begrüßung und fröhlichen Geplauders immer wieder zurückkehrten.

Rob und Ian hatten Ians Geburtstag bei ihrer Mutter in Scone gefeiert. Wilma hatte nichts unversucht gelassen, um Tom zu überreden, ebenfalls zu kommen, um der Jungen willen und so weiter. Daraufhin hatte Tom, den nichts dort hin zog, bei Rob nachgefragt, um zu erfahren, was die Jungen wirklich wollten. Rob hatte erklärt, er solle lieber nicht kommen, seine Mutter brenne nur darauf, einen Streit vom Zaun zu brechen. Und das gelang ihr auch.

Rob hatte den ganzen Tag bei der Jagd geholfen und war mit einer halben Stunde Verspätung losgefahren, in den Jeans, die er die ganze Woche angehabt hatte, und einem T-Shirt, das Pauly bei der Wäsche rosa verfärbt hatte.

Eine Stunde später hatte Tom einen Anruf erhalten. Er hatte ihn in der Küche entgegengenommen, fünf Sekunden zugehört, das Gespräch dann umgestellt und grimmig gesagt: «Ich nehme es drüben in der Wohnung.» Zwei Minuten später war er zurückgekommen, brodelnd vor Zorn wie an dem Tag, an dem er Ross Miller hinausgeworfen hatte. Sein Gesicht war blaß, nur auf seinen Wangenknochen brannten zwei rote Flecken.

«Ich bin zum Abendessen nicht da», sagte er brüsk zu Madeleine. «Ich muß da etwas klären.»

Sie nickte nur ohne ein Wort, eingeschüchtert von dem Zorn, der ihn so veränderte, und er machte kehrt und ging hinaus.

In der kleinen Eingangshalle des Bungalows in Scone legte Wilma mit unsicheren Händen den Hörer auf. Im Wohnzimmer saßen die beiden Jungen und warteten schweigend.

«Meinst du, es würde was nützen, wenn ich mich umziehe?» fragte Rob schließlich, als ihre Mutter nicht zurückkam.

«Dazu ist es jetzt zu spät. Außerdem geht's hier nicht um uns, sondern um Dad. Kerzen auf dem Tisch. Und du solltest mal sehen, was sie alles gekocht hat.»

«Er kommt bestimmt nicht.»

«Sie ist nach oben gegangen.» Sie lauschten einen Moment, dann schaltete Ian irgendeine alberne Spielshow im Fernsehen ein.

Ihre Mutter hantierte klappernd in der Küche, als draußen Tom vorfuhr. Beide Jungen sprangen auf, als sie sie zur Tür eilen hörten.

«Ich wußte, daß du kommen würdest», hörten sie sie triumphierend rufen, und gleich darauf die wütende Entgegnung ihres Vaters: «Du benimmst dich wie eine Verrückte!»

Sie hatten schon früher ab und zu eine Ahnung davon bekommen, wie zornig er werden konnte, wenn die Grenze seiner Langmut erreicht war. Und sie hatten höchsten Respekt vor diesem Zorn.

«Tut mir leid, Jungs», sagte Tom, als er hereinkam. «Das ist eine Sache, die ein für allemal geklärt werden muß. Hier», er zog seine Brieftasche heraus, «macht euch im Pub einen netten Abend. Tut mir leid, daß dir jetzt dein Geburtstag verpatzt ist, Ian.»

«Schon in Ordnung, Dad.» Nichts wie raus, das drohte übel zu werden. Rob drehte sich noch einmal um und sagte unbeholfen: «Gut – ich meine – daß du hergekommen bist...» Dann folgte er Ian hastig hinaus.

Tom nahm Wilma beim Arm, führte sie ins Wohnzimmer und schloß die Tür.

Es hatte sein müssen. Er konnte nicht zulassen, daß Wilma ihm ständig in sein Leben hineinpfuschte und ihn mit den Jungen erpreßte. Doch die Auseinandersetzung hatte einen bitteren Geschmack hinterlassen, und heute brauchte er ein wenig Abstand und Raum für sich.

Madeleine spürte es und war bedrückt. Mach dich nicht lächerlich, sagte sie sich, während sie versuchte, sich an den Namen eines alten Admirals zu erinnern, der entschlossenen Schrittes auf sie zustapfte. Es ist gerade mal zwei Wochen her, daß Tom dich das erstemal geküßt hat. Doch sie erkannte mit einer kleinen Aufwallung von Erregung, daß das Wissen um diese andere Seite Toms, des Gelassenen und Zuverlässigen, ihn für sie um so anziehender machte. Er besaß eine Kraft und eine Stärke, die er selten zeigte, die sie aber bewunderte.

Anfangs hatte sie den Grund ihrer inneren Unruhe nicht erkannt. Ich habe nie so etwas wie sexuelles Verlangen empfunden, sagte sie sich und mußte darüber lachen. Ich habe nie jemanden begehrt, aber ich begehre Tom. Mein Körper sehnt sich nach ihm. Er gibt mir das Gefühl, lebendig und selbst begehrenswert zu sein. Das, was Charles mit mir getan hat, kann nicht alles sein...

Sie wünschte sich plötzlich, das Recht zu haben, an Toms Seite zu stehen, ganz nahe, und ihn zu berühren. Sie wünschte sich, seine Hand nehmen, seine Haut fühlen, seine Stimme dicht an ihrem Ohr hören zu können, mit ihm allein zu sein. Das Verlangen überschwemmte sie mit solcher Heftigkeit, daß sie Mühe hatte, sich auf die Gespräche um sie herum zu konzentrieren. Sechsundvierzig Jahre zu leben, und dieses Gefühl nicht gekannt zu haben! Aber jetzt, dachte Madeleine glücklich, jetzt kenne ich es, jetzt weiß ich, daß ich ihn begehre.

Dann waren sie unerwartet plötzlich allein.

Zuerst ging Pauly. «Macht's Ihnen was aus, wenn ich nach – o Gott, wie heißt der Ort gleich wieder? Na, ist ja auch egal, da ist jedenfalls eine Party, aber sie bringen mich nach Hause.»

Dann Lisa. «Ich habe Joyce versprochen, die Hunde zu füttern, weil sie heut erst spät zurückkommt. Und Cristi möchte die Welpen sehen, ich nehme sie also gleich mit...»

Neben Tom im Auto, glücklich über dieses unverhoffte Alleinsein mit ihm, war Madeleine völlig betrübt, als er auf der Fahrt durch Kirkton auf seine Uhr sah und sagte: «Hast du was dagegen, wenn wir noch im *Cluny Arms* vorbeischauen und die Jäger begrüßen? Sie müßten inzwischen angekommen sein.»

«Aber nein. Das ist ein guter Gedanke.» Doch bei sich dachte sie, daß sie jetzt nicht auf einem Barhocker sitzen und mit fremden Leuten reden wollte. Ich habe ihn verloren. Ich habe alles falsch verstanden. Er mag mich gern und ist gern mit mir zusammen, aber das ist alles. Ich möchte mich in seine Arme vergraben. Ich möchte mit ihm reden. Ich möchte, daß diese Wellen von Gefühl endlich ein Ufer erreichen. Nun mal nicht so schwülstig, sagte sie sich selbst, aber auch Spott half nichts.

Lisa war froh, als sie auf dem gekiesten Platz vor Joyce' Haus ihren Wagen anhielt. Es war ein netter Tag gewesen, besser als sie erwartet hatte, aber, du lieber Gott, konnten diese Leute reden und klatschen. Natürlich war es lustig gewesen, alte Freunde und Bekannte wiederzusehen, aber das hier war schöner – die Abendsonne über dem Fluß, Arbeit, die getan werden wollte, die alte Mrs. Q, die, ein Auge gegen den Rauch aus ihrer Zigarette zusammengekniffen, mit einem Eimer in der Hand aus dem Haus trat. Nebenan Stephen, allein für sich in dem stillen Zimmer.

«Stellen Sie den Eimer hin, Mrs. Q. Geh rauf, Cristi, hilf ihr.»

Cristi sprang wie der Blitz aus dem Wagen. «Darf ich die kleinen Hunde sehen?»

«Willst du sie dir gleich anschauen?»

So war das immer hier. Unkompliziert. Die Welpen waren knuddelige Spielzeughündchen mit Samtpfoten und glänzenden Augen und seidenweichem Fell. Cristi war hingerissen, und Lisa und Mrs. Q ließen sie von watschelnden kleinen Hunden umgeben in der Küche zurück. Gerade als sie mit der Fütterung fertig waren, kam Joyce mit einem ersten Preis und einem Berg von Einkäufen zurück. «Könntest du Stephen seine Sachen rüberbringen, Lisa, und ihm sagen, daß er mit uns essen kann, wenn er Lust hat? Und du und Cristi, ihr bleibt natürlich.»

Das ist das Schönste von allem, dachte Lisa, als sie die schwere Tragetasche über den Zaun hievte. Darauf habe ich diesen ganzen Tag voller Stimmen und Gesichter gewartet. Sie war sich ihrer vorsichtigen Zurückhaltung bewußt gewesen, während sie sich fragte, ob die Leute über das Ende ihrer Ehe Bescheid wußten, und unverbindliche Antworten auf freundliche Fragen gab. Hier erwarteten sie keine Forderungen, keine Bewertungen.

«Möchtest du mal sehen?» Stephen stand auf, streckte sich, sah sie lächelnd an.

Sie betrachtete schweigend die detaillierte, präzise Arbeit, die zarten Farben. «Man möchte sie anfassen.»

Er lachte. «Ein größeres Lob gibt es nicht.»

«Ach, Joyce hat gesagt, wenn du Lust hast, kannst du drüben essen.»

«In Ordnung. Wie war die Party? Schwierig?»

«Nett, nett eigentlich. Ich fühl mich nur ein bißchen fremd in dieser Welt.»

«Komm, gehen wir ein Stück am Fluß spazieren. Ich hab den ganzen Tag hier drinnen gesessen.»

Frieden. Mit Stephens Augen zu sehen, jede Einzelheit einer Landschaft, die sie zu kennen geglaubt hatte, wahrzunehmen. Über die Gefühle, die die Begegnungen des Tages in ihr geweckt hatten, zu sprechen. Endlich über Howard zu sprechen. «Ich glaube, ich war überhaupt nie verheiratet, ist das nicht komisch?»

«Ist das wichtig? Tut es dir weh, macht es dich wütend? Oder geht es dir darum, was die anderen Leute von dir denken?»

So ruhig stellte er diese Fragen, daß es ihr leichtfiel, sie zu beantworten.

«Ich persönlich kann nicht verstehen, daß die Gesellschaft an dieser Verquickung von Sakrament und zivilrechtlichem Vertrag festhält», bemerkte Stephen. «Jedes Paar sollte die Möglichkeit haben, selbst zu entscheiden, welche Verpflichtungen es einzugehen wünscht. Ich habe mich von Joyce in die Ehe hineinorganisieren lassen ...» Mit einem Lächeln, das seiner eigenen Verantwortung dafür Rechnung trug, «und das war falsch von mir. Aber wir haben eine gute Regelung erreicht. Sei einfach du selbst, Lisa, wenn du das kannst, und laß die Fragen hinter dir.»

«Ich selbst sein», wiederholte sie langsam, den Blick auf den Strudel dunklen Wassers unter dem ausgehöhlten Ufer gerichtet. «Aber wer bin ich denn?»

«Ein aufrichtiger, tüchtiger Mensch mit einer Fähigkeit, glücklich zu sein und zu geben, die dir kaum bewußt ist.»

Und verletzlich, dachte er, ungeformt, und das ist es, was mich anrührt. Nach den selbstsicheren Frauen, die ich gekannt habe.

Ich sollte Cristi nach Hause bringen, aber ich fühle mich so wohl hier, dachte Lisa später, leicht benebelt von satter Zufriedenheit und reichlich Whisky. Ein Glück, daß die Schule noch nicht angefangen hat. Die Küche war warm, eng, unordentlich, schlecht beleuchtet, von Essens- und Hundegerüchen durchzogen. Ein Wust von Briefen und Hundeleinen, Rechnungen und Tabletten, Kugelschreibern, Zigaretten, Büchern, Brillen und Hundepfeifen war an ein Ende des Tisches geschoben. Schmutzige Teller stapelten sich in der Mitte neben einem Stück Edamer, einer Schachtel Cracker und einer verbeulten Emaillekaffeekanne.

Mir gefällt diese Mischung aus begeistertem Eifer und Lässigkeit, diese Gleichgültigkeit Äußerlichkeiten gegenüber, diese schlampige Gemütlichkeit. Mir gefällt es, Mrs. Q's braune Hände zu beobachten, wenn sie diesen dicken, kleinen Hund streichelt. Mir gefällt es, daß sie Cristi immer als gleichwertig behandeln. Und mir gefällt die Art, wie diese drei Menschen leben, die Ruhe, die Stephen ausstrahlt, der gemächliche Fluß der Zeit.

30

Von den ersten Bodenfrösten, der Färbung der Vogelbeeren, dem Ende von Cristis Ferien aufgeschreckt, wurde sich Madeleine bewußt, daß sie wünschte, dieser Sommer würde nie enden. Denn Archie und Cecil würden nach der Geburt des Kindes nach London zurückkehren, Toms nette, hilfsbereite Söhne würden abreisen, und Pauly, der Sonnenschein, wie lange würde sie noch hier sein? Sie hatten Glück gehabt, daß Pauly so lange geblieben war, aber früher oder später würde sie sicher fort wollen. Ein Glück, daß Joss da war.

Und bald würde auch die Scheune fertig sein. Madeleine graute vor dem Tag, an dem Tom aus der Wohnung ausziehen würde. Selbst jetzt sah sie ihn kaum allein. Die Jagd beanspruchte den größten Teil seiner Zeit, aber die täglichen Anforderungen auf dem Gut hörten natürlich nicht einfach auf – die Maschinen mußten geprüft werden, da jetzt die Ernte begann, Kälber mußten verkauft werden, Wassertanks nach dem trockenen, heißen Sommer aufgefüllt werden. Zu allem Überfluß mußten Sandy und Ivy, gerade als die Arbeiten am Galloway-Haus begannen, nach Wick zu Sandys krankem Vater reisen. Um diese Jahreszeit steckten alle bis über beide Ohren in Arbeit; nur Malkies Mutter stand zur Aushilfe im Haus zur Verfügung. Sie tat ihr Bestes.

Auch Madeleine selbst hatte zu tun. Cristi war ein ganzes Stück gewachsen und brauchte für die Schule neue Kleidung. Besuche beim Zahnarzt mußten eingeplant werden, jemand mußte sich um Roxie kümmern, wenn Tom unterwegs war, der große Haushalt wollte versorgt sein, und nach dem sonnenreichen Sommer gab es so viel Obst, daß sie und Pauly mit dem Einfrieren und Marmeladekochen kaum nachkamen.

Inmitten all dieser Geschäftigkeit ging Cecil ihrer einsamen Wege, angespannt und teilnahmslos. Immer hatte man in ihrer Nähe das Gefühl, auf einem Vulkan zu sitzen. Von Gewissensbissen geplagt angesichts der reglosen Gestalt, die oft stundenlang auf der Terrasse auf dem Liegestuhl lag, bemühte Madeleine sich nach Kräften um sie.

«Ich weiß, diese letzten Wochen können sehr beunruhigend sein», sagte Madeleine und dachte mit Schaudern an ihre eigene Unwissenheit und Einsamkeit zurück, an ihre Angst in den letzten Wochen vor Archies Geburt, den an sie gestellten Erwartungen nicht entsprechen zu können. «Komm zu mir, wenn du Sorgen oder Ängste hast, Cecil. Versprichst du mir das?»

Cecil sah sie ausdruckslos an, ihre Augen schwarz und unergründlich, und sagte höflich: «Das ist lieb von dir, Madeleine. Danke.»

Natürlich kann ich ihr nicht helfen, dachte Madeleine, verstört von der Kühle dieses Blicks.

Wie soll ich mit ihr über das sprechen, was mich quält, dachte Cecil hilflos. Für sie war ja alles ganz anders. Sie war in ihrem eigenen Zuhause, ihr Kind war der Erbe, der Sohn ihres Mannes. Ich gehöre nirgendwohin; dieses Kind ist niemands Kind.

Der einzige Mensch, mit dem sie hätte sprechen können, war Tom, dem es in den ungestörten Stunden gemeinsamer Arbeit in der Küche gelungen war, die Schranken einzureißen. Aber Tom hatte von früh bis spät zu tun. Im übrigen konzentrierte sich seine Aufmerksamkeit im Augenblick auf etwas anderes.

«Sie sollte einfach mehr tun», erklärte Pauly kurz, während sie sich durch ihren vollgepackten Arbeitstag hangelte – mit halbgeschlossenen Augen Lunchpakete machte, das Frühstück richtete, Cristi half, einen Gürtel zu flicken, den Roxie durchgebissen hatte, die Waschmaschine füllte, den Brotteig knetete und warmstellte, damit er aufgehen konnte, Pudding kochte und in den Kühlschrank stellte, rasch ins Dorf hinunterfuhr, die Waschmaschine wieder leerte, neu auffüllte, die erste Ladung aufhängte, das Brot noch einmal durchknetete, mit Madeleine und einer matten Cecil zusammen ein rasches Mittagessen einnahm, den Küchenboden schrubbte, wieder die Waschmaschine leerte, mit Roxie zusammen Cristi und Jill vom Schulbus abholte (Dougal besuchte jetzt zu Cristis großem Kummer die höhere Schule in Muirend), das Brot ins Rohr schieben wollte und entdeckte, daß Madeleine das schon getan hatte, die Kinder abfütterte, mit allen zusammen hinausging, um die letzten Himbeeren zu pflücken, sich dann ein schnelles Bad gönnte, während Madeleine die Jäger mit Tee bewirtete. Sie hatte gerade ihr Haar naß gemacht, um es zu waschen, als ihr mit Schrecken einfiel, daß sie das Ragout für die Lasagne nicht aus dem Tiefkühlschrank genommen hatte...

Archie war hin und her gerissen zwischen seinem Wunsch, dringende Arbeiten auf dem Hof zu erledigen, und dem Gefühl, sich Cecil widmen zu müssen. Sie stellte keine Forderungen an ihn – hätte sie es nur getan! Aber sie half ihm auch nicht. Sie ist krank, pflegte er sich ärgerlich vorzuhalten, weiß Gott, was sie durchmacht. Aber sie könnte sich ein wenig mit den Gästen unterhalten, könnte Madeleine ein wenig unterstützen, anstatt sich von allem, was vorgeht, völlig abzukapseln. In ihrer Unzugänglichkeit lag eine Verachtung, die ihm weh tat.

Wohlwissend, daß er es so sehr zur Beruhigung des eigenen Gewissens als aus Sorge um Cecil tat, bemühte sich Archie, Cecil stets selbst zu ihren Routineuntersuchungen beim Arzt zu fahren. Sie nahm das ohne Kommentar an, doch hatte er immer das Gefühl, sie finde seine Fürsorge übertrieben.

Er hatte gehofft, diese kurzen Momente der Ungestörtheit würden ihnen eine Chance geben, miteinander zu reden, aber Cecil blockte jeden Versuch ab. Um die Mauern einzureißen, versuchte er sogar, einen Streit anzuzetteln, indem er darauf hinwies, daß auch er ein Interesse an diesem Kind habe. Cecil drehte nur schweigend den Kopf und sah ihn mit hochgezogenen Brauen an. Archie, dem es schwerfiel, in Zorn zu geraten, bedrängte sie nicht weiter. Cecil, die verzweifelt darauf wartete, zu einer Konfrontation gezwungen zu werden, bei der sie endlich hätte eingestehen können, daß es Wahnsinn gewesen war, sich auf diese Schwangerschaft einzulassen, und daß sie Todesängste hatte, wandte sich achselzuckend ab und unterdrückte mit zusammengebissenen Zähnen ein aufsteigendes Schluchzen.

Fragen quälten Archie unablässig, während er über das Moor stapfte, sich um das Wohlbefinden seiner Kunden kümmerte, die auf dem Hof anstehenden Arbeiten prüfte oder spätabends mit Tom zusammen im neuen Gutsbüro saß und für die kommenden Monate plante.

Cecil haßte Glenmara. Nun, Tom war jetzt hier und hatte seine Aufgabe mit einer Entschlossenheit und einem Schwung angepackt, die selbst Archies Erwartungen übertrafen. Er und Cecil hatten nie vorgehabt, für immer hier zu leben. Jenseits aller praktischen Erwägungen jedoch war er sich bewußt, daß sich seine Gefühle für Glenmara geändert hatten, oder, genauer gesagt, daß sich aus dem Wust von Groll und Frustration, den er seinem Vater zu verdanken hatte, seine wahren Gefühle herauszuschälen begannen.

Von hier aus gesehen erschien ihm das, was er und Cecil als persönliche Freiheit betrachtet hatten, fragwürdig. Er war so selbstsüchtig gewesen wie sie. Doch was hatten sie eigentlich gemeinsam? Ging es einfach darum, im eigenen Leben einen Menschen im Hintergrund zu wissen? Das würde ihm niemals reichen, und auch für ein Kind war das nicht genug.

Selbst Joss versuchte Cecil zu helfen. «Wenn dir mal danach ist, mit jemandem zu reden, der nicht zur Familie gehört, dann komm einfach vorbei, Cecil. Du weißt ja, wo du mich findest. Glenmara kann ein bißchen erdrückend sein.»

Cecil, die Joss unattraktiv bis zur Widerwärtigkeit fand, murmelte unverbindlich: «Das ist nett, danke.»

Lisa war Paulys Meinung, daß Cecil sich besser fühlen würde, wenn sie etwas Nützliches täte. Sie hatte in ihrem jetzigen Zustand, in dem sie langsam Selbstbewußtsein entwickelte, Angst vor Cecils Spott. Das nämlich war es, was sie in Cecils Augen las, ohne zu ahnen, daß Cecil sie um die einfachen Antworten, die sie gefunden hatte, beneidete.

Für den Tag, an dem in Kirkton das alljährliche Volksfest stattfand, war keine Jagd geplant, und sie fuhren in einer ganzen Horde hinüber, nahmen auch Jill und Jean Galloway mit und Malkie und seine Mutter. Dougal und sein älterer Bruder Donald, der diese Veranstaltung niemals ausließ, waren schon am frühen Morgen mit Donnie zum Viehmarkt gefahren. Archie hatte sie begleitet, war jedoch, als die anderen abfuhren, zurückgekommen, um bei Cecil zu bleiben.

Joss stieß in Begleitung der Quebells zu ihnen. Sie hatte für Stephens selbstverständlichen Egoismus nicht viel übrig, aber Joyce und Mrs. Q waren Frauen nach ihrem Geschmack. Lisa hatte gehofft, Stephen würde mitkommen, aber so eine ganze Clique war natürlich genau das, was er nicht mochte. Einen Moment lang sehnte sie sich danach, bei ihm zu sein, in dem kühlen Zimmer in Achalder oder im verwilderten duftenden Garten, dann begann das Springreiten, und ihre Aufmerksamkeit war gefesselt. Sie mußten Cristi bald einmal auf ein Pferd setzen.

«Ich rühre heute keinen Finger», verkündete Joss und ließ sich auf eine der auf dem Rasen ausgebreiteten Decken fallen. «Ich geh nicht mal in die Nähe des Dritte-Welt-Zelts, die halsen mir doch nur wieder irgendeinen Job auf.» Man hatte sie für die nächste Sitzung der Hilfsorganisation Dritte Welt als Schriftführerin ausersehen, nachdem man sie vor kurzem in den Ausschuß gewählt hatte. «Ich laß nur die Leute an mir vorüberziehen.» Madeleine vermerkte erheitert, wie viele es im Lauf des Nachmittags zu ihr hinzog.

Die innere Wut, die Joss so gequält hatte, hatte sich gelegt. Sie habe sie im Garten abgearbeitet, erklärte sie selbst. Aber bei einem ernsteren Gespräch auf einem Spaziergang mit Madeleine, hatte sie bekannt, es käme einfach daher, daß sie Wurzeln geschlagen habe.

«Du weißt ja, ich bin selten nach Hause gefahren, aber als meine Mutter starb, war es schrecklich. Ich hatte einfach das Gefühl, nirgendwohin zu gehören. Ich kannte zwar Hunderte von Leuten durch meine Arbeit, aber mit niemandem war ich wirklich befreundet, und da hab ich angefangen, ein bißchen gründlicher nachzudenken. Die Wechseljahre haben auch nicht gerade geholfen – ich meine jetzt weniger die Folgen, obwohl die in einem heißen Klima echt lästig sein können, aber das Gefühl, weißt du, daß da was zu Ende gegangen ist, daß ich jetzt nie mehr ein Kind bekommen kann. Na ja ... Aber seit ich hier bin, weiß ich, daß es immer einen Ort gibt, an den ich zurückkehren kann, wenn ich eines Tages wieder lossausen sollte, und das ändert doch eine ganze Menge.» Sie war verlegen geworden und hatte sich in die Büsche geschlagen, um ein paar wilde Himbeeren zu pflücken. Madeleine hatte sie gelassen.

Wie schade, daß Archie nicht hier ist, dachte Madeleine, als die Landrover sich versammelten, die hinteren Klappen geöffnet und der Gin herausgeholt wurde, und viele aus der Vergangenheit vertraute Gesichter auftauchten. Aber es ließ sich eben nicht ändern. Cecil hatte nur noch etwa fünf Wochen vor sich, und für sie wäre das hier bestimmt kein Spaß geworden. Dennoch – dort drüben war Lady Hays Enkelin, die mit Lisa zur Schule gegangen war, kugelrund und glücklich, und ließ sich lachend von ihrem Mann und ihrem Bruder aus einem Klappstuhl helfen, dessen Armlehnen um ihre Hüften klemmten.

Madeleine fiel es nicht auf, aber viele Augen waren auf sie gerichtet. «Was ist denn mit Madeleine Napier los?» fragte man sich erstaunt. «Sie ist ja völlig verändert.»

«Toll, nicht wahr?» sagte Penny Forsyth. «Als sie zu unserem Grillfest kam, dachte ich im ersten Moment, Lisa hätte eine Schwester, von der ich nichts wüßte.»

«Sie sieht glücklich aus. Charles war so ein eiskalter Stockfisch. Was für eine Rolle spielt eigentlich Tom Ferguson?»

«Er ist der neue Verwalter.»

«Das hab ich doch nicht gemeint, du arme Irre.»

«Etwas Näheres weiß man nicht. Aber die Vorstellung ist ganz nett ...»

«Wäre sie nicht ein bißchen langweilig für ihn, so brav und bieder? Er hat sich doch gerade erst von einer langweiligen Frau getrennt.»

«So brav und bieder, wie du meinst, ist sie gar nicht. Ich vermute, sie ist eine ganz muntere Person, wenn man ihr eine Chance gibt...»

Cristi wurde beim Sackhüpfen Zweite, sah mit Neid und Begeisterung den ernsthaften kleinen Mädchen im Kilt bei den Volkstänzen zu, stürzte sich dann mit Roxie in den Wettbewerb um die Krönung des besterzogenen jungen Hundes, der eine Riesenmenge lachender Zuschauer anlockte. Joyce fungierte als Schiedsrichterin und hatte Mühe, einen Gewinner auszumachen.

Pauly, schnell und energiegeladen, ging beim Eierlaufen als Siegerin durchs Ziel und zerschlug ihr Ei, das zum Glück hart gekocht war, an Dougals Kopf. Danach entführte Ian Ferguson sie zum Bootsrennen, das in Waschzubern ausgetragen wurde. Pauly, die nichts weiter anhatte als knappe Shorts und ein dünnes Hemdchen, kam triefend und lachend zurück.

Madeleine quälte wachsende Unsicherheit über Toms Beziehung zu ihr. Wie beim Grillfest auf Alltmore war er auch an diesem Nachmittag die meiste Zeit mit ihr zusammen, achtete jedoch stets sorgfältig darauf, daß sie sich in einer Gruppe befanden und nicht als Paar gesehen wurden. War das Diskretion um ihretwillen, oder war es ihm so lieber? Wenn er auch in den kostbaren Momenten des Alleinseins unzweifelhaft die körperliche Nähe so begierig suchte wie sie, unterbrach er doch stets die Umarmung, wenn ihr unter seinen Küssen zu schwindeln begann, und wartete, bis ihre Gefühle sich beruhigten, um sie dann mit einem sonderbaren Lächeln, das sie nicht verstand, der Normalität zurückzugeben.

Machte sie irgend etwas falsch, gab sie ihm vielleicht nicht die Signale, auf die er wartete? Oder hatte sie ihn mißverstanden – war das alles, was er wollte? Es war gewiß nicht alles, was sie wollte, doch schon bei dem Gedanken daran, mit ihm zu schlafen, schreckte sie innerlich zurück. Immer diese beiden Ebenen – phantasierte, ersehnte Wonnen mit Tom, erinnerte Realität mit Charles. Wie konnte sie sich *das* wünschen? Doch ihr Körper ließ ihr keine Ruhe.

31

Diese Pastete ist noch warm – ich hoffe, sie denken, das muß so sein.»

«Wie Quiche. Das ist schon in Ordnung. Aber nehmen wir lieber Roxies Leine mit. Wo ist die Leine denn?»

«Roxie hat sie zerbissen», sagte Cristi.

«Na, dann lauf und hol eine andere.»

«Habt ihr beide eure Stiefel und Jacken?» fragte Pauly, als die Kinder mit einer Leine zurückkehrten. «Gut, werft die Sachen in den Jeep und helft mir dann mit dem Zeug hier. Sie werden aufs Gas treten müssen, Madeleine. Ich weiß gar nicht, wo heute die Zeit geblieben ist...»

Es war die letzte Treibjagd der Saison, und Madeleine hatte den Tag zu etwas Besonderem machen wollen, vor allem, weil Andrew Forsyth und Martin Arbuthnott unter den Gästen waren. Bei Andrew ging es ihr nur darum, etwas dazu beizutragen, daß er einen schönen Tag hatte; Martin jedoch war einer der Männer alter Schule, wie sie früher auf Glenmara verkehrt hatten. Sie hatte im Lauf der Jahre einige pompöse Diners auf seinem Gut über sich ergehen lassen und wollte ihm zeigen, was Glenmara dieser Tage zu bieten hatte.

Pauly und Rob waren am vergangenen Abend im *Cluny Arms* in Kirkton gewesen. In der Bar hatte ein Dudelsackpfeifer seine Künste zum besten gegeben, und im Nu hatte sich ein bunter Abend entwickelt. Die Belgier, die zur Jagdgesellschaft von Glenmara gehörten, hatten Highland-Tänze lernen wollen, die Amerikaner hatten fotografiert, die Einheimischen hatten getrunken. Auf der Heimfahrt bedrängte Rob, der in Pauly verliebt war, sie und sie wehrte ihm zum hundertstenmal. Um die Situation ein für allemal zu klären, hielten sie an. In einem stundenlangen Gespräch in dem am Straßenrand geparkten Auto versuchte Pauly ihm auseinanderzusetzen, daß sie ihn sehr gern mochte, aber nicht in ihn verliebt war.

Pauly war am nächsten Morgen kaum auf die Beine gekommen. Sie war verkatert, hatte nur zwei Stunden geschlafen, und die langen hektischen Sommerwochen hatten selbst ihre jugendliche Spannkraft erschöpft. Voll darauf konzentriert, Archie in letzter Minute noch ein Hemd zu bügeln, dessen Kragen einfach nicht trocken werden wollte, hatte sie den Schinkenspeck zum Frühstück anbrennen lassen, und es war kein anderer mehr im Haus. Sie hatte nicht mehr die Zeit gehabt, den Nachtisch für das Abendessen zu machen, er würde warten müssen, bis sie von der Jagd zurückkam. Sie hatte Tom geholfen, Gläser und Teller in den Lieferwagen zu laden, und bei ihrer Rückkehr in die Küche Cecil vorgefunden, die schwankend am Herd stand und kaum hörbar fragte, ob es zuviel Mühe machen würde, ihr etwas Orangensaft auszupressen.

Pauly wollte schon sagen: «Preß ihn dir doch selbst aus», da bemerkte sie plötzlich die dunklen Ringe unter Cecils Augen, die blauen Adern, die durch die blasse Haut der abgemagerten Hände schimmerten. So dünn, daß sie ihre Ringe nicht mehr tragen kann, dachte Pauly mit einer Aufwallung von Mitleid.

«O Gott, ich hätte früher aufstehen sollen, o Gott, ich hätte überhaupt nicht aufstehen sollen», stöhnte und jammerte sie, während sie herumflitzte. Cecil saß mit verkrampftem Gesicht und leerem Blick am Tisch, bis ihr endlich auffiel, daß sie hier im Weg war. Worauf sie schwerfällig aufstand und verschwand.

«Sie könnte doch wenigstens mal den Salat putzen oder so was», brummte Pauly ärgerlich, zog ihren Kopf aus einem der Unterschränke, holte zweimal tief Atem und tauchte wieder hinein. Wo war bloß die Plastikdose für den Krautsalat?

«Sie sieht gar nicht gut aus», sagte Madeleine besorgt. «Vielleicht ist es besser, ich bleibe bei ihr.»

«Madeleine! Nein! Ohne Sie schaffe ich das alles nicht. Mensch, wo ist das blöde Ding nur?»

«Suchst du vielleicht das hier?»

«Was ist denn da drin? Ach, Frolic – klar, die hab ich da reingeschüttet, als die Tüte geplatzt ist. Geben Sie es mir bitte mal?»

Ehe Madeleine sie daran hindern konnte, kippte sie die Äpfel aus der edlen Porzellanschale auf den Tisch und füllte sie mit Roxies Trockenfutter, um dann den Salat in die staubige Plastikschüssel zu verfrachten. «Das geht schon so, machen Sie sich bloß keine ...»

Sie brach ab. Draußen hielt mit quietschenden Bremsen ein Wagen. Gleich darauf stürmte jemand durch den Korridor. Dann stürzte Rob in die Küche. Trotz des dramatischen Moments konnte er nicht umhin zu bemerken, wie hinreißend Pauly aussah, wie sie da mit großen Augen stand und den Plastikbehälter mit dem Salat an ihre Brust gedrückt hielt.

«Es hat einen Unfall gegeben – nein, wirklich, es ist nicht schlimm ...»

Archie! Tom! dachte Madeleine in Panik. Lisa war zum Glück drüben in Achalder.

Archie, dachte auch Pauly, zu Tode erschrocken.

«Einer von den Amerikanern hat ein paar Schrotkörner abgekriegt. Von so einem verrückten Belgier, der nicht schießen kann. Jetzt will er unbedingt runter zum Arzt, und sein Freund will ihn begleiten. Er sagt, er fühlt sich verpflichtet dazu. Archie dreht durch, weil er jetzt zwei leere Schießstände hat. In den einen hat er Dad gesteckt. Er läßt fragen, ob Sie die beiden zum Arzt fahren könnten. Ich muß sofort wieder zurück, weil Dougal inzwischen für mich auf Cuil aufpaßt. Schade, daß Ian nicht mehr da ist.»

«Dougal kann gut mit Cuil umgehen», warf Madeleine ein.

«Das weiß ich.» Rob lächelte sie höflich an. Wie ähnlich er Tom ist, dachte Madeleine mit einem Schimmer von Sehnsucht.

«Wo sind die beiden Amerikaner jetzt?» fragte Madeleine.

«Sie stehen draußen.»

«Und wie schlimm ist die Verletzung?» fragte Madeleine besorgt.

«Ach, er hat nur zwei Körner in der Hand. Es ist überhaupt nicht schlimm. He, die sehen aber gut aus», fügte Rob beifällig hinzu und griff nach einem Würstchen in Blätterteig. «Ich fahr jetzt lieber wieder. Soll ich irgendwas mitnehmen? Die Kinder vielleicht?»

«Nein, die fahren besser mit mir, da können sie die Sachen festhalten.»

Alle sahen Madeleine an.

«Dad hat gesagt, Sie sollen sein Auto nehmen», sagte Rob. «Die Schlüssel hängen am Haken in der Wohnung.»

Im ersten Moment erschrak Madeleine, dann wurde sie ruhig. Sie war in diesem Sommer viel Auto gefahren. Der verletzte Amerikaner hatte seinen Freund bei sich, der sich um ihn kümmern konnte. «Aber was ist mit Cecil», wandte sie ein.

«Die kommt schon zurecht», versetzte Pauly. «Wir hätten sie doch sowieso allein gelassen, wenn wir alle zusammen zum Mittagessen hinaufgefahren wären. Ich komm wieder runter, so schnell ich kann, aber wahrscheinlich werden Sie vor mir zurück sein.»

«Auf jeden Fall will ich ihr sagen, was los ist. Ihr zwei nehmt Roxie und geht schon mal raus zum Jeep. Und nehmt die Sachen da mit – helft Pauly.»

«In Ordnung», riefen Cristi und Jill, packten ein paar Sachen und rannten hinaus, begierig, einen Mann zu sehen, der Schrotkörner in der Hand hatte.

Madeleine merkte schnell, daß aufmunternde Worte dem Verletzten nichts brachten. Angeschossen zu werden, war eine ernste Sache. Fürsorglich half der Freund dem Leidenden auf den Rücksitz des Subaru und setzte sich dann zur moralischen Unterstützung neben ihn. Madeleine, die sich wie eine Taxifahrerin vorkam, sparte sich ihre tröstenden Worte und konzentrierte sich darauf, den großen Wagen zu fahren. Nach einer Weile machte es ihr beinahe Spaß. Es war ein gutes Gefühl, einen starken Wagen zu fahren, mit dem man im Nu an den schleichenden Touristen vorüber war. Außerdem roch es im Wagen nach Tom.

Die Amerikaner hielten sich für einen Notfall. Die alte Haushälterin des Arztes in Muirend war anderer Meinung. «Der Doktor ist beim Mittagessen. Die Sprechstunde fängt um Viertel vor zwei an», sagte sie energisch und führte sie in ein grauenvoll modernisiertes Wartezimmer mit indirekter Beleuchtung und einem Aquarium voller Fische, die aussahen, als warteten auch sie auf ärztliche Betreuung.

Die Amerikaner wollten sofort ins nächste Krankenhaus gefahren werden, doch Madeleine versicherte ihnen, daß sie dort noch viel länger warten müßten. Nachdem der Arzt ohne viel Federlesens die winzigen Schrotkügelchen entfernt hatte, verärgerte er seinen Patienten zusätzlich, indem er sagte: «Sie hatten Glück, daß Sie überhaupt jagen konnten. Ich war heute auch eingeladen und mußte Dienst machen.»

Madeleine hatte angenommen, daß sie nach Entfernung der Schrotkörner zumindest den hilfreichen Freund auf dem schnellsten Weg wieder zur Jagdgesellschaft hinauffahren würde, und überlegte, wie lange Pauly brauchen würde, um den Jeep wieder herunterzubringen, mit dem man näher an die Schießstände heranfahren konnte als mit diesem Wagen. Ihre Fahrgäste jedoch fanden, es wäre Zeit zum Mittagessen, und waren nicht begeistert, als sie feststellen mußten, daß die meisten Lokale in Muirend nach gutem alten Brauch nach zwei Uhr keine heiße Küche mehr servierten.

Sie setzten sich schließlich in irgendein tristes Café, und die beiden Männer erläuterten Madeleine des langen und breiten, wie es zu dem Unfall gekommen war, während diese immer wieder verstohlen auf die Uhr sah, sich um Cecil sorgte und inbrünstig hoffte, daß Pauly mit dem Jeep gesund und wohlbehalten den steilen Hang hinaufgekommen war.

Auf halbem Weg das Tal hinauf stellte sich heraus, daß die Amerikaner glaubten, Madeleine brächte sie ins *Cluny Arms* zurück. Sie waren überhaupt nicht auf den Gedanken gekommen, daß die Fahrt anderswohin gehen könnte. Würde es schneller gehen, nach Muirend zurückzufahren und von da aus den Glen Maraich hinauf, oder sollte sie lieber direkt über den Berg fahren? Ach was, jetzt ist sowieso schon alles egal, dachte Madeleine und fuhr weiter. Pauly würde wahrscheinlich inzwischen zurück sein, und Cecil würde sich hingelegt haben. Wenn die Amerikaner nicht zur Jagd zurück wollten, bestand keine Eile, sagte sie sich, als sie den Wagen die schmale Bergstraße hinauffuhr, die voller Autos und Wohnwagen war. Der Geruch nach Deodorant und Rasierwasser hatte inzwischen Toms vertrauten Geruch aus dem Wagen verdrängt.

Wenn das alles doch schon vorbei wär, dachte sie. Ich möchte mit Tom allein sein, oben, am großen Fenster der Scheune. Ich möchte, daß er mich umarmt und küßt und daß er diesmal nicht aufhört...

Ein entgegenkommender Wagen kreuzte unerwartet die Straße, um auf eine Ausweichstelle auf Madeleines Seite zu fahren.

«Du meine Güte», murmelte Madeleine ein wenig erschrokken, nachdem es ihr gerade noch rechtzeitig gelungen war auszuweichen.

«Reg dich nicht auf, Duane, du bekommst gleich was zur Beruhigung», hörte sie von hinten eine beschwichtigende Stimme.

«Ich wünsche euch viel Vergnügen mit den beiden», sagte Madeleine müde und verdrossen, als sie vom *Cluny Arms* wieder abfuhr und Ian Murray mit den beiden Amerikanern und ihren Forderungen nach eisgekühltem Wasser, einem Telefon und einer leichten Mahlzeit für den Patienten zurückließ.

Als sie schließlich im Hof von Glenmara anhielt, stürzte ihr Pauly völlig aufgelöst entgegen. «Bei Cecil haben die Wehen angefangen. Die Fruchtblase ist geplatzt – sie hat schreckliche Schmerzen –, sie hat unten an der Treppe gelegen, als ich kam, und ich hab sie raufgebracht, ins Bett...»

Sie rannten nach oben. Cecil lag auf der Seite, zusammengekrümmt, als wollte sie dem Kind das Recht verweigern, sich aus ihrem Leib zu befreien. Tränen rannen ihr über die Wangen.

«Ach, Cecil, du armes Kind, ist es so schlimm?» fragte Madeleine voller Mitleid und nahm sie in die Arme.

«Es ist so gräßlich, ich hab alles schmutzig gemacht, tut mir leid», stieß Cecil hervor.

Madeleine blickte mit fragend gerunzelter Stirn zu Pauly hinauf.

«Sie war ganz außer sich. Es schwamm alles, sie fand es furchtbar, glaube ich.» Pauly wirkte verwirrt und unsicher. Sie würde keinem von dieser hysterischen Szene erzählen: Cecil hatte nach ihren helfenden Händen geschlagen, hatte schreckliche Dinge geschrien. Es hatte sie vor ihren durchnäßten Kleidern und Schuhen, vor ihrer eigenen Hilflosigkeit geradezu geschaudert. Pauly wußte, daß sie sich die Schmerzen, die Cecil durchmachen mußte, nicht einmal vorstellen konnte, doch ihr eigensinniger gesunder Menschenverstand sagte ihr, daß es nicht so zu sein brauchte, jedenfalls nicht in diesem Stadium.

Dann überschwemmte eine Schmerzwelle Cecil, und bei ihren Schreien sträubten sich Pauly die Haare im Nacken.

«Hast du darauf geachtet, in welchen Abständen sie kommen?» fragte Madeleine, als Cecil sich wieder entspannte, und löste ihre gequetschten Hände aus denen Cecils.

«Ach Gott, natürlich, das hätte ich ja tun sollen. Aber es waren bis jetzt nur zwei, die so schlimm waren. Ich habe keine Ahnung, wie groß der Abstand war.»

«Wir müssen sie sofort nach Perth bringen. Ein Glück, daß wir Toms Wagen haben. Aber wir müssen Archie Bescheid sagen.»

«Das mache ich. Ich weiß, wo sie sind.» Nachmittags sollte im Lettoch-Revier gejagt werden. Pauly graute bei dem Gedanken an den steilen Anstieg zu den Schießständen.

«Sind Cristi und Jill oben bei den Treibern?»

«Ja, wir brauchen uns nicht um sie zu sorgen. Es sind genug Leute da, die sich um sie kümmern.»

«Wo ist Cecils Koffer? Ich weiß, daß Archie nicht locker gelassen hat, ehe sie ihn gepackt hatte.» Als er schließlich zornig geworden war, weil sie nichts für die Geburt vorbereitete, hatte sie bei Harrods angerufen und sich alles Notwendige schicken lassen. Doch sie hatte die Kartons nicht einmal ausgepackt, das hatte Archie tun müssen.

«Ruf Lisa in Achalder an. Gib ihr kurz Bescheid, aber sag ihr, daß sie nicht herzukommen braucht. Und Pauly, mach dir wegen des Abendessens keine Sorgen, jeder wird verstehen, wenn nicht alles klappt. Außerdem haben wir zwei Gäste weniger.»

Gott sei Dank, daß sie hier ist und alles in die Hand nimmt, dachte Pauly erleichtert. «Das ist schon okay. Tom und Rob helfen mir bestimmt. Und ich schick Archie sofort runter.»

Nur mit Mühe konnten sie Cecil überreden aufzustehen, und als sie sie schließlich soweit hatten, schwankte sie wie betäubt zum Wagen hinunter, ohne sich darum zu kümmern, was sie mitnehmen sollte oder wer sie fahren würde.

Mit Herzklopfen, aber fest entschlossen, Ruhe zu bewahren, fuhr Madeleine los.

32

Pauly mußte eine Pause machen. Tief vornübergebeugt, hielt sie sich an einem von Flechten überzogenen Felsvorsprung fest, während sie keuchend Atem holte. Ein paar Heidelbeeren hingen noch an den Büschen in einer schmalen Spalte. Dankbar pflückte sie sie ab und schob sie in den Mund. Ein leichter Wind kühlte das feuchte Haar in ihrem Nacken, und sie kratzte ungeduldig über die Hitzepickel, die sich auf ihren brennenden Armen gebildet hatten.

Dann erinnerte sie sich an Cecils schmerzverzerrtes Gesicht und machte sich wieder auf den Weg den Steilhang hinauf.

Der arme Archie, er würde sich zu Tode ängstigen, wenn er es hörte. Er vergötterte Cecil, und wer konnte es ihm verübeln? Cecils Schönheit, selbst jetzt noch, da die Schwangerschaft sie ausgezehrt hatte, ihr unvergleichlicher Farbsinn, ihre geschmackvollen Kleider und ihre Eleganz, das alles fand Pauly hoffnungslos beneidenswert. Eine Nummer zu groß für mich, dachte sie. Cecil war eindeutig eine Erwachsene, und selbst Paulys Herzlichkeit hatte die Kluft zwischen ihnen nicht zu überbrücken vermocht. Wenn sie nur zu Archie netter wäre. Es gab zwar nie Streit zwischen den beiden, aber Cecil wirkte immer so verbissen. Es mußte wunderbar sein, so umsorgt zu werden wie sie, aber sie schien es kaum zu bemerken.

Würde bei der Geburt alles gutgehen? Kalte Angst trieb Pauly weiter, sie hatte Cecils Schreie noch deutlich im Ohr. Würde Madeleine ganz allein mit ihr auf der Fahrt nach Perth zurechtkommen? Vielleicht hätten sie doch einen Krankenwagen holen sollen. Aber Madeleine hatte sich in diesem Sommer verändert. Selbst Pauly, die sie noch gar nicht so lange kannte, war aufgefallen, wieviel selbstsicherer sie geworden war, wieviel lockerer und unbeschwerter zugleich.

Mach schnell, mach schnell, Archie muß so bald wie möglich zu Cecil hinunter. Paulys aufgerissene Schienbeine brannten, das Haar fiel ihr feucht ins hochrote Gesicht, sie hatte unerträgliches Seitenstechen. Sie wußte nicht, was sie eigentlich schrie, als sie endlich die Anhöhe erreichte und mit schweißblinden Augen die dunklen Umrisse der Schießstände ausmachte.

Dann war Tom bei ihr, legte die Arme um sie, während Archie, dessen Gesicht unter der Sonnenbräune seltsam fahl wirkte, sie bei den Schultern faßte und ihr voll angstvoller Spannung in die Augen sah, während sie hastig das Wesentliche berichtete. Dann war er fort, auf dem Weg zum Jeep hinunter, und sie ließ sich erschöpft ins Gras fallen. Tom schraubte seine Feldflasche auf, Rob kniete neben ihr nieder, so daß sie sich an ihn lehnen konnte.

Das große Abendessen fiel ins Wasser. Andrew Forsyth und Martin Arbuthnott verabschiedeten sich, nachdem Andrew seine Frau angerufen und sie vereinbart hatten, die beiden Belgier zum Essen nach Alltmore einzuladen. Die anderen Amerikaner, voll geschwätziger Betroffenheit und sofort mit gruseligen Krankenhausgeschichten zur Hand, erklärten, daß sie bereits beschlossen hatten, ins *Cluny Arms* zurückzukehren.

Das Haus war leer. Lisa war, nachdem sie sich vergewissert hatte, daß sie nicht gebraucht wurde, in Achalder geblieben. Joyce und Mrs. Q hatten Joss zu einer Ausstellung mitgenommen, und Lisa kümmerte sich um Stephen und die Hunde. Vorsichtige Fragen waren laut geworden, warum denn nicht Stephen sich um die Hunde und sich selbst kümmern konnte, aber niemand hatte im Ernst eine Antwort erwartet.

Dougal brachte Cuil herunter und nahm Jill mit nach Hause. Doch als diese ihrer Mutter in heller Aufregung erzählte, was geschehen war, kam Jean sofort ins große Haus hinüber und erbot sich, Cristi mit zu sich zu nehmen.

«Es ist vielleicht am besten, wenn sie bei uns übernachtet», schlug sie Madeleine vor. Ihre Blicke trafen sich. Es fiel kein weiteres Wort, aber beide hatten eine Vorahnung, daß vielleicht nicht alles gutgehen würde. Merkwürdig, dachte Jean, als sie mit Cristi nach Hause ging, ich hatte immer das Gefühl, sie sei so hochnäsig, aber das ist sie überhaupt nicht, wenn man sie erst einmal näher kennt.

Pauly zeigte am offensten ihren Kummer. Schnüffelnd und schniefend packte sie die Picknickkörbe aus und räumte auf, was sie für das Abendessen vorbereitet hatte. Nach den Anstrengungen, die sie auf sich genommen hatte, war es kein Wunder, daß sie ein wenig Trost brauchte, den ihr Rob, der ehrlich besorgt war, aber auch eine Chance sah, Boden wiedergutzumachen, mit Freuden anbot. Keiner von ihnen konnte wissen, daß sie die Angst in Archies Gesicht noch immer lebhaft vor Augen hatte und mit aller Kraft wünschte, daß alles gutgehen würde, nicht nur mit dem Kind, sondern auch zwischen ihm und Cecil.

Er verdient es, glücklich zu sein, sagte sie sich heftig, während sie verschmähte Leckerbissen in Frischhaltebehälter stopfte, sich das zerzauste Haar aus dem Gesicht strich, mit einem Fuß ihr brennendes Schienbein rieb.

Madeleine war still, sehr blaß, in Gedanken bei Cecil. Sie hatte Archie angeboten, bei ihm zu bleiben, aber das wollte er nicht. Und als sie das gequälte Gesicht sah, mit dem er sich über Cecil beugte, war ihr erschreckend klargeworden, daß es da Bereiche dunklen, heimlichen Schmerzes gab, in die sie nicht eindringen durfte.

Tom, der die Jäger verabschiedete, die Treiber bezahlte, die Gewehre einschloß, ein paar Worte mit Jock Anderson wechselte, die Strecke besichtigte, konnte es kaum erwarten, zu Madeleine zu kommen. Er konnte sich vorstellen, wie ihr zumute war, und als er endlich in die Küche ging und ihr weißes Gesicht sah, diesen Ausdruck mühsam bewahrter Ruhe, eilte er, ohne Rücksicht auf die Anwesenheit Paulys und Robs, direkt auf sie zu und nahm sie in die Arme.

«Du hast einen höllischen Tag hinter dir, nicht wahr?»

Dankbar legte sie ihren Kopf an seine Schulter. «Sie hatte so entsetzliche Schmerzen», sagte sie, und endlich kamen die Tränen.

Über ihre Schulter hinweg sah Tom Paulys Gesicht, so entsetzt wie das eines Kindes, wenn es seine Mutter weinen sieht; sah, wie Rob sich nach ihr umdrehte und zu ihr ging. Er würde sich um sie kümmern. Tom nahm Madeleine fest in den Arm, drehte sie herum und ging mit ihr aus der Küche hinaus, durch den Korridor zu seiner Wohnung.

«...sich wahrscheinlich hinlegen sollen – wir hätten einen Krankenwagen bestellen sollen –, aber das hätte zu lange gedauert. Ich bin so schnell wie möglich gefahren, aber in den Kurven hat sie immer geschrien. Als wir dann endlich dort waren, waren alle beschäftigt – sie waren wirklich nett, aber natürlich mußten wir warten –, und dann schien es Ewigkeiten zu dauern, bis Archie kam. Ich wäre bei ihm geblieben, aber er wollte, daß ich nach Hause fahre. Sie sagten, es würde noch Stunden dauern, ehe sich was tut, aber ich verstehe nicht, wie sie so sicher sein konnten, die Wehen kamen so schnell hintereinander...»

Alles sprudelte jetzt aus ihr heraus, die alptraumhafte Fahrt, die Zweifel, die Hilflosigkeit und die tiefen Ängste.

«Sie wirkte so – zornig. Ich kann es dir nicht beschreiben. Als ob sie sich dagegen wehrte. Wütend. Als hätte sie vergessen, daß der Schmerz ja die Geburt des Kindes bedeutet, das sie sich so gewünscht hat. Ich wollte sie daran erinnern, aber sie – ich hatte den Eindruck, sie würde mir ins Gesicht springen. Ich glaube, sie will das Kind gar nicht haben, Tom. Aber das kann nicht wahr sein, das kommt bestimmt nur von den schrecklichen Schmerzen, die sie durchmacht. Aber einen Moment lang hat es wirklich den Eindruck gemacht.»

Rückhaltlos schluchzend lag sie in Toms Armen. Er hielt sie fest und langsam löste sich ihre Spannung. Er konnte sich sehr wohl vorstellen, daß Cecil dieses Kind nicht wollte; er hatte es geargwöhnt.

Er küßte Madeleine auf die Stirn, schob ihre Haare nach hinten, und als sie ihr Gesicht hochhob, küßte er ihre tränennassen Wimpern. Dann riß er ein paar Papiertücher von der Küchenrolle und gab sie ihr.

«Hier, damit kannst du dir die Nase putzen.» Sie gehorchte dankbar.

«Entschuldige, Tom, ich weiß gar nicht, worüber ich weine. Es ist ja nichts Schlimmes geschehen. Ein Kind wird geboren, das sollte schön und aufregend sein.»

«Das wird es auch sein.» Er zog sie wieder an sich.

«Wir sollten ans Abendessen denken. Du bist doch sicher völlig ausgehungert.»

«Ich habe heute wahrscheinlich mehr bekommen als du. Hast du zu Mittag gegessen?»

«O ja, meine angeschossenen Amerikaner haben darauf bestanden.» Sie lachte leise.

Mit einem flüchtigen Lächeln neigte Tom den Kopf und küßte Madeleine sachte auf die immer noch zitternden Lippen.

«Ach, Tom, du bist so gut zu mir. Halt mich fest, liebe mich», sagte sie mit plötzlicher Heftigkeit.

Sein Körper reagierte augenblicklich. Vorsicht, warnte er sich selbst, mach langsam, sie hat heute eine Menge durchstehen müssen. Doch als er sie küßte, spürte er ihr Verlangen, ihre Bereitschaft, alle Zurückhaltung aufzugeben. Lange hatte er auf ein eindeutiges Signal von ihr gewartet, und endlich bekam er es.

Er hob sie in seine Arme und trug sie in das kahle kleine Schlafzimmer hinüber. Sie hielt die Augen geschlossen, hatte Ängste und Hemmungen vergessen und fühlte nur die Berührung seiner Lippen, seiner Arme, seines kräftigen, warmen Körpers.

Als er sie auszukleiden begann, blieb sie ganz still, hielt ihre Augen noch einen Moment geschlossen und öffnete sie dann langsam, um ihn anzusehen. Tom war ergriffen von der Verletzlichkeit, die er in diesem Blick sah.

Behutsam knöpfte er ihre Bluse auf, streifte sie ihr über die Schultern und ließ sie zu Boden fallen. Er neigte den Kopf, um den Ansatz ihres Busens über dem Büstenhalter zu küssen. Seine Hände strichen ihren Rücken hinunter, glitten über ihre Hüften, um ihre Jeans zu öffnen – doch mit einer heftigen Bewegung, die Tom mit einem Schlag aus der sinnlichen Stimmung des Verlangens und der Erwartung riß, packte Madeleine mit ihren kleinen Händen die seinen und hielt sie fest – schlimmer noch, stieß sie weg. Den Kopf immer noch gesenkt, stand er einen Moment wie erstarrt, um die erste Aufwallung von gekränkter Überraschung abebben zu lassen.

Madeleine fühlte sich von einer schmerzhaften Spannung umklammert. Sie haßte sich für diese unwillkürliche Abwehr, aber sie war nicht fähig gewesen, sie zu unterdrücken.

Widerstreitende Emotionen schüttelten sie – Tom war Stärke und Trost, und ihr Verlangen nach ihm an diesem dramatischen Tag war ungeheuer. Doch sie hatte sich plötzlich auf grausam ernüchternde Weise selbst gesehen, so nackt wie sie vor ihrem langen Spiegel gestanden hatte, nackt im Licht des Abends, ihr alternder Körper Toms Blicken ausgesetzt. Alle Hemmungen der Vergangenheit überfielen sie von neuem. Sie sollten im Bett sein, ordentlich zugedeckt. Es müßte eine Zwischenstufe geben zwischen dem Aufflammen des Begehrens und dem entsetzlichen Schritt zur Nacktheit. Außerdem war ihr fatalerweise in diesem Moment eingefallen, wo sie waren. Dies war die Höhle der Platts gewesen. Hier, in diesem Zimmer, ungelüftet, schmutzig, hatten sie gelegen, in dem Bett, das an der Stelle stand, an der jetzt Toms Bett war, wahrscheinlich ihren ehelichen Beischlaf vollzogen.

«Es ist schon gut», sagte er. «Es ist gut. Du bestimmst das Tempo. Wir haben viel Zeit.»

«Tom, es tut mir leid.» Sie konnte kaum sprechen. Sie hatte sich nach ihm gesehnt, aber sie erkannte jetzt, daß diese Sehnsucht kindlich und vage gewesen war. Sie hatte davon geträumt, daß eines Tages auf magische Weise alle Zweifel und Ängste sich in Ekstase auflösen würden. Und das galt auch für ihre Erinnerungen. In dem Moment, als Tom angefangen hatte, sie auszuziehen, war die Erinnerung an Charles' gefühllose Umarmungen, an seine rücksichtslose, gierige Erforschung ihres Körpers übermächtig geworden.

Mit einem Ausruf der Verzweiflung fuhr sie zurück und entzog sich Toms Umarmung. Er gab sie sofort frei. Warum leistet er keinen Widerstand, warum hält er mich nicht fest? Was will ich denn? Sie war verwirrt. Dann erst sah sie seine geschlossenen Augen, sein angespanntes Gesicht, den Schmerz über ihre Zurückweisung. Und sie spürte seinen Zorn. Sie hatte erlebt, wie dieser Zorn losbrach, und war jedesmal froh gewesen, daß er nicht gegen sie gerichtet war. Jetzt sah sie, daß Tom sich ganz darauf konzentrierte, ihn unter Kontrolle zu bringen. Sie zu trösten, überforderte ihn in diesem Moment. Sie hatte ihm einen schrecklichen Schlag versetzt – sie war allein.

Madeleine wußte, daß sie versuchen mußte, seinen Schmerz irgendwie zu lindern. «Tom.» Ihre Stimme klang dünn. «Tom, es tut mir leid. Ich möchte es doch auch, wirklich. Tom, Liebster, du weißt, daß ich dich liebe. Ich will nur – Tom?»

Er hielt den Kopf immer noch gesenkt, sein Körper angespannt, sein Mund eine schmale Linie.

Ihren Mut zusammennehmend, hob sie die Hand, um seine Wange zu berühren, und sah, daß ihre Hand zitterte. Wenn er jetzt zurückschlug, wenn er seinen Kopf wegdrehte, wenn er ihr antat, was sie soeben ihm angetan hatte... Aber es geschah nichts dergleichen. Nachdem er einen Moment still ihre zarte Berührung voll Sehnsucht und Reue geduldet hatte, legte er seine Hand auf die ihre und hielt sie an seiner Wange fest.

Erleichtert und dankbar flüsterte sie: «Tom, ich konnte einfach nicht anders. Ich wollte es so sehr wie du.»

Nicht ganz, dachte Tom, der jetzt, da er den Zorn über seine eigene Dummheit unter Kontrolle hatte, zu seinem trockenen Humor zurückfand, wenn auch mit Mühe. Er holte einmal tief Luft und versuchte ganz bewußt, den unglaublichen Schock, daß Madeleine ihn zurückgestoßen hatte, auszuatmen. «Es macht nichts, ich hätte warten sollen.»

«Nein, nein, Tom, es ist nicht deine Schuld. Es war gut, wie es war, es war nicht zu früh, das war es nicht. Es war nur...»

Aber was sollte sie ihm von diesen verhaßten, bis jetzt verschütteten Erinnerungen erzählen, von Charles' gierigem Grabschen und von seinem Egoismus, von ihrer eigenen Unwissenheit und Passivität und der tiefen Abscheu? Sie hatte dafür keine Worte, und für sie waren das sowieso Dinge, über die man nicht sprach.

«Wir sind heute wahrscheinlich alle ein bißchen aus dem Gleichgewicht», sagte Tom, und seine Stimme klang unbeabsichtigt scharf, bevor er sich wieder auf seine Selbstbeherrschung, seine Vernunft und seine Sorge um sie besann.

«Komm, zieh das an.» Er hob ihre Bluse auf. «Wir machen uns jetzt etwas zu essen und eine Tasse Kaffee und reden darüber. Es war einfach nicht der richtige Moment, Liebes. Ich hätte gescheiter sein müssen.»

Sie ließ ihn in dem Glauben. Würde sie jetzt darauf bestehen, daß er die Situation nicht falsch eingeschätzt hatte, daß auch sie den Zeitpunkt für den richtigen gehalten hatte, dann stünden sie vor einer viel beängstigenderen Frage: Würde sie das wahre Problem je lösen können? Würden die Ängste, die Selbstzweifel und die Scham, die sie Charles zu verdanken hatte, stets auf diese Weise hochkommen und Verlangen, Leidenschaft und Lust zurückdrängen? Während Madeleine in ihre Bluse schlüpfte und sie wieder zuknöpfte, fühlte sie sich sehr allein.

Sie waren natürlich vernünftig. Sie beschäftigten sich damit, ein kleines Abendessen zu bereiten, das keiner von ihnen wollte. Sie aßen auch etwas davon. Sie sprachen über den vergangenen Tag. Sie sprachen sogar über das, was gerade geschehen war, bagatellisierten es, schoben es noch mal auf den falschen Moment. Sie lachten sogar über Madeleines plötzliche Erkenntnis, sich im ehemaligen Schlafzimmer der Platts zu befinden. Selten war Platt ein so willkommenes Gesprächsthema gewesen. Sie mußten ja einen langen Abend hinter sich bringen, und ihre Körper waren einander fern, schienen in Abwehrstellung gegangen zu sein, als hätten sie tatsächlich Angst vor Berührung. Und als Madeleine schließlich fand, sie könne jetzt guten Gewissens Müdigkeit vorschützen und zu Bett gehen, umarmten sie sich so befangen und ungeschickt wie zwei Fremde.

33

Rob und Pauly waren ins Wohnzimmer gegangen, beide ein wenig nervös und unruhig über die ungeklärte Beziehung zwischen ihnen. Rob schaltete das Fernsehgerät ein, ein weißer Korridor, eine Gestalt im grünen Kittel.

«Oh, Rob, keine Krankenhäuser! Das will ich jetzt wirklich nicht sehen», rief Pauly.

Er ging zu ihr. «Komm her, du hast einen scheußlichen Tag hinter dir. Komm, mach's dir gemütlich.» Er legte seine Arme um sie und merkte, daß sie fröstelte, ganz untypisch für die unerschütterliche Pauly. «He, es wird schon alles gutgehen. Archie wird sicher jeden Moment anrufen.»

«Aber bild dir bitte nichts ein», murmelte sie unglücklich, als sie sich in seine Arme sinken ließ.

«Schon gut. Ich weiß schon.» Aber die Sehnsucht und das Verlangen nach ihr ließen sich nicht unterdrücken. Nach einer kleinen Weile wollte er sprechen, war aber so heiser, daß er ein zweitesmal ansetzen mußte. «Pauly», sagte er, «du hast mir klipp und klar gesagt, daß du nicht in mich verliebt bist und so, aber ich weiß gar nicht, warum das so ist. Ich meine, wir verstehen uns doch gut, ich bin ganz verrückt nach dir, du magst mich auch, wo liegt also das Problem?»

Sie richtete sich auf. Der unglückliche Ausdruck ihres Gesichts bestürzte ihn, aber er sah auch ihr Mitleid, das ihm deutlich sagte, daß er sich keine Hoffnungen zu machen brauchte.

«Du bist wirklich ein netter Kerl, Rob», sagte sie ernsthaft, «und ich hab dich ehrlich gern, aber ich – ich weiß auch nicht.»

Am liebsten hätte sie ihm ihr Herz ausgeschüttet, die Gefühle, die sie erst heute so richtig erkannt hatte, in Worte gefaßt. Aber die Vernunft behielt die Oberhand. Für Archie war sie nichts weiter als ein schusseliges und schlampiges junges Ding, ganz lustig, nett, so wie Cristi etwa. Sie dachte an die kultivierte, intellektuelle, kühle Cecil und errötete vor Scham.

«Es tut mir leid, Rob. Es hat einfach keinen Sinn ...»

Er zog sie wieder in seine Arme, ohne etwas zu sagen. Für ihn war es die erste große Liebe. Das brauchte sie nicht zu wissen, das würde sie nur noch mehr bedrücken, weichherzig wie sie war. In ein paar Tagen würde er wieder auf dem College sein und Weihnachten wäre sie vermutlich nicht mehr hier. Aber gleichzeitig wünschte er sehnsüchtig, sie würde doch noch auf Glenmara sein.

«Sie wehrt sich gegen den Schmerz», sagte die Schwester, bemüht, sachlich zu sprechen und sich ihre Gereiztheit nicht anmerken zu lassen. «Sie weigert sich mitzuarbeiten. Sonst ist alles absolut in Ordnung.»

«Ich möchte bei ihr sein.»

«Sie möchte Sie nicht dabeihaben, das hat sie ausdrücklich gesagt.»

«Herrgott noch mal, ich muß bei ihr sein!» rief Archie erbittert.

«Es tut mir leid», sagte die Schwester hastig, als sie den Zorn in seinem Gesicht sah, «aber sie hat immer wieder gesagt, daß sie nicht möchte, daß Sie dabei sind. Sie möchte nicht, daß Sie sie so sehen.»

«Das hat sie gesagt?» Es klang nach Cecil, dachte er mit bitterer Erheiterung.

«Wir halten Sie auf dem laufenden», versprach die Schwester und verschwand.

Archie rief an, als sie beim Frühstück waren oder, genauer gesagt, in unterschiedlichen Zuständen von sexueller Frustration, Reue und Selbstvorwürfen um den Tisch herumsaßen. Lisa, die nach einer Weile gemerkt hatte, daß niemand sehr gesprächig war, dies aber auf die Sorge um Cecil zurückführte, hatte es aufgegeben, aufmunternde Bemerkungen von sich zu geben.

Das Kind war kurz nach Mitternacht zur Welt gekommen, wie Archie berichtete. Es hatte mit der Zange geholt werden müssen. Ein Junge, knapp über drei Kilo und kerngesund. Cecil ging es gut.

Sie hatten kaum Zeit für ein erstes freudiges Aufatmen, als Cristi auf Jills Fahrrad vom Galloway-Hof herunterkam.

Sie war hellauf begeistert, als sie von der Geburt des Kindes hörte. «Darf ich ihn besuchen? Wie heißt er? Wie groß ist er?»

Erst als man ihr versichert hatte, daß sie ihn heute nicht besuchen könne, ließ sie sich von der müde aussehenden Pauly ein paar Brote machen, um dann mit Roxie im Gefolge wieder davonzuradeln. Einen Moment kehrte Stille ein, dann begannen die Zurückgebliebenen nüchternere Fragen zu stellen.

«Warum hat Archie nicht gleich angerufen?» wollte Lisa wissen. «Er muß doch gewußt haben, daß wir hier wie auf Kohlen gesessen haben.»

Ja, warum, dachte Madeleine mit Angst im Herzen, während sie sich einzureden versuchte, daß ihr Gefühl, ihre ganze Welt sei aus den Fugen geraten, nur die Folge der langen Nacht bitteren Bedauerns und quälender Sehnsucht sei.

Archie kam nicht nach Hause.

«Ich sollte anrufen. Da ist doch etwas nicht in Ordnung.»

«Laß ihn.» Er meldet sich schon, wenn ihm danach ist.»

«Aber er braucht doch bestimmt etwas anzuziehen. Er hat überhaupt nichts mitgenommen.»

«Laß ihn.» Nie zuvor hatte Tom ihr gegenüber diesen knappen, befehlenden Ton angeschlagen.

«Ich weiß, daß du recht hast», gab sie zu, «aber ich habe einfach solche Angst.»

«Er hätte es uns gesagt, wenn etwas nicht in Ordnung wäre.»

Da war Madeleine nicht so sicher.

Pauly schlich blaß und bedrückt durch das Haus. Von dem Wunsch getrieben, einmal wenigstens alles richtig zu machen, wollte sie die Hundekuchen aus der Fruchtschale nehmen und ließ diese zu Boden fallen. Als sie das schöne alte Stück in Scherben sah, fiel sie daneben auf die Knie und schluchzte sich das Herz aus dem Leib.

Am Montag kam Archie nach Hause, verschlossen und zehn Jahre älter wirkend. Er brachte das Kind mit.

«Aber wo ist Cecil?» fragte Madeleine hilflos, als sie ihm das kleine warme Bündel abnahm. «Ach, Archie...»

Er warf ihr nur einen Blick zu, und sie hielt inne. Was immer er jetzt auch brauchte, sie würde es ihm geben. Auch wenn es Schweigen war.

«Cecil ist noch in der Klinik. Sie geht morgen nach Hause. In ihr Atelier.»

Madeleine starrte ihn fassungslos an, während sie die Bedeutung seiner Worte zu erfassen suchte.

«Ich denke, wir alle zusammen können das Kind schon versorgen, meinst du nicht?» sagte Archie in angestrengtem Bemühen, seiner Stimme einen leichteren Ton zu geben. «Er heißt Nicholas. Komm, sieh ihn dir an, Cristi.»

Über ihren Kopf hinweg sah er Pauly an und lächelte bitter, als er sah, mit welcher Zärtlichkeit sie das schlafende Kind betrachtete.

«Ach, ist der süß. Darf ich ihn mal halten? Sie sind so hinreißend, wenn sie noch so klein sind...»

Die Schwierigkeit, die alle erwartet hatten, daß Cecil eine schwere, vielleicht lebensgefährliche Geburt haben würde, war nicht eingetreten. Gewiß, sie hatte sich gegen den ganzen Prozeß gewehrt, hatte ihn durch ihre Angst vor dem Schmerz und ihren Widerstand gegen das, was geschah, verlängert, dennoch war das Kind innerhalb weniger Stunden zur Welt gekommen. Nein, das wahre Problem hatte angefangen, als Cecil nach der Geburt das Kind zurückgewiesen hatte. Sie weigerte sich, es anzusehen oder zu berühren, und schreckte abgestoßen zurück, als man versuchte, es ihr an die Brust zu legen.

«Das kommt häufig vor», log die Schwester. «Das wird sich

geben, wenn sie sich richtig ausgeschlafen hat. Alle wollen sie immer gleich ihr Kind haben, wenn sie aufwachen, Sie werden schon sehen. Na, dann komm, mein Kleiner...»

Cecil hatte auch, als sie erwachte, nichts von dem Kind wissen wollen, hatte sich unter Weinkrämpfen gewehrt, als man es zu ihr legen wollte.

Archie, der nach einer schlaflosen Nacht beinahe am Ende seiner Kräfte war, fand das unnatürlich und unbegreiflich. Schlimmer noch, er fand es verachtenswert. Um Cecils willen hatte er sich mit dem Gedanken an das Kind ausgesöhnt, sich bemüht, ihren tiefen Wunsch zu verstehen, und hatte sich schließlich selbst auf das Kind gefreut. Und in jenem ersten Moment, als er es in seiner ganzen hilflosen Zerbrechlichkeit sah, das kleine, von der Zange gequetschte Köpfchen betrachtete, die zarte Haut, das Mündchen und die Augen, war eine tiefe Liebe in ihm erwacht und der Wunsch, dieses Kind zu beschützen. Alles war jetzt ganz einfach für ihn, alles trat hinter der einen Tatsache zurück, daß dies sein Kind war, für das er immer sorgen würde.

Jetzt endlich sprach Cecil, jetzt, da die Mauern durch das, was sie gelitten hatte, eingerissen waren, und er erkannte, wie tief ihre Abwehr gegen das Kind und ihr Abscheu vor dem, was sie getan hatte, waren. Sie öffnete sich ihm, wie er sich das in diesen letzten peinigenden Wochen gewünscht hatte, doch er konnte kaum ertragen, was sie sagte. Sie wollte das Kind zur Adoption freigeben. Sie wollte die ganze Erfahrung auslöschen. Aber nicht einmal, während sie hastig, voller Panik, alles heraussprudelte, was sie bewegte, sprach sie von ihren Gefühlen zu ihm. Es war, als wäre die Liebe das Unwichtigste, als ginge es nur darum, die alte Ordnung wiederherzustellen, wieder zu arbeiten, einen katastrophalen Fehler zu vergessen.

Und doch rief es bei all ihrer selbstsüchtigen Verzweiflung in ihr immerzu, liebe mich, liebe mich. Vielleicht hätte Tom es gehört, der auf seine ruhige Art Cecil nähergekommen war als jeder andere. Archie jedoch, entsetzt über einen Egoismus, den er nicht verzeihen konnte, war nicht in der Lage, ihr zu helfen.

Zurück auf Glenmara, während Cecil nach London zurückgekehrt war, sagte er nichts von alledem, und Madeleine stellte keine Fragen. Sie wußte, daß er mit Cecil telefonierte, aber die Gespräche waren stets kurz.

«Können wir uns denn auch richtig um dieses Kind kümmern?» fragte sie Tom zweifelnd.

«Ach, ein bißchen Erfahrung hat bestimmt jeder von uns», meinte er, nicht im geringsten beunruhigt.

«Ich nicht», bekannte sie mit Scham. «Ich habe meine Kinder dem Kindermädchen übergeben.»

«Und Pauly hat wahrscheinlich auch keine, aber sie ist ein Naturtalent. Bei Problemen können wir uns immer an Jean Galloway wenden. Archie hat zumindest das gesamte Informationsmaterial genau gelesen, das man ihm im Krankenhaus mitgegeben hat. Er scheint zu wissen, was er tut.»

Nicholas, in dessen Adern kein Tropfen Napierschen Bluts floß, der mit seinem blonden Haarflaum, der hellen Haut und den dunkelblauen Augen überhaupt nichts von Cecil hatte, nahm also seinen Platz auf Glenmara ein, schlief erstaunlich viel, meldete sich mit lautem Hungergeschrei, sobald er erwachte, und legte erfreulich an Gewicht zu. Für Madeleine, die sich mit den anderen dabei abwechselte, ihn zu füttern, zu wickeln und zu baden – lauter Dinge, die sie für ihre eigenen Kinder nie getan hatte –, war er einfach Archies Sohn. Gerade so wie Archie in jenem ersten Moment nichts als ungetrübte Liebe für ihn empfunden hatte, war Nicholas für sie nicht das Kind irgendeines fremden Mannes, sondern er selbst, ihr Enkelkind. Wie seltsam, daß ihr die Vorstellung, er würde eines Tages vielleicht Glenmara erben, einmal Schwierigkeiten bereitet hatte.

34

An einem Montag im Oktober ging Madeleine ins Büro, dem einstigen Salon, um Tom die Post auf den Schreibtisch zu legen. Automatisch blätterte sie Toms Schreibtischkalender um. Eine große schwarze Sieben starrte sie an. Charles' Todestag, dachte sie schuldbewußt, stellte aber das Schuldgefühl sofort in Frage. Hatte sie ein schlechtes Gewissen, weil sie den Tag vergessen hatte, oder weil er ihr eigentlich etwas bedeuten sollte? Er bedeutete ihr nichts. In Wahrheit, dachte sie, bin ich froh, nicht direkt, daß er gestorben ist, aber um alles, was dieses Jahr mich gelehrt und mir gegeben hat. Hatten Archie und Lisa daran gedacht? Lisa hatte nichts gesagt.

Sie ging zum Fenster. Keine Bäume mehr, die alles verdunkelten, sondern Licht, klares Herbstlicht, das den Raum mit seinen zwei Schreibtischen, den Aktenschränken, dem Computer, den Landkarten und Nachschlagewerken erhellte. Dort, wo die alten Bäume dicht ums Haus gestanden hatten, war jetzt ein Trümmerfeld, doch im Frühjahr sollte neu gepflanzt werden. Archie hatte lediglich gesagt: «Es wird eine Weile häßlich aussehen, fürchte ich», und die Sache angepackt, sobald er von einem Besuch bei Cecil, über den er kein Wort verloren hatte, zurückgekehrt war. Es war, als brauchte er es, etwas Produktives, das ein sichtbares Resultat lieferte, zu tun.

Es sah ganz so aus, als sollte Nicholas auf Glenmara bleiben. Auch darüber stellte Madeleine Archie keine Fragen. Das Kind war ihnen allen eine Freude, und sie war glücklich, ihm Aufmerksamkeit, Zeit und liebende Fürsorge zu widmen.

Einen Moment stand sie ruhig da und rief sich die Erinnerungen an diesen Raum ins Gedächtnis. Sie hatten ihre Schärfe und Bitterkeit verloren. Es fiel ihr schwer, sich die Kälte und Sinnlosigkeit der bedrückenden Stunden vorzustellen, die sie hier verbracht hatte.

Toms Schreibtisch. Liebevoll strich sie mit ihrer Hand über die Rückenlehne seines Drehsessels, deren dunkles Leder von jahrelangem Gebrauch glatt und glänzend geworden war. Zum Mittagessen würde er hereinkommen. Nur noch zwei Stunden. Es war absurd, so zu denken, aber das Verlangen nach ihm war so stark, das sie niemals losließ. Es war wie ein Hunger, der nur flüchtig gestillt wurde, wenn Tom bei ihr war.

Sie hatten nie wieder über das Fiasko an dem Abend, an dem Nicholas geboren wurde, gesprochen. Oberflächlich gesehen, schien sich an Toms Verhalten ihr gegenüber nichts geändert zu haben. Er war zuverlässig, immer um sie besorgt, liebevoll. Aber Madeleine wünschte oft, er hätte an jenem Abend wirklich darauf bestanden, herauszufinden, was ihre Schwierigkeiten waren.

Die letzten Wochen waren von Emotionen solcher Intensität erfüllt gewesen, wie sie sie in ihrem ganzen Leben nie erfahren hatte: ihre Gefühle für Tom, die zu keiner Erfüllung zu kommen schienen, ihr Schmerz über Archies Schmerz, die Freude an Nicholas. Sie schloß die Augen, stand ganz still, mit allen Sinnen auf den Moment wartend, da sie Toms Schritte hören würde.

Die munter schwatzende Pauly, die Nicholas herunterbrachte, schreckte sie auf. «Hör mal, mein Kleiner, es wird Zeit, daß du zählen lernst. Du hast schon zweimal gefrühstückt, dreimal, wenn wir den kleinen Imbiß um halb sechs mitrechnen – halb sechs, Herrgott noch mal, was machst du eigentlich mit mir?»

Madeleine lächelte, lachte, als ihr der Tag einfiel, an dem sie Pauly gefragt hatte, ob sie bleiben würde. Sie hatte es so dumm angefangen. «Pauly, Schatz, du weißt, wie gern wir dich hier bei uns haben, aber mir ist natürlich klar, daß du über kurz oder lang wahrscheinlich weiterziehen möchtest...»

Pauly, die gerade einen Kuchen backte und ein Ei aufschlagen wollte, ließ das Ei in den Korb zu den anderen fallen, wo es natürlich zersprang, und drehte sich mit niedergeschmettertem Gesicht nach ihr um.

«Ach, Madeleine, ich weiß ja, daß ich eine einzige Katastrophe bin und alles kaputtmache und anbrennen lasse. Ich weiß, daß die alte Porzellanschale ein Vermögen wert war, und ich geb zu, daß ich die große Teekanne angeschlagen hab, aber es war nur die Tülle. Und immer vergeß ich zu bügeln und bin mit dem Essen zu spät dran, und mein Zimmer ist eine Müllhalde, aber ich verspreche, daß ich mir in Zukunft mehr Mühe geben werde. Von jetzt an schreib ich alles auf und laß Roxie nicht mehr auf die Betten und ich geh auch bestimmt nicht mehr aus und betrink mich, wenn ich am nächsten Morgen für Nicholas aufstehen muß...» Ihre Stimme schwankte, und ihr Gesicht verzog sich kläglich.

«Pauly, was sagst du denn da? Ich wollte dich bitten zu bleiben. Ich würde dich am liebsten für immer hier behalten. Das geht uns allen so. Pauly, Liebes, wein doch nicht.»

«Ich darf bleiben? Ehrlich? Aber ich dachte, Sie wollen sich eine richtige Köchin und ein richtiges Kindermädchen suchen. Ihr wollt mich wirklich behalten?»

«Eine Köchin wie dich hat es noch nie gegeben», erklärte Madeleine mit Entschiedenheit.

«Können Sie das noch mal sagen?» fragte Pauly schniefend und begann dann zu lachen. «Ich hatte solche Angst, daß Sie mich an die Luft setzen würden. Ich sollte doch eigentlich nur für den Sommer bleiben, bis Sie jemand Richtigen gefunden haben. Aber wenn ich jetzt von Cristi und Nicholas weg müßte – das wär furchtbar.»

«Ich könnte mir höchstens vorstellen, daß wir noch eine Hilfskraft für dich einstellen. Du hast diesen Sommer wirklich sehr hart gearbeitet.»

«Kommt nicht in Frage. Ivy ist ja jetzt wieder da, und die alte Alisa kann das Geld gebrauchen. Wir kommen schon zurecht», versprach Pauly, schon wieder ganz unbeschwert. «So ein Baby ist eine Kleinigkeit.»

Für sie war es wirklich so. Sie schleppte Nicholas in seiner Wippe herum wie eine Einkaufstasche, behandelte ihn mit liebevoller Entschiedenheit, die er offensichtlich mochte, und verschwendete keine Zeit damit, sich über Probleme den Kopf zu zerbrechen, die noch nicht aktuell waren. Dieses Kind, dachte Madeleine, würde sicher nicht von unfreundlichen Geistern geplagt werden.

Archie war nach London zu Cecil gefahren, weil er trotz allem, was sie ihm im Krankenhaus offenbart hatte, ihre Ehe nicht so einfach aufgeben wollte, wie sie das offenbar vorhatte.

Sehr schmal, das Haar kurz geschnitten, raffiniert geschminkt, angezogen, als hätte sie ein Vermögen bei Max Mara ausgegeben, hatte sie ihn empfangen. Bei der nachfolgenden Auseinandersetzung war sie angespannt, beinahe aggressiv gewesen. Sie konnten sich wegen Nicholas nicht einigen.

«Wir können uns ein Haus suchen, das uns beiden paßt, und für ihn ein Kindermädchen nehmen», drängte Archie.

«Ich möchte nichts mit ihm zu tun haben. Niemals. Wir müssen ihn zur Adoption freigeben. Er hat mit keinem von uns beiden etwas zu tun.»

«Er ist mein Sohn.»

«Wie kannst du das sagen?» fragte sie beinahe gehässig.

«Du bist meine Frau. Du hast ihn zur Welt gebracht. Ich habe ihn als meinen Sohn akzeptiert. Man kann nicht so mit dem Leben spielen, Cecil. Er lebt, er ist ein Mensch. Wir haben ihn auf diese Welt gebracht, ich so sehr wie du, da ich dem Plan zugestimmt habe.»

«Das ist doch völliger Unsinn. Das macht ihn nicht zu deinem Sohn. Es gibt Tausende von Menschen, die sich ein Kind wünschen, die Wartelisten sind endlos. Wir können ihm kein richtiges liebevolles Zuhause geben.»

«Warum nicht?» Archies Stimme war sehr ruhig.

«Weil wir ...» Sie brach ab und starrte ihn an. Ich brauche ihn, dachte sie. Ich brauche seine Stärke und seine Ruhe und seine Toleranz. Aber liebe ich ihn? Will ich nur von ihm nehmen?

Nein, Liebe ist da. Da sind dieses wunderbare Begehren und die Erfüllung – und da ist dein innerer Rückzug, erinnerte sie eine kalte Stimme, deine Verweigerung. Aber ich kann nicht ohne ihn leben; seine Liebe wird für uns beide reichen.

Sie machte eine winzige Bewegung auf ihn zu, eigentlich nur die Andeutung einer Bewegung, doch als sie ihm in diesem Moment in die Augen blickte, sah sie, daß sie ihn verloren hatte. Seine Augen waren voll Anteilnahme, aber sie spürte, daß er sie nicht mehr unwiderstehlich fand. Ihre Ablehnung des Kindes hatte das bewirkt. Sie hatte seine Liebe zerstört, schlimmer noch, sie hatte seinen Respekt für sie zerstört.

Ihr fehlte es nicht an Mut. Es gab keine Szenen, keine flehentlichen Bitten, keine Feindseligkeit. Ganz sachlich wurde das Band einer Beziehung durchtrennt, die einmal tiefe Beglückung versprochen hatte.

Die Scheune war fertig, der lange obere Raum mit seinen ausgewogenen Proportionen und natürlichen Materialien bis ins Detail gelungen, doch Tom zog nicht ein. Einerseits, weil er mit Madeleine unter einem Dach sein wollte, andererseits, weil er wußte, daß die Sache mit Archie und Cecil ihr sehr zusetzte und sie das Gefühl hatte, alle entglitten ihr. Alle außer Pauly, die ihren losen Lebenswandel weitgehend aufgegeben hatte und sich mit bewundernswerter Hingabe der Säuglingspflege und dem Haushalt widmete. Zwar wurde sie von einer Horde Verehrer belagert, der sich noch ein Enkel der alten Lady Hay zugesellt hatte. Aber Pauly schien das ungerührt zu lassen, und Tom konnte nicht recht glauben, daß nur die Beschäftigung mit den Kindern die Veränderung bewirkt hatte. Vielleicht vermißte sie sogar Rob. Doch so sympathisch er den Gedanken fand, er zweifelte, daß dies die Erklärung für ihre gedämpfte Stimmung war.

Mehr als alles andere bekümmerte Madeleine die Nachricht, daß Joss sie wieder verlassen wollte. Sie hatte so glücklich gewirkt – auf Madeleine jedenfalls – mit dem kleinen Postamt, ihrem Garten, ihrer Freundschaft mit den Quebells, ihrer Selbsthilfegruppe ehemaliger Alkoholiker in Muirend. An diesem Wendepunkt ihres eigenen Lebens erkannte Madeleine, wie sehr sie auf Joss' vertraute Nähe und unerschütterliche Freundschaft gebaut hatte.

«Ich dachte, du hättest hier so ein ausgefülltes, zufriedenes Leben», protestierte sie, ohne sich zu bemühen, ihre Bestürzung zu verbergen.

«Das hier? Das ist doch nur Spielerei», sagte Joss. Als sie sah, wie niedergeschmettert Madeleine war, bemühte sie sich, weniger wegwerfend von diesem friedlichen Leben zu sprechen. «Weißt du, das ist was für den Lebensabend. In mir steckt aber noch einiges an Kraft.»

«Aber du arbeitest hier doch die ganze Zeit. Und die Wirtschaft bei Eine Welt hat dich so frustriert, die ganze politische Korruption und die Verschwendung. Joss, du konntest es doch gar nicht mehr aushalten.»

«Das ist kein Grund, nicht zurückzukehren», versetzte Joss.

«Aber du liebst doch dein kleines Haus und bist glücklich, deine eigenen vier Wände zu haben.»

«Mads, jetzt hör mal auf zu jammern, dann werd ich versuchen, dir zu erklären, wie mir zumute ist. Ich hatte letztes Jahr ein absolutes Tief, wahrscheinlich war ich völlig ausgelaugt, und ich hab mit jedem und allem gestritten. Hierher zu kommen, um zu sehen, daß es so wohltuend war wie immer, mit dir zu schwatzen und mit dir zusammenzusein, hat mir ungeheuer viel bedeutet. Dann das Haus hier, zu merken, daß ich hier reinpasse, das hat mir meine innere Ruhe wiedergegeben und langsam alles wieder in die richtige Perspektive gerückt. Erinnerst du dich, was ich dir damals auf unserem Spaziergang gesagt habe? Zu wissen, daß es einen Ort gibt, an den ich zurückkehren kann, wenn mir wieder die Flügel lahmen, verändert alles. Natürlich meine ich damit nicht das alte Postamt. Das muß ich verkaufen. Aber das Haus hier, euch alle.»

«Joss, du weißt, daß das hier dein Zuhause ist. Wirklich. Ich werde mit Archie sprechen und dafür sorgen, daß immer ein Platz für dich da ist. Er wird sich bestimmt riesig freuen. Ich wollte nur, du könntest dich entschließen, jetzt schon zu bleiben. Du hast mehr als deinen Anteil getan, wie Archie einmal gesagt hat.»

Joss drückte ihren Arm so kräftig, daß sicherlich ein blauer Fleck zurückbleiben würde. «Nein, das habe ich nicht getan», widersprach sie. «Versuch, das zu verstehen, Mads. Ich meine, in meinen Augen war es nicht genug. Mein Gewissen würde mich ewig plagen, wenn ich jetzt einfach aufgäbe. Du hast ja keine Ahnung, was da draußen los ist! Diese Hilflosigkeit, diese Not... Und wenn ich da draußen sage, meine ich alles, riesige Gebiete, ganze Länder. Ich kann dem nicht einfach den Rücken kehren. Ich hab's versucht, aber tief im Inneren hat's mir keine Ruhe gelassen. Aber wenn ich jetzt wieder losziehe – ganz gleich, wohin sie mich schicken – und weiß, daß ich ein Zuhause habe, wo Freundschaft auf mich wartet –, nein, es ist mehr als Freundschaft, es ist Liebe...» Mit einem verräterischen Schlucken brach sie ab, und zum erstenmal in ihrer langen Freundschaft umarmten sie einander, fest und herzlich.

«Du wirst uns schrecklich fehlen», sagte Madeleine.

«Ja, und in den ersten fünf Minuten werd ich mich fragen, was zum Teufel mich dazu getrieben hat, das alles wegzuwerfen...»

35

Genauso überraschend und auf seine Weise ebenso drastisch war Lisas Auszug. Sie kam eines Abends herein, als Pauly oben gerade mit Cristis Hilfe Nicholas badete. Tom saß im Büro über den Büchern. In der Küche roch es durchdringend nach verdünntem Essig, und Madeleine etikettierte eifrig ein ganzes Arsenal von Gläsern mit Pflaumenchutney, das sie und Pauly gemacht hatten.

«Mama, kann ich dich einen Moment sprechen?»

«Natürlich, Schatz.» Madeleine sah überrascht hoch. In der Regel führte Lisa ihr Leben ohne lange Rückfragen.

«Würde es dich sehr stören, wenn ich zu Stephen ziehe?»

Wie vom Donner gerührt, starrte Madeleine sie an, auf der Fingerspitze ein klebriges Etikett. Sie öffnete den Mund, um zu protestieren – verkniff es sich dann aber rechtzeitig.

«Weißt du, ich will keinen Wirbel – wenn's geht», ergänzte Lisa mit dem vagen Hintergedanken, daß Mütter ein Recht hatten, bei so etwas Wirbel zu machen.

«Du willst mit Stephen zusammenleben?» Stieß sie sich tatsächlich eher an dem «zusammenleben» als an «Stephen»? Wie konnte sie nur! Wenn sie mit Tom nicht alles kaputtgemacht hätte, hätte sie nur zu gern dasselbe getan. Impulsiv ging sie auf Lisa zu. «Sei mir nicht böse, Schatz, das war nur die Überraschung. Du sollst tun, was dich glücklich macht.»

«Ehrlich?»

«Ehrlich.» Wenn Lisa nur nicht wieder verletzt wurde. Aber Stephen schien zumindest ganz anders als Howard zu sein.

«Na ja, Stephen macht mir nicht gerade Liebeserklärungen oder so was», sagte Lisa, um eine Erklärung bemüht. «Aber ich weiß, daß er mich bei sich haben will, und ich habe das Gefühl, als hätte ich den Platz gefunden, an den ich gehöre. Ich kann es dir nicht beschreiben. Ich weiß, daß er egoistisch ist – ich meine, er ist es gewöhnt, daß man ihm alles abnimmt –, aber ich möchte für ihn sorgen, und in anderer Hinsicht ist er überhaupt nicht egoistisch. Er hat Verständnis für Menschen. Er gibt mir das Gefühl, gebraucht zu werden, er mag mich so, wie ich bin. Und auch die Art, wie sie leben, das ist alles so praktisch und bodenständig, das entspricht mir einfach. Das Leben hier – so, wie es früher war, meine ich», fügte sie hastig hinzu, als sie das Gesicht ihrer Mutter sah, «und danach dann die Ehe mit Howard – immer wurde alles bewertet, ewig hab ich mich abgestrampelt, um anerkannt zu werden. Mit Stephen kann ich einfach ich selbst sein.»

Bittend sah sie ihre Mutter an. Ihr kräftiges Gesicht wirkte zaghaft und verletzlich. Sie wünschte sich so sehr, daß ihre Mutter sie nicht nur verstehen, sondern ihr Glück teilen würde.

«Ach, Lisa, wie mich das freut. Ich habe ja gesehen, wie locker und zufrieden du geworden bist – und wieviel du drüben in Achalder warst», fügte Madeleine mit gespielter Strenge hinzu. Dann umarmte sie ihre große, verlegene Tochter und küßte sie.

«Du kannst dir nicht vorstellen, in was für einem Kuddelmuddel sie leben», sagte Lisa liebevoll. «Die Hunde natürlich nicht. Aber ich finde es herrlich.»

«Darf ich dir eine Frage stellen, bitte nimm es mir nicht übel, wollt ihr, du und Stephen, möchtet ihr heiraten?» Von der Annahme ausgehend, daß Lisas Ehe mit Howard rechtskräftig gewesen war, lief derzeit die Scheidung wegen böswilligen Verlassens.

«Wir finden das beide nicht wichtig. Er ist ja im Augenblick sowieso noch mit Joyce verheiratet, was wir alle immer wieder vergessen, aber sie haben vor, das zu klären.»

«Ah – gut, das ist gut.» Was sonst konnte man dazu sagen?

«Da ist nur eins ...» Lisa wirkte jetzt nervös und beunruhigt, und sah ihrer Mutter nicht in die Augen. Madeleine fragte sich, was kommen würde. «Es geht um Cristi. Ich meine, ich habe sie ja schließlich adoptiert. Wäre es jetzt, wo ich wieder mein eigenes Zuhause habe, eine Zumutung für dich – ich meine, die Verantwortung auf dich abzuwälzen? Ich weiß nicht, wie du darüber denkst ...»

«Ach, Lisa, darüber brauchst du dir nun wirklich kein Kopfzerbrechen zu machen», rief Madeleine, selbst erstaunt über diesen starken Impuls besitzergreifender Liebe, der beinahe den Wunsch, Lisa zu beruhigen, überwog. «Das ist doch längst entschieden, daran ändert sich nichts. Natürlich bleibt Cristi bei mir, Glenmara ist ihr Zuhause.»

«Ich habe sie ja wirklich gern», murmelte Lisa verlegen und erleichtert. «Aber ich weiß nicht, wie Stephen ...»

«Vergiß es. Außerdem bist du ja in der Nähe, du kannst Cristi immer noch jederzeit sehen. Im Grunde wird sich kaum etwas verändern, du wirst nur woanders schlafen. Ach Gott, hätte ich das nicht besser formulieren können?»

«Na gut, wenn es dir wirklich recht ist.» Madeleine sah Lisas dankbarem Gesicht an, daß sie genau tun würde, was ihre Mutter ihr geraten hatte – die Sache einfach vergessen.

«Aber natürlich ist es mir recht. Und wann willst du hier ausziehen?» Nach Stephens Scheidung? Wird Joyce dann weggehen? Madeleine unterdrückte diese Fragen.

«Eigentlich jetzt, heute abend», antwortete Lisa. «Deswegen bin ich hergekommen. Um dir Bescheid zu sagen.»

«Lisa!» Aber Madeleine lachte, der letzte Rest ihrer Mißbilligung wurde weggefegt von dieser herrlichen Einfachheit der Dinge. Warum nicht? Warum nicht einfach den Hang hinuntergehen, den Fluß überqueren und mit Stephen ein neues Leben anfangen? «Das finde ich großartig.»

Lachend, den Tränen nahe, umarmten sie einander.

«Ich hätte nie gedacht, daß du das so gut aufnimmst», bekannte Lisa. «Vor einem Jahr wärst du aus allen Wolken gefallen.»

«Das ist wahr», stimmte Madeleine gelassen zu. «Ich bin

übrigens auch jetzt aus allen Wolken gefallen, nur anders. Ach, aber du wirst mir schrecklich fehlen.»

«Unsinn. Du wirst mich jeden Tag sehen. Du weißt doch, daß ich hier immer ein und aus gehe. Außerdem möchte ich gern, daß du öfter mal runterkommst, damit du Joyce und Mrs. Q richtig kennenlernen kannst.»

«Stephen nicht?» erkundigte sich Madeleine lächelnd.

«Ach, Stephen ist ein hoffnungsloser Fall», sagte Lisa liebevoll. «Aber Mrs. Q ist immer noch nicht wieder richtig auf den Beinen, sie hätte gern ein bißchen Gesellschaft. Joyce und ich haben draußen immer so viel zu tun.»

Ihrer Mutter fiel auf, daß Joyce in diesem Arrangement beinahe so wichtig zu sein schien wie Stephen, und sie fragte sich, ob es nicht die ganze *ménage* war, die Lisa so anzog. Sie konnte es kaum erwarten, das alles mit Tom zu besprechen, ein Vergnügen, das Gott sei Dank immer noch ungetrübt war.

Wieder ging also einer fort, als der November mit stahlgrauem Himmel Einzug hielt. Und doch konnte das häßliche Wetter die Stimmung nicht trüben; nicht in der herrlichen Küche, nicht im Wohnzimmer, in dem immer irgendwelche Kindersachen herumlagen, wo Roxie schlafend vor dem Feuer lag, wo dramatische Opernmusik erklang, für die Pauly wie Tom eine Vorliebe hatten.

Archie, müde von einer anstrengenden Reise nach Indien und von den Gedanken an Cecil gequält, hatte sich auf die niederdrückende Atmosphäre vergangener Winter gefaßt gemacht. Als er nach der langen Fahrt durch Regen- und Schneeschauer in das hellerleuchtete Wohnzimmer kam, wo Cristi und Roxie ihm gemeinsam entgegenstürmten, Pauly, die auf dem Boden saß und irgend etwas ausschnitt, lächelnd zu ihm emporsah, Nicholas fröhlich in seiner Wippe babbelte, sah er mit glücklicher Erleichterung, daß dumpfe Düsternis hier nie wieder Fuß fassen würde.

Es war nur ein kurzer Besuch, und während der wenigen Tage, die er auf Glenmara verbrachte, war er meist mit Tom unterwegs. Jedes Gebäude auf dem Besitz bedurfte irgendwelcher Reparaturen, und jedes Stück Arbeit, das in Angriff genommen wurde, zog weitere Arbeiten nach sich. Zur Zeit war man dabei, Malkies Haus zu isolieren. Archie hatte sich geschämt, als er zu Beginn der Arbeiten den Zustand des Hauses gesehen hatte.

«Na ja», hatte Alisa mit einem verschmitzten Lachen gesagt, «die Feuchtigkeit macht mir nicht viel aus, aber es wäre schön, wenn endlich mal die Tapete an der Wand bleiben würde.»

An einem bitterkalten Nachmittag, an dem Archie mit Tom auf Inspektionsfahrt war, schaffte er es endlich, über Cecil zu reden. Zum erstenmal sprach er von seinen Schuldgefühlen ihr gegenüber, von seiner Überzeugung, sie im Stich gelassen zu haben, und bekannte, daß seine Liebe ihre Zurückweisung Nicholas' nicht überstanden hatte.

«Ich hätte dieser Schwangerschaft nie zustimmen sollen. Ich hätte erkennen müssen, daß wir beide in unserer Beziehung nicht gefestigt genug waren, um eine Familie zu gründen. Diese Schwangerschaft war nichts als eine fixe Idee. – Ich verstehe überhaupt nicht, wie Cecil es ablehnen konnte, Nicholas auch nur in den Arm zu nehmen, ein hilfloses kleines Kind, das schließlich völlig von uns abhängt, für das wir verantwortlich sind. Dann frage ich mich wieder, ob das nicht vielleicht nur eine postnatale Depression war. Vielleicht sehnt sie sich jetzt nach dem Kind und bringt es nicht über sich, es zuzugeben.»

«Möchtest du nicht zu ihr fahren und mit ihr sprechen?»

«Du bist der einzige, mit dem sie vielleicht sprechen würde, Tom. Würdest du das für mich tun? Ich wäre dir unendlich dankbar. Ich muß einfach sicher sein, daß es ihr gutgeht.»

Tom fand Cecil in einem Zustand tiefer Traurigkeit vor, hart und wegwerfend in ihren Worten. «Ich bin einfach nicht fähig zu lieben, Tom – weder Archie noch das Kind. Vergessen wir's.»

«Aber wart ihr denn nicht vor deiner Schwangerschaft glücklich miteinander, Archie und du?»

«Glücklich?» Sie dachte an ihre inneren Schranken, die niemals eingerissen worden waren, an ihre Frustration darüber, niemals fähig zu sein, sich ganz zu geben. Konnte sie darüber mit Tom sprechen und sich wenigstens für einen Moment von dem

Gefühl befreien, für immer ausgeschlossen zu sein? Unmöglich. «Ich nehme an, wir verstanden uns ganz gut, aber wer weiß das schon so recht.»

Tom war klar, daß sie näher denn je daran gewesen war, aus sich herauszugehen, aber es am Ende eben doch nicht geschafft hatte. Seine Worte konnten da nicht helfen. «Und was wirst du jetzt tun?» fragte er ruhig, aber sehr bewegt.

«Spielt das eine Rolle?» erwiderte sie mit einem Achselzucken und wandte sich von ihm ab. «So war es immer. Berühren heißt zerstören», fügte sie mit einem unschönen Lachen hinzu. «Ich werde wahrscheinlich eine Weile in Paris arbeiten. Ich habe ein ziemlich schmeichelhaftes Angebot bekommen. Danach werde ich weitersehen.»

«Und du wirst das Atelier behalten?»

«Das hier?» Sie sah sich mit abschätzigem Blick um. «Ach nein, ich kann es eigentlich nicht mehr sehen. Zu prätentiös, findest du nicht?»

Sie hat recht, dachte Tom auf der Heimfahrt voller Mitleid, und doch froh, ihrer kalten Aura entkommen zu sein. Alles, was sie berührte, war der Zerstörung geweiht.

Er fuhr langsam, ein wenig erstaunt über dieses dringende Bedürfnis, allein zu sein. Dieses Gefühl, daß seine Beziehung zu Madeleine, ja, sein ganzes Leben auf Sparflamme brannte, begann ihn niederzudrücken. Er warf sich vor, Madeleines Bereitschaft, sich ihm hinzugeben, falsch eingeschätzt zu haben, und es fiel ihm schwer, sich seine Naivität und Blindheit zu verzeihen.

Dennoch hatte er nicht geglaubt, es könnten so viele Wochen ohne ein klärendes Gespräch zwischen ihnen verstreichen. Wo war die Zeit geblieben? Er hatte natürlich, da Archie kaum da war, weit mehr Zeit als erwartet in den Jagdrevieren verbringen müssen. Archie hatte in diesem Jahr eine gründliche Aussonderung gewünscht, da laxe Gewohnheiten zu einem schädlichen Anwachsen des Wildbestands geführt hatten. Und obwohl Tom es nie bereut hatte, Ross Miller fristlos entlassen zu haben, war ihm daraus doch eine Menge Mehrarbeit auf dem Hof erwachsen.

Was Madeleine anging, so schien es ihr ein Bedürfnis zu sein, eine Menge Zeit mit Nicholas zu verbringen und dieses Kind zu genießen, wie sie ihre eigenen Kinder nie hatte genießen können. Auch Cristi widmete sie viel Zeit, da sie der Meinung war, daß das kleine Mädchen nach einem Tag in der Dorfschule mehr brauchte als einzig die Gesellschaft Jills und Dougals. Bücher und Spiele hatten ihren Weg aus dem Kinderzimmer in das neue Wohnzimmer gefunden, und es bereitete Madeleine eine Art nostalgisches Vergnügen, sich in einer Atmosphäre, die frei war von kritischen Blicken und Kommentaren, mit dem fröhlichen Kind zu beschäftigen.

Aber es ist nicht nur die mangelnde Zeit, sagte sich Tom ungeduldig. Und es war auch nicht nur seine Tolpatschigkeit gewesen, ausgerechnet diese verdammte Wohnung für den großen Augenblick zu wählen und sich auf Madeleine zu stürzen wie ein gieriger Schuljunge. Madeleine hatte offensichtlich Schlimmes mit Charles erlebt, und das alles hätte aufgedeckt und aus dem Weg geräumt werden müssen, ehe er sich ihr näherte.

Und noch etwas anderes muß aufgedeckt werden, sagte er sich. Was, wenn er sie ganz einfach abgestoßen hatte? Vielleicht war er ja auch ein schlechter Liebhaber? Daß es mit Wilma gut geklappt habe, konnte man beim besten Willen nicht behaupten. Zwar hatte er sie während ihrer Ehe zweimal betrogen, aber es waren nur kurze Abenteuer gewesen, Fluchten im Grunde. Er hatte sich über die Frage noch nie vorher Gedanken gemacht, aber wie sollte man schließlich auch darauf kommen? Wilma hatte bald nach ihrer Hochzeit angefangen, sich ihm zu entziehen; er war nie auf die Idee gekommen, der Grund dafür könnte sein, daß er sie nicht befriedigte.

Seine Unschlüssigkeit, in die Scheune umzuziehen, machte ihm ständig zu schaffen, obwohl sich niemand etwas dabei zu denken schien, daß er im großen Haus blieb. Oder vielleicht doch? Fragte Madeleine sich vielleicht, warum er blieb? Auch etwas, worüber sie nie gesprochen hatten. Doch er meinte, wenn er auszöge, wäre das ein entscheidender Schritt, vielleicht eine endgültige Distanzierung. Vor einem Jahr noch hatte es ganz anders ausgesehen. Eine neue Aufgabe, die ihn ausfüllte, diese Scheune, die ganz nach seinen eigenen Wünschen umgebaut war, ein Ort, wo die Jungen ihn mit Freuden besuchten – er hätte sich nichts Besseres wünschen können. Es gab keinen Grund, länger in der Wohnung zu bleiben, aber Tag um Tag schob er den Umzug hinaus. Nach Weihnachten mußte er es anpacken. Bis dahin hatten sie alle mehr als genug zu tun.

Es war gut, daß die beiden Kinder diese Gruppe Menschen zusammenhielten und im Haus für Fröhlichkeit sorgten, denn in diesem nebligen, milden Dezember neigten die Erwachsenen dazu, sich innerlich zurückzuziehen, um sich mit den eigenen Zweifeln und Gedanken zu beschäftigen. Pauly im besonderen zwang sich, ihre Situation zu prüfen, und war nicht zufrieden mit dem, was sie vorfand. Ehrlich wie sie war, erkannte sie, daß sie angefangen hatte, sich Phantasien über Archie hinzugeben, die nur Kummer und Schmerz brachten.

Sie konnte sich vorstellen, wie sehr er unter dem Verlust Cecils litt, und wenn sie an Cecils Begabung und äußere Erscheinung dachte, schämte sie sich ihrer kindischen Träumereien. Gut, und was tust du dagegen, fragte sie sich zornig, während sie Brotteig knetete oder mit lautem Geklapper die Spülmaschine einräumte. Du kannst doch nicht Jahr für Jahr hier herumsitzen, ihn anschmachten und dir die Augen aus dem Kopf heulen.

Und dann dachte sie an die Kinder. Wie unvorhergesehen war Cristi in ihr neues Leben hineingeworfen worden. Mehr als alles andere brauchte sie ein stabiles Umfeld und Geborgenheit. Und Nicholas würde unweigerlich eine tiefe Bindung zu dem Menschen aufbauen, der sich am häufigsten mit ihm beschäftigte, wenn er erwachte, der kam, wenn er nachts schrie. Er war jetzt zu jung, um zu merken, wenn dieser Mensch verschwand, aber bald würde er es nicht mehr sein.

Will ich die nächsten zehn Jahre in diesem Haus zubringen, Archie kommen und gehen sehen, immer wieder von hoffnungsvoller Erwartung in tiefe Verzweiflung stürzen, ständig meine Gefühle unterdrücken, ihn nach einer Weile vielleicht sogar mit einer anderen Frau kommen sehen? Soll ich zulassen, daß diese Kinder, die nicht meine sind, sich immer tiefer in meinem Herzen einnisten, obwohl ich weiß, daß es hoffnungslos ist?

Und die Unehrlichkeit! Das war es, wovor sie wirklich zurückschreckte, diese Unehrlichkeit. Sie würde ständig spielen müssen und sie wußte nicht, ob sie das schaffen konnte. Aber sie hatte Madeleine versprochen zu bleiben. Undenkbar, sie jetzt im Stich zu lassen, unmittelbar vor Weihnachten. Aber danach mußte sie vernünftig sein und den Tatsachen ins Auge sehen.

Paulys Eltern würden zu Weihnachten herkommen. Madeleine hatte schon einige Zeit versucht, Pauly zu überreden, sie einzuladen, und diese hatte schließlich unter Protest zugestimmt.

«Na ja, wahrscheinlich würden sie mich auch ganz gern mal wiedersehen, die armen Alten. Eltern sind doch was Merkwürdiges, nicht wahr? Irgendwie lästig. Aber ich sag ihnen, daß hier nicht genug Platz ist. Sie können im Dorf wohnen oder, noch besser, im *Cluny Arms*, das ist weiter weg.»

«Du wirst nichts dergleichen tun. Ich werde ihnen selbst schreiben.»

«O Gott, kein Sex, keine Drogen, kein Alkohol, das werden schöne Feiertage...»

Nicht einmal in unserer Kindheit haben wir ein solches Weihnachten auf Glenmara erlebt, dachte Archie, während er den zwölften Teller mit Pute belud. Tom war gerade noch einmal mit dem Wein herumgegangen und hatte sich dann wieder neben Madeleine hingesetzt, mit einem kleinen Lächeln, bei dessen Anblick Archie die eigene Einsamkeit doppelt bewußt wurde. Die beiden ließen sich Zeit, wie es schien, aber ihre starke Zuneigung zueinander war unverkennbar.

Tom hätte gerne auch seine Söhne dagehabt, aber dann wäre Wilma allein gewesen, deshalb hatte er nicht darum gekämpft.

Joyce und Cristi interessierten sich weniger für das Essen auf ihren Tellern als für einen Karton neben dem Herd, in dem ein junger Hund aus Joyce' Hundezucht wartete. Mrs. Q's Gesicht hatte die gleiche Farbe wie die weinrote Samtjacke mit den

Puffärmeln, die sie aus irgendeinem vergessenen Koffer herausgekramt hatte. Archie war froh, daß ein Arzt, Paulys Vater, zur Stelle war – es war zu hoffen, daß ein Neurochirurg wußte, wie man mit einer lebenslustigen Alten mit einer Neigung zu Schlaganfällen umzugehen hatte. Alan Tobin machte zumindest den Eindruck, als könnte er mit den meisten Dingen fertig werden.

Amanda Tobin, eine reifere und üppigere Ausgabe Paulys, in einer Wildlederweste von der Farbe ihres karamelbraunen Haars («Na, so hab ich mir eine Gerichtsmedizinerin weiß Gott nicht vorgestellt», hatte Tom verdutzt bemerkt), unterhielt sich mit Stephen, der erheitert und mehr als zufrieden schien. Lisa war sicher gewesen, daß er nicht kommen würde, doch er hatte nicht gewollt, daß sie diesen Abend seinetwegen versäumte. Er verstand, was sie in diesem Haus gelitten hatte, nun sollte sie sich auch an den positiven Veränderungen ihres früheren Zuhauses freuen. Er konnte es noch immer nicht recht fassen, daß es ihm gelungen war, das Vertrauen dieser immer ein wenig unbeholfen wirkenden, warmherzigen jungen Frau gewonnen zu haben. Sie hatte alles, was ihm gefiel: eine Tüchtigkeit, die er stets bei Frauen bewunderte, ein starkes Bedürfnis, gebraucht zu werden, und einen kräftigen, jungen Körper, der ihn großzügig aufnahm. Er hatte beinahe vergessen, wie wunderbar das war. Und niemals würde sie ihn ändern wollen oder versuchen, sein Leben zu programmieren. Und diese Weihnachtsfeier konnte er ganz gut aushalten, dachte er, während Speisen aufgetragen wurden, wie er sie in Achalder niemals zu sehen bekam, während Lärm und Ausgelassenheit überzuschwappen drohten.

Archie war beeindruckt von der Veränderung, die mit Lisa vorgegangen war. Ihre fröhliche Zuversicht erinnerte ihn lebhaft an die pummelige, zu jedem Streich aufgelegte kleine Schwester der frühen Jahre. Stephen war natürlich weit älter als sie, aber als er sie zusammen sah, mußte er anerkennen, daß sie, genau wie Tom und Madeleine, offenbar ein Geheimnis entdeckt hatten, das ihm verschlossen geblieben war.

Immer wieder beobachtete er auch Pauly, die mit zerzaustem Haar und glühenden Wangen hin und her flitzte, um immer neue

Leckerbissen aufzufahren, hin und wieder Nicholas hochnahm, um ihn rasch zu drücken, Cristi mit einem Kuß für ihre Hilfe dankte, vor Freude strahlte, daß ihre Eltern, die sie offensichtlich doch von Herzen liebte, sich hier so zu Hause fühlten. Sie wirkte in einer smaragdgrünen Bluse mit hochgeschlossenem Kragen, die ihrer Mutter gehörte, ganz anders als sonst. Die lebhafte Farbe sah spektakulär aus an ihr, ganz zu schweigen davon, wie verführerisch der strenge Schnitt ihre schönen Formen zur Geltung brachte, als sie sich in die Brust warf und fragte: «Also, wie seh ich aus? Wie ein Weihnachtspäckchen oder wie ein männermordender Vamp?»

Sie tranken auf Joss und wünschten ihr für ihre neue Aufgabe, wohin auch immer diese sie führen würde, alles Gute. Joss wurde rot und witzelte etwas unbeholfen, daß sie wohl alle im Dorf enttäuscht habe, und ausgerechnet jetzt gehen müsse, wo sie gerade den Garten in Schuß gebracht habe.

Ihr Bemühen wurde mit heftigem Applaus belohnt, so daß Archie einige Mühe hatte, sich Gehör zu verschaffen. «Ich denke, deine Ex-Alkoholiker werden sich schon irgendwie durchwursteln, bis du wiederkommst, Joss, und vergiß nie, daß du hier jederzeit ein Zuhause hast.» Sein Blick traf den seiner Mutter, die ihm mit einem gerührten Lächeln dankte. «Wir möchten dich so oft wie möglich hier sehen.»

Joss wischte sich wütend die Augen und konnte ihre Serviette nicht finden, und alle wollten sie zu gleicher Zeit umarmen, und Cristi stürzte davon, um die Küchenrolle zu holen. Madeleine weinte ganz offen und dachte an den Tag vor mehr als einem Jahr, als Joss wie ein Geschenk des Himmels vor ihrer Tür gestanden hatte. Es hatte ihr unendlich viel bedeutet, sie dieses ganze Jahr in ihrer Nähe zu wissen. Und Joss gerade jetzt ziehen lassen zu müssen, da mit Tom alles in der Schwebe war – oder vielleicht sogar vorbei, sie wußte es selbst nicht mehr –, bekümmerte sie tief.

Pauly, die sich bemühte, ihren Schmerz zu unterdrücken, als sie Nicholas in Archies Arm lachen sah, wußte, daß sie diese Qual nicht länger ertragen konnte. Sie mußte weg – aber wohin?

Was sollte sie anfangen? Was in ihrem sorglosen, ungebundenen, leichtsinnigen Leben hatte ihr im Vergleich zu diesem hier auch nur das geringste gegeben?

36

Bitterkaltes Winterwetter lag über dem Land. Still und bleich folgten die Tage aufeinander, Rauhreif in der Frühe, eisige Nebel bis weit in den Tag hinein, manchmal auch bis zum Abend. Alles wartete, so wenig daran im Moment auch zu denken war, auf irgendein Zeichen, daß bald der Frühling kommen würde.

Und wie erstarrt empfand Madeleine auch ihr eigenes Leben. Oft dachte sie in diesen Tagen, da sie fast immer den Tränen nahe war, daß nach den Verheißungen des vergangenen Jahres nun doch alles in den alten Zustand des Wartens und der Einsamkeit zurückgesunken sei. Aber jetzt sind die Kinder da, pflegte sie sich vor Augen zu halten. Doch gerade die Kinder waren Teil des Problems. So sehr sie sie liebte und das Zusammensein mit ihnen genoß, sie ließen ihr kaum eine freie Minute. Tom, drüben in der Scheune, schien so unerreichbar zu sein wie Pauly, die jetzt wieder zu Hause in Buckinghamshire bei ihren Eltern war.

Ach, Pauly. Wie sehr sie sich alle an sie gewöhnt hatten, und wie traurig es gewesen war, als sie plötzlich erklärt hatte, sie wolle gehen. «Ich bin eben keine, die es lang an einem Ort aushält», hatte sie mit überraschender Beiläufigkeit gesagt. «Das hier war ja eigentlich immer nur eine vorübergehende Sache, nicht?»

«Ja, natürlich», hatte Madeleine eilig zugestimmt, um es ihr nur ja nicht schwerzumachen. «Es war wunderschön, dich so lange hier zu haben. Aber ich verstehe natürlich, daß du noch mehr von der Welt sehen möchtest.»

Was war schiefgegangen? Was hatte sie bewogen zu gehen? Hatte einer ihrer Verehrer sie vielleicht irgendwie verletzt? Madeleine, die jede Einmischung vermeiden wollte, konnte ihr nur anbieten, ihr zu helfen, wenn sie es brauchen sollte. Der Kummer hinter der untypischen Brüskheit entging ihr nicht, doch Pauly ließ niemanden an sich heran. Selbst als sie sich mit blassem, verkrampftem Gesicht von den Kindern verabschiedete, vergoß sie keine Träne. Vielleicht fürchtete sie, der Tränenstrom hätte nicht mehr geendet, wenn sie einmal zu weinen anfing, vermutete Madeleine ganz richtig. Dieser Augenblick hatte nämlich wirklich beinahe Paulys mühsame Beherrschung gesprengt.

Zu Madeleine hatte sie beim Abschied am Bahnhof in Perth nur gesagt: «Es tut mir leid, Madeleine. Danke für alles. Es ist einfach – ach, ich bin ein ruheloser Geist, wissen Sie, ein hoffnungsloser Fall...»

Aber Pauly hatte sich, wie es schien, noch nicht wieder auf Wanderschaft begeben. Das berichtete Amanda Tobin, mit der Madeleine in Korrespondenz stand, seit ihr Amanda einen Dankesbrief für die Weihnachtseinladung geschickt hatte.

Bald nach Paulys Abreise folgte Toms lang aufgeschobener Umzug in die Scheune. Er schien durchaus zufrieden mit seinem Alleinsein, lebte, genau wie Madeleine es sich vorgestellt hatte, mit Roxie, seiner Musik und seinen Büchern. In ihre Sehnsucht nach ihm mischte sich manchmal ein Fünkchen Neid. Er war so in Frieden mit sich selbst, so autonom.

Tom fragte sich, ob er Selbstvorwürfe und Zweifel jemals loswerden würde. Hatte er seine Chance für immer verpaßt? Madeleine hatte so viel mit den Kindern zu tun, mit dem Haus, mit Mac Ivor, dem Dinmont-Welpen, den Joyce Cristi zu Weihnachten geschenkt hatte. Sie hieß ihn natürlich immer mit offenen Armen willkommen, war immer charmant und liebevoll, aber jene frühen Tage, als sie sich ihre Gefühle füreinander zum erstenmal eingestanden hatten, schienen jetzt weit weg. Küsse und Umarmungen waren jetzt von Befangenheit begleitet, bei ihm jedenfalls, und er war nicht mehr sicher, daß sie ihn überhaupt haben wollte. Wie zum Teufel war es so weit gekommen?

Aber jedesmal, wenn er beschloß, hinunterzugehen und mit ihr zu reden, reinen Tisch zu machen, wie auch immer, hielt ihn die Unsicherheit zurück. Fühlte sie sich überhaupt noch zu ihm hingezogen? Vielleicht starb die ganze Geschichte einfach eines natürlichen Todes. Wie zu Anfang wartete er auf ein unmißverständliches Zeichen von Madeleine; die Aussicht, es zu erhalten, schien immer trüber zu werden.

Archie legte den Brief beiseite und ließ mit einem Seufzer seinen Kopf in die Hände sinken. Hier war das Angebot, auf das er gewartet hatte: eine einjährige Dozentur an der Universität von Pôrto Alegre in Rio Grande do Sul. Ein glänzendes Angebot. Aber er wußte, daß er es nicht annehmen wollte. Er wollte nichts annehmen, das ihn auf die andere Seite der Erde führte oder auch nur hier, in London, festhielt. Er wollte auf Glenmara sein. Jedesmal endeten seine Überlegungen bei dieser Erkenntnis. Frustriert stand er auf, um sich einen Whisky einzugießen. Während er die Flüssigkeit im Glas hin und her schwenkte, hielt er plötzlich inne. War das wirklich der einzige Ausweg? Alkohol war für ihn nie ein Problem gewesen, aber als er jetzt nachdachte, wurde ihm klar, wieviel er in den letzten Wochen getrunken hatte. Er stellte das Glas nieder und setzte sich wieder an seinen Schreibtisch.

Er war einfach unfähig, im Augenblick eine Entscheidung über das brasilianische Angebot zu fällen. Erst einmal würde er nach Glenmara hinauffahren, um an der Sitzung des Forstausschusses teilzunehmen. Obwohl Tom, wie er hinreichend gezeigt hatte, durchaus fähig war, das allein zu erledigen. Nun, dann würde er auch gleich sehen, wie seine Mutter mit dem Mädchen zurechtkam, das sie eingestellt hatte, um Pauly zu ersetzen. Pauly zu ersetzen! Er lachte kurz auf. Lächerlich. Aber es mußte natürlich jemand da sein, der sich um die Kinder kümmerte. Wenigstens hatte seine Mutter nicht auf einem Butler bestanden.

Er wußte, daß die Sitzung des Forstausschusses ebenso nur Vorwand war wie die Sorge um den Haushalt. Aber er verspürte beinahe einen Zwang, nach Norden zu reisen, und ihm wurde plötzlich klar, daß er die ganze Zeit befürchtete, mit Paulys Verschwinden sei die Lebensquelle des Hauses versiegt. Hatte denn keiner von ihnen gesehen, was sie ihnen gegeben hatte? Es schien beinahe so.

Archie kam die Erinnerung an den Abend, nach Ende des Weihnachtstrubels, als Paulys Eltern wieder abgereist waren. Erschöpft vom vielen Feiern, hatten sich alle früh zurückgezogen. Nur Archie hatte nicht in sein Bett gefunden. Er hatte bei einem letzten Drink in der stillen Küche gesessen, sich in dem großen Raum, in dem noch die appetitlichen Düfte des Tages hingen, umgesehen. Allem hatte Pauly ihren ganz persönlichen Stempel aufgedrückt. Das gekachelte Sims war vollbeladen mit allen möglichen Gegenständen. Auf dem Boden neben Mac Ivors Napf standen zwei zu heftig gegossene Blumentöpfe zum Abtropfen. Durch ein offenes Fenster zog ein kleines Lüftchen, und eine Schmutzspur über die weißgelben Kissen zeigte den Weg, den die Katzen zu nehmen pflegten. Im Frühjahr würde Pauly hier drinnen noch den Lämmern die Flasche geben, hatte er erheitert gedacht – und am nächsten Tag hatte sie ihre Bombe platzen lassen. Warum? Er verstand es immer noch nicht.

Er erinnerte sich einer anderen Gelegenheit, als er auf einer aufgerissenen Zuckertüte, offenbar das einzige, was Pauly gerade zur Hand gehabt hatte, eine mit Filzstift hingeworfene Skizze und ein paar Notizen in ihrer großen Handschrift entdeckte: Liebstöckel, Fenchel – sehr hoch. Rosmarin – Hecke? Estragon – wuchert wie verrückt. Sie will den Kräutergarten wieder herrichten, hatte er erfreut gedacht. Ein Versprechen für die Zukunft.

Andere Bilder stiegen vor ihm auf: Wie Cristi Pauly endlich dazu überredet hatte, das Reiten zu versuchen. Pauly hatte so getan, als hätte sie große Angst, hatte Tom gebeten, ihr zu zeigen, was sie tun müßte, und hatte sich schließlich zum kichernden Entzücken der Kinder auf Cuil hinaufgekämpft. Dann war sie frischfröhlich mit dem Pony aufs Feld hinausgaloppiert und wieder zurück, sehr zur Überraschung aller.

Dann der Tag, an dem er zu Weihnachten heraufgekommen war. Das ganze Haus war leer, auf dem Küchentisch lagen an die zweihundert Plätzchen zum Kühlen, die Katzen schliefen im Hundekorb, das Bügelbrett war aufgestellt und auf ihm stand das heiße Eisen. Wir können wahrscheinlich froh sein, daß sie es nicht auf die Bügelfläche gestellt hat, hatte er gedacht, ohne viel Ärger aufbringen zu können. Auf der Suche nach der Familie war er die Straße zum Galloway-Hof hinaufgegangen, und da waren sie ihm in einer Gruppe entgegengekommen. Meine Familie, war es ihm durch den Kopf geschossen. Pauly schob den Kinderwagen, Cristi und Jill saßen auf dem Fahrrad, und wer saß auf Cuil? Seine Mutter, mit der Lockerheit einer Reiterin, die schon von Kindesbeinen auf mit Pferden vertraut ist. Sie sah sehr jung aus mit der schwarzen Reiterkappe und den vom scharfen Wind geröteten Wangen.

Lachend hatten sie ihn umringt, voll freudiger Überraschung darüber, daß er es geschafft hatte, einen Tag früher als erwartet zu kommen. Mac Ivor hatte seinen Kopf neugierig über den Rand des Kinderwagens gestreckt, in dem Nicholas den Schlaf des Gerechten schlief. Hier will ich sein, hatte Archie in diesem Moment erkannt. Alles, was mir wichtig ist, ist hier. Und der Mittelpunkt war Pauly gewesen – und Pauly war fort.

Madeleine saß allein im Wohnzimmer. Selbst durch die geschlossene Tür konnte sie das Plärren des Radios hören. Vielleicht würde sie doch wieder in den alten Salon umziehen müssen, der war wenigstens außer Hörweite der Küche. Aber hatte Carol nicht gesagt, sie wolle nach der vergangenen langen Nacht in der Disco in Kirkton heute zeitig zu Bett gehen? Madeleine ging in die hellerleuchtete Küche und fand dort das dudelnde Radio vereinsamt vor. Hinter dem geschlossenen Fenster standen miauend die Katzen. Carol haßte sie. Madeleine ließ sie herein und nahm, als sie sich umdrehte, zum erstenmal bewußt den Zustand des Raumes wahr.

Er hatte ein anderes Gesicht angenommen, kahl und steril. Carol nahm es mit Sauberkeit und Ordnung peinlich genau, verbrauchte meterweise Klarsichtfolie, eimerweise ekelhaft parfümierte Putzmittel, hatte die Pflanzen hinausgeworfen, ließ die Wäsche niemals in der Küche herumliegen, hatte Mac Ivors Korb trotz Cristis tränenreicher Proteste in den Vorraum verbannt. Selbst jedoch war sie wenig ordentlich; auf dem Tisch lagen ein gebrauchtes Taschentuch, eine zerfledderte Fernsehzeitschrift – denn in der Küche gab es jetzt auch einen Fernsehapparat –, und neben einer schmutzigen Tasse und einem ebenso schmutzigen Teller lag eine angebissene Scheibe Weißbrot.

Madeleine stand wie angewurzelt, und die Monate schienen rückwärts zu laufen wie ein Film. Platt und seine Frau und ihre lange gräßliche Herrschaft über dieses Haus. Angesichts dieser angebissenen Scheibe Weißbrot wurde Madeleine plötzlich alles klar. Sie drehte sich im Kreis. Ihr Leben lang hatte sie sich anderen unterworfen, hatte sich dann befreit, hatte geglaubt, frei zu sein, und jetzt war sie drauf und dran, wieder in die alte Falle zurückzurutschen.

Waren es denn die anderen gewesen, die ihr Freiheit gegeben hatten? Würde sie jetzt, da sie fort waren, gleich vor der ersten Herausforderung versagen? Was war aus ihrem neuen Selbstbild, ihrem neuen Selbstvertrauen geworden? Vor zehn Minuten hatte sie tatsächlich daran gedacht, wieder in den alten Salon umzuziehen. Dieses Mädchen, dieses unbestreitbar fleißige Mädchen, das Nicholas und Cristi versorgte, annehmbar kochte und die Essenszeiten fest einhielt, schrubbte und putzte und die Toiletten mit gräßlichen Duftsprays einnebelte, würde hier genauso das Regiment übernehmen, wie Platt es getan hatte. Wenn sie es zuließ.

Ich muß hier bestimmen, was geschieht. Ich muß die Initiative ergreifen. Ich muß doch in diesem letzten Jahr etwas gelernt haben. Ich lasse mich nicht wieder einschränken und herumkommandieren. Und plötzlich wußte sie, was sie zu tun hatte. Diesem öden Wesen kündigen natürlich und eine andere, bessere Lösung finden. Aber auf einmal war ihr auch klar, was sie wegen Tom zu tun hatte. Und das mußte jetzt getan werden!

Nachdem sie sich vergewissert hatte, daß Carol in ihrem Zimmer war und die Kinder beide schliefen, schlüpfte sie in Mantel und Stiefel und ging in die eisige Nacht hinaus. Im Schein ihrer Taschenlampe, der auf den frostglitzernden Asphalt fiel, eilte sie zur Scheune hinauf.

Wenn hinter den Vorhängen Licht brannte, so war es zu schwach, um den Nebel zu durchdringen. Sie betrat die Scheune und sah erleichtert, daß warmer Lichtschein die Treppe erhellte, hörte Verdi, spürte, wie Wärme sie einhüllte.

Roxie hörte Madeleine, als sie auf halbem Weg die Treppe hinauf war, und bellte einmal kurz als Willkommen. Am Ende der Treppe blieb Madeleine stehen. Das Zimmer war wunderschön, Holz und Naturstein schimmerten matt im weichen Licht der beiden Stehlampen. Tom saß unter einer von ihnen und blickte sie über den Rand seiner Lesebrille hinweg überrascht an. Dann legte er sein Buch nieder und stand auf.

«Madeleine, was ist? Ist etwas mit den Kindern?»

«Nein, es ist alles in Ordnung.»

«Na, Gott sei Dank.» Forschend sah er sie an, versuchte, nicht zu zeigen, wie verwundert er war. «Ich freue mich, dich zu sehen. Möchtest du etwas trinken – ich kann dir einen Kaffee machen ...»

Als er, ganz Gastgeber, auf einen Sessel wies, hielt sie ihn am Arm fest, ließ aber sogleich wieder los, als maße sie sich damit zuviel an. Er sah sie fragend an.

«Tom, hättest du etwas dagegen – könnten wir einmal miteinander sprechen?»

Doch ehe er antworten konnte, sah sie, daß sie schon wieder ihm die Initiative zuschob. «Nein, ich meine, ich würde gern mit dir sprechen. Ich möchte dir einiges sagen, was ich schon lange hätte sagen sollen.» Sie ärgerte sich, als sie merkte, daß ihre Stimme zitterte.

«Maddy, natürlich können wir miteinander sprechen.» Ein wenig ratlos, ein wenig besorgt, weil sie offensichtlich sehr aufgeregt war, doch auch mit einer Hoffnung, an die er noch nicht so recht zu glauben wagte, versuchte Tom, sie behutsam zum Licht und den Sesseln zu ziehen.

«Ich pack die Dinge nie beim Schopf.» Sie schien wie angewurzelt zu sein. Er spürte die kalte Luft, die von ihrem Mantel ausging, Feuchtigkeit lag auf ihren dunklen Haaren. «Das würde wenigstens Joss sagen», fügte sie mit einem erstickten kleinen Lachen hinzu.

«Madeleine, Liebes, mach dir keine ...»

«Ich hab die ganze Zeit nur dagesessen und alles auf mich zukommen lassen», fuhr sie fort, als hätte er nicht gesprochen. «Ich bin genauso passiv, wie ich immer war. Heute abend ist mir das bewußt geworden. Carol ist drauf und dran, sich in einen zweiten Platt zu verwandeln.»

Tom wußte nicht recht, was der ehemalige Butler hier für eine Rolle spielte, aber er war bereit, ihr geduldig zuzuhören.

«Und ich war so gemein zu dir, so grausam. Und hinterher habe ich nichts getan. Ich habe nur gewartet, daß du etwas tun würdest. Das habe ich mein Leben lang getan, immer darauf gewartet, daß andere mir die Entscheidung abnehmen. Aber jetzt will ich dir das sagen. Ich liebe dich sehr, du fehlst mir schrecklich, seit du hier oben wohnst, es tut mir weh, wenn wir immer so höflich zueinander sind. Ich wollte mit dir schlafen, ich habe es mir so gewünscht. Nein, nein», rief sie, als er sie beschwichtigen wollte, «ich muß das jetzt alles sagen. Vielleicht haben sich deine Gefühle ja geändert.» Er antwortete mit einer heftigen Bewegung des Protests. «Ich weiß nicht, ob es gut für dich ist, ich weiß nicht, was geschehen wird, es kann sein, daß ich Hemmungen habe, die ich niemals loswerde, ich weiß es einfach nicht. Aber ich liebe dich. Ich will mit dir zusammensein. Ich will es schon seit Monaten.»

«Madeleine, Liebste!» Aufgewühlt, gerührt von ihrer Ehrlichkeit und ihrem Mut, nahm er sie in die Arme und blickte ihr forschend ins Gesicht.

Sie nickte, die Frage in seinen Augen beantwortend. «Ich war so ein Feigling. Vielleicht habe ich zu lange gewartet. Vielleicht willst du mich gar nicht.» Immer diese Höflichkeit ...

«Und ob ich dich will.» Mit feuchten Augen und bebendem Mund drückte Tom sie an sich.

«Tom.» Momente des Schweigens waren vergangen. Eng aneinandergeschmiegt standen sie da, endlich wieder in Frieden miteinander. Roxie sah, daß da für sie nichts zu holen war, und trottete zu ihrem Korb zurück.

«Ja.»

«Ich möchte bei dir bleiben. Geht das?» Immer noch das brave kleine Mädchen, das unterwürfig fragte. Aber wie absurd, wie herrlich komisch es jetzt klang.

«Ich denke, das wäre in Ordnung», sagte Tom ernsthaft, aber seine Stimme klang seltsam, und er schien ein wenig hastig zu atmen.

In dem warmen Raum nebenan, wo das Bett nur wenige Schritte entfernt stand, erschien es ihr plötzlich so einfach, ihren Mantel auszuziehen und dann einfach weiterzumachen, sich von Tom helfen zu lassen, aus dem Rollkragenpullover zu schlüpfen, lächelnd, mit einem Gefühl tiefer Sicherheit ihren Blick in den seinen zu versenken. In dieser Beleuchtung sehe ich vielleicht gar nicht so übel aus, dachte sie, aber es war ein heiterer Gedanke, ihre Sorge gehörte der Vergangenheit an.

Tom dachte, genau an dieser Stelle habe ich schon einmal alles verpfuscht. Doch auch er fuhr fort, sich auszukleiden, und der Gedanke blieb ohne Folgen. Er war ihr etwas voraus, und sie hielt inne und sah zu ihm hin, sah seinen kräftigen, gutgebauten Körper. Er legte sich auf das Bett und streckte die Arme aus. Dort wollte sie sein.

Roxie hob den Kopf und spähte mit verschlafenen Augen zu ihnen hinüber, und sie lachten.

«Kümmere dich um deine Angelegenheiten, Hund», befahl Tom, als er Madeleine zu sich hinunterzog.

«Vielleicht bin ich ein hoffnungsloser Fall», warnte sie ihn wieder, mit einem ängstlichen Unterton diesmal.

Tom fiel plötzlich ein, daß auch er gefürchtet hatte, er könnte «ein hoffnungsloser Fall» sein. Wie absurd das jetzt schien. «Ich habe nie so etwas Albernes gehört», sagte er zärtlich und küßte sie. «Und denk daran, es sind nur wir zwei. Wir zwei alleine.»

Nie hatte Madeleine sich ihr Zusammensein so vorgestellt. Die alles überflutende sinnliche Wärme, die Intimität, das Gefühl, daß sie so, wie sie war, alles, was sie tat, für Tom richtig war. Sie hatte keine Ahnung gehabt von den erstaunlichen Dingen, die ihr Körper zu wissen schien. Endlich befreit und endlich zufrieden.

Sie schlief an seiner Seite ein, erwachte ein paarmal mit einem tiefen Glücksgefühl, und fiel mit dem Wissen, endlich angekommen zu sein, wieder in den Schlaf. Einmal fragte Tom sie: «Meinst du nicht, du solltest wieder rübergehen?» Und sie murmelte: «Carol ist doch da. Ich bezahl sie ja schließlich.» Worauf er sie lachend fester an sich zog.

37

Gefangen in tiefer Einsamkeit, die ihm in den letzten Wochen nur allzu vertraut geworden war, ging Archie von der Scheune zum großen Haus hinüber. Die Einsamkeit war um so bitterer angesichts des strahlenden Glücks von Tom und seiner Mutter. Wie hatte sie sich verändert! Er merkte, daß er lächelte, als er die ersten Wirtschaftsgebäude hinter dem Hof erreichte.

Sie hatte ganz offen gesagt: «Da du zu Hause bist, Schatz, bleibe ich heute nacht hier oben. Irgendwie trau ich Carol nicht über den Weg, besonders jetzt, wo ich ihr gekündigt habe.» Nichts als praktische Sorge um die Kinder; es schien ihr völlig gleichgültig zu sein, was er dazu sagen könnte, daß sie bei Tom übernachtete.

Aber es mußte eine Möglichkeit geben, jemanden zu finden, der mit dem Haushalt und den Kindern half. Augenblicklich wandten sich seine Gedanken Pauly zu. Bis zu seinem ersten Besuch nach ihrer Abreise war ihm kaum bewußt gewesen, wie sehr all seine wiedererwachte Freude an Glenmara mit ihr zu tun hatte. Fast hatte er das Gefühl, sein Glück hänge ganz von ihr ab. Er brauchte sich nur daran zu erinnern, wie es stets gewesen war, wenn er in die Küche oder ins Wohnzimmer gekommen war, um sich zur Familie zu gesellen. Paulys Anblick war es gewesen, der ihn beglückt hatte. Pauly, mit glühenden Wangen und nach Gewürzen duftend, eifrig damit beschäftigt, irgendeinen exotischen Pudding zu kreieren. Pauly, zerzaust und ziemlich gequält neben Cristi am Tisch beim Hausaufgabenmachen, voller Erleichterung rufend: «Gott sei Dank, daß du da bist, du kannst gleich diese fürchterlichen Rechnungen für uns machen.» Allein dafür hatte es sich gelohnt, fünfhundert Meilen zu fahren.

Warum war sie gegangen? Und wie konnte er hoffen, daß sie je zurückkehren würde? Sie war neunzehn Jahre alt, sie brauchte die Abwechslung, neue Orte, neue Menschen, Menschen ihres eigenen Alters. Einen Mann ihres eigenen Alters, meinst du, verbesserte er sich ironisch. Einen Mann, dem sie ihre ganze Wärme und Liebe geben kann, und der sie dafür wieder liebt. Einen Mann, mit dem sie Kinder bekommen kann.

Ja, das war der springende Punkt. Er hielt inne, um endlich dem ins Auge zu sehen, was dieser Gedanke enthüllte. Er, Archie, konnte ihr alle Liebe der Welt geben und sehnte sich danach, es zu tun, aber mit ihm konnte sie keine Kinder bekommen, und für eine Frau wie Pauly wäre es undenkbar, ohne Kinder zu leben. Schon Cecil hatte er enttäuscht; er würde nicht Pauly die gleiche Verletzung zufügen. Aber du kannst ihr Cristi und Nicholas geben, beharrte eine innere Stimme. Sie liebt sie beide von Herzen. Ja, und er hatte sich in törichter Selbstzufriedenheit eingebildet, sie würde sich niemals von ihnen losreißen können, würde, ohne daß er irgendwann etwas zu entscheiden oder zu unternehmen brauchte, immer auf Glenmara sein. Aber jetzt war sie gegangen, mit Recht, um ihr eigenes Leben in die Hand zu nehmen...

Ein hohes Weinen, das dünn durch die kalte Luft klang, ließ ihn aufhorchen. Ein Bussard? Nicht um diese Nachtzeit. Ein Kaninchen in den Fängen eines Wiesels? Da war es wieder, ein schmerzliches Wimmern. Ein junger Hund? Mac Ivor? Hatte man ihn vielleicht versehentlich hinausgesperrt? Das Winseln führte Archie zur alten Räucherkammer, die jetzt als Vorratsraum benutzt wurde. Die Lamellentür war geschlossen; er hörte, wie das Weinen des Hündchens einen aufgeregten Ton bekam, als er sich näherte. Doch als er die Tür öffnete, stürzte Mac Ivor ihm nicht wie erwartet entgegen. Verwundert leuchtete Archie mit der Taschenlampe in die Dunkelheit und entdeckte den Hund, ein schmutziges, zitterndes Bündel, das ihn mit großen Augen angstvoll und flehend ansah.

«Du armer Kleiner, was ist denn mit dir passiert?»

Beim Klang der tröstenden Stimme kroch Mac Ivor auf dem Bauch zu ihm hin, doch als Archie den Arm ausstreckte, um ihn aufzuheben, schreckte der Hund sofort zurück.

Er ist geschlagen worden, dachte Archie ungläubig. Er ist seit weiß Gott wie lange hier draußen in der Kälte und der Feuchtigkeit eingesperrt, und jemand hat ihn zu Tode erschreckt. Carol? Jemand anders konnte es nicht gewesen sein. Diese dumme, kaltherzige Person, sie beschwerte sich ja dauernd darüber, daß die Tiere in die Küche gelassen wurden. Archie redete dem Hund freundlich zu und hatte ihn bald soweit, daß er sich aufheben ließ.

Archie nahm ihn mit ins Haus, rubbelte ihn trocken, machte ihm etwas Milch warm, holte seinen Korb und stellte ihn neben den Herd. Als er dort stand und zusah, wie sich der Kleine mit wohlgefülltem rundem Bauch zusammenrollte und sofort einschlief, ging es ihm wie seiner Mutter, als sie Carols angebissenes Brot hatte liegen sehen. Er wußte, daß dies ein entscheidender Moment war. Sie hatten diese kleinliche, fremde Person in ihr Haus, in ihr Leben gelassen, nachdem sie Pauly gehabt hatten, die entzückende, schusselige, immer vergnügte Pauly, die ihnen ohne zu geizen von ihrer Wärme, ihrer Kraft und ihrer Zeit gegeben hatte.

Wie seine Mutter in jenem Moment plötzlicher Erkenntnis, so sah jetzt Archie mit heilsamer Klarheit, wie bereit er gewesen war, sich wichtige Entscheidungen von anderen abnehmen zu lassen. Er hatte sich auf Tom verlassen, der die Führung des Gutsbetriebs so energisch in die Hand nahm. Er hatte mit Cecil nach ihren Regeln und Gesetzen zusammengelebt. Er hatte Pauly verloren, weil er geglaubt hatte, sie würde immer hier sein, ohne daß er etwas dazu zu tun brauchte. Er hatte nicht einmal versucht zu erfahren, warum sie fortgegangen war. Jetzt wollte er wenigstens das wissen, um ihre Gründe anzufechten, wenn das möglich war. Und er wollte ihr seine Gefühle für sie eröffnen, damit sie darüber nachdenken konnte.

Er sah sich in der kahlen Küche um, die nun nicht mehr der

warme, gesellige Mittelpunkt des Hauses war, zu dem Pauly sie gemacht hatte, und er erkannte, daß sein eigenes Leben ohne sie gleichermaßen trist war. Er dachte an das Haus in Richmond, in dem die Relikte der Vergangenheit, an der er nicht festhalten wollte, allmählich verstaubten; an das Desinteresse an seiner Arbeit, die ihn einmal begeistert hatte; an die Einsamkeit, die ihn selbst hier an diesem geliebten Ort beschwerte.

Ein ähnliches Glück zu erlangen wie Tom und seine Mutter, erschien ihm in diesem düsteren Moment unmöglich. Er dachte an Lisa drüben in Achalder, an Joss, die sich wieder der Aufgabe widmete, die sie als die ihre ansah. Alle hatten sie ihren Platz. Er dachte an die Kinder, die oben schliefen. Wir haben versprochen, für sie zu sorgen, aber wir reichen sie immer noch weiter wie kleine Pakete. Die Kinder und Glenmara, das ist meine Aufgabe, und ich werde sie erfüllen. Aber nicht allein, bitte nicht allein.

Die schmale Straße führte am Hang entlang und wurde von stattlichen Häusern in großen Gärten gesäumt. Archie fuhr jetzt, da er in Paulys Nähe war, langsam und fragte sich nervös, ob sie überhaupt da wäre, ob sie beschäftigt sei oder vielleicht Besuch habe. Gleichzeitig entdeckte er leicht erheitert, daß jedes Detail ihrer Umgebung, des Zuhauses, in dem sie aufgewachsen war, ihn brennend interessierte.

Amanda Tobin selbst öffnete ihm die Tür. Der Schimmer ihres milchkaffeebraunen Haares im Licht der Verandabeleuchtung weckte sogleich ein schmerzliches Verlangen nach Pauly.

«Archie, was für eine nette Überraschung! Kommen Sie herein.» Offen und herzlich, aber Archie merkte doch, daß sie hastig überlegte, welchen Grund sein unangemeldetes Erscheinen haben konnte. Und sie erbot sich auch nicht sofort, Pauly zu rufen. Hieß das, daß Pauly nicht da war?

Alan Tobin, der Archies Stimme gehört hatte, trat mit freudig überraschter Miene aus einem Zimmer zur Linken und bat Archie in ein großes, sehr schön eingerichtetes Wohnzimmer.

«Entschuldigen Sie, daß ich hier so hereinplatze.» Wenigstens hatten sie keine Gäste und schienen auch keine zu erwarten. Er wußte, daß er sich jetzt nicht mit gesellschaftlichen Floskeln aufhalten konnte. «Ich würde gern mit Pauly sprechen, wenn das möglich ist. Ist sie hier?» Es gelang ihm nicht, diese entscheidende Frage in natürlichem Ton vorzubringen.

«Ja, sie ist hier.»

Aber trotz aller Erleichterung wußte Archie sofort, daß es ganz so einfach nicht werden würde.

«Trinken Sie einen Schluck mit uns, Archie», sagte Alan Tobin und ging zu einem Walnußtisch, auf dem Karaffen und Flaschen bereitstanden. Nun, ein Drink würde ihn vielleicht etwas lockerer machen. War er wirklich heute von Schottland hierhergefahren? Die Reise, die Straßen, der viele Schnee oben im Norden...

Der Whisky war genau das, was er brauchte.

«Ich nehme an, das ist kein zufälliger Besuch», sagte Alan.

Archie stellte sein Glas sorgfältig auf einen bemalten Porzellanuntersatz und wurde sich bewußt, wie sein Magen zu flattern begann. «Ich möchte Pauly bitten, nach Glenmara zurückzukommen.»

Sie nickten, erhoben keinerlei Einwände, und doch hatte Archie das Gefühl, daß sie nicht recht zufrieden waren. Ein kleines Schweigen trat ein und dehnte sich in die Länge.

«Sie ist sehr unglücklich», sagte Amanda schließlich nicht anklagend, sondern eher aus einem Bedürfnis, ihre tiefe Sorge mit Archie zu teilen.

Pauly unglücklich! Plötzlich konnte er es nicht länger ertragen. «Wenn ich jetzt...»

«Natürlich.»

Sie ließen ihn allein zu ihr gehen. Sie war in einem kleinen Raum im hinteren Teil des Hauses, halb Salon, halb Wintergarten. Dort lag sie in einem schäbigen alten Sessel, den Blick auf den Bildschirm eines Fernsehgeräts gerichtet, wo ein Meteorologe gerade auf schwarze Wolken über England und einige blaue Stellen über Schottland zeigte. Sie hielt die Fernbedienung in der Hand, und Archie hatte den Eindruck, daß sie dabei war, hin und her durch die Programme zu schalten.

«Pauly!» Seine Stimme war tonlos.

Sie drehte den Kopf und sprang mit einer heftigen Bewegung auf, im Gesicht einen Ausdruck von Ungläubigkeit, der sich in dankbare Freude verwandelte.

«Pauly.» Auch nicht besser. Heiser, angestrengt.

Mit einem Riesensprung stürzte sie ihm entgegen, und er breitete lachend die Arme aus. Doch im letzten Moment hielt sie sich zurück. Die Pauly dieses einsamen Winters war nicht mehr das spontane Mädchen des vergangenen Sommers.

«Archie, wie nett!» sagte sie im gleichen Ton wie ihre Mutter. «Wie geht es auf Glenmara? Warum hast du uns nicht wissen lassen, daß du kommst? Ich habe dich gar nicht ankommen gehört. Hast du schon – ja, natürlich, sonst wärst du ja gar nicht reingekommen, wie blöd von mir...»

Ein Wortschwall, um sich über den Moment hinwegzuhelfen, während sie sich warnend sagte, mach dir jetzt keine Hoffnungen, flipp nicht aus, bleib cool, es hat nichts zu bedeuten... Aber ihn zu sehen, so völlig unerwartet, seinen lächelnden Blick – das machte es schwer, cool zu bleiben.

Die Kinder, Tom und Madeleine, Lisa – und die Hunde, die Katzen und das Pferd natürlich, dachte Archie mit liebevoller Resignation. Es war leicht zu reden, Emotionen in Schwatz und Gelächter zu ertränken.

«Und wie macht sich meine Nachfolgerin?» fragte Pauly mit gespielter Heiterkeit.

«Pauly, sie ist eine einzige Katastrophe.» Er würde diese Chance ergreifen. Er erzählte ihr von Mac Ivor, und sogleich schwammen ihre Augen in Tränen. «Aber was noch viel schlimmer ist, die Küche ist immer pieksauber, sie hat seit ihrer Ankunft beim Bügeln noch nie etwas versengt und noch kein einziges altes Erbstück zerdeppert.»

Er sah das strahlende Lächeln, das sich auf ihrem ausdrucksvollen Gesicht ausbreitete.

«Du siehst also, Pauly, du mußt unbedingt zurückkommen.» Ihre Augen leuchteten auf. «Wir brauchen dich wirklich, wir kommen ohne dich überhaupt nicht zurecht...»

Auf einmal erlosch der Glanz. Sie senkte den Blick, und er sah, wie sie sich buchstäblich an die Zügel nahm.

«Pauly? Kommst du mit zurück? Oder hast du inzwischen schon etwas anderes vor? Ich hätte dich natürlich zuerst fragen sollen, was du für Pläne hast.» Da sprach seine Mutter. Er wollte ihre Pläne überhaupt nicht wissen. Wenn sie welche hatte, wollte er sie einfach beiseite fegen.

«Nein, ich habe keine Pläne.» Eine ganz andere Pauly jetzt. Ruhig, sehr kontrolliert. «Aber ich komme nicht mit zurück, Archie. Ich danke dir, daß du mich gefragt hast, und es tut mir leid, wenn du deswegen die lange Fahrt gemacht hast. Aber ich denke, dieser Teil meines Lebens ist abgeschlossen. Ich muß weiter. So schön es natürlich auch war ...» Nicht mehr ganz so kontrolliert jetzt.

«Aber Pauly, willst du es dir nicht wenigstens überlegen?» Nie hatte er daran gedacht, daß ihm diese eisige Endgültigkeit entgegentreten würde. Es war, als drückte es ihm das Herz ab. «Wir brauchen dich wirklich. Wir könnten dir auch eine Hilfe einstellen, Trish würde vielleicht kommen ...»

«Nein!» Paulys Stimme klang unerwartet scharf. «Nein, Archie, das hat damit nichts zu tun. Glaub mir, es würde nicht klappen, und mehr gibt's dazu nicht zu sagen. Komm, gehen wir rüber und trinken wir ein Glas mit meinen Eltern. Sie wollen sich sicher gern mit dir ein bißchen unterhalten ...»

Er fuhr ein Stück die Straße entlang, dann hielt er zitternd an. War es das gewesen? Wollte er sich mit diesem Ende abfinden, ohne, wie er es sah, überhaupt die Chance bekommen zu haben zu sprechen? War dies das Erbe der Napiers – oder Madeleines – dieses höfliche Nachgeben, diese Bereitschaft, den Standpunkt des anderen zu sehen? Wollte er diese wunderbare Frau aufgeben, ohne ihr überhaupt gesagt zu haben, was er für sie empfand? Er hatte geglaubt, es würde genügen, wenn er ihr sagte, daß die Kinder sie brauchten. Von seinen eigenen Wünschen hatte er nicht gesprochen.

Er ließ den Wagen einfach stehen und ging zu Fuß zurück.

Diesmal öffnete Alan. Er sah Archie nur kurz an, dann nickte er und wies mit der Hand nach rückwärts. Pauly war in dem Zimmer, in dem er sie zuvor gefunden hatte. Der Fernsehapparat war ausgeschaltet. Sie lag zusammengekrümmt in dem großen Sessel und schluchzte.

«Pauly, nein! Bitte nicht! Komm, komm her.» Er kniete neben ihr nieder und zog sie an sich. «Ich lasse dich nicht gehen. Wenn du nicht nach Glenmara zurück willst, gehen wir woandershin. Mein Leben ist völlig sinnlos, seit du fort bist. Du bist die einzige Frau, die ich immer bei mir haben möchte, und ich werde nicht zulassen, daß du mich wieder verläßt...»

«Ich dachte, du wolltest nur eine Köchin», stammelte sie schluchzend und suchte vergebens nach irgend etwas, womit sie sich die Tränen abwischen konnte.

«Eine Köchin?» Irgendwo im Hintergrund lachte jemand. «Du kleine Verrückte, du glaubst doch nicht, ich wäre die ganze Strecke von Schottland bis hierher gefahren, um dich zu bitten, wieder für uns zu kochen?»

«Aber verstehst du nicht, was ich meine?» Sie setzte sich auf und wischte sich das Gesicht mit einer heftigen Armbewegung. «Du hast gesagt, daß ihr alle mich vermißt und braucht. Aber deswegen kann ich nicht zurückkommen. Ich würde es nie aushalten, die ganze Zeit da zu sein und mich danach zu sehnen, daß du kommst, und dann jedesmal, wenn du wieder gehst, in ein tiefes Loch zu fallen. Es war furchtbar, ich könnte das nicht noch einmal aushalten.»

«Pauly!» Seine Stimme verriet seine Erschütterung über dieses Geständnis. «Ach, komm zu mir. Was war ich doch für ein Idiot!»

«Wir gehen wohl richtig in der Annahme, daß sich einiges bewegt hat?» bemerkte Alan Tobin trocken, als sie eng umschlungen ins Wohnzimmer kamen. Amanda warf nur einen Blick auf die beiden, dann nahm sie ihre strahlende Tochter in die Arme und küßte sie auf beide Wangen.

«Ich nehme sie mit mir zurück», sagte Archie, als die erste Aufregung sich gelegt hatte.

«Wer hätte das gedacht?» bemerkte Alan mit leichter Ironie.

«Ich meinte, wir fahren jetzt.»

«Es gibt Betten im Haus», protestierte Amanda. «Oder auch nur ein Bett, wenn es sein muß.»

«Mama!» rief Pauly perplex.

«Wenn Sie nichts dagegen haben, würden wir lieber noch heute abend nach Hause fahren», sagte Archie.

«Ein bißchen dramatisch vielleicht, aber Drama muß sein», meinte Alan, während er seine Tochter betrachtete, die mit verklärtem Gesicht, völlig verweint und mit wild zerzaustem Haar vor ihm stand.

«Ich will dich ja nicht langweilen, aber hattest du vor, etwas mitzunehmen?» erkundigte sich Amanda, da Pauly ihr drauf und dran zu sein schien, in blinder Verliebtheit Hand in Hand mit Archie in die Nacht hinauszustürzen.

«Was soll ich denn mitnehmen?» fragte Pauly erstaunt.

«Sind Sie sicher, daß Sie damit zurechtkommen?» wandte sich Amanda an Archie.

Nachdem Paulys Mutter in aller Eile ein paar Sachen zusammengepackt hatte, Alan es trotz Paulys Hilfe geschafft hatte, ihnen einige Brote für unterwegs zu machen, gingen sie alle zusammen die Straße hinauf zum Wagen, um mit vielen liebevollen Umarmungen und unter neuerlichen Tränen Abschied zu nehmen.

«Ganz ehrlich gesagt, Archie, Sie tun uns einen Riesengefallen», bemerkte Alan, als er seiner Tochter ins Auto half. «Sie war seit Wochen die reinste Nervensäge.»

Pauly sprang wieder aus dem Wagen, um ihn noch einmal zu umarmen und ihm so den Wind aus den Segeln zu nehmen.

Endlich wieder Gelächter, dachte Archie in einem Taumel der Euphorie. Gelächter und diese wunderbare Frau, die Familie war wieder heil. Er ließ den Wagen an und lenkte ihn nach Norden.

Glenmara schlief, das große Haus lag still in der kalten, grauen Morgendämmerung.

«Wollen wir nicht lieber warten?»

«Ach, das macht ihnen bestimmt nichts aus.» Die Glocke läutete weit entfernt in der Küche.

«Das hören sie nie.»

«Aber die Hunde hören es bestimmt.»

«Die Hunde?»

«Was wetten wir, daß Roxie zu Besuch ist?»

Da kamen sie schon, beunruhigt, staunend, fröstelnd in der eisigen Luft. Lachen, Umarmungen, Küsse. Archie nahm Cristi auf den Arm, weil sie vergessen hatte, ihre Hausschuhe anzuziehen, Mac Ivor raste hysterisch kläffend zwischen allen hin und her und warf sich vor Freude auf den Rücken.

«Guten Morgen, Tom», sagte Archie.

«Auch dir einen guten Morgen. Du bist wohl endlich zur Vernunft gekommen?»

«Kann ich Nicholas holen? Bitte!» Pauly rannte schon die Treppe hinauf, Roxie hinterher.

«Wo ist Carol?» fragte Archie.

«Getürmt», antwortete Tom.

«Das stimmt nicht ganz, sie hat uns gesagt, daß sie abreisen würde», warf Madeleine ein.

«Sie hat gesagt, sie fühlt sich hier nicht gewürdigt», fügte Tom ernsthaft hinzu, und Archie lachte.

Pauly kam mit dem krähenden Nicholas herunter, diesem sonnigen Kind, dem es nichts ausmachte, aus dem Schlaf gerissen zu werden, Hauptsache, es war mit von der Partie. Das Frühstück in der Küche wurde zu einem Fest, während die Morgensonne den weißen Gipfel des Ben Breac rosig färbte und der Tag sich langsam erwärmte.

«Und bleibst du jetzt auf immer und ewig hier?» fragte Cristi, die ihren Stuhl so nahe wie möglich an Paulys herangezogen hatte.

«Auf immer und ewig, Amen», antwortete Pauly heiter, auf eine Kinderfrage eine Kinderantwort gebend, ohne jedoch Madeleine anzusehen.

Archie lächelte leise. Er konnte förmlich sehen, wie seine

Mutter sich befahl, die Antwort nicht wörtlich zu nehmen. Doch als sie schließlich aufstanden und begannen, den Tisch abzuräumen, tauschte er einen raschen Blick mit Pauly, ergriff dann Madeleines Hand und zog sie mit sich. «Komm, ich möchte mit dir sprechen.» Sie verdiente es, als erste zu erfahren, was er plante und hoffte.

Sie gingen ins Wohnzimmer und in schweigendem Einverständnis durch den Torbogen zur Terrassentür. Als sie dort standen und in den stillen Garten hinaussahen, dessen weite Rasenfläche im Schatten der Bäume noch weiß bereift war und gelbgrün an den sonnigen Stellen, fragte Archie, nachdem er ihr alles erzählt hatte, lächelnd: «Freust du dich?»

«Ich kann dir nicht sagen, wie sehr ich mich freue», antwortete Madeleine leise und sah ihn lächelnd an.

«Beinahe hätte ich sie verloren.»

Und ich hätte Tom beinahe verloren. Sie faßte Archie mit beiden Händen am Arm und drückte ihn liebevoll.

«Ich habe ein Angebot für eine Dozentur in Südbrasilien. Für ein Jahr.» Er sah von ihr weg zum See hinunter, der von einer dünnen Eisschicht bedeckt war. «Aber ich nehme nicht an. Ich möchte hier sein.» Er wandte sich wieder ihr zu. «Das wird auf Toms Stellung hier natürlich keinen Einfluß haben. Es gibt hier für uns beide mehr als genug zu tun. Im übrigen habe ich noch einige Arbeit am Hals, die ich fertigmachen muß. Aber ich möchte von jetzt an hier leben – und ich möchte natürlich Pauly heiraten. Aber sag mir, wie du zu dem allem stehst. Besonders, was Cristi betrifft. Du warst diejenige, die die Verantwortung für sie übernommen hat, als niemand sonst dazu bereit war.»

«Wie ich dazu stehe? Ich bin glücklicher als je zuvor in meinem Leben.»

«Du lachst mich aus.»

«Natürlich lache ich dich aus. Du weißt genau, daß die Kinder zusammen hierbleiben werden, in diesem Haus, bei dir und Pauly. Und ich kann jetzt endlich in die Scheune ziehen, wo Tom und ich in Zukunft ein herrlich einfaches und friedliches Leben führen werden. Du kannst dir nicht vorstellen, wie ich mich darauf freue, nur zwei Zimmer zu haben, um die ich mich kümmern muß.»

«Ach, Mama!» Er gönnte ihr ihr Glück von ganzem Herzen. «Du hast dich so verändert ...» Aber ein Sohn konnte so etwas nicht in die angemessenen Worte fassen. Er nahm sie in die Arme und drückte sie fest an sich, und als Madeleine den ruhigen Schlag seines Herzens spürte, dachte sie mit Dankbarkeit und Zuversicht, so schlägt das neue Herz dieses Hauses.